Thomas Schneider
Sakrileg von Mallorca
un poquiTOMAS
Der Mallorca Thriller

Roman

Impressum
Alle Rechte vorbehalten
Deutsche Erstausgabe 05/2016
Copyright © 2016 by Thomas Schneider

Copyright der deutschsprachigen Ausgabe
by Top Promotion Verlag GmbH, Promenadenweg 1,
D- 52152 Woffelsbach am See

ISBN 978-3-9818085-1-3
www.unpoquitomas.de

All rights reserved.
No part of this book may be reproduced in any form or by any electronic or mechanical means, including information storage and retrieval systems, without written permission from the author, except for the use of brief quotations in a book review.

Dieses Buch ist eine Fiktion. Alle in diesem Buch geschilderten Handlungen, Personen, Charaktere, Organisationen und Vorfälle sind frei erfunden. Ähnlichkeiten mit lebenden oder verstorbenen Personen sind rein zufällig und nicht beabsichtigt. Alle Orte in diesem Buch existieren wirklich.

»TOTA PVLCHRA ES AMICA MEA ET MACVLA ORIGINALIS NON EST IN TE«

Der größte Reichtum wohnt in dieser Armut.
Die Kreatur wird Dein Führer sein

Die Handlung dieses Romans ist frei erfunden, die Bilder und Orte auf Mallorca nicht – sie gibt es wirklich. Es empfiehlt sich während der Lektüre ab und zu einen Blick auf die Bilder, die Ihr auf der Homepage findet, zu werfen: Eintauchen in die Geschichte.

www.unpoquitomas.de

Als drei gefährlich aussehende Männer in schwarzen Anzügen aus dem Wagen sprangen, war mir klar, dass es mit meiner Depression nun vorbei sein könnte. Der Eindruck verstärkte sich noch, als zwei der Männer plötzlich Maschinengewehre auf uns richteten. Instinktiv hoben wir die Hände. Die unfreundlich dreinschauenden Männer sahen für mich ziemlich gleich aus, dunkler Hauttyp, braune Augen, Kopfbedeckungen, die an Wollmützen erinnerten und schwarze Vollbärte. »Was wollen Sie hier?« raunte ich sie barsch an. »Geld haben wir keins, Sie können gerne meinen Freund mitnehmen, aber lassen Sie mich in Ruhe.« Horst schmiss mir einen bösen Blick rüber. Der Unbewaffnete der Männer kam auf mich zu und nahm die Blechdose an sich, ohne ein Wort zu sagen. Die beiden anderen blieben dicht hinter ihm, die Gewehre zwar eigenartigerweise nach unten gerichtet, aber doch auf dem Sprung, zum Schuss bereit. Das war eine Situation, die ich gar nicht mochte und auch so nicht hinnehmen wollte. Eigentlich wollte ich nur ein Baumhaus bauen, aber Ok, der Reihe nach...

Kapitel 1

Wärme und das Gefühl, einen Marathon geschafft, den Berggipfel erreicht, den See durchschwommen oder die Kinder gesund groß zu haben, durchfuhr mich morgens um 6 Uhr, beim Hahnenschrei, auf meiner Lieblingsinsel Mallorca, liegend in meinem Hängebett. Und Watte im Kopf, Brummschädel. Dunkel erinnerte ich mich. Mein Freund Horst war plötzlich da, ein Tag eher als geplant. Lagefeuer, der 45 Jahre alte Whiskey, den er extra für einen besonderen Abend aufgehoben hatte – ein kleines Vermögen floss rauchig durch unsere Kehlen. Erinnerungen wurden wach, Realität und Muttersprache verschwanden. Nichts Wichtiges für die Menschheit, für uns der Himmel auf Erden. Die Sätze begannen so ähnlich wie: Weißt du noch …, oder hast du mal wieder etwas von … gehört, kannst du dich noch erinnern an die …? Herrlich!

Mein Kreuz schmerzte, der Schädel brummte, Joshy, mein Hund, wedelte voller Erwartung unter meinem Hängebett rum, ach ja, wo hat er denn diese Nacht geschlafen? Oh Gott, wo ist Horst abgeblieben und warum schaut meine nur noch halbe Gitarre aus der Feuerstelle? Als ich vom Bett sprang, hätte ich mich gleich ohrfeigen können. Irgendetwas knackste in meinem Rücken, mein Kopf schien zu platzen und die Erdanziehung war heute extrem hoch. Joshy freute sich riesig, dass ich endlich in seiner Reichweite war, um sein Begrüßungsritual abzuhalten, jedes Mal tut er das wie ein seit Wochen allein gelassener und verhungerter Hund. Nach einer gefühlten halben Ewigkeit stand ich aufrecht und war erstaunt, nur in Shorts bekleidet zu sein. Im Türrahmen meiner Finca sah ich einen recht frisch wirkenden Horst, mit zwei dampfenden Tassen Kaffee in der Hand und einem unverschämt breiten Grinsen. Meine Gedanken überschlugen sich, mein Mund brachte, in Richtung Gitarre weisend, nur ein »Warum?« hervor.

»Hinter'm Haus ist doch genug Holz oder habe ich so schlecht gespielt?« Da lachte er lauthals los und verschüttete den halben Kaffee. Er sagte: »Du weißt nichts mehr, oder? Hast du etwa wieder diese Sch... Tabletten genommen, bevor du den Whisky mit mir getrunken hast?«

»Hab ich nicht, und ich weiß alles«, log ich, doch ich hatte und einige, viele Details waren mir schleierhaft. Meine grauen Zellen liefen auf Hochtouren, aber ich hatte keinen blassen Schimmer.

»Ok, ich helfe dir auf die Sprünge.« sagte Horst. »Nachdem ich dir heute Nacht das Feuerlaufen ausgeredet hatte und auch, dass deine Schaufensterpuppe von drinnen keiner Hexenverbrennung zum Opfer fallen sollte, habe ich mit Dir um tausend Mäuse gewettet, dass du deine Gitarre nicht ins

Feuer schmeißt. Wie es aussieht, hast du gewonnen, Tom. Lass uns nachher nach Palma fahren und ich kauf dir eine Neue, hier, dein Kaffee – in der Küche steht ein Aspirin.« Mit einem Schulterklopfen ließ er mich alleine draußen stehen. ›Sein Leben war sehr turbulent, alles war wohl immer sehr früh, zu früh‹, dachte Horst sorgenvoll, ›mit 18 selbständig, im Alter von 21 Jahren hatte er das erste Kind, mit 45 Enkelkinder und eine erfolgreiche Firma verkauft, keine Sorgen mehr, und dann verliert Tom durch diese kurze, aber schwere Krankheit seine geliebte Frau. Ich habe immer geglaubt, er hätte alles gesundheitlich so überstanden, dass er jetzt das Vermisste nachholen könne und er Abstand von Allem gewinnen konnte. Denn das Leben geht doch weiter, nur diese Depressionen und die untauglichen Mittel dagegen, die machen mir wirklich Sorgen.‹

Nach etwas Sport, noch mehr Aspirin, einer Wechseldusche und drei Spiegeleiern sah die Welt für mich schon ganz anders aus. Jetzt war ich bereit für unser großes Werk. Deswegen hat sich mein bester Freund Horst extra 14 Tage Urlaub genommen um, mir zu helfen. Er wollte mir unbedingt bei der Erfüllung eines weiteren Kindheitstraums unter die Arme und das heißt zu den Brettern greifen.

Vor zwei Jahren hatte ich hier auf Mallorca, genau zwischen Porreres und Felanitx, mein neues Zuhause gefunden, eine heruntergekommene Finca mit 20.000qm Land drumrum und tollen Oliven- und Mandelbäumen. Zwei Jahre harte Arbeit später, unzähligen ›Das kann nicht gehen!‹ und ein kleines Vermögen haben es endlich zu meinem Heim gemacht und ich bin stolz und glücklich, hier leben zu dürfen. Meine Haustiere sind: Joshy, mein Hund, der quirlige Spaßvogel und Rudolph, mein Maultier, der sein eigenes Reich hinter meinem Gemüsebeet hat. Er sollte eigentlich eingeschläfert werden, weil er in seinem fünf Quadratmeter großen Stall der Vorbesitzer sehr frech war. Jetzt ist er für alle der liebste Mitbewohner im Umkreis von hundert Kilometern.

Heute sollte das I-Tüpfelchen meines Schaffens, ein Baumhaus, angefangen werden. Irgendeiner der Vorbesitzer hatte vor einigen hundert Jahren direkt neben dem Haus drei Bäume gepflanzt: Ein Mandel-, ein Feigen- und ein Olivenbaum. Sie haben es im Wettstreit der Jahre zu beachtlicher Größe geschafft. Ein besinnlicher Ort, um Kraft zu tanken und die Seele baumeln zu lassen. Diese Bäume waren einer der Gründe, warum ich mich für genau diese Finca entschieden hatte. Heute sollte der Start für mein Baumhaus sein. Seit meiner Kindheit habe ich davon geträumt und natürlich hatte ich auch genaueste Vorstellungen, wie es aussehen soll. Einen Namen hatte ich auch schon: ›Saudade‹, das steht schon lange fest, er bezeichnet eine portugiesische Lebensart. ›Saudade‹ bedeutet aber auch Gelassenheit mit viel Feingefühl für das Wesentliche. Auch ein warmer trockener Wind wird so genannt und 2014 wurde ›Saudade‹ zum schönsten Wort der Welt erklärt. Da dachte ich bei mir: Genau das Richtige für mich. Die drei Bäume dienten so nicht nur als Säulen meines Traums, sondern sollten für mich eine Art Stammbaum werden – irgendeine Vorahnung hatte ich da wohl schon.

Wochenlanges Zeichnen sowie Materialbeschaffung lagen hinter mir, alles an Werkzeugen und Flaschenzügen war da, und nun war die Zeit gekommen zu starten. »Jetzt geht's los,« motivierte mich Horst. Alle Wehwehchen waren verflogen. Horst und ich arbeiteten Hand in Hand, um die Stammanker, unser heutiges Tagesziel, anzubringen. Aus Edelstahl hatte ich sie anfertigen lassen, um für die Ewigkeit zu bauen. Das Gerüst, das wir errichtet hatten, spiegelte die Größe des Projektes wieder. Die Grundfläche des Baumhauses sollte achtzig Quadratmeter haben und auf dem Dach sollte eine weitere, zwanzig Quadratmeter große Terrasse, mit Meerblick entstehen. Die Arbeiten gingen gut voran. Zum Mittag bereiteten wir unter der Mallorca-Sonne, über dem Rest meiner Gitarre und etwas Mandelholz, unsere Steaks – perfekt gegrillt, mit dem eigenen Feldsalat und den eigenen Tomaten aus meinem Garten. »Zur Not geht's auch ohne Brot« kommentierte Horst unser Mahl. Wir kamen unserem Tagesziel immer näher und merkten gar nicht, wie die Zeit verrann. Die Dämmerung brach schon langsam herein und wir entschieden uns, früh ins Bett zu gehen, denn an Livemusik war eh nicht zu denken. Daher wollten wir zum Hahnenschrei ausgeruht und fit für neue Taten sein.

Bernhard, der Nachbarhahn, hatte allerdings schon ab vier Uhr Bock auf Randale und scheuchte uns mit den ersten Sonnenstrahlen aus den Federn.

Mit Hilfe von Flaschenzügen und diversen Umlenkrollen gelang es uns schnell, die schweren Balken an die richtige Position zu bringen. Separate Stützen, die hinterher für die Wendeltreppe verwendet werden sollten, standen auch schon. Die Dimension des entstehenden Gebäudes ließ den ansonsten eher schweigsamen Horst dazu verleiten, mir zu erklären, dass er dieses Jahr keinen weiteren Urlaub mehr hat, und dass das hier wohl ganz schön groß werde.

Bei dem Versuch, den letzten und schwersten Balken für heute an seinen Platz zu bekommen, brach plötzlich der Ast ab, an dem wir den Flaschenzug befestigt hatten. Der Balken flog uns vor die Füße und hatte, dank Stoßgebet, zunächst nichts weiter als zwei Kaffeetassen auf seinem Gewissen.

Als ich den abgebrochenen Stumpf am Baum begradigen wollte, bemerkte ich, dass er innen hohl war und deswegen an Kraft verloren hatte und abgerochen war. Oben im Baum, beim Glätten des Stumpfes, fiel mir ein Gegenstand auf, der in diesem Ast verwachsen war. Erst nach fast einer Stunde Sägen, Hämmern und Fluchen nahm ich diesen dann mit nach unten, und stolz präsentierte ich Horst meinen Fund. »Bestimmt der Schatz eines Bauernmädels«, frotzelte Horst. Es handelte sich um eine Blechdose, die mich an meine Butterbrotdose aus der Schulzeit erinnerte. Beim Schütteln bemerkte man zwar ein

Gewicht, aber es klapperte nichts. Mit einigen Hebeln bekam ich sie schnell auf und entdeckte darin eine in Leder gewickelte zweite Dose. Horst neckte wieder, dass es so jetzt noch eine Stunde so weitergehen würde, Dose um Dose wie die russische ›Matrjoschka‹. Das zweite Behältnis war aus Silber, versehen mit einem goldenen Kreuz darauf und zwei in Schreibschrift und Gold eingelassenen Buchstaben: ›GS‹. Scherzkeks Horst meinte: »Da sind die Zähne von Gunter Sachs drin«. Nach einer Zeit des Hämmerns, Klopfens und Diskutierens und zahllosen Versuchen, Horst davon abzuhalten, die Flex zum Einsatz zu bringen, hatte ich plötzlich blutrote Finger. »Bist du verletzt?«, Horst rannte ins Haus, »Wo ist der Verbandskasten?« Doch verletzt hatte ich mich nicht – die Flüssigkeit kam aus der Dose. Ekelige Vorstellungen von zu vielen Horrorfilmen überkamen mich kurz und Horsts Spruch, »Kann nur die Nase von Pinocchio sein«, machte die Situation auch nicht entspannter.

Die Flüssigkeit erwies sich als rotes Wachs, das bei meinen Bemühungen, die Dose zu öffnen durch die heiße Mallorca-Sonne geschmolzen war. Vorsichtig nahmen wir den Deckel ab und fanden darin eine in Wachs gegossene Glasphiole. Nachdem wir sie aus dem restlichen Wachs geschnitten und gesäubert hatten, entdeckten wir darin ein zusammengerolltes Pergament, auf dem in schwarzen handgeschriebenen Buchstaben etwas stand.

Bevor wir uns jedoch weiter damit beschäftigen

konnten, kam ein schwarzer Porsche Cayenne ohne Kennzeichen meine Einfahrt hochgebrettert. Joshy wollte die Sache sofort klären, doch auf mein Rufen blieb er bei uns. »War das Tor zu?« fragte ich Horst. Er meinte: »Auf jeden Fall«.

Drei Männer sprangen aus dem Wagen, zwei richteten ihre Maschinenpistolen auf uns, und ein Unbewaffneter kam auf mich zu und nahm die wieder verschlossene Dose an sich, ohne ein Wort zu sagen. Die beiden anderen blieben dicht hinter ihm, die Gewehre nach unten gerichtet. Eine Situation, die ich gar nicht mochte und auch nicht hinnehmen wollte. Als er die Dose in seiner Hand hatte, grinste er, steckte sie in seine linke innere Jackentasche, drehte sich wortlos um und wollte gehen. Jetzt war mir das Ganze aber zu blöd und ich nickte Horst zu, der mit einem leichten Augenzwinkern kommentierte, dass er das genauso sah. In seiner Gesäßtasche hatte Horst noch einen Schraubendreher. Er nahm langsam seine Hände runter und holte diesen ganz ruhig heraus. In dem Augenblick, als der Räuber uns den Rücken ganz zugedreht hatte und vor seinen anderen Begleiter stand, trat Horst ihm voll in sein Kreuz und rammte ihm den Schraubendreher von hinten in die rechte Schulter. Dieser schrie auf, strauchelte, fiel mit solch einer Wucht auf seinen Kollegen, dass auch dieser nach hinten umkippte. Horst warf sich auf die beiden.

Der Dritte der Eindringlinge war so perplex, dass er das Gewehr hochriss. Doch ich schlug geistesgegenwärtig unter den Lauf, so dass zwar eine Kugelsalve in die Luft ging, dicht am Kopf von Horst vorbei aber dieser duckte sich rechtzeitig. Joshy biss dem Schützen so fest in die Wade, dass der vom Gewehr abließ und ich ihn dann doch überwältigen konnte. Ich trat ihm zwischen die Beine und brachte das Gewehr an mich und schlug dem nun nach vorne gebeugten Mann mit dem Griff voll auf den Hinterkopf, so dass er wie ein nasser Sack zusammenbrach. Währenddessen hatte Horst den Schraubenzieher aus dem Räuber gezogen und stach ihn dem anderen bewaffneten Übeltäter in dessen linken Oberarm, der laut jaulend danach greifen wollte. Immer noch lagen die Zwei aufeinander. Der Untere kam nicht mehr an das Gewehr, das auf seiner Brust zwischen seinem Kollegen und ihm eingeklemmt feststeckte. Horst lag oben drauf. Ich brachte mich mit dem Gewehr in Position, um für Ruhe zu sorgen. In diesen Sekunden hatte sich unser jahrelanges Training ausgezahlt.

Mit Seglerleinen und schnellen, gekonnten Knoten waren alle drei kurzerhand verknotet und somit erst mal unschädlich gemacht. Ich band die Drei an einen Baum lehnend zusammen und trotz einiger Rangeleien lief es jetzt unkompliziert. Die Räuber waren von ihrem Schock wie paralysiert. Mir ging es gut, ich war von der Aktion euphorisiert und der Kater vom Vortag war völlig vergessen.

Mit einem Tuch verband ich ihre Wunden und befestigte es mit Klebeband. Nach einem ›Highfive‹

mit Horst rief ich meinen Freund Jaime (Chaume gesprochen) von der Guardia Civil aus Manacor an, erklärte kurz, was passiert war und bat ihn, schnell mit Verstärkung anzurücken.

Es gab keine Antworten, kein einziges Wort sprachen die drei gefangenen Gangster. Ich hatte auf Tape für den Mund bestanden, doch Horsts Einwand, dass sie ja dann nicht reden könnten, überzeugte mich.

Zehn Minuten vergingen, die Blicke der Drei sprachen Bände. Erst als Jaime mit vier Autos und zwölf Mann an den Ort des Geschehens kam, fiel mir die Phiole wieder ein. Etwas blass um die Nase, wollte Jaime wissen, was passiert war, wie Horst an das Gewehr gekommen sei und was das für Männer seien.

Nachdem er jedes notwendige Detail von uns erzählt bekommen hatte und er seinen Männern alles übersetzt hatte, ging er auf den ersten, ursprünglich unbewaffneten Mann zu und stellte ihm in verschiedenen Sprachen Fragen.

Jaimes Mutter ist Italienerin, sein Papa Spanier, genauer gesagt, Mallorquiner. Er hatte einige Zeit in der Türkei und in Deutschland gelebt, doch auf keine Frage in einer dieser Sprachen bekam er eine Antwort. Er holte etwas umständlich die Dose aus der Innentasche des Diebes. Dabei schnitt er sich an der gebrochenen Glasphiole in die Hand. Horst brachte nun doch den Verbandskasten und ich zog dann unter zornigen Blicken der drei Festgebundenen die Dose aus der Tasche des Räubers.

Wir gingen ins Haus und schauten uns das Pergament aus der Phiole genauer an.

Es war ein ungefähr zehn Zentimeter breites und zwanzig langes, gelbliches Blatt. Beim Auseinanderrollen kamen zwei Sätze zum Vorschein und darunter drei Zeichen, die wie zu einem Dreieck angeordnet waren – oben stand ein großes »C« neben einem weiteren »C« das seitenverkehrt geschrieben war, so dass sich beide an der Bogenseite überschnitten. Links darunter das griechische Zeichen Omega für das Ende und rechts davon das Zeichen Alpha für den Anfang und eine Zahl, daneben eine Unterschrift.

Die erste Textzeile stand dort in Schreibschrift und auf Latein: »TOTA PVLCHRA ES AMICA MEA ET MACVLA ORIGINALIS NON EST IN TE«

Die zweite Textzeile lautete: »HAEC EST MAXIMA DIVITIAE IN PAUPERTATE. CREATURA ERIT DUCIBUS PRAECEPTOREM TUUM«

Die Unterschrift war schwer zu entziffern, könnte aber ›Gulien Sugrena‹ oder so ähnlich heißen, die Zahl schien wohl die Jahreszahl 1447 zu bedeuten. Alle blickten auf das geheimnisvolle Dokument, doch alle schüttelten den Kopf. »Kann das vielleicht ›Guliém Sagrera‹ heißen?« meinte Pedro, »Meine Nichte geht in Palma in ein Institut, das so heißt, zur Schule.«

»Das kann gut sein, wer ist das denn?« fragte ich. Pedro meinte nur das sei irgendjemand aus Palma, der aber schon lange tot sei.

Horst zeigte mir den Deckel der zweiten Dose noch einmal. Plötzlich machten die eingravierten Initialen GS einen Sinn. »Auf jeden Fall nicht Gunter Sachs«, meinte ich grinsend zu ihm.

»Egal, was es heißen mag«, sagte Jaime, »ich bringe die jetzt erst Mal ins Präsidium« und ging hinaus zu den drei Räubern, »Ihr beide kommt bitte auch nach, um eine Aussage zu machen.«

Nachdem wir unseren letzten Balken in die Höhe geschafft hatten, sprangen wir in den Pool, um uns abzukühlen. Mit jeweils einem Apfel in der Hand, verließen wir meine Finca. Den ›Cayenne‹ hatten Jaimes Männer leider mitgenommen, daher fuhren wir mit meinem 25 Jahre alten Wrangler Jeep.

Auf der Polizeiwache kam uns Jaime kopfschüttelnd entgegen. »Trotz der schönsten Frau, die Mallorca zu bieten hat, redet keiner von denen«, sagte er. Als wir Claudia sahen, wussten wir, wen er meinte.

Sie hatte schwarzes, langes Haar, eine Figur wie eine Balletttänzerin und sie bewegte sich auch so.

Claudia lächelte mit ihren strahlend weißen Zähnen, mit denen sie bestimmt als Modell für Zahnpasta-Werbung sehr erfolgreich wäre. Als Jaime uns vorstellte, strahlten ihre tiefen, dunkelbraunen Augen uns an und ihr Blick ließ einen nicht mehr los. Horst brachte kein Wort mehr hervor. Aber, so wie ich ihn nach all den Jahren kannte, war das ein gutes Zeichen.

Claudias Hand war zierlich, hatte aber einen erstaunlich kräftigen Händedruck und ihr liebliches

Parfüm füllte den ganzen Raum. Alle Männer in dem großen, offenen Büro mit mindestens zehn Schreibtischen schauten im Sekundentakt immer wieder zu ihr hin. Ich betrachtete ihr farbenfrohes Sommerkleid, das sehr knapp bemessen war und ihre perfekt geformten, braunen Beine zeigte. Sie erzählte, dass sie in Palma Geschichte studiere und neun Fremdsprachen beherrsche. »Leider reagieren die Männer nicht auf Arabisch, Aramäisch, Hebräisch oder Russisch. Englisch, Französisch, Spanisch, Türkisch, Italienisch und Deutsch leider auch nicht«, sagte Jaime. »Das Auto hat keine Kennzeichen, keine Seriennummer, die Motornummer ist herausgeflext, keinerlei Papiere oder Unterlagen, nirgendwo. Die Waffen sind nichts Außergewöhnliches, mit etwas Beziehung überall erhältlich. Es gibt keine Handys oder irgendwelche Hinweise, wie verhext. Tom, was wollten die von Dir? Hast du Feinde? Bist du irgendjemandem im Weg?«

» Nein, ganz und gar nicht! « Mir fiel nichts ein.

Alles war perfekt, bis wir diese Dose nebst Inhalt gefunden hatten.

Claudia untersuchte das Behältnis und das Papier mit dem geheimnisvollen Text.

»Das hier kenne ich«, sagte sie triumphierend, »ihr alle habt es schon gesehen.« »Die Unterschrift ist von einem berühmten Baumeister, er heißt Guillém Sagrera«. »Er hat an der Kathedrale in Palma mitgebaut – vor ungefähr 550 Jahren.« Die »La Llotja« ist auch von ihm und verschiedene Bauabschnitte anderer wichtiger Gebäude auf Mallorca. Er war damals weltberühmt«, Claudia war in ihrem Element, »wo ist das her? Das ist unglaublich wertvoll«. Sie staunte. Den Blick auf das Artefact gerichtet, fuhr sie fort, »Er hat irgendwo bei Felanitx gelebt, wo genau, kann man sicher in den Escreturas in Palma wiederfinden.« Jaime meinte, dass das echt ein toller Hinweis sei und ich erklärte Claudia, wo ich das Pergament gefunden hatte. Sie bat mich darum, den Baum sehen zu dürfen, wolle aber vorher noch eine Freundin aus der Stadtverwaltung in Palma anrufen. Als sie rausging, sagte Jaime: »Sie ist ein echter Segen. Sie hilft uns immer bei Übersetzungen und bringt Leben in den tristen Alltag.« Das war sichtbar, die Blicke seiner Mitarbeiter folgten ihr auf Schritt und Tritt. Horst hatte jetzt seine Sprache wiedergefunden und meinte, dass sie aber sicherlich wohl auch alle irgendwie von ihrer Arbeit abhalten würde. Wir schmunzelten und folgten Jaime in sein Büro. Nach dem Papierkrieg meinte er, dass sie als Anklagepunkte nur Hausfriedensbruch und unerlaubten Waffenbesitz gegen die drei hätten und ich hoffen sollte, dass sie keine Anzeige wegen Körperverletzung gegen mich erstatten würden. Da sie aber nicht redeten, gehe er nicht davon aus. »Der Staatsanwalt wird entscheiden, wie es weitergeht. Solange bleiben alle Drei hier«, stellte er fest. »Lasst bitte das Pergament aus der Phiole hier, ich mache dir eine Kopie«.

Ich schlug mir an den Kopf: ›Warum bin ich nicht gleich selbst auf die Idee gekommen, das Pergament mit dem Handy abzufotografieren?‹

Claudia kam ohne anzuklopfen hereingestürmt und hatte ein strahlendes Lächeln, voller Triumph, aufgelegt. »Wir müssen jetzt zu dir, Tom, ich muss mir alles anschauen.« Jaime wollte noch wissen, woher der Spruch auf dem Pergament stammt, aber Claudia zog mich an meiner Hand aus dem Büro und Horst trottete uns hinterher. Sie stieg in ihren weißen Fiat 500 mit rotem Dach und fuhr flott hinter uns her. Zehn Minuten später saß Joshy schon auf ihrem Schoß und Rudolph »I-Ate« entsetzlich laut und wollte auch auf ihrem Schoß sitzen.

Mit einem Tee in der Hand erklärte Claudia, dass mein Grundstück Guillém Sagrera gehört hat. Das hat ihre Freundin ihr gerade am Telefon erzählt. Das Grundstück ist danach mehrfach verkauft worden, doch wie es scheint, müssen die drei Bäume mindestens aus dem Jahre 1440 sein. Entweder er selbst oder jemand anderes hat zu diesem Zeitpunkt die Dose in den Baum eingebracht.

Der erste Spruch, der auf dem Papyrus stand, steht über dem Hauptportal der Kathedrale von Palma. Er heißt so viel wie »Ganz schön bist Du meine Freundin und ohne jeden Makel«. Es gibt diverse Auslegungen, aber fest steht, dass es sich um ein Gebet handelt. Jedoch sollten wir, um weiter zu kommen, zur Kathedrale fahren und es uns anschauen. Vielleicht haben wir dann eine Idee, was der andere Satz und das Zeichen bedeuten.

»Die Baumeister von früher waren sehr intelligente Menschen«, erzählte Claudia auf der Fahrt nach Palma. »Ihnen wurden Dinge anvertraut, weil sie Ehrenmänner waren. Es wird vermutet, dass ihnen Hinweise auf Schätze genannt wurden und sie damit große Geheimnisträger wurden. Diese Geschichten ließen sie dann als Hinweise in Gebäude verbauen, um später den Schatz zu bewahren oder zu bergen. Guillém Sagrera war weltberühmt und sicherlich wusste er von Dingen, von denen andere nur träumen. Es gibt Gerüchte, dass die Mitgift einer Prinzessin aus dem Nahen Osten, die einen auf Mallorca lebenden Prinz heiraten sollte, vor der Bucht von Cala Millor versunken ist. Alle vier Schiffe, beladen mit Gold, Gewürzen, Möbeln, Tieren, Diamanten und Smaragden sind mitsamt der Besatzung und der Prinzessin untergegangen. Ein Hirte, der beim Schafe hüten das Drama im Meer mitbekommen hatte, wurde reich beschenkt, als er einem Priester von Llucmajor die Unglücksstelle zeigte. Alle Wracks lagen rund dreißig Meter tief und wurden damals wohl geplündert. Der Schatz selbst aber ist nie gefunden worden und die aufwendig gearbeiteten Schmuckstücke sind nie aufgetaucht. Bis vor einem Monat bei Sotheby's in London eine Halskette der Prinzessin Djamila, so hieß die Prinzessin, mit ihrem Konterfei für 2,7 Millionen Pfund versteigert wurde.«

Traumhaftes Wetter hatte uns dazu gebracht, das Dach meines Jeeps abzunehmen. Wir fuhren über die Autobahn und kamen an die Bucht von Palma.

Der Anblick ist immer wieder ein wunderbarer Genuss. Erst das neu gebaute Kongresscentrum – dann an dem ehemaligen Gesa, dem Stromversorgergebäude vorbei, links der Blick über das Meer und den Anima-Beachclub, sowie die Skyline der Segelmasten und Megayachten mit den Häusern im Hintergrund. Die »Aida«, die dort im Augenblick lag, spuckte gerade Tausende von Touristen aus. Auf der anderen Seite, der Blick auf die Kathedrale, mit dem See davor – einfach unglaublich.

Eigentlich müssten hier jeden Tag hunderte Autos ineinander krachen. Den Blick nach links kann man nicht loslassen und gleichzeitig wird man rechts magisch angezogen vom monumentalen Bauwerk der Kathedrale »La Seu«. Vor mir liefen drei Spuren in jede Richtung und in 500 m leuchtete eine Ampel, welche die Autos sich aufstauen ließ.

Aber auch die Baumeister von heute sind schlau. Unmittelbar vor der Kathedrale gibt es eine Tiefgarage, die man von der dreispurigen Hauptstraße erreicht. Man kann so erst direkt parken und dann, vor allem der Fahrer, seinen Blick schweifen lassen.

Das Auto dort abgestellt, gingen wir schnellen Schrittes an den Blumenfrauen vorbei. Hier werden den unbedarften Touristen Blumen geschenkt, die man doch aber dann irgendwie bezahlt. Sei es mit Spenden oder gar der Erleichterung um das gesamte Portemonnaie.

Claudia zeigte uns die ›La Llotja‹. Guillém Sagrera hat dieses Gebäude selbst entworfen und bauen lassen. Im Gegensatz zu heute muss man sich vorstellen, dass jedes Gebäude durch den Baumeister eine Seele bekam. Jedes Detail hatte einen höheren Sinn, jede Skulptur musste separat entworfen und angefertigt werden, es gab hier damals noch keinen Baumarkt und Ebay leider auch nicht. Also hat jeder Baumeister sein ganzes Wissen, sein Können und sein diplomatisches Geschick bei den Auftraggebern einsetzen müssen, um seinen Stil durchzusetzen. Unzählige Entwürfe und Gespräche haben die Bauzeiten auch in diesen Zeiten sehr lang werden lassen. Es gab nichts von der Stange, sondern nur blanken Stein, der mit Muskelkraft bearbeitet werden musste. Horst klebte förmlich an Claudias Lippen und wollte wissen, wie lange denn an der La Llotja gebaut wurde. »Zweiunddreissig Jahre wurden bis zur Fertigstellung gebraucht – von 1420 bis 1452,« antwortete sie bereitwillig, »Guillém Sagrera soll seiner Zeit voraus gewesen sein. Dort sind sehr schlanke Säulen verbaut, die aussehen wie Palmen mit ihren Blättern unter der Decke. Es ist ein riesig großer Raum und er diente als Handelsbörse. An der Kathedrale ›La Seu‹, was so viel heißt wie Bischofssitz, hat er das beeindruckende Portal zum Meer hin gestaltet. Über der Tür sieht man das Abendmahl Jesu, die aber leider meistens geschlossen ist. Später ist Sagrera dem Ruf des damaligen Königs Alfons V. von Aragón gefolgt, um in Neapel das Castel Nuovo zu renovieren. Bis auf ein paar Besuche ist er nicht wieder in seine Heimat nach Mallorca zurückgekehrt. Sein Vater und sein Urgroßvater waren ebenfalls große Baumeister. Sein Urgroßvater war 1320 der erste Baumeister beim Aufbau der Kathedrale ›La Seu‹.

Die Kathedrale selbst ruht auf dem Fundament einer Moschee. König Jaume II. entschied hier eine Kirche zu bauen, die nicht nur den Christen, sondern auch den vielen Menschen jüdischen Glaubens, die damals auf Mallorca beheimatet waren, gefallen sollte.«

Wir schoben uns vorbei an den Menschenmassen auf der Seeseite, in Nähe der Kathedrale, hin zu einem Eingang eines traumhaften kleinen Gartens mit See und Schwänen darauf. Die beiden Schwäne schmiegten sich so aneinander, dass ihre beiden schlanken Hälse ein Herz ergaben. Ich bemerkte, dass Claudia, als sie es sah, plötzlich feuchte Augen hatte. »Was ist?« fragte ich. Mit tränenerstickter Stimme winkte sie ab. »Ach nichts.« Auch Horst nahm den Anflug von Kummer wahr und nahm sie in den Arm. Wie auf Kommando brachen bei ihr alle Dämme und sie weinte los. »Kein guter Ort für mich«, schluchzte sie mit Tränen in der Stimme. »Lass uns weiter.« Wir rannten förmlich die Treppen hinauf. Oben angekommen, erreichten wir zwei Nischen in der rechten Seite der Mauer, die einen fantastischen Blick auf das Meer sowie Palma samt Kathedrale preisgab. Ich deutete mit dem Kinn auf die freie Nische und Horst leitete Claudia mit sanfter Führung dort hin. Sie setzten sich beide nebeneinander und er reichte ihr ein Taschentuch. Ich verschwand und mit drei Eistüten in der Hand kam ich triumphierend zu den beiden und fragte lachend: »Schoko, Pistazie oder Kirsche?« Claudia lächelte sofort wieder, wünschte sich das Schokoeis und im selben Atemzug wünschte sich Horst Pistazie. Nach kurzer Zeit des Schweigens meinte Claudia, »Sorry wegen eben ...« Horst war sehr einfühlsam, eine Seite, die ich an ihm gar nicht kannte. »Willst du darüber reden?« Sie nickte leicht und schleckte, in sich gekehrt, an ihrem Eis. »Mein Vater hat genau an diesem Ort, diesem Teich, meiner Mama seinen Heiratsantrag gemacht. Ich habe ein Foto, auf dem beide zusammen in diesem Moment mit einem Schwanenherz im Hintergrund, genau wie eben, zu sehen sind. Ein Freund meines Vaters hatte das damals fotografiert und es war der Beweis für meine Eltern zum richtigen Zeitpunkt am richtigen Ort gewesen zu sein, um das Allerwichtigste für ihr Leben zu besiegeln.« In diesem Augenblick fiel Horst die Eiskugel direkt auf seine Hose. Er sprang hektisch auf, um Schlimmeres zu verhindern. Da die Kugel fast genau denselben Farbton hatte wie die Hose, fiel uns zuerst die Misere gar nicht so auf. Als sich jedoch die feuchte Stelle dort zeigte, wo es für einen Mann eher peinlich war, rief Horst aus vollem Herzen: »Scheiße!« Claudia berichtigte lachend »Eher nicht, zu weit vorne und nass.« Wir prusteten los, Horst nahm ein Taschentuch zur Hilfe und alles war halb so wild. Claudia beendete ihre Geschichte: »Mein Vater war Pilot. Er flog für verschiedene Airlines und war leidenschaftlicher Segelflieger. Als er an einem Wettbewerb teilnahm, bei dem es um einen ›Long-Distance-Flight‹ ging, wollte er unbedingt mich oder meine Mutter mit an Bord haben. Damals war ich 17 und steckte in meinen Abitur-Prüfungen. Meine Mutter entschied sich mitzufliegen und im Tramuntana-Gebirge sind sie dann, aus bis heute unerklärlichen Gründen, abgestürzt.« Ihr liefen wieder Tränen über die Wangen und sie lehnte sich an Horst. »Man hat ihre Leichen erst Tage später gefunden. Wie ich mein Abi geschafft habe, weiß ich bis heute nicht. Meine Tante, die Schwester meiner Mutter, eine Ballettlehrerin, kümmerte sich dann ganz liebevoll um mich und ihr habe ich es zu verdanken, dass ich nicht in der Klapsmühle gelandet bin.« Horst gab ihr ein neues Taschentuch und nach dem sie sich die Nase putze und die Tränen wegwischte, sprang sie wie ausgewechselt auf und lächelte uns an. »Männer wir müssen einen Schatz finden, auf, auf!«

Wir taten es ihr gleich, erhoben uns und standen nebeneinander salutierend, »Aye, Aye Madame!«

Dafür ernteten wir verständnislose Blicke der Touristen und trollten uns lachend Richtung Kathedrale.

Am Fuße der Treppe, die zur Kathedrale führt, rief Claudia: »Wer als Erster oben ist, bekommt den größten Anteil!« und schon rannte sie, wie von einem Bienenschwarm verfolgt, die Stufen hoch. Ich tat es ihr gleich und hatte sie fast eingeholt, als sie auf die oberste Stufe sprang, die Arme hochriss und »Eeeeeersteeee!« brüllte. Lachend fiel ich in ihre Arme. Als wir nach Horst suchend hinabschauten, sahen wir ihn, wie er langsam einer Mutter half, einen Kinderwagen hochzutragen. Ich meinte anerkennend zu Claudia: »Du hast einen guten Einfluss auf ihn, weiter so.«

Zuerst gingen wir zum Hauptportal. Unter der riesigen Rosette, zwischen zwei gleichen Türmen lag das große Portal hinter einem schmiedeeisernen Gittertor. Über dem Portal gibt es mehrere Inschriften. Wir fanden direkt über dem Rundbogen den gesuchten Satz: TOTA PVLCHRA ES AMICA ME ET MACVLA ORIGINALIS NON EST IN TE. Horst blieb am »PVLCHAR ES«, laut mitbuchstabierend, hängen, Claudia erklärte, dass das V damals das heutige U bedeutet. Sie meinte: »Das heißt übersetzt so viel wie: ›SCHÖN BIST DU MEINE FREUNDIN, KEIN MAKEL IST AN DIR‹, das ist ein altes christliches Gebet aus dem 4. Jahrhundert. Frei übersetzt heißt es aber: ›Ganz schön bist Du, Maria, und der Erbschuld Makel ist nicht an Dir.‹« Ein langgezogenes »Hääääääh?«, entwich Horst. Ich fragte sie, ob die Erbschuld etwas mit der jungfräulichen Empfängnis zu tun habe. Horst nickte neugierig, voller Respekt und Claudia klärte auf: »So ähnlich. Die Erbschuld bedeutet Folgendes«, fuhr sie fort, »Als die Frau, Eva, im Paradies den Mann, Adam, aus dessen Rippe sie stammte, mit Hilfe der Schlange verführte, den Apfel zu essen, war sie bei Gott unten durch. Er warf beide raus aus dem schönen Garten Eden und von diesem Zeitpunkt an haftet diese Last, die Erbschuld, an allen Frauen.« Horst bekräftigte, »Jetzt habe ich das auch kapiert.«

»Weiter geht es ungefähr so: Ganz schön bist Du Maria, und der Erbschuld Makel ist nicht an dir. Deine Kleider sind hell, wie Schnee und deine Gestalt wie die Sonne. Ganz schön bist Du, Maria, und der Erbschuld Makel ist nicht in Dir. Du bist der Ruhm Jerusalems, du die Freude Israels, Du die Ehre unseres Volkes. Ganz schön bist Du Maria.« Unsere Augen wurden immer größer und mit offenem Mund standen wir staunend rechts und links neben ihr. Claudia war so konzentriert, dass sie nichts merkte, sie sprach einfach weiter. »Darunter steht: NON EST FACTVM - TALE – OPVS VINVERISIS - REGNIS 3° REGVM – CAP - X. ›Desgleichen ist nichts gemacht worden in einem Königreiche‹« meinte Claudia und fuhr ohne weitere Erklärung mit dem dritten Satz fort. »EPVS – MAJORICEN – VIRGINI –IMMACVLATAE – CONCEPTIONIS – DICABAT was ungefähr so viel heißt, wie: ›Das Hellste und Ehrwürdigste von Johannes aus Vic, geweiht der Mallorquinischen Jungfrau der unbefleckten Empfängnis, die Weiße Madonna.‹«

»Boah eh!«, staunte Horst laut und bewundernd. ›Seine Herkunft aus dem Ruhrpott kann er echt nicht abstreiten,‹ dachte ich mir grinsend.

Claudia war richtig aufgewühlt, sie strahlte uns an, man sah, wie ihr Gehirn auf Hochtouren lief und ihre Wangen vor Aufregung ganz gerötet waren.

Ganz oben, über dem Torbogen, erkannte man einen Vogel mit ausgebreiteten Flügeln, darunter die Statue einer Betenden. Rechts und links davon, wie in einem Bilder-Rätsel, sind verschiedene Objekte angeordnet: eine Art Schminkspiegel, auf dem ein Gesicht zu erkennen war, daneben eine kleine Stadt mit Stadtmauer und Stadttor, darüber befindet sich ein Brunnen; rechts und links vom Brunnen stehen verschiedene Bäume und darüber sieht man ein Gebäude, das an ein Mausoleum erinnert – ganz oben thront die Sonne samt Gesicht. Auf der rechten Seite der Statue findet man unten einen großen Turm, rechts davon einen eingezäunten Garten, darüber wieder einen Brunnen, umgeben von Bäumen, wobei der Rechte als Palme zu erkennen ist. Mittig darüber liegt ein Gebäude, das ebenfalls ein Mausoleum sein könnte und wieder in der Höhe steht eine Mondsichel mit einem Gesicht. Claudia meinte, dass es sich hier um die Geschichte der Erde handelte und dass die einzelnen Bilder alle bereits gedeutet wurden. »Zum Beispiel: rechts der Garten stellt das Paradies dar.« Horst murmelte, »Is schon klar.« und verwundert schauten wir uns an. »Wie finden wir jetzt den Schatz?« fragte Horst ganz unbekümmert.

»Was bedeuteten die beiden Sätze auf dem Pergament von Guillém Sagrera gleich noch mal?« fragte ich. »Der erste Satz heisst übersetzt: ›Ganz schön bist Du, Maria, und der Erbschuld Makel ist nicht an dir.‹ Der zweite Satz lautet: ›Der größte Reichtum wohnt in dieser Armut und die Kreatur wird dein Führer sein‹«, übersetzte Claudia. »Reichtum ist der Weg«, folgerte Horst, was Claudia und mich zum Schmunzeln veranlasste. »Die Sätze selbst sind ja überall zu finden. Dass sie auf einem Pergament sorgfältig in der Phiole verborgen wurden, lädt sie aber mit Bedeutung auf. So werden sie zu Hinweisen, welche uns sicherlich an einen neuen Ort bringen, aber ehrlich gesagt habe ich keine Ahnung«, sagte Claudia. Horst machte von dem Tor einige Fotos mit seinem Handy und ich tat es ihm gleich. Dabei wurde auch Claudia, wie sie nachdenklich, brütend, irgendwie autistisch dastand, fotografiert und bekam nichts von unseren Schnappschüssen mit. »Wir müssen zum ›Mirador‹,« sagte sie plötzlich und ging einfach los. Horst schmunzelte: »Ok, ich hol' den Wagen!«. Claudia verstand den Gag aus der deutschen Fernsehserie ›Derrick‹ nicht und entgegnete, »Brauchen wir nicht, ist direkt um die Ecke!« Nach ein paar Metern standen wir vor dem Seitenportal der Kathedrale, dem Portal Mirador, das durch ein schmiedeeisernes Tor unzugänglich ist. Hier hatte man die wärmende Sonne im Rücken und einen superschönen Meerblick.

»Tataaah« posaunte Claudia, wobei Sie mit beiden Händen auf die Tür wies, »Dieses Portal hat Guillém Sagrera erbaut.« »Warum schickt er uns dann in seiner Botschaft zu dem anderen Portal?« fragte ich verständnislos. »Ganz einfach!« triumphierte Claudia und wirkte dabei irgendwie größer, als sie wissend konterte: »Der Hinweis führt dich auf jeden Fall an die Kathedrale ›La Seu‹. Erst wenn du hier und aufmerksam bist, wirst du weiterkommen. Der größte Reichtum wohnt in dieser Armut, die Kreatur wird dein Führer sein«, wiederholte sie laut, mal schneller, mal verschiedene Worte betonend und mal langsamer. Ihr Blick scannte das gesamte Portal und Horst und ich betrachteten sie mit warmherzigen Blicken. Den bemerkte sie irgendwann und schaute uns abwechselnd lächelnd, mit einem langgezogenen »Waaaas?« an. »Oh großartige Claudia, lass uns bitte an deinen Gedanken teilhaben und lass uns dein Wissen zu einem riesigen Schatz führen!« flehte Horst, mittlerweile kniend mit betenden Händen vor ihr. Sein Blick war schmachtend und Claudia prustete laut los vor Lachen. »Ihr seid schon zwei komische Vögel!«, meinte sie, als sie sich wieder beruhigt hatte.

»Also«, begann sie, »Djamila, was so viel heißt wie ›die Schöne‹, wollte unseren Mallorquinischen Joan, Prinz JOANES AUS VIC, heute würde man sagen, ein millionenschweren Sunnyboy, aus Ariany heiraten. Beide haben sich auf seiner Reise im Orient kennen gelernt und Djamila war die Prinzessin eines reichen Maharadschas. Sie muss so schön gewesen sein, dass er ihr schwor, keiner Frau je mehr näher als einen Meter zu kommen, wenn sie ihn heiraten würde. Sein Ruf als Gigolo war weit bekannt und er wechselte öfter die Frauen, als ihr beide eure Unterhosen.« meinte sie frech. Bevor wir Einspruch einlegen konnten fuhr sie fort. »Das Anwesen hat dort gestanden, wo die heutige Kirche ›Nuestra Senora d Àtocha‹ in Ariany steht, die 1570 erbaut wurde. Das Geld dafür kam aus dem Nachlass von eben diesem Joanes. Seiner Prinzessin zuliebe hat er in dieser Kirche die Statue einer weißen Madonna aufstellen lassen, die jeden an ihre tragische Geschichte erinnern sollte. Sicher hat er auch hier viel Geld in den Bau der Kathedrale gesteckt. Seine Eltern kamen aus Vic, er ist der Sohn eines reichen Fürsten aus dem damaligen Vich bei Barcelona, das im altkatalanischen ›Vic‹ genannt wird. Als die Ehe im Jahre 1444 geschlossen werden sollte, kam Djamila mit insgesamt vier Schiffen aus dem Orient angereist. Sie hatte viele Bewacher bei sich, da sich ihre gesamte Mitgift auf den Schiffen befand: Gold, Silber Schmuck, Gewürze, Waffen, Perlen und Tiere. Sogar ihren Lieblings-Elefanten hatte sie dabei. Eine millionenschwere Mitgift, die mit dem bereits vorhandenen Reichtum von Joanes beide zu einem der wohlhabendsten Paare in der damaligen Welt gemacht hätte.

Leider sind die Schiffe in einen Sturm geraten und vor der Küste Mallorcas gesunken – genau vor der Ostküste, in Höhe des heutigen Cala Millor. Dort steht immer noch der Wehrturm ›Castell de sa Punta de n'Amer‹ aus jener Zeit, ein toller Aussichtspunkt. Alle sind bei dem Unglück ums Leben gekommen. Viele Versuche, den Schatz zu finden, waren gescheitert. Aus heutiger Sicht wissen wir, dass er wohl sehr schnell nach dem Unglück geborgen und weggeschafft wurde. Erst seit 50 Jahren wissen wir es sicher, da Taucher ein paar Goldmünzen und Reste eines Elefantenskeletts gefunden hatten.«

Wir beide waren sprachlos, Horst und ich klebten gebannt an ihren Lippen, die uns mit so viel Leidenschaft und so viel Wissen gefangen nahmen. »Könnt ihr mir folgen?«, wollte sie wissen, als sie unsere wohl etwas melancholischen, dümmlichen Gesichtszüge realisierte. Ohne Worte nickten wir nur und sie fuhr fort: »Joanes ist nie wieder mit einer Frau gesehen worden und suchte Trost in der Kirche und im Glauben. Der Schatz hat niemals die Insel verlassen. Es sind nirgendwo auf der Welt die Schmuckunikate, zu denen es genauste Aufzeichnungen gibt, oder Münzen, Kelche und goldene Teller oder Tassen verkauft oder angeboten worden. Es wird vermutet, dass es ein Wanderschatz ist, wie der von den Templern, der über die Jahre die Aufenthaltsorte wechselt, das Wissen von Wächtern an Nachfahren weiter gegeben und nie aufgedeckt wird. Ich glaube das Guillém Sagrera einer dieser Wächter war und Botschaften verschlüsselt hat, damit, im Falle seines unvorhergesehenen Todes, der Schatz nicht auf immer verloren ist«. Horst bestätigte sofort, »Genau, das glaube ich auch!«

»Wie geht's denn nun weiter?« ‚wollte ich wissen.

Claudia schaute auf das Abendmahl, das Guillém über das Portal Mirador in Stein hat meißeln lassen. »Der größte Reichtum wohnt in dieser Armut. Die Kreatur wird dein Führer sein«, wiederholte sie wieder und wieder.

»Über das Abendmahl gibt es doch viele Aufzeichnungen«, überlegte ich laut, »aber mir ist noch nie aufgefallen, dass ein Hund dabei ist.«

»Das ist es!« schrie Claudia fast. »Horst! Dein Handy!« Sie streckte Horst ungeduldig fordernd ihre Hand entgegen, worauf er ihr ohne Worte sein Handy gab. Sie scrollte die Bilder vom vorderen Hauptportal durch, vergrößerte etwas, begleitete ihre Gedankenblitze nur mit einem »ah«, »ähm« und »wow« und rannte mit Horsts Handy wie von der Tarantel gestochen los: »Ich komme gleich wieder.« Horst und ich schauten uns verdutzt an und ich resümierte, dass es sich bei ihr wohl um eine neue Form von Blumenmädchen handele, was uns beide zum Lachen brachte. Genau so schnell wie unsere Geschichtsexpertin weg war, war sie wieder da.

Siegessicher hob sie Horsts Handy, wie ein Rennfahrer bei der Zieldurchfahrt in die Luft und tanzte vor Freude vor uns. Bevor Horst wieder betend vor ihr in die Knie sank, um für Erleuchtung zu bitten, hielt ich ihn fest, sodass sie strahlend ihre Erkenntnisse preisgab: »Früher glaubte man, dass die Seele eines Tieres dem Menschen beim Übergang von dieser Welt in die nächste den Weg weist. Anders als im Koran sind Hunde in der christlichen heiligen Schrift keine Abgesandten des Teufels, sondern liebevolle Seelen, die dich führen«. »Claro«, bestätigten Horst und ich wie aus einem Mund. »Auf dem Abendmahl hier und beim Heiligen Simon vorne im

Portal, ist jeweils ein Hund zu sehen.«

»Eher ungewöhnlich für solche Bauwerke« überlegte ich. »Richtig!« kommentierte Claudia. »Die Kreatur wird dein Führer sein.«

»Ja, klar!« meinte Horst, »lasst uns Joshy holen und die Schaufel nehmen und dann geht's los.« Wir grinsten ihn an.

»Im Ernst«, meinte Claudia »ihr könnt stolz sein, mich zu haben.« Bevor wir ein Loblied singen konnten und dazu Luft holen, erzählte sie weiter: »Es gab einen Priester auf Mallorca, der der Sage nach bei seinen ganzen Erkundungen über Mallorca auf eine Schatzkarte oder einen Hinweis gestoßen ist. Doch bevor er damit anfangen konnte, den Plan zum Bergen des Schatzes zu schmieden, hat ein Hund dieses Papier aufgefressen. Was weiter geschehen ist, ist mir nicht bekannt, außer dass in Porreres oder in der Nähe eine Statue in einer Kirche darauf hinweisen soll.«

Horst sagte wieder, »Dann hol ich mal den Wagen.« Claudia hielt ihn zurück, »Es ist schon spät und ich muss morgen früh raus. Ich gehe zu einer Freundin, die hier um die Ecke wohnt und komme morgen um drei Uhr zu euch.«

»Aber dein Auto steht bei uns, außerdem müssen wir noch so viel besprechen,« wollte ich sie zum Umdenken bewegen. Doch sie war bereits auf dem Sprung und rief: »Irgendwie komme ich schon zu euch«, gab uns einen flüchtigen Luftkuss und verschwand.

So standen wir zuerst ein wenig orientierungslos ein paar Minuten herum bis Horst den grandiosen Vorschlag machte: »Essen, Baumhaus, Gitarre, Joshy, Rotwein.« Anerkennend schlug ich ihm auf seine Schulter und schränkte ein: »Gitarrenladen zu, Rest super!« Mit diesem imposanten Männergespräch verließen wir die Kathedrale und fuhren zurück zur Finca.

Zu Hause angekommen war es verdächtig still. Normalerweise kann ich nicht aufs Grundstück fahren, wenn das elektrische Tor auffährt, weil Joshy doch sooo viel zu erzählen hat. Ein ungutes Gefühl machte sich blitzartig in meiner Magengegend breit – kein Joshy. Ich ließ das Auto mit laufendem Motor stehen und rannte die Auffahrt hinauf. Von weitem sah ich schon, dass auf der Terrasse vorm Haus Dinge lagen, die wir so nicht zurückgelassen hatten. Die Tür war aufgebrochen und ich bemerkte schockiert, dass drinnen alles durchwühlt war, alle Schubladen waren rausgezogen und umgekippt, in der Küche lag alles verstreut auf dem Boden, zerbrochenes Glas, der Kühlschrank offen und umgekippt – das reinste Chaos. Ein Auto kam vors Haus gefahren und ohne mich umzudrehen merkte ich, dass Horst im Türrahmen stand und »Scheiße« rief. Ich schaute ihn an und sagte nur ein Wort: »Joshy«. Wir liefen beide aus dem Haus und riefen in Stereo seinen Namen. Wir rannten in unterschiedliche Richtungen, um ihn zu finden. Mein Ziel war Rudolph, der aber auch nicht auf seiner Weide stand. »Nichts zu sehen!« rief ich

Horst zu, der rund hundert Meter entfernt stand.

Ich sprang über den Zaun und stürmte auf Rudolphs offenen Stall zu. Mein Herz schien auszusetzen, als ich um die Ecke schaute. Rudolph lag auf dem Boden und Joshy zwischen seinen Beinen. Beide blickten mich total verängstigt an, freuten sich aber schnell, als sie mich erkannten. Kurz ging ich aus dem Stall und teilte Horst mit, dass ich meine zwei Freunde gefunden hatte. Dann legte ich mich überglücklich zu den beiden ins Stroh und kuschelte beruhigend mit ihnen.

Egal was vorgefallen war, ich war so dankbar, dass ihnen nichts passiert ist. Doch als ich Joshy hoch nahm, bemerkte ich, dass er am Kopf leicht verletzt war. »Nichts Ernstes«, beruhigte ich Horst, der außer Atem im Stalleingang stand und besorgt schaute. Für Rudolph gibt es eine heute extra große Portion Fressen und Joshy nahm ich auf dem Arm mit ins Haus, um die Wunde im Licht genauer zu begutachten.

Die Verletzung stellte sich als harmlos heraus und nach ein paar Hühnchensticks, seinen absoluten Favoriten der Leckerlis war er wieder der alte Spaßvogel. Beim Aufräumen lag plötzlich etwas vor mir, das ich schon einige Zeit nicht mehr in der Hand gehabt hatte. Es war ein Halfter, das über beide Schultern getragen wurde, mit einer Waffe, die man auf dem Rücken trägt. Dabei handelte es sich um ein Nunchaku, welches mich seit Kindheitstagen und den ersten »Bruce Lee-Erfahrungen« begleitet. »Es ist kein Zufall«, sagte ich zu mir und zog es an. Horst beobachtete mich fragend, »Hast du es immer noch drauf?« Mit den Worten, »Schauen wir mal«, gingen wir raus und mein Körper versuchte sich an alt bekannte Griffe wieder zu erinnern. Horst schlug vor Helm, Taucherbrille und Ellenbogenschoner zu holen, denn genau so hatte ich mit 11 Jahren angefangen, diese Waffe zu trainieren und Horst wusste davon. »Eigentlich ganz einfach«, sagte ich und zog die zwei Stöcke, die mit einer Kette verbunden waren, so schnell mit der rechten Hand, hinter den Kopf greifend hervor, dass ich selbst perplex war.

Der Hartkunststoff mit den Verzierungen lag genauso in der Hand, als würde ich täglich damit trainieren. Genau das tat ich nun: ich drehte das Nunchaku vor meinem Körper, über und hinter mir. Als Ausgangsposition hält man in der rechten Hand einen der beiden Stöcke und unter der rechten Achsel eingeklemmt, den anderen. Verbunden sind die beiden Hölzer mit der Kette. Vorm Körper die ›Acht‹ schlagend, das Nunchaku so gekonnt, rasend schnell um die Schultern drehend und mit der anderen Hand aufgefangen, als würde ich gleich wie ein Hubschrauber abheben testete ich, was von meinen Fähigkeiten übriggeblieben war.

Die anerkennenden Blicke von Horst spürte ich sofort. Nach fünf Minuten Showeinlage schlug ich vor fertig aufzuräumen und dann Essen zu machen. Nach einer Stunde sah alles fast aus wie vorher. Bis auf etwas Geschirr, ein paar Gläser und meine orangefarbene Lieblingsgrillzange war alles ganz und wieder an seinem Platz. Der Kühlschrank hatte vorne eine Beule, lief aber noch.

In meiner Außenküche mit dem gemütlichen Essplatz kochte ich dann für uns. Kochen ist eine Leidenschaft, die mich voll erfüllte, was man meinem durchtrainierten Körper tatsächlich und eigenartigerweise nicht ansah. Kochen beruhigte mich und meine Gedanken wurden auf etwas ganz Anderes gelenkt – ich fand Zeit, wieder klar zu denken.

In einer großen Metallpfanne, die auch Paella-Pfanne genannt wird, hatte ich in Butter und Olivenöl einige ›Chuletas‹, Lamm-Koteletts mit Knoblauch, Thymian und Rosmarin scharf angebraten. Dann fügte ich noch Paprikastreifen und klein geschnittene Tomaten hinzu. Zum Schluss kamen noch für acht Minuten ein paar Scampi hinein und vor uns stand nun die gut riechende Pfanne, die wir mit etwas ›Pan‹, also Brot, und einem schweren Rotwein genossen. Unter dem Tisch saß Joshy in froher Erwartung, etwas abzubekommen und hinter uns ging die Sonne unter. »Auf Claudia und uns!«, ich hielt mein Weinglas Horst entgegen und er sagte, »Auf unseren Riesenschatz!« und die Gläser klirrten wohlklingend aneinander.

Wir schwiegen uns an und erzählten doch alles, wie es unter Freunden halt so ist.

Anschließend gingen wir, nach einem »Köpper« in den Pool, schlafen. Ich wurde jäh um halb sechs morgens von meinem Handy, das Sturm läutete, geweckt.

Verschlafen und noch nicht im Jetzt angekommen, nahm ich das Gespräch entgegen.

Jaime von der Guardia Civil war aufgeregt an der anderen Leitung und erzählte mir eine unglaubliche Geschichte: »Heute Nacht um vier Uhr wurde unsere Polizeistation überfallen. Drei schwer bewaffnete Männer stürmten das Gebäude und schossen wild um sich. Nachts sind nur drei Beamte da und bewachen unter anderem die Gefangenen; zwei weitere sind auf Streife unterwegs gewesen. Pedro ist angeschossen worden, ihn hat ein Bauchschuss erwischt, Miguel hat ein Armschuss und Javier wurde niedergeschlagen. Keiner der Angreifer hat irgendetwas gesagt. Wie ein Killerkommando fielen sie ein und meine Jungs hatten keine Chance. Die drei gefangenen Männer, das Pergament und den Porsche Cayenne, alles haben sie mitgenommen. Wir haben alles auf Video, doch es ist wie verhext, niemand ist richtig zu erkennen, alle sehen gleich aus, schwarze Haare mit Mützen, schwarzer Bart, dunkler Hauttyp, alle schwarze Kleidung. Sie hatten die gleichen Gewehre, auch diese haben sie mitgenommen. Erst heute Morgen sollten die drei erkennungstechnisch überprüft werden. Wir haben nichts!«, fasste Jaime atemlos zusammen, so dass er jetzt erst einmal Luft holen musste.

»Dann haben sie meine Männer in eine Zelle gesperrt und erst eine Stunde später, als die beiden von der Streife mit dem Einsatzfahrzeug in die Po-

lizeistation sie freilassen konnten, wurde die Fahndung eingeleitet. Pedro hat viel Blut verloren, die Ärzte hoffen, dass er durchkommt. Die anderen beiden sind noch ganz okay. Tom, sag mir alles, was du weißt, komm sofort her, ich brauch dich jetzt hier!«
Bevor ich von meinem Einbruch hier erzählen konnte, hatte er schon aufgelegt.

Irgendwie muss ich wohl blass ausgesehen haben. Horst stand im T-Shirt und Shorts vor mir und hatte in der linken Hand eine Flasche Korn und rechts einen Kaffee, die er mir beide sprachlos abwechselnd entgegenhielt. Nach kurzem Zögern griff ich zum Kaffee.

In einer Bäckerei holten wir eine Ladung ›Cocas‹ (Pizza-Stücke mit Gemüse drauf, ein mallorquinisches Grundnahrungsmittel) und kamen mit dem duftenden Frühstück in die Polizeiwache. Anfänglich hatte niemand Hunger, doch nach fünf Minuten mussten Horst und ich schnell zugreifen, um von den letzten Stücken noch etwas abzubekommen.

Nun saßen alle an einem Tisch, ich erzählte auch unsere Geschichte vom Einbruch gestern. Jaime übersetzte und ich erzählte weiter, dass nichts gestohlen wurde. Jaime schaute mich groß an: »Warum sagst du das jetzt erst?«

»Ähm, …« begann ich, doch weiter kam ich nicht. Aufgeregt stürmte ein Mitarbeiter mit einem Handy zu Jaime und ab diesem Zeitpunkt telefonierte er und ging aus dem Zimmer.

Ein plötzliches Gemurmel ging los und einige böse

Blicke streiften mich. Doch bevor ich jetzt mit meinen Brocken Spanisch eine Diskussion vom Stapel ließ, aßen wir unser Frühstück auf und tranken den Kaffee aus Pappbechern.

Jaime kam zurück und meinte, dass es jetzt spannend werde. Der Minister war persönlich am Telefon gewesen. Es war so still, dass wir alle das Schnarchen von Joshy unterm Tisch hörten. Wir bekommen sofortige GOES-Unterstützung. Ich erklärte Horst flüsternd, dass GOES ›Grupos Operativos Especiales de Seguridad‹ heißt, was so etwas wie die deutsche GSG 9 sei. Jaime kündigte auch an, dass wir jetzt unter der Leitung der UIP gestellt werden. Horst flüstert zurück, »Bestimmt die Kripo oder so«, ich nickte.

Nun sprach Jaime so schnell auf Mallorquín weiter, dass ich nichts mehr verstand. Es hörte sich so ähnlich an, als wenn Horst von meinem Essen nicht genug bekommt, sich den Mund so vollstopft und mir genau dann erklären würde, was die Aufgabe einer Bundeskanzlerin ist.

Nach kurzer Zeit löste sich alles auf und Jaime bat uns in sein Büro. Ich meinte zu ihm nur: »Du weisst um meine Mallorquín Verständnisschwäche …« Das war der Zeitpunkt, an dem er das erste Mal heute grinste. »Sorry, ja, hatte ich vergessen. Es liegt jetzt nicht mehr in meiner Hand. Hier handelt es sich um einen Terrorangriff: In den letzten einhundert Jahren ist in Spanien keine Polizeiwache mehr überfallen worden. Du musst mir jetzt noch einmal alles erzählen, vielleicht haben wir etwas übersehen?«, fragte er flehend.

»Was habt ihr gestern mit Claudia rausgefunden?« Horst begann und hatte die volle Aufmerksamkeit von Jaime: »Also vielleicht mal meine Sicht der Dinge. Wir haben vorgestern begonnen, am Baumhaus zu bauen, als ein Ast abbrach. Tom fand die Dose und es hat ein paar Minuten gedauert, bis wir sie öffnen konnten. Ich hatte immer das Gefühl, sobald wir aus der Finca kamen, beobachtet zu werden, …«, erstaunt schaute ich Horst an, doch er fuhr fort: »Als Tom die Dose gesäubert in der Hand hatte, kamen die Typen auch schon die Auffahrt hochgeschossen, obwohl das Tor vorher geschlossen gewesen war«.

»Aha«, meinte Jaime, »und gestern?«

»Der oberste Spruch auf dem Pergament steht über dem Hauptportal der Palma Kathedrale«, fasste ich unsere Recherche zusammen, »mit den anderen Sachen sind wir noch nicht weiter, Claudia forscht noch«, log ich. »Ich schicke dir jetzt Bernar mit, er ist unser Experte für Abhörsicherheit. Hast du die Kopie noch, die ich gestern gemacht habe?« Ich legte sie auf seinen Schreibtisch, stand auf und fotografierte sie aber sicherheitshalber noch einmal. Jaime kopierte sich diese und gab mir meine Kopie zurück. Beim Rausgehen meinte ich nur zu Jaime: »Sicher ist sicher, bei Dir kommt ja alles weg«. Er musste sich ein Grinsen verkneifen. Wir verabschiedeten uns mit den Worten: «Halte uns über Pedro und alles auf dem Laufenden.«

Manacor war noch nicht aufgewacht, es war still und Horst stellte fest, das Mallorca ganz früh morgens am Schönsten sei. Das höchste Gebäude Mallorcas, der Turm der Kirche zu Manacor brannte von der aufgehenden Sonne angestrahlt. Auf der Finca angekommen, hauten wir uns noch ein paar Eier in die Pfanne, gaben Hund und Maultier zu fressen und holten das Werkzeug heraus, um an unserer Saudade, dem Baumhaus, weiter zu arbeiten. Das ist die mallorquinische Lebensweise, auch von solchen Ereignissen lassen wir uns unsere Ruhe und unsere Ziele nicht nehmen.

Bis zum Mittag hatten wir einiges geschafft und entschieden uns, nach dem obligatorischen Sprung in den Pool, etwas zu Essen zuzubereiten. Wir platzierten zwei große Stücke Alufolie auf der Arbeitsplatte der Außenküche, legten zwei Doraden darauf und salzten sie mit Meersalz. Dann füllten wir sie mit einer super schmeckenden Streichwurst, der Sobrasada. Als früher die Mallorquiner noch keine Kühlschränke hatten, brauchte man Ideen, um Fleisch zu lagern und haltbar zu machen. Da wurde die Sobrasada erfunden. Das beste Stück Filet, Kräuter, Paprika gemahlen und geheime Zutaten in einen Darm gefüllt und an der Luft getrocknet macht sie lange haltbar. Wir nahmen dazu frische Kräuter, Minze, Basilikum, Petersilie, Dill, Schnittlauch und streuten sie grob über den Fisch. Noch jeweils zwei geschälte Knoblauchzehen und etwa einen Zentimeter von einer geschälten Ingwerknolle, in kleine

Stückchen gehackt dazu und oben drauf krönt man den Fisch mit jeweils zwei Zitronenscheiben und frisch gemahlenen Pfeffer aus der Mühle. Dann wird alles gut eingepackt. »Wie ein Geschenk«, meinte Horst, und ab in auf den Grill für zwanzig Minuten bei circa einhundertachtzig Grad. Dazu schälten wir eine Süßkartoffel, schnitten diese in Scheiben und garten sie in einem kleinen Dampfgarer für fünfzehn Minuten. Da im Mai die Mittagssonne schon recht kräftig schien, sprangen wir zur Abkühlung immer wieder in den Pool und konnten so erfrischt unser Mahl mit einer Rhabarberschorle genießen.

»So schmeckt der Sommer«, meinte Horst zufrieden grinsend. Ich setzte einen drauf und erwiderte »So schmeckt das Leben!«. Horst entgegnete etwas zerknirscht, »... dein Leben ...«

»Das kannst du doch auch haben«, ermunterte ich ihn, »gerade du als Informatiker hast doch keine physische Anwesenheitspflicht beim Auftraggeber. Noch dazu bist du selbstständig.« Horst lächelte, »Okay, wenn das mit dem Schatz klappt, kauf ich mir auch eine Finca und dann hilfst du mir bei meinem Baumhaus.«

»Ach ja, das ist das Stichwort«, beendete ich unser Mittagessen. Wir räumten den Tisch ab, packten alles in die Spülmaschine und gingen frisch gestärkt wieder ans Werk.

Da es über zwei Stunden keine Überraschungen gab, konnten wir gut vorankommen. Wir hatten die ersten Querstreben fixiert und arbeiteten nun jetzt gleichmäßig weiter. Gegen drei Uhr, hupte jemand vor dem Tor, ein Guardia Civil Fahrzeug stand in der Auffahrt. Bernar, mit Claudia auf dem Beifahrersitz, kam die Einfahrt hochgefahren. Genauso strahlend wie gestern, begrüßte sie uns in ihrem engen weißen Kleid. Bernar, so circa Mitte dreißig, sah aus wie ein Teenager, der stehen geblieben war: dünn, schlaksig und er hatte sogar noch Pickel im Gesicht, das jetzt rot angelaufen war. Wir erkannten schnell warum: Claudia bedankte sich bei ihm mit einem Kuss auf die Wange fürs Mitnehmen und seine Gesichtsfarbe wurde nun purpurrot.

Ich zeigte Bernar das Haus und brachte drei erfrischende Mint-Schorlen mit hinaus zu den anderen beiden. Sie bedankten sich mit einem Nicken und Claudia entschuldigte sich: »Ich hatte heute den ganzen Tag zu tun und konnte leider nicht recherchieren.« Horst meinte aufmunternd: »... bald hat das ja ein Ende und du bist dann reich.« Mit der flachen Hand versetze sie Horst lächelnd einen Klaps auf den Arm. »Wonach suchen wir genau?«, fragte ich. »Ein Bild oder eine Skulptur mit einem Hund, vielleicht auch einem anderen Tier? Auf dem Pergament von Guillém stand ja etwas von einer Kreatur. Okay, wir warten bis Bernar fertig ist und fahren dann nach Porreres«, schlug ich vor. An Claudia gerichtet wollte ich wissen: »Du weisst von dem Überfall auf die Polizei in Manacor und unserem Einbruch?«

»Ja, ja!«, sagte sie, »ist irgendetwas gestohlen worden?«

»Eben nicht – ich hatte Geld im Nachttisch, doch das ist noch da. Aber Joshy hat was abbekommen.« Als wenn er es verstehen würde, holte sich Joshy bereits Trost auf dem Schoß von Claudia und schaute sie dementsprechend mitleiderregend an. Sie tröstete ihn mit ganz viel Streicheln und Knuddeln, so dass Horst signalisierte, »Hund müsste man sein!« In diesem Augenblick kam ein triumphierender Bernar aus meinem Haus und hatte vier kleine Plastikkästchen an denen je dreißig Zentimeter Kabel hingen, unterm Arm. Er freute sich: »Jetzt sind sie sauber!«. Ich verstand in diesem Moment nur ›Bahnhof‹, doch er klärte uns schnell auf. »Das sind die Sender der Abhörgeräte, drei nur für Ton, die waren in der Küche, im Bad und im Schlafzimmer versteckt. Das Vierte,« er hob es erklärend hoch, »hat zusätzlich noch eine eingebaute Kamera und war ebenfalls sehr gut versteckt, im Regal über dem Kamin.« Vor Schreck verharrte ich mit offenem Mund und aufgerissenen Augen. Horst schlussfolgerte: »Wanzen? Was ist denn hier los?« Claudia war etwas cooler als wir und fragte Bernar ob er etwas über die Herkunft sagen könne? »Das kannst du in jedem Onlineshop kaufen. Der Empfänger muss hier in maximal zwei Kilometern Umkreis zu finden sein.«

Gedanklich zog ich einen Kreis um meine Finca und stellte fest: »Da gibt es ungefähr fünf Häuser, die in Frage kommen.« Ich nahm mein Handy aus der Hosentasche und wählte Jaimes Handynummer, stellte es auf laut und platzierte es auf dem Tisch. »Gut, dass du anrufst, Tom. Wir haben den ›Cayenne‹ gefunden. Er stand in der Nähe von Ariany und ist komplett ausgebrannt.«

»Somit keine Spuren«, schlussfolgerte Horst. Wir schilderten die Situation mit den Wanzen, die in meiner Finca versteckt waren und ich erklärte ihm, wem er aus meiner Nachbarschaft einen Besuch abstatten sollte.

»Ich kenne alle deine Nachbarn einigermaßen gut, von denen kann das keiner sein, Tom«, versicherte Jaime, »Willst du mir vielleicht etwas sagen? Erkläre mir bitte, warum du abgehört wirst. Hast du Probleme mit dem Finanzamt, oder irgendwelchen Leuten, denen du Geld schuldest? Hast du die Frau eines anderen verführt? Scheidung? Was ist da los bei Dir?«

»Jaime,« versuchte ich ihn zu beruhigen, »da ist nichts dergleichen. Du kannst mein ganzes Leben zurückgehen, alle lieben mich, es gibt niemanden, der etwas von mir will. Es ist genug Geld da, um nie wieder arbeiten zu müssen und das ist alles in dreißig Jahren mit ehrlicher, harter Arbeit verdient und rechtmäßig versteuert.« Horst und Claudia nickten zustimmend, und das, obwohl Claudia eigentlich gar nichts von mir wusste. Ich musste grinsen. »Halt mich auf dem Laufenden«, bat ich, »wir tun das Gleiche«, und legte auf. »Auf nach Porreres!« Diesmal quetschten wir drei uns in den kleinen, weißen Fiat von Claudia. Joshy hatte ich genauestens erklärt, was zu tun ist, wenn ungebetener Besuch kommt.

Bernar fuhr vor uns vom Hof und zehn Minuten später standen wir in Porreres in der Kirche. »Für so ein kleines Dorf ist die Kirche riesig«, staunte Horst. Drinnen war es dunkel und unsere Augen brauchten ein paar Minuten, um sich daran zu gewöhnen. Uns fielen drei ältere Damen auf, die in einer Bank saßen und beteten. Ein Mann tauschte eine Kerze aus und sah sehr beschäftigt dabei aus. Claudia stürmte auf ihn los und als er sie erkannte, war die Freude groß. Claudia war circa eins siebzig groß, aber ihr Gegenüber war so klein, dass sie sich bücken musste, um ihn in die Arme zu schließen.

Sie quatschten und lachten und wir verstanden nix, »Mallorquín!« sagte ich zu Horst, er verdrehte die Augen. Beide kamen auf uns zu und auch er war erfreut, unsere Bekanntschaft zu machen. »Das ist Matheu«, stellte Claudia ihn vor, »er hat mir sehr oft geholfen, wenn ich etwas an Informationen über die Kirchen benötigte.« Als er seinen Namen hörte, leuchteten seine Augen und er bedachte Claudia mit einem so liebevollen Blick, dass ich schmunzeln musste. Matheu hielt uns sein kleines Händchen hin, das eher an einen Zwölfjährigen, anstatt die Hand eines Achtzigjährigen erinnerte. Bis auf die Falten, die waren reichlich vorhanden. Matheu antwortete auf meine Frage zu dem Priester mit dem Hund, dass es sich um den ›Heiligen Georg‹ handele, der in der Kirche in Felanitx zu finden sei. »Ich hatte mich vertan, aber Matheu ist so glücklich darüber, mich zu sehen, dass er mir auch noch ein Geheimnis anvertraut hat. Die Geschichte geht so, dass ein Hund ein Pergament so zerrissen hat, dass es nicht mehr lesbar war. Es soll ein wichtiger Hinweis zum Auffinden eines unermesslichen Reichtums gewesen sein. Gott hat den Hund geschickt, damit der ›Heilige Georg‹ nicht auf dumme Gedanken kommt«, fasste Claudia ihre neuesten Erkenntnisse nach dem Gespräch mit Matheu zusammen. Wir bedankten uns mit ›muchas gracias‹ und ›adios‹ als wir gingen. Nur noch einen Zahn zeigte sein Lächeln, als er uns zum Abschied winkte.

Fünfzehn Minuten später stiegen wir die Treppenstufen zur Kirche in Felanitx hinauf. Claudia wirkte sehr nachdenklich bis wir das Portal erreichten. »Was ist?« wollte ich wissen. »Einundzwanzig Stufen und zwölf Schritte bis hierher«. Horst und ich schauten uns fragend an. »Ja«, wiederholte sie: »einundzwanzig Stufen hier hoch und ungefähr zwölf Meter bis zum Portal der Kirche«. Horst und ich dachten wohl das Gleiche, aber Horst reagierte. »Ah, klar, das ist bestimmt mega-wichtig und bedeutet, dass wir nun insgesamt dem Schatz dreiunddreißig Schritte näher gekommen sind.« Mit einem »Ach, du bist ein Blödmann!«, schubste sie ihn durch das Tor. »Die ganze Treppe ist mit gleichschenkligen Kreuzen übersät«, sagte ich zu Claudia »Ist mir auch schon aufgefallen, aber ich habe keine Idee, was das bedeutet.«

Wir traten ein und es fiel uns sofort der Engel über dem Altar auf, ebenso die uralte Orgel, bei der die Orgelpfeifen wie Trompeten ins Kirchenschiff ragten. »Sie ist wunderschön«, flüsterte Claudia mit leuchtenden Augen. »Recht hat sie«, dachte ich »diese Schlichtheit im Ganzen und die prachtvollen Schlusssteine an der Decke!« Ein älterer Mann kam auf uns zu und zeigte uns den uralten Taufstein, direkt neben dem Eingang, der eher an eine Kinderbadewanne erinnerte. Elvio heißt er, ist der Küster und liebt seine Kirche. Claudia redete kurz auf ihn ein und Elvio hob die Augenbrauen, grinste dann und hörte nicht mehr auf zu erzählen. Horst kannte das jetzt schon und meinte »Mallorquín.« Ich nickte und wir trotteten den beiden bis zur Mitte der Kirche nach. Claudia deutete auf den goldenen Engel über dem Altar und erklärte uns »Michael«. »Aha, Michaels Kirche«, schlussfolgerte ich. Sie wandte wieder sich an Elvio, denn der erzählte weiter. Die Nischen der Kirche waren prachtvoll ausgekleidet mit kunstvollen Skulpturen, die Jesus am Kreuz zeigten, als ihm die Dornenkrone aufgesetzt wurde. »Autsch'n!«, meinte Horst, als er das sah. Die Figuren sahen so lebensecht aus. Claudia unterbrach Elvio und erzählte uns, das Ostern sechs starke, junge Männer gebraucht werden um dieses Statue in einer Prozession durch den Ort zu tragen. Sechs weitere, um den Jesus da vorne, der sein Kreuz auf der Schulter trägt, durch die Straßen zu tragen. Anerkennend hoben wir die Bahre leicht an und stellten bewundernd fest, dass die ›Jungs‹ aber gut durchtrainiert sein müssen.

»Elvio will uns den Schatz zeigen«, flüsterte Claudia und winkte uns, ihnen zu folgen.

In der Mitte der Kirche, vor der Orgel, ging es links durch eine Nische in einen neuen Raum hinein. Für einen Euro, den man in eine Art »Lichtanschaltkasten« steckte, wurde dieser Raum auch kurz beleuchtet. Wir richteten unsere Blicke nach oben und über uns entdeckten wir ein Schaf oder einen Hund, an die Decke gemalt, etwas verblasst, aber noch ganz gut zu erkennen. Zwei Schritte weiter waren wir unverhofft, wie benommen. Alles tauchte in rosa Licht, über uns eröffnete sich plötzlich eine Kuppel mit seitlichen Öffnungen. Sie strahlte im goldenen Licht. Vor uns blickten wir auf einen Altar aus Gold, mit einer goldenen Maria einem Kind auf dem Arm vor einem in Purpurrot leuchtendem Hintergrund und ganz oben, über dem Altar, erschien ein grün schimmernder Heiligenschein. »Mega!«, schwärmte Horst ergriffen mit großen Augen. Darunter erkannten wir Buchstaben auf rotem Marmor, eine Inschrift: ›FELICOS ELS CONVIDATS A LA SEVA TAULA‹. Ich vertiefe mich in die Skulpturen, rechts und links der Inschrift – rechts eine Frau mit einem Kreuz in der Hand und links ein Priester mit einem goldenen Kreuz, einem Buch und ich war völlig überrascht, als ich links neben ihm, den Hund zu seinen Füßen ausmachte, der eine Pergamentrolle im Maul trug. »Georg«, meinte ich mehr zu mir selbst, als zu jemand anderem. »Richtig!« bestätigte Claudia, die plötzlich neben mir stand. »Hier steht er vor uns.«

»Das ist der Schatz«, riet Horst und deutete auf die Kugel unter dem Hund. Elvio schaute uns an und bat uns, dass wir uns umdrehen sollen. Da war es wieder: das Bild des heiligen Abendmahls – doch irgendetwas war anders. Es sah so aus, als hielte Jesus jemandem in seinem Arm. Claudia erklärte, dass dieser Mann der ›Heilige Thomas‹ ist, den er da im Arm hat. »Links vom Abendmahl gibt es ein weiteres Bild zu sehen, es zeigt Maria, allerdings mit zwei Babys«, sagte Horst. »Claudia, frag Elvio bitte mal, warum das Abendmahl soweit da oben hängt.« Das tat sie gleich und Elvio erklärte: »Zum Schutz.«

»Es ist so wertvoll, da kommt niemand dran«, bestätigte Horst. »Nein, zum Schutz und als Wächter des Altares.« schmunzelte Claudia.

Elvio stand nun mitten im Raum, schaute zum Altar und bekreuzigte sich mehrmals. Sein Blick schweifte nach oben in die Kuppel und er betete leise. »Guillém Sagrera wollte, dass sich hier jeder Mensch wie ein König fühlt. Deswegen hat er diesen Raum geschaffen. Die Kuppel sieht aus wie eine riesige Krone – das hier ist der Krönungssaal für Jedermann.« berichtete Claudia. Wenn man vor dem Altar stand und nach oben schaute, hatte man das Gefühl, eine riesige, leuchtende Krone auf dem Kopf zu haben. Es war so ein berührendes Erlebnis, Horst war da gar nicht mehr weg zu bekommen. Rechts davon sah man zwei Bilder mit Frauen, die jeweils durch einen Engel eine Art Krone aufgesetzt bekamen. Als wir aus dem Raum wieder in das Kirchenschiff,

Richtung Altar zurückgingen, kamen wir an einer Nische vorbei, in der Joachim und seine Tochter zu sehen sind. »Die Tochter ist die Mutter Gottes, also Maria mit Vater«, beschrieb Claudia.

Wir kehrten um. Durch die bunten Fenster und die Sonneneinstrahlung leuchteten einige Bilder so, als wenn die Personen darauf lebendig wären.

Der Altar war riesig und reich verziert. Davor kam man sich als Mensch so richtig winzig vor. Elvio blieb alle paar Meter mit Claudia stehen und erzählte etwas. Wir bekamen nichts mit, noch nicht mal, ob er Luft holte. Er redete in einem Atemzug, ohne Punkt und Komma. Als wir die Kirche verließen und wieder vor dem Portal standen, erschien mir Claudia ganz ruhig und in sich gekehrt.

Sie bog sofort nach links: dort war ein Bild in den Stein gehauen, es zeigte Jesus am Kreuz. »Fällt euch etwas auf?«, fragte sie. Wir sahen auf eine typische Szene, wie in allen Kirchen: Jesus am Kreuz und zwei Personen darunter. »Er hat keine Dornenkrone auf dem Kopf.« Jetzt sahen wir es auch. »So etwas gibt es eigentlich nicht. Dass Guillém Sagrera damit durchgekommen ist, ist mir ein Rätsel«, sagte Claudia nachdenklich. Horst meinte lapidar, »Die ist bestimmt geklaut worden!« Wir lachten, ahnten jedoch nicht im Geringsten, dass er damit so viel Recht hatte, wie es sich später herausstellen sollte. Die Sonne blendete uns, wir drehten um, gingen die Stufen herunter und setzten uns in ein Café in der Nähe.

Jeder bestellte sich einen ›Café con leche‹, einen Kaffee mit warmer Milch und wir rührten nachdenklich, schweigend, ja andächtig darin herum. »Was stand da auf dem Altar?« fragte ich in die Runde. Claudia holte ihr Handy aus der Handtasche. Sie hatte die ganze Zeit in der Kirche fotografiert. Sie zeigte das Foto mit den Buchstaben auf dem roten Marmor unter dem Altar. Meinst du das?« Ich schaute auf das Foto und bestätigte »Genau!«

»Selig sind die, die an euren Tisch geladen sind«, übersetzte sie. »Hier geht es wohl im weitesten Sinne um das Abendmahl« überlegte Horst. »Wenn doch der Schatz in der Kugel unter dem Hund verborgen ist, wieso holen wir uns den dann nicht einfach heute Nacht?« Claudia hatte gerade ihre Tasse Café an den Mund geführt. Just in diesem Moment, als Horst das sagte, nahm sie einen Schluck. Prustend spuckte sie eben diesen über den Tisch und lachte dabei so herzlich, dass wir beide mitlachen mussten. Der Kellner würdigte uns eines bösen Blickes, blieb aber cool. »Horst«, meinte sie liebevoll, wie zu einem kleinen Jungen, »wenn da der Schatz drin ist, dann ist er aber nicht besonders groß und wenn doch, dann hätte bestimmt einer ihn in den letzten 500 Jahren gefunden.« Horst spielte das Spiel mit und nickte: »Ja, danke, Frau Lehrerin.« Und wieder lachten wir alle drei herzlich. »Irgendwie sind wir festgefahren. Lasst uns mal um die Kirche herumgehen – da ist irgendetwas mit dem Turm dieser Kirche, meinte Elvio. Es gibt Zeichnungen, da sollte er anders aussehen und zwar so wie der Elfenbeinturm. Guillém hat das aber beim Bauherrn nicht durchsetzen können, da die Form zu modern sei.«

»War da Elfenbein drin?« wollte Horst wissen. »Nein«, fuhr sie wie eine Lehrerin geduldig lächelnd fort, »er diente alleine dem Andenken Marias und war der geheime Aufbewahrungsort aller Reliquien. Ihn gibt es nirgendwo noch einmal auf der Welt und deswegen hat Guillém hier ein bedeutendes Zeichen in seiner Heimatstadt gesetzt.« Horst nickte ganz brav und wir grinsten wieder. Nachdem wir den Tisch abgewischt und bezahlt hatten, gingen wir rechts an der Kirche, die aussen eher schmucklos wirkte, vorbei. Dahinter befinden sich die Markthallen und der Turm. »Sieht schon bisschen so aus, wie der Turm auf dem Portal in der Palma-Kathedrale,« spekulierte ich. Prompt blieb Claudia stehen und bestätigte: »Na klar, das ist es! Elvio hat erzählt, dass alle Steine für den Bau aus Llucmajor und Sencelles kamen. Dort befinden sich heilige, antike Dörfer mit Talayots, das sind dickwandige Wach-Türme. Die Steine hat man sich im Mittelalter geholt und sie sollen hier alle in diesem Turm verbaut worden sein. Ich muss sofort in die Bibliothek. Da kann ich euch nicht gebrauchen. Wir sehen uns morgen, um neun Uhr vor der Kathedrale ›Le Seu‹!«, sprang auf und weg war sie.

Im selben Moment schellte mein Handy und Jaime informierte mich bestürzt darüber, dass man im Haus meiner Nachbarn Schreckliches vorgefunden hat. In einer sehr kleinen alten Finca, die einem alten, achtzigjährigen Pärchen gehörte, wurde wohl ebenfalls eingebrochen. Dort habe es über mehrere Wochen so eine Art Basislager gegeben mit Schlafstätten für sechs Personen. Den Essensresten nach zu urteilen, handele es sich um Syrer, die hier gelebt haben. Von hier wurde ich offensichtlich komplett überwacht. Es gab ohne Ende High-Tech Überwachungsgeräte und durch die leicht erhöhte Lage des Hauses konnte man meine Finca gut überblicken und beobachten. Die beiden alten Bewohner hatten die Polizeihunde verbuddelt, im Gemüsefeld, entdeckt. So, wie es aussah, sind beide aber ohne äußerliche Gewalteinwirkung gestorben. »Tom, jetzt Butter bei die Fische, was ist los bei dir?« fragte Jaime eindringlich. »Wir kommen!« sagte ich schockiert. »Bleib bitte da!«

Neben der Markthalle stand ein Taxi, das uns in zehn Minuten zu der alten Finca meiner Nachbarn fuhr. Zehn Polizeiautos, ein Krankenwagen sowie zwei Leichenwagen standen in der Einfahrt und auf dem Hof. Der Taxifahrer machte beim Anblick des Polizeiaufgebots schnell kehrt, nachdem wir bezahlt hatten. Die Polizisten begrüßten uns mit betretenem Nicken, als wir in die Finca gingen. Dunkel, klein und muffig war es drinnen – es erinnerte mich an meine Finca, als ich sie gekauft hatte. Jaime kam auf uns zu und zeigte uns im Wohnzimmer, was sie gefunden hatten. Zeitungen, technische Geräte, Dosen mit Essensresten, alles mit arabischer Schrift.

Eine Zeitung, ›Al-Watan‹, sie war genau vier Wochen alt. Jaime merkte, dass ich mir das Datum anschaute und setzte hinzu: »So lange sind die beiden da draußen aber noch nicht tot« und zeigte mit seinem Handy durchs Fenster in den Garten. Dann nahm er das Handy wieder ans Ohr und redete los. Horst kommentierte »Mallorquín« und ich nickte ihm zu.

Wir gingen hinaus in den Garten, wo verschiedene Männer in Plastik-Overalls umherliefen. Neben den reifen Tomaten waren zwei Löcher ausgehoben, vielleicht fünfzig Zentimeter tief. »Die Erde hier ist ziemlich steinig«, stellte Horst fest und deutete auf die beiden Hügel neben den Gräbern. Ich nickte und wir schauten zu, wie zwei Overall-Männer die Leichen aus den Erdlöchern in Metallsärge legten. Es wirkte irgendwie, als wären beide am Schlafen, denn sie waren im Schlafanzug. Jaime meinte von hinten, dass die Obduktion wohl erst Genaueres ergeben wird.

Fassungslos drehte ich mich zu Jaime herum. »Welche Schweine machen so etwas?« Tränen schossen mir in die Augen. »Die beiden haben doch keiner Fliege was zu leide getan, warum kommen die nicht direkt zu mir? Ich wäre bereit!« Jaime klopfte mir mit den Worten freundschaftlich auf die Schulter: »Genau das werden die auch tun.« Dabei bemerkte er, dass ich einen Halfter unter meinem T-Shirt trug. »Was hast Du da?« wollte er mit ernster Miene wissen. Ich zog mit der rechten Hand, über den Kopf greifend, mein Nunchaku hervor. Erstaunt und belustigt fragte er: »Was willst du denn damit?« Horst sprang mir zur Seite und meinte mich verteidigen zu müssen. Voller ehrlicher Bewunderung erklärte er: »Damit kann er drei Männer gleichzeitig stoppen!« Verächtlich schaute Jaime das Gerät an und sagt, etwas herablassend: »Was nützen dir zwei Streichhölzer an einer Kette, wenn du ein Loch im Kopf hast?« Horst holte Luft, um zu erwidern, dass es dazu gar nicht erst kommen würde, als ein etwas kleinerer Polizist neben Jaime erschien und ihm wortlos ein Telefon in die Hand drückte. Jaime drehte sich um und ging laut gestikulierend davon. Voller Bewunderung betrachtete der Polizist das Nunchaku und strahlte: »Aah, du Bruce Lee?«. Ich grinste und schlug damit schnell eine Acht in die Luft und über meinem Kopf verschwand das Nunchaku dann wieder in seinen Halfter. Die Augen des Polizeibeamten wurden plötzlich ganz groß, er ging ehrfurchtsvoll einen Schritt zurück und hob zum Schutz den rechten Arm vors Gesicht. Ich gab ihm die Hand und er rief »Super!«

Jaime kam zurück und erklärte mir, dass er es geschafft habe, für unsere Sicherheit zwei Beamte zu unserem Schutz abzustellen. Diese würden heute Abend zu meiner Finca kommen und uns beschützen, ohne dass wir sie bemerken. Ich fragte: »Oder mich zu bewachen?«

»Tom, ich kenn dich erst ein paar Jahren, seit 25 Jahren bin ich Polizist, seitdem ist hier in meinem Revier nur einer beim Reinigen seiner Pistole durch eine Kugel ums Leben gekommen. Du beteuerst mir die ganze Zeit, dass du unschuldig und ahnungslos wie ein Engel bist. In Wahrheit aber haben dich eine Handvoll Syrer wochenlang beobachtet, verfolgt und deine Nachbarn eiskalt sterben lassen. Mir sind echt die Hände gebunden oder du erzählst mir jetzt, warum das so ist. Und komm mir bitte nicht mit dieser ›Papyrus-Nummer‹, wo ein Spruch unserer Kathedrale ›Le Seu‹ drauf steht, den seit 500 Jahren sowieso jeder lesen kann.«

»Das war es jetzt!« sagte ich etwas barsch »Und, es ist ein Pergament!« Ohne mich zu verabschieden, rief ich, »Horst, wir gehen!« Dann marschierten wir durch den Garten, querfeldein, den Hügel hinunter.

Man sah von hier aus genau auf die Rückseite meines Hauses und auf meine drei Bäume, die links daneben stehen – und den ersten Querbalken des zukünftigen Baumhauses. Joshy schaute etwas verängstigt, als wir von hinten über den Zaun kletterten und der Finca näher kamen. Er freute sich aber um so mehr, als ich ihn rief.

»Ich mach uns jetzt mal 'nen Bier auf«, murmelte Horst und kam mit zwei eiskalten ›Sant Miguel‹ zurück. »Wir kennen uns jetzt seit 30 Jahren«, begann ich, nach einer Erklärung suchend: »du weißt alles über mich. Hast du eine Idee?«

»Habe mir auch schon Gedanken gemacht. Diese Toten sind jedoch eine Kategorie, in der ich nie zu tun hatte und du auch nicht. Die Armen.«, antwortete Horst nachdenklich, »Kanntest du sie?«

»Ja, als ich das Haus gekauft hatte, bin ich mit Schnaps und Leckereien von Nachbar zu Nachbar gezogen. Die zwei Alten waren immer noch verliebt ineinander, wie am ersten Tag. Kann mich noch genau erinnern, wie sie vor mir auf dem Sofa saßen, der Kamin prasselte, sie hatte Feigen und selbst gebackene Plätzchen aufgetischt, er seine gesalzenen Mandeln und wir tranken seinen selbstgebrannten Kräuterschnaps. Die beiden haben Händchen gehalten und trotz der wenigen Zähne viel gelächelt und sich immer wieder ein Küsschen aufgedrückt. Echt süß.« Ich hielt ihm mein Bier hin und sagte »Prost, auf die Zwei!« Plötzlich füllten sich meine Augen wieder mit Tränen. Um vom Thema abzulenken, fragte ich: »Baumhaus oder grillen?«

»Kannst du nicht deine Spezialpasta machen?« fragte Horst. »Nur wenn du mithilfst«, sagte ich.

In meiner Außenküche hatte ich nicht nur einen Grill, eine extra Gasplatte zum Kochen, eine eingelassene Fritteuse, eine Spüle, einen Kühlschrank, eine Spülmaschine, eine eingebaute Schneidemaschine zum Ausklappen, sondern auch genügend Arbeitsfläche. Wir setzten Wasser auf und gaben etwas Meersalz und Olivenöl hinzu – jeder macht das anders. Horst machte sich über den Knoblauch her, er hatte einen neuen Trick: nahm vier Knoblauchzehen, ein altes sauberes Marmeladenglas, warf den Knoblauch hinein, schraubte den Deckel drauf und schüttelte das Glas wie ein Barmixer durch meine Küche. Nach zwei Minuten holte er die nackten Zehen hervor und tönte laut: »Tataaaaa«. »Super«, gratulierte ich, »geiler Trick. Bitte noch klein schneiden und dann zwei grüne Paprika würfeln.« Ich holte aus dem Garten frische Tomaten, Frühlingszwiebeln, Petersilie, Schnittlauch, Basilikum und eine Avocado, wusch alles schön ab und gab Horst die Avocado, um auch diese in Würfel zu schneiden. Er hatte mittlerweile die Spagetti schon in den Topf gegeben. Wir schnibbelten alle Zutaten und gaben sie in eine große Schüssel, wie man es mit einem Salat macht. Gewürzt wurde mit Salz, Pfeffer und frischem Olivenöl vom Ökomarkt aus Santa Maria. »Da gehe ich gerne einkaufen«, erzählte ich Horst. »Ganz wichtig: kein Essig!« erklärte ich ihm. Er rieb den alten Parmesankäse schön klein und ich schüttete die Nudeln ab. Wir vermengten alles in der Schüssel, setzten uns mit einem weiteren Bier hin und ließen es uns richtig schmecken.

»Wichtig bei einer Außenküche ist Sauberkeit.« erklärte ich Horst nach dem Essen. »Die Ameisen verstehen da kein Spaß. Sie holen sich alles, was nicht schnell genug abhauen kann.« Den Wink mit dem Zaunpfahl hatte Horst verstanden. So hatte ich Zeit für Joshy und Rudolph und konnte ein bisschen alles Geschehene hinter mich lassen. Rudolph war als kleines Maultier verhätschelt worden. Er war so süß, hatte ich von den Vorbesitzern immer noch im Ohr. Papa Pferd, Mama Esel, und Rudolph von beidem etwas. Er durfte bei denen ins Haus, war auf dem Sofa, am Kamin, hat da gefressen, wurde aber größer und größer und war dann wohl irgendwann nicht mehr süß. Am Ende lebte er nur noch auf acht Quadratmetern Stall und bekam einmal in der Woche etwas zu fressen. So allein gelassen, hat er getreten, gebissen und nur geschrien. Wen wundert es? Damals konnte ich an ihm nicht vorbeigehen. Vierhundert Euro haben sie mir abgeknöpft, weil er ja soooo ein tolles Familienmitglied war. Ich hatte ihm eine Woche Freiheit auf einer Riesenweide gegönnt, währenddessen seinen vierzig Quadratmeter großen Stall mit eigener Wasserversorgung gebaut und rund 2.000 Quadratmeter Weideland eingezäunt. Als ich ihn auf die Finca holte, haben Joshy und er einen Freudentanz aufgeführt, den ich bis heute nicht vergesse. Eine Träne lief mir über die Wange, die Joshy sofort animierte, sich auf meinen Schoß zu setzen. Damals, es war der fünfzehnte April gewesen, hatten wir diesen Tag, alle drei zum Familien-, Rudolph-, Geburts-, Gedächtnistag ausgerufen. An diesem Ehrentag verbringen wir alle drei immer eine Nacht zusammen im Stall. Tagsüber gehen wir spazieren, Rudolph läuft wie ein Hund an der Leine mit durch den Wald, nachmittags wird sein Stall ausgemistet und es gibt, auch etwas eigennützig, frisches Stroh. Rudolph bekommt eine Dusche und immer gibt es besonders viel Aufmerksamkeit und Essen. Drei Mal haben wir diesen besonderen Tag schon feiern dürfen. Mit diesen Erinnerungen muss ich wohl im Stall eingenickt sein. Horst fand mich, als ich halb auf Rudolph im Stall mit Joshy auf der Brust lag. Mit einer Taschenlampe strahlte er mich an. »Wenn ich dich hier so sehe, verstehe ich, dass auch deine Tiere dir aus deinen Depression helfen können. Dein Handy schellt unaufhörlich, komm doch mal.« Sofort war ich hellwach und wir gingen mit ins Haus.

Jaime hatte fünf Mal versucht, mich zu erreichen, ging jedoch beim Rückruf nicht an sein Telefon. Ich schrieb ihm eine Nachricht, dass wir jetzt ins Bett gingen, aber in dringenden Fällen jederzeit erreichbar seien. Sonst könne er sich erst ab sieben Uhr morgen früh melden. Daraufhin gingen wir alle richtig müde ins Bett.

Kapitel 2

Wie ein Wecker riss mich mein Klingelton ›Guitar‹ aus meinen Träumen. Ich war gerade dabei, wild um mich zu prügeln und ein altes Pärchen zu beschützen. Die Bettdecke war zerwühlt, ich war nass geschwitzt – eine richtig erholsame Nacht, dachte ich ironisch.

Jaime hörte sich am Telefon auch nicht besser an. Er berichtete, dass sie zwei der Syrer dank ihrer Fingerabdrücke und Interpol, ermitteln konnten. Es handelt sich um Auftragskiller, die bisher nie gefasst wurden und nachweislich einige Menschen ins Jenseits befördert haben. Die anderen Spuren waren Fehlanzeige. Auf meine Frage, wie diese

Killer auf die Insel kamen, erklärte er mir, dass bereits vor sechs Wochen sechs Männer von Italien aus, ein Schiff gechartert hätten und in Porto Cristo von Bord gegangen sind. »Bei dem Yachtcharter aus Rom ist der Schwager einer meiner Mitarbeiter beschäftigt. Dessen Schwester hat einen Italiener geheiratet und der ist da Skipper und hat das Schiff gefahren und diese Fahrt mit einem Besuch auf der Insel verbunden. Laut seiner Aussage waren die Männer sehr freundlich, immer schwarz gekleidet, haben sich untereinander nur leise unterhalten und waren sonst unauffällig. Ihr Trinkgeld war großzügig und so sind die Leute unbemerkt und ohne weitere Kontrollen nach Mallorca gekommen.« Auf meine Frage, was er über den Tod meiner Nachbarn herausgefunden hat und warum die Killer unbedingt dieses Pergament wollten, meinte Jaime, dass die Obduktion ergeben hat, dass der Mann an einem Herzinfarkt und seine Frau an einem Herzversagen gestorben sind. Wir vermuten, dass die sie eingesperrt hatten, er sich wohl darüber sehr aufgeregt hatte und einem Herzinfarkt erlag. Sie wollte nicht alleine sein und ist mit ihm gegangen, wie das so oft bei einem alten Ehepaar passiert. »Wir glauben, Tom, dass du der Schlüssel zu allem bist!« Ich solle nicht sauer auf ihn sein, er sei Beamter und zuständig für die Sicherheit der Bevölkerung, auch meiner. »Die beiden Polizeibeamten, die euch beschützen, haben die ganze Nacht bereits Wache geschoben und es war heute Nacht ruhig. Versuche sie bitte nicht abzuschütteln, sie können dein Leben retten«. Ohne eine weitere Verabschiedung beendete er das Gespräch und legte auf. Ich schaute etwas verdutzt auf mein Handy, weil ich dachte, der Akku sei leer. Horst sah auch nicht fitter aus als ich, hatte aber schon eine Zitrone für jeden ausgepresst, die ich wie immer morgens mit Wasser trank, um Vitamine zu bekommen und zu entgiften. Auch der Kaffee roch schon verführerisch.

Die Sonne machte bereits ihren erstklassigen Job und strahlte uns an. Wir standen mit dem Kaffeebecher in der Hand draußen und inhalierten den Duft, den Mallorca ausströmte. Kräuter, würziges und blumiges lag in der Luft. Schon in den ersten Tagen nach meinem Finca-Kauf hatte ich zwanzig Pflanzen ›Galan de la Noche‹ gekauft und dicht am Haus gepflanzt. Sobald die Sonne geht, fängt dieser Nacht-Jasmin an zu duften. Übersetzt heißt er ›Liebling der Nacht‹ und macht seinem Namen alle Ehre. Dieses Jasmin-Aroma mischte sich mit dem Rest vom Mallorca-Parfüm – ich konnte nicht genug davon bekommen. Horst meinte, dass er etwas benommen sei und eigentlich gar nicht weiß, was heute für ein Tag ist, und was anstehe und irgendwie sei alles komisch. »Wir haben doch gestern nichts getrunken«, schaute er mich fragend an. Ich musste lachen und erklärte: »Malleballe!« Er runzelte die Stirn und nickte: »Claro, stimmt ja.« Innerhalb von achtundvierzig Stunden, nachdem man Mallorca betritt, setzt eine Art von Entspannung ein, bei dem einem früher, bei dem anderen später. Das Ergebnis ist bei allen gleich: man vergisst Termine, es fallen einem Namen zu Sachen und Personen nicht ein, man ist unbeschwert und hat eine ›Scheißegal-Einstellung‹. Ein Phänomen, was ich sonst nirgendwo auf der Welt hatte und das Mallorca so besonders macht. Das geht auch nie so ganz weg. Ein Grund, warum ein Termin um neun Uhr morgens mit Mallorquinern auch erst meistens um 9.30 Uhr beginnt. »Malleballe«, wiederholte Horst, zufrieden in sich hineingrinsend. Nach dem Duschen und Hund versorgen machte ich uns ein großes Rührei mit Speck und Tomaten. Ich hatte Pan, also Brot, stark mit Salz und Kräutern der Provence gewürzt. Mit ein wenig Butter briet ich diese Stücke kross in der Pfanne an. Das passte prima zum Rührei. Der frisch gepresste Orangensaft aus eigenen Früchten machte uns fit für den Tag. Als wir aufbrachen, waren wir gestärkt für neue Aufgaben und fuhren aus meiner Toreinfahrt auf die Straße Richtung Palma. Ein Auto stand unweit der Einfahrt. Ein Mann stand daneben und pinkelte ins Feld. Ich fuhr langsam an ihm vorbei und wir hoben zum Gruß die Hand. Beide nickten wir uns nur zu und ich gab Gas.

Nochmals dieser Palma-Zauber. Wir fuhren die Autobahn entlang und kamen wieder am neuen Kongresszentrum vorbei. »Vom Millionengrab zu einem architektonischen Eyecatcher – von einem hässlichen Entlein zum schönen Schwan«, sinnierte Horst und Recht hatte er. Dann erschien vor uns die

Kathedrale mit den großen Säulen an den Flanken und dem riesigen, runden Fenster in Form einer Rosette. Links glitzerte abermals das Meer, auf dem allerlei Schiffe unterwegs waren. Der Blick fällt dann auf Palma mit dem ›Paseo Marítimo‹ davor und auf die Hunderte von Segelmasten. Beim Weiterfahren verschiebt sich die Kathedrale nach rechts und der See mit der Wasserfontäne und dem angelegten Park kommen in Sicht. Wir fuhren wieder in das gleiche Parkhaus wie beim letztem Mal und waren pünktlich am Hauptportal der Kathedrale, wo Claudia in einem atemberaubend hautengem, türkisfarbigen, mit Hibiskus Blüten bedrucktem Sommerkleid auf uns wartete. Uns fiel sofort auf, dass einige männliche Touristen in ihrer Nähe mit der Kamera die Kathedrale aus dem Auge verloren und nur noch Fotos von Claudia machten. Die Zooms wurden ausgefahren. Horst und ich grinsten uns an und riefen, wie im Chor zusammen: »Claudia!«

Sie schenkte uns ein strahlendes Lächeln, legte dabei den Kopf leicht schief und unser Herz setzte in diesem Moment sicherlich ein- oder zweimal aus. Wir sahen, dass die Männer ringsherum sich entweder plötzlich aufmerksam mit ihren Frauen unterhielten, oder aber die Kameras auf die Kathedrale ›La Seu‹ richteten. »Bekommst du eigentlich Geld dafür?«, fragte ich sie. Sie legte ihre Stirn in Falten, nahm uns in den Arm und wir küssten uns dreimal, links, rechts und wieder links auf die Wange. Horst bohrte weiter: »Ja, du stehst hier als Modell vor der

Kirche, die Kerle kleben mit ihren Zooms auf deinem Kleid und frönen ihrer Fantasie.« Jetzt begriff sie, schaute sich um und meinte: »Ach so – ist aber auch ein schönes Kleid, habe ich extra für euch angezogen.« Wir nickten anerkennend mit hochgezogenen Augenbrauen, grinsten uns aber wissend an, weil sie es wohl nicht verstanden hatte, was wir sagen wollten.

Wir standen vor dem Hauptportal und konzentrierten uns auf die Bilder und Inschriften. »Hast du etwas rausgefunden?«, fragte ich sie, als von hinten jemand rief, »Hallo Tom!«, und auf uns zukam. Ich drehte mich um, und sah einen gutaussehenden Sonnyboy mit Sonnenbrille. »Gerhardt«, begrüßte ich ihn und wir nahmen uns in den Arm. Ich stellte ihm Horst und Claudia vor und wir plauderten etwas. Er ließ Claudia nicht aus den Augen: »Kommt ihr heute um 17 Uhr in meine Galerie zur Vernissage?«, lud er uns ein. Kurz erklärte ich, dass Gerhardt Braun eine der wohl aufregendsten Galerien auf den Balearen besitzt und eine Einladung äußerst selten zu bekommen ist. »Er macht sicherlich nur wegen dir, Prinzessin Claudia, eine Ausnahme«, neckte Horst. Gerhardt konterte frech, »Richtig erkannt!« Wir lachten alle schallend los und nahmen die Einladung an. »Wen hast Du denn als Künstler da?« fragte ich. »Oh, Beate, eine Ausnahmekünstlerin – mit ihrer Technik wird sie die Welt in neue Kunstbahnen lenken. Ich musste alles versprechen, um sie zu mir zu holen.«

»Bitte mehr Details!«, wollte ich wissen. Wieder lachten wir fröhlich. »Kommt heute Abend vorbei und ich stelle sie euch vor. Dann wirst du mich verstehen.« Mit Schulterklopfen für uns und Küsschen für Claudia verabschiedete Gerhardt sich und zog weiter. »Claudia ist ja perfekt gestylt, aber wir beide müssten noch mal die Unterhose wechseln«, gab Horst zu Bedenken. Claudia grinste und wendete sich wieder dem Portal der Kathedrale zu.

»Also wir wissen nun, dass hier irgendwo auf Mallorca ein Schatz versteckt ist und sicherlich schaffen wir es mit dem Ausschlussverfahren, ihm näher zu kommen«, begann Claudia. »Nehmen wir unten links, die angedeutete Stadt, das könnte Jerusalem sein.«

»Echt weit weg«, warf Horst ein. Wieder bekam er einen Schlag auf den Arm. »Daneben der Spiegel, auf dem jemand zu sehen ist. Darüber, der Brunnen und links sowie rechts, je ein Baum und oberhalb sieht man ein Haus. Alles für uns ohne Belang.« Nehmen wir die andere Seite, die Mondseite«, korrigierte ich. »Richtig!«, bestätigte sie, »Unten siehst du den Elfenbeinturm, der Nachbau steht in Felanitx als Glockenturm. Daneben ein Garten, einen ähnlichen Garten hat Sagrera im Kloster Cura auf dem Tafelberg, den Heiligen Berg bei Llucmajor und Randa umgebaut. Da hat auch dieser hier gezeigte Brunnen gestanden. Eine Palme stattlicher Größe gibt es dort auch und das Haus ist das Eingangstor des Klosters, ›Santuari de Gràcia‹, das heißt ›Heiligkeit der Gnade.‹ Das ist ein Kloster, das in eine Höhle gebettet ist. Antoni Gaudí, der berühmteste Architekt vor etwas mehr als einhundert Jahren, hat hier in seiner Zeit auf Mallorca viele Wochen verbracht. Es gibt drei Klöster auf dem Tafelberg, zwei davon sollten wir heute besuchen. Aber zuerst gehen wir in die Kathedrale, dann in die ›La Llotja‹, wenn sie geöffnet hat und fahren dann zum Tafelberg«.

»Strammes Programm«, stellte Horst fest. Claudia fuhr fort, »Danach tauscht ihr die Unterhosen und wir gehen zu dem netten Gerhardt in die Galerie.«

»Genauso machen wir das vermutlich!«, und wir gingen los. In der Kathedrale fand Horst, dass sich der Eintritt schon alleine deswegen gelohnt habe, um dieses riesige, offene Haus von innen zu sehen – mit diesen farbigen Fenstern und den vielen Kapellen in den Nischen.

Es gibt fünfunddreißig Nischen, Kapellen oder Räume in dieser Kathedrale. Alles, was sich damals einen Namen gemacht hatte, hat hier ein Andenken bekommen. »Könige, reiche Mallorquiner, die hier gespendet haben, alle waren VIPs, wie wir heute Abend«, mutmaßte Horst. Nach dem Eingang standen wir in der ›Pietà Kapelle‹. Claudia zeigte auf eine Steintafel an der Wand und erklärte mir, dass dort mein Vorgänger mit all seinen Verwandten seine letzte Ruhestätte gefunden habe. »Da steht tatsächlich ›Guillém Sagrera« drauf«, bestätigte Horst. »Der war ja wirklich berühmt.« Anerkennend nickte ich beiden zu. Wieder und wieder blieben wir stehen und Claudia schüttete ihr ganzes Wissen aus. Irgendwie schien sie etwas gewachsen.

An der Fronleichnamskapelle, die sich an der Stirnseite links befindet, steht ein Altar, von dem ich mich magisch angezogen fühlte. Komplett aus Gold, wie ein Haus aufgebaut, das in jeder Etage eine Geschichte darstellte. Das Hauptbild zeigte das Abendmahl. Ich fragte Claudia, wer der Mann im roten Gewand, der fast auf Jesus Schoß sitzt, sei. Er nahm eigentlich die Hälfte von Jesus ein. »Das müsste Thomas sein, der hat damals immer rot getragen.«

»Aha«, murmelte ich und unsere Blicke scannten den zehn Meter hohen Altar langsam nach oben, ganz oben blieb ich hängen – irgendetwas war komisch. Um es besser zu sehen, fotografierte ich es und zoomte es auf meinem Handy heran. »Was hast du?«, fragte Claudia, als sie meine Falten auf der Stirn sah. »Warum hat da oben Maria zwei Babys auf dem Schoß?«, grübelte ich. »An der Seite da sind Tafeln angebracht, lass uns da mal hingehen,« schlug sie vor, was wir auch taten. Sie sagte, »Schau her!« und winkte uns heran. »Erstens: oben links ist ›La Fe‹, ›der Glaube‹, in der Mitte die ›Nächstenliebe‹, dargestellt von Maria, aber mit zwei Babys, komisch, und rechts daneben steht die ›Hoffnung‹.«

Horst fragte: »Haben Glaube und Hoffnung nicht etwas mit Anfang und Ende zu tun?«

»Ja«, bestätigte Claudia, »Schlaues Bürschchen. Zuerst war die Hoffnung, dafür steht das ›Alpha‹ und dann war der Glaube, das ›Omega‹. Alpha und Omega.«

»Tom«, kam es von Claudia und Horst wie aus einem Munde, »Zeig uns das Pergament noch einmal, bitte.« Beide schauten sich irgendwie komisch an und konzentrierten sich aber auf das Dritte, was Sagrera hinterlassen hatte. Ein Symbol, das aus drei Elementen bestand. Oben zwei Großbuchstaben, das ›C‹, wobei das eine ›C‹ normal und das andere ›C‹ spiegelverkehrt darüber angeordnet war, so dass sie beide sich überschnitten. Links darunter ein Omega und rechts ein Alpha. »Das habe ich die ganze Zeit nicht verstanden!« überlegte Claudia und tippte etwas in ihr Handy ein. »Was meinst Du?«, fragte ich. »Es heißt immer Alpha zuerst und Omega zum Schluss, also Anfang und Ende, was ja auch logisch ist«, referierte Horst. »Allerdings steht es hier eindeutig anders herum und hier an der Fronleichnamskapelle ist es genauso«. Stirnrunzelnd schaute sie uns beide abwechselnd an, dann piepste ihr Handy. Sie las ihre Nachricht und sagte, »Das glaube ich jetzt nicht! Das Zeichen mit den beiden ›C‹ ist seit über 6000 Jahren das Zeichen für Zwilling.« Ihr Professor hatte ihr diese Nachricht geschickt. Ich schaute sofort auf mein Handy und vergrößerte das oberste auf dem Altar. In der Tat, es waren zwei Babys auf dem Schoß von Maria zu sehen. Das linke hatte jedoch etwas Rotes am Kopf. Horst schüttelte plötzlich den Kopf und hatte glasige Augen. »Kann es sein, dass das ganze Gold hier echt ist, dass unser Schatz eingeschmolzen wurde und irgendjemand das hier verbaut hat?«

Sprachlos schauten wir vom Altar zu Horst und wieder zurück. Horst konnte seinen Blick nun nicht mehr abwenden und jetzt lief ihm auch noch eine Träne über die Wange. Claudia wischte sie ihm mit dem Daumen weg und tröstete ihn, dass sie das nicht glaube und sie den Erbauer recherchieren wolle und wir jetzt einfach weiterziehen. Sie war wieder in ihrem Element und konnte ihr Wissen vor uns ausbreiten, sie schien richtig größer zu werden. Horst und ich hatten den Eindruck, nicht mehr runter, sondern rauf zu ihr zu blicken. Als wir bemerkten, dass das auch wirklich so war, stieg sie von einem Podest herunter und ging strammen Schrittes zur Mitte der linken Stirnseite. Hier standen wir vor einem riesigen Etwas, das an der Decke hing, mit Lampen dran und einem Jesus am Kreuz mit zwei weiteren Personen. Die Größe war unglaublich: es hatte einen Durchmesser von zehn bis zwölf Metern und sah irgendwie aus wie eine Krone, aber irgendwie auch wieder nicht. »Die Königskapelle«, erklärte Claudia. »Hier an diesem Altar unter der Gaudí-Krone, wird das Heiligste gesprochen.«

»Gaudí«, pfiff Horst anerkennend. »Ja«, begann Claudia. »Gaudí war ab 1902 hier in Palma und war beauftragt, den ursprünglichen gotischen Stil der Kathedrale wiederherzustellen. Er veränderte vor allem das Innere. Er schmiss kurzerhand den barocken Altar raus, verlegte das Chorgestühl von der Kirchenmitte in die Apsis und baute über den Altar diesen Baldachin. Ein Streit führte dazu, dass er alle Arbeiten einstellte. Niemand verstand diesen Baldachin, den er selbst immer als Krone bezeichnete. Erst beim dritten Versuch, ihn aufzuhängen, hatte es geklappt. Immer waren die Seile gerissen. Er war auch irgendwie nicht zeitgemäß, viel zu modern und heute würde man sagen, er hat einen Deal mit seinen Auftraggebern gemacht. Er verzichtete auf die Erfüllung unterzeichneter Verträge, bei denen er noch für mehr als zehn Jahre verpflichtet und sicher gewesen wäre, wenn die »Krone« für immer hängen bleibe. Die damaligen Erbauer sparten dadurch immense Ausgaben und deswegen hängt die Krone immer noch da. Gaudí ist in dieser Zeit sehr viel auf der Insel umhergereist und hat überall sein Wissen preisgegeben.«

Zu allen Kapellen auf der Meerseite der Kathedrale wusste Claudia etwas zu sagen. Am ›Portal Mirador‹ hängt von innen ein riesiger Schrein aus Gold. Horst spottete: »Es sieht aus wie ein Mehrfamilienhaus in offener Bauweise, bestimmt auch die Reste von unserem Schatz.« Wir zogen am Taufbecken vorbei, das innen am Haupttor auf der linken Seite steht. Ich machte die beiden darauf aufmerksam, dass der Taufende dem Getauften sehr ähnlich sähe, fast wie Brüder, auch wieder im roten Gewand. Claudia war einen Augenblick sprachlos und stimmte zu, dass es bis auf den Bart wirklich so sein kann. Zehn Meter weiter, an der Innenseite des Hauptportals hatte sie allerdings ihre Sprache wiedergefunden, als Horst ihr eine Frage stellte, die sie wieder nicht beantworten konnte. »Claudia«, fing er an, »Warum ist hier genau auf der anderen Seite, außen, eine circa fünfzehn Meter große Steinarbeit im Boden eingelassen, bei der sich zwei gleich große Hirsche so mit gesenktem Kopf gegenüber stehen, dass das Geweih eine Krone ergibt?« Ihr Mund ging auf und, ohne etwas zu sagen, wieder zu. Sie begann erneut, »weil …«, wieder kam nichts. Dann packte sie ihren Klein-Mädchen-Blick aus, so von unten nach oben schauend, »Ist das wirklich so?« Horst war eh die ganze Zeit, wie ich auch, mit dem Handy am Fotografieren. Er wischte ein paar Mal auf dem Handy hin und her und zeigte ihr das Bild. »Denke dir die zwei Touristen da weg und schau.« Anerkennend machte sie einen Schmollmund und sagte, »Muss ich meinen Professor fragen.« Dann gingen wir weiter und betrachteten jede Kapelle und es hörte einfach nicht auf mit den Superlativen. Beim Ausgang gab es einen kleinen Innenhof, in dem wir uns verabredet hatten, wenn wir uns verlieren sollten.

Horst und Claudia hatte ich irgendwann ziehen lassen und mich auf eine der Bänke gesetzt, um alles auf mich wirken zu lassen. Mir kamen Gedanken an die Syrer, die nach meinem Hund schlugen, die gleichen, die ein altes, runzeliges Pärchen sterben ließen und ich überlegte, was ich alles in der letzten Zeit in meiner Finca gesagt habe und was man abgehört hat und daraus ableiten könnte. »Was wollen die von mir?«, hatte ich mich gefragt. Ich schloss die Augen und irgendwie wurde es plötzlich hell. Schnell öffnete ich sie wieder und alles war normal. Dann machte ich sie wieder zu, es durchfuhr mich Wärme und zwischen meinen Augen, aber irgendwie von innen, wurde es hell. Ein schönes Gefühl, keine Wehwehchen mehr, kein Druck im Zahn, der mich schon eine ganze Weile plagte, einfach hell und warm. ›Erleuchtung!‹ fiel mir ein.

Ich stand auf, hatte wohl eine feuchte Stirn und Oberlippe, mir war warm, ich musste raus. Da stand ich nun im Garten und sah Horst und Claudia auf mich zu kommen und hatte für einen Bruchteil einer Sekunde das Gefühl, sie hätten Händchen gehalten. Ich sah, dass Horsts Augen glänzten und Claudia ging es genauso. »Ich lade euch zu einem Kaffee ein!«, schlug ich vor, »Lass uns in die ›Bar Bosch‹ gehen, oberhalb vom Born«. Claudia wandte ein, das wir nochmal zum Hauptportal müssten, damit sie sich die Hirsche, die Horst gesehen hat, anschauen könne. Sie war erstaunt, dass sie darauf noch nie geachtet hat. Man ist so von der Kathedrale eingenommen, dass man wohl nie nach unten schaut. Hier ist ein rund zehn Meter großer Kreis im Pflaster, der zwei gleiche, aber einen spiegelverkehrten Hirsch auf einem Pokal zeigt, die den Kopf genau mittig so vor dem Portal zugeneigt haben, dass ihr Geweih mit etwas Phantasie eine Krone ergibt. »Das muss ich mal recherchieren«, meinte sie. Wir gingen zum Paseo Born, eine ›Schlenderstrasse‹ für Fußgänger, eingebettet in eine Platanenallee, eingesäumt von den teuersten Läden der Stadt. Die beiden gingen vor mir irgendwie lebendiger und enger als vorher.

»Na schön!«, dachte ich, »so bekomme ich Horst auch nach Malle.« In der Bar Bosch trifft man immer jemanden, heißt es. Egal zu welcher Jahreszeit, egal zu welcher Uhrzeit, hier sieht man sich. Der Magnet der Stadt, wird dieser magische Ort genannt. Genau so war es auch: Claudia winkte alle paar Minuten jemanden zu. Ich bekam auch einige »Hola Tom, wie geht's«, und auch das eine oder andere Küsschen. Bis Horst meckerte: »Ist ja schon gut, mich kennt hier keine Sau, lass uns gehen!«

»Lass uns bitte noch kurz ins Ajuntament, dem Rathaus, wo auch der Inselrat sitzt, dort in der Bibliothek treffe ich eine Freundin«, bat Claudia.

Wir gingen in die Altstadt und es war wieder sehr angenehm, durch die engen Gassen zu schlendern, die vielen Stufen, die tollen Geschäfte in den ehrwürdigen Häusern mit ihrem Charme der zweihundert Jahre alten Gebäude. Am ›Plaça de Cort‹ angekommen, bestaunten Horst und ich den über 1000-jährigen Olivenbaum, der in der Mitte des Platzes vorm Rathaus stand. An dessen Fassade zeigten sich uns jeweils neben den großen Türen kleine Hinweise, die wir zuerst gar nicht sahen. Neben der rechten Tür war eine kleine Schnecke zu sehen und an der linken Türe ein Salamander, in den Stein gehauen. Claudia ermahnte uns: »Wenn ihr das nicht seht, wie sollen wir dann einen Schatz finden? Diese Tiere sind hier wie eine Signatur der Baumeister. Sagrera hatte seinen Vierpass. Früher konnten viele Menschen nicht lesen und schreiben, aber um berühmt zu werden, mussten die Baumeister sich etwas einfallen lassen, damit man ihre Arbeiten wiedererkennt.« Wir gingen rechts Richtung Kathedrale weiter und kamen an einen Seiteneingang.

Dahinter lag ein kleiner Innenhof, durch den man auf eine wunderschöne verglaste Eingangstür schaut. Rechts davon steht über der Tür INTERVENCION in alter Schrift. Da hinein wollte Claudia. Wir setzten uns vor die Türe, in einer der entzückenden Fensternischen. Ein Platz für Zwei, um zu reden. Horst schaute betreten zu Boden. »Ich kann Dich verstehen«, sagte ich. »Sie ist so bezaubernd, warmherzig und echt. Wenn du von einem Sechser im Lotto geträumt hast, dann hast du ihn auf zwei wundervollen Beinen gefunden.« Horst schluckte und wollte etwas sagen, doch Claudia sprang zur Tür raus und riss uns aus unserem Gespräch: »Sooo, Männer, auf, auf! Wir müssen einen Schatz finden! Meine Freundin versucht herauszufinden, wo die Eltern von Guillém Sagrera gewohnt haben, vielleicht kann uns das weiterhelfen. Der Vater war ja auch Baumeister und hat auch an der Kathedrale mitgearbeitet, wie dessen Vater vorher auch.« Denselben Weg, den wir gekommen waren, gingen wir nun zurück, konnten jetzt aber die Treppe hinunterlaufen und kamen dabei wieder an meiner Lieblingseisdiele vorbei. Die Schlange war aber so lang, dass wir weitergingen. Wir schlenderten den Born hinunter, die Sonne und die Platanen, zusammen mit den entspannten Menschen animierten mich, den anderen beiden zu erklären: das sei ›Saudade‹. »Spürt ihr das auch?«

»Ja«, meinte Claudia, »trotz großer Ziele, unbeschwert irgendwie im Jetzt.« Horst hatte sowieso nur noch Augen für Claudia und stimmte zu. Erst zwanzig Meter weiter, meinte Horst, »Stimmt, dein Baumhaus!«

»Uups, da war doch noch was ... das schaffen wir schon, hängst einfach noch zwei Wochen Urlaub dran«, schlug ich ihm vor. In dem Augenblick schaute er Claudia tief in die Augen und sie sagte »... oder länger.« Horst wurde leicht rot und ich musste lachen. Ganz offen fragte ich Claudia: »Hat es dich auch erwischt?« Sie grinste und nickte, wie ein ertapptes Mädchen. »Na dann hört doch auf mit dem Spiel, nutzt die Zeit und lasst mich an eurem Ersten Kuss teilhaben.« Eigentlich hatte ich es andersrum erwartet, aber Claudia schnappte sich Horst und küsste ihn so stürmisch, dass alle Passanten um uns herum einen Moment innehielten und, zumindest mit ihren Augen lächelten. Eine ungefähr Siebzigjährige, die mit ihrem Rollator an uns vorbeizog, grinste mich an und fragte neckisch: »Willst du auch einen?« Ich drückte ihr einen Kuss auf die Wange und sie trillerte: »Danke, jetzt wird es ein schöner Tag.« Alle zusammen lachten wir laut auf und zogen weiter. ›Saudade‹ kicherten wir in diesem Augenblick gemeinsam und mein Glück bescherte mir schon wieder feuchte Augen. Fast am Ende der

›Born‹ bogen wir rechts in die ›Carrer de Sant Feliu‹. Hier, in dieser Straße haben wir heute Abend unseren VIP-Empfang, zeigte ich den anderen. Vor der Galerie blieben wir stehen und ich schlug Claudia vor, dass wir uns dann heute Nachmittag um 17 Uhr hier treffen. Sie warf einen Blick in das riesige, offene Tor des Palazzos und meinte: »Schön, da freu ich mich drauf.« Wir betrachteten das uralte Gebäude und fragten uns, was denn die Fratzen an der Fassade hoch oben dort sollten. Es sah so aus, als wenn sie uns die Zunge rausstreckten.

»Das werden wir Gerhardt nachher einfach fragen«, schlug Horst vor. »Bestimmt zeigen sie zum Schatz.« Alle lachten wir laut und gingen in Richtung ›La Llotja.‹

Auf dem Weg dorthin erklärte Claudia uns, dass die ›La Llotja‹ von Guillém Sagrera alleine geplant und umgesetzt wurde. Die Bauzeit begann 1420 und hat zweiunddreißig Jahre gedauert. Horst erinnerte sich: »Kurz danach ist er dann ja auch gestorben, 1456 meine ich,« Stolz nickte Claudia, freute sich über das Wissen von Horst. Mittlerweile hielten sie Händchen und beide waren aufgekratzt, wie unter Drogen. »Das Haus sollte die damalige Warenbörse sein«, erklärte Claudia weiter. Der Grundriss ist rechteckig und innen drin gab es einen einzigen Raum von einer beachtlichen Größe. Plötzlich standen wir davor, sahen den ›Paseo Marítimo‹, die Küstenstraße, die durch Palma führt. Auf der einen Seite dieser Lebensader liegt der riesige Yachthafen mit Tausenden von Schiffen, von kleinen Mallorquinischen Llauts bis hin zu Megayachten, auf denen Hubschrauber landen konnten. Auf der anderen Seite waren Hotels, Geschäfte und Discotheken. Diese sechsspurige Straße ist immer ein »Must see« für Jeden. Traurige Berühmtheit erhielt dort das ›Café Cappuchino,‹ wo vor vielen Jahren, beim Wechsel einer Gasflasche, eine Explosion viele Menschen unerwartet in den Tod riss. An einem kleinen Vorplatz vor der ›La Llotja‹ hatten Cafés ihre Stühle aufgestellt und eine Art Gummibaum in XXL schirmte den Straßenbereich etwas ab.

Leider waren heute alle Tore zu diesem historischen Architektur-Meisterwerk geschlossen. »Geöffnet wird sie nur an besonderen Tagen oder bei Kunstausstellungen«, erklärte Claudia, meinem Blick zur geschlossenen Tür folgend. Horst fragte, was das eigentlich für komische Blumen seien, die überall, wo Sagrera gebaut hat, zu sehen sind. »Bravo!«, lobte ihn Claudia, »Gut aufgepasst! Das ist der Vierpass, von dem ich euch erzählt habe: er besteht aus vier gleich geschwungenen Bögen und macht im Grunde genommen ein Kreuz.«

»Schau mal!«, forderte sie auf, als wir um das Gebäude gingen, »Das zieht sich um das ganze Bauwerk.«

»Der Haupteingang ist auf der Rückseite, von hier aus, wo wir jetzt mal hingehen. Die kegelförmigen Fenster zeigen den gotischen Stil.« Claudia war in ihrem Element und redete ohne Punkt und Komma. Der kleine Garten vor dem Haupteingang war mit einem Gitterzaun umgeben, so, dass wir nicht eintreten konnten. Zur Meeresseite hin stand ein großer mächtiger Torbogen. »Über dem Eingang hatte Sagrera den Schutzheiligen der Kaufleute angebracht«, endete ihr Vortrag. »Last uns jetzt mal zum Heiligen Berg fahren und uns den Garten anschauen!«, schlug sie vor und zog Horst hinter sich her. Bevor ich sie fragen konnte, wo ihr Auto stehe, erzählte sie, dass sie im selben Parkhaus wie wir geparkt habe. Die beiden turtelten vor mir her und ich genoss die warme Sonne und betrachtete die Leute.

Im Café an der Ecke, kurz vor der Ausfahrt der Tiefgarage, fiel mir eine Frau auf, die mich wohl die ganze Zeit zu beobachten schien. Schulterlange, dunkelblonde Haare, zierlich gebaut, mit einem Engelsgesicht. Da mir danach war, strahlte ich sie an und schenkte ihr das schönste, einnehmende Lächeln, das ich hatte. Sie quittierte es, in dem sie ihre große Sonnenbrille auf die Nase schob und mir mit ihren blauen Augen zuzwinkerte. Wir mussten beide lachen, prusteten los, und ich zeigte auf meine nicht vorhandene Armbanduhr, hob dabei die Achseln an und gab ihr damit zu verstehen, dass ich keine Zeit hatte. Sie antwortete darauf mit ihren beiden Fäusten, reibend an ihren Augen und wollte damit ausdrücken, dass sie darüber sehr traurig ist. Ich warf ihr einen Flugkuss zu, den sie auffing und an ihr Herz drückte. Mir wurde ganz warm und wir winkten uns noch zu. Horst bekam das Ganze mit und erkundigte sich, wer das sei. Ich gab zu: »Die Dame habe ich leider noch nie gesehen.«

Zügig fuhren wir aus dem Parkhaus und folgten Claudia nach Randa. Claudia flitzte mit ihrem Fiat schnell voran, da mein behäbiger V8, mein Arbeitspferd, Transportesel, Beförderungs- und cool aussehendes Allradauto nicht mehr das Jüngste war, musste ich mich ranhalten. »Auf der Autobahn ist bei Tempo 120 sowieso Schluss«, beruhigte mich Horst, als ob er meine Gedanken lesen konnte. »Warum bist du nicht mit ihr gefahren?« fragte ich. »Hey«, sagte er, »Ich bin bei dir hier, Freunde lässt man nicht hängen.« Ich grinste: »Wahrscheinlich hättest du deine Hände eh nicht bei dir behalten und ihr wärt dann im Graben gelandet.«

»Ja!« lachte er laut, »da hast Du wohl recht.« Auf der Autobahn nach Manacor ist die Cura gut ausgeschildert. Im kleinen Ort Randa schien die Zeit stehen geblieben. Es war nicht viel los, wir passierten ein großes Hotel-Restaurant, ansonsten fuhren wir durch und schlängelten uns die Serpentinen hoch. Ganz oben angekommen störten viele Sendemasten für Telefon, Fernsehen, Radio und das Militär die schöne Atmosphäre. Vor der ›Senyora de la Cura‹ parkten wir direkt neben Claudia. Sie war wieder in ihrem Element, doch diesmal nahm sie Horst erst an die Hand bevor sie loslegte: »Die Klöster des Heiligen Berges stammen aus dem 13. Jahrhundert.« Wir schritten durch ein Eingangstor mit einem großen Kreuz darauf und der Inschrift: AMABLE, wobei das L fehlte, FILL SALUDA NOSTRA DONA und in der Zeile darunter QUI ES SALUT E BENEDICCIO NOSTRA. Claudia meinte, es heiße so viel, wie: »Dass ein freundlicher Sohn unsere Frau besucht hat, der unsere Benediktiner gesund gemacht hat«. Leider ist darüber nicht mehr bekannt, daher der ›Heilige Berg‹. Vorher war hier eine Einsiedelei. Die Einsiedler haben die Kirchenoberhäupter bewegt, hier eine Kirche auf den Tafelberg zu errichten und diesen Berg heilig zu sprechen. Das geschah dann auch und insgesamt sind es nun drei Klöster geworden. »Hier hat der berühmte mallorquinische Nationalheilige Ramon Llull, ein Philosoph und Mann der Wissenschaft, seine Schriften verfasst«, fuhr Claudia fort. »Dies in den Sprachen Latein, Arabisch und Katalan. Damit und durch ihn wurde Katalan zur offiziellen Amtssprache erhoben. Seine großen Werke sind die ›Ars Magna‹ und ›Doctor Illuminatus‹.«

»Wann war das?«, fragte Horst.

»Er ist zirka sechzig Jahre vor Guillém Sagrera gestorben. Ihm zu Ehren hat man ein Denkmal gesetzt.« Wir standen gegenüber unserem eigentlichen Ziel. Auf einem Steinsockel stand ein Mann mit langem Bart in grauem Stein gehauen, größer als lebensecht. In seiner rechten Hand eine Feder und der linken Hand eine Papyrusrolle. Wie damals üblich, trug er Sandalen. »Wir haben ihm so viel zu verdanken«, prahlte Claudia stolz mit strahlendem Blick. »Ohne ihn wären wir nur ein Teil Spaniens – jetzt sind wir eigenständig und sind glücklich darüber.«

Horst und ich drehten uns um und gingen auf den Garten zu. Dieser machte einen eher traurigen Eindruck. Er war rechts und hinten von der Mauerseite eines angrenzenden Gebäudes umrahmt und links und vorne von einer Wand, die zirka einen Meter zwanzig hoch ist und darauf mit Säulen und großen Torbögen geschmückt ist. »Wenn jetzt ein Dach darauf käme und man Fenster einbauen würde, dann hätte man ein Haus«, sagte Horst. Leider gab es ein Eisentor, das verschlossen war. So konnten wir nicht hineingehen. Horst hatte bereits sein Handy in der Hand und das Bild vom Hauptportal der Kathedrale hervorgeholt. »Irgendwie sieht der Brunnen in der Mitte des Gartens ganz anders aus; auf meinem Handybild steht da ein großer Baum und die Säulen hier sind auch nicht da. Eigentlich ist er umschlossen«, verglich Horst Foto und Realität. Claudia stand hinter uns und warf ein: »Das ist richtig, so wie es jetzt aussieht, ist es aber erst seit etwas mehr als hundert Jahren«. Es gibt Aufzeichnungen darüber, wie der Garten aussah, bis Gaudí kam und ihm seinen modernen Stempel aufdrückte. Ab dieser Zeit wurde der Garten so gestaltet, wie er jetzt ist.«

»Etwas Pflege könnte er ganz gut gebrauchen«, sagte ich und Horst fand: »Eigentlich ein gemütliches Plätzchen«. Wir schauten uns noch eine ganze Weile alles genau an. »Um über den Zaun zu klettern, ist einfach zu viel los«, stellte ich bedauernd fest und Claudia zog Horst in die angrenzende Kapelle. Claudia zeigte uns in der Kapelle die ›Senyora de Cura‹.

Die Kapelle war klein, aber hell und wunderschön. Der Blick von Claudia zu Horst schrieb sein eigenes Buch: »Ungefähr so«, dachte ich grinsend bei mir: »Sie stehen beide am Altar, jeder Platz der Bank ist mit gut gekleideten Menschen gefüllt. Die Orgel spielt, es riecht nach Weihrauch und Kerzenduft und unzählige liebliche Parfüms füllen den Raum. Claudia ganz in weiß, von einem Schleier verhüllt und Horst im weißen Anzug. Vor ihnen ein Priester im Talar, mit einem roten Samtkissen und Ringen darauf. Claudia lüftet den Schleier und sie wollten sich gerade küssen ...«, da zog mich irgendetwas am Ärmel das tönte: »Erde an Raumschiff, Erde an Raumschiff, bitte melden!« Sie fragte, »Was ist los? Geht's dir nicht gut? Du bist etwas blass.« Ich schaute in ihre großen Augen und log: »Alles bestens.«

»Hier möchte ich dir nämlich eine wunderbare Frau vorstellen.« In die Wand eingelassen, mit einem goldenen Rahmen war eine Frau mit riesigem Heiligenschein in leuchtendem Weiß zu sehen. Das Gesicht konnte man gar nicht erkennen, aber sie strahlte förmlich. Ein leichter Schauer lief mir über den Rücken. Mir war nicht klar, ist es ein Bild, eine Skulptur, ein Hologramm? »Es ist eine Skulptur«, erklärte Claudia, als wenn sie meine Gedanken gelesen hätte. »Sie wird nur vom Tageslicht angestrahlt und bekommt so ihre Leuchtkraft.« Ganz schön viel für mich«, fand ich, »Ich gehe raus, um frische Luft zu schnappen.« Draußen setzte ich mich auf eine Bank in der Nähe zu Ramon Llull.

Etwas verwirrt dachte ich, »Ich glaube ich drehe durch.« Eigentlich hatte ich mit der Kirche nichts im Sinn. Damals hatte ich mich mit achtzehn selbstständig gemacht, verschiedene Branchen durchlaufen, von Kapitalanlagen, über Radiowerbung und Reiseveranstaltung bis hin zum Verleger. Meine Magazine in Deutschland waren der Knaller, in jeder Stadt war ich zu Hause, lebte auf der Überholspur, Kinder waren groß, die ersten Enkel sind da und da hatte meine Frau ihre kurze, schwere Krankheit nicht überstanden, was mir das Herz brach und den Verstand raubte. Ich stürzte mich in noch mehr Arbeit, was natürlich nicht half und ich wurde selbst richtig krank. Die Ärzte rätselten und keiner wusste so recht, was los war. Nach eigener Recherche landete ich bei der Deutschen Klinik für Diagnostik in Wiesbaden und dort diagnostizierten sie an mir Fibromyalgie, das ist ein Muskelschmerz-Syndrom. Eine Genesung sei dafür nicht in Sicht und diese Krankheit ende mit baldigem Rollstuhl und frühem Tod. Die Idee der Ärzte war, Antidepressiva in ausreichenden Mengen mit steigender Tendenz bis an zukünftige Lebensende zu mir zu nehmen. Eigene Nachforschungen und Freunde brachten mich aber glücklicherweise zu Dr. Christian Schmincke in die TCM-Klinik am Steigerwald. Mein Leben änderte sich ab diesem Zeitpunkt. Elemente der chinesischen Medizin und die konsequente Umstellung auf vegane Ernährung für knapp zwei Jahre, wirkten Wunder. Auf weitere Medikamente konnte ich bald weitestgehend verzichten. Nun kommen nur gelegentlich bei Wetterwechseln, insbesondere bei Kälte und Regen, Schmerzen an den unterschiedlichsten Stellen im Körper, die eine leichte Depression mit sich bringen, wieder hoch. Aber ich galt als geheilt.

Bis ich dann kurz darauf mit Mitte vierzig zu mir sagte: Bub, das reicht jetzt. Bis zum Lebensende musst Du nie wieder hungern. Hau ab in die Sonne.

Gesagt, getan. Ein Nachfolger war schnell gefunden und nach einiger Zeit der Einarbeitung war es dann so weit. Klavier oder Gitarre hieß die erste Hürde. Klavier war sehr reizvoll, aber eigentlich nur, das, was ich damit verband. Insgesamt zweihundert Bettnächte verbrachte ich jährlich in Hotels. Abends, beim Cocktail in der Hotelbar, gab es meistens irgend so einen Knilch wie mich, der aber etwas mehr konnte als ich, der setzte sich ans Piano, klimperte darauf herum. Jede Form des weiblichen Geschlechtes wurde wie ein Magnet davon angezogen und die Frauen lagen dem Typen schmachtend zu Füssen. Das war dann auch der Zeitpunkt, wo ich alleine ins Zimmer ging. Aber jedes Mal schwor ich mir: Wenn du mal Zeit hast, dann aber ... Gitarre geht überall, hatte ich mir dann gedacht. Die Geschichte mit dem Lagerfeuer war eigentlich das unschlagbarste Argument. Mit der Gitarre im Koffer bin ich dann durch die Welt gereist und landete irgendwann auf Mallorca. Überall lernte ich schnell Menschen kennen. Beim Einkaufen im Supermarkt in Manacor half ich jemandem, seine Tüten zu tragen. Er zog ein Sauerstoffgerät hinter sich her und hatte Schläuche, die an seiner Nase gingen. Wolfgang lud mich zu sich nach Hause ein und wir freundeten uns schnell an. Er war ein erfolgreicher Unternehmer aus Deutschland, war nach Malle gezogen um seinen Lebensabend zu genießen, doch holten ihn seine zwei Schachteln Marlboro am Tag ein und seine Lunge machte schlapp. Als er nach Deutschland zur OP musste, begleitete ich ihn und erfuhr, dass er nie wieder fliegen darf. So kaufte ich ihm seine Finca mit samt zwanzigtausend Quadratmetern Land ab, übernahm auch sein Segelboot samt Liegepatz in Porto Cristo und organisierte, dass alle seine Habseligkeiten zu ihm nach Hause kamen. Er war dafür unendlich dankbar und unendlich traurig zugleich. Fünfundsechzig ist kein Alter, um ans Haus gefesselt zu sein. Wir stehen immer noch in E-Mail-Kontakt und er hat darüber den Umbau seiner Ex-Finca irgendwie live miterlebt. Sein Segelboot ›Harvey‹ hat dieselbe Restaurierung erfahren und er würde wohl alles dafür geben, mit mir um Malle segeln zu können.

Mit leicht melancholischem Blick und einer Träne über die Wange laufend, fand mich Claudia neben Ramon Llull vor und nahm mich in den Arm. »Das tut sooo gut«, sagte ich ihr leise ins Ohr. »Dich liebe ich auch«, flüsterte sie zurück«, »... aber ich bin dir nicht gewachsen«, antwortete sie.

Horst kam aus der Kapelle, sah uns so und sagte stirnrunzelnd: »Einmal lass ich euch alleine und schon knutscht ihr.« Wir lachten alle gelöst und gingen ins angrenzende Café um einen eben solchen zu trinken.

»Hier kommen wir nicht weiter«, sagte Claudia. Plötzlich stand Horst auf, grinste, und stellte sich zu einer Rede bereit hinter seinen Stuhl. Was kommt jetzt, dachte ich mir. »Also, ich muss das mal zusammenfassen«, fing er an, »ich bin hier nach Mallorca gekommen, um mit meinem besten Freund ein Baumhaus zu bauen. Er findet dann ein Papier und nix mehr mit Bauen. Wir werden mit Gewehren bedroht, ich muss mich prügeln, meine persönlichen Sachen werden in Toms Haus durchwühlt, ich werde von der Polizei verhört, wir fahren hin und her und suchen einen Schatz und …«, er war völlig außer Atem, »dabei habe ich den bereits gefunden«, und strahlte Claudia an, die ihn fragend anschaute. Dann strahlte sie ebenso liebevoll ihren Horst an und plötzlich liefen ihr Tränen über die Wangen. Sie sprang auf, stieg auf ihren Stuhl, nahm Horst in den Arm und schluchzte »Danke, mein Schatz.« Alle um uns herum schauten sich das Schauspiel an und ich kommentierte laut ›AMORE‹. Alles lachte und Claudia kletterte endlich von ihrem Stuhl. Wir zahlten und gingen.

Es dauerte eine gefühlte Ewigkeit, bis sich Horst und seine Claudia zwischen beiden Autos aus ihrer Umarmung lösten und wir fahren konnten.

»In einer Stunde müssen wir in Palma sein« rief ich durch das heruntergekurbelte Fenster den beiden zu. »Was, schon?«, schreckte Claudia auf, »Ich wollte mich noch frisch machen!«

»Wir müssen auch noch die Unterhose wechseln«, bestätigte ich und Horst stieg endlich ein. Claudia schlug vor, dass wir uns die anderen beiden Klöster vielleicht morgen anschauen können. »Und auch noch nach Ariany fahren«, sagte Horst. »Jepp«, kommentierte ich, warf ihr einen Flugkuss zu; Horst gefühlte hundert davon – und ich fuhr los.

Auf meiner Finca war alles wie immer, Joshy, ein eher kleiner Hund, verlor immer ganze zehn Prozent seines Körpergewichtes bei dem Begrüßungsritual, das er abhielt. Ein bloßes ›Hallo‹ geht nicht. Alle Stofftierchen, Bälle, Stöcke werden hervorgekramt und zum Spielen vor mich gelegt um bloß den wahren Sinn eines Hundelebens nicht zu vergessen. Joshys Ansicht dazu ist: fressen, pennen und Spaß haben! Letzteres war jetzt dran. Wir tobten zu Rudolph, ich erklärte, dass wir heute Abend nicht da sind und beide schön auf das Haus und sich aufpassen sollten und wenn Einbrecher kommen, dass sie alles genau notieren, Fotos machen und die Polizei und mich anrufen sollten. Beide schauten mich etwas verwirrt, aber mit viel Verständnis an. Ich hüpfte in den Pool und zog frische Jeans, ein türkisfarbenes Hemd und total bunte, aber dazu farblich passende Schuhe an. Horst hatte sich etwas dezenter in Blue Jeans, weißes Hemd und ein blaues Sakko, mit neuen weißen Sneakers gehüllt.

Er sah elegant und doch sportlich aus. Auf der Fahrt meinte ich, dass er in diesem Outfit sicherlich nicht alleine nach Hause kommen würde. Horst antwortete, dass das auch nicht seine Absicht sei. Zügig erreichten wir in Palma und Claudia wartete bereits vor der Galerie auf uns. Sie hatte sich auch umgezogen und in Blue Jeans, weißer Bluse und blauem Sakko sah sie sehr sexy und sportlich aus. Nach unserer traditionellen Küsschen-Begrüßung fragte ich jedoch, ob sie beide sich abgesprochen hätten. Sie sahen irgendwie aus, wie ein altes Ehepaar, wenn man so gleich angezogen sei. Horst hob die Augenbraun und grinste und Claudia holte mit ihrer Handtasche aus und wollte mir, zumindest ansatzweise, eine drüberziehen. Wir lachten laut, nahmen sie in die Mitte und sie hakte sich bei uns beiden ein. Beim Eintreten in den Palazzo von Gerhardt Braun schauten wir nochmal nach oben zur Fassade. Die Fratze über uns steckte uns die Zunge raus und sah richtig frech aus. Mehrere dieser Grimassen zierten die Mauern dieses historischen Gebäudes. Im Innenhof standen viele Menschen die alle miteinander lachten und redeten. Ein Gitarrist spielte chillige Klänge im Hintergrund. Eine Palme, mindestens sechs Meter hoch, ragte im Innenhof fast bis zum Dach. Erstaunlich war, dass diese nur in einer Amphore beschaulicher Größe stand. Eine Atmosphäre, die gute Laune macht, dachte ich bei mir. Als Gerhardt Braun auf uns zu kam, machte ich ihm ein Kompliment für seinen tollen, dunklen Nadelstreifen Anzug und das weiße Hemd mit den roten Knopflöchern und roten Knöpfen. »Gut schaut ihr auch aus!«, gab er das Kompliment zurück und küsste zuerst Claudia auf die Wange, gab Horst die Hand und nahm mich herzlich in den Arm. »Wir haben Flying Buffet, die Getränke gibt es an der Bar, Beate, die Künstlerin, hat einen Mega-Promi mitgebracht und ist daher nicht ansprechbar. Sie steht irgendwo dahinten, und alle belagern sie. Sicherlich werdet ihr auch noch Gelegenheit haben«, sagte er und mit den Worten »Euch viel Spaß!«, war er weg und begrüßte die nächsten. Horst hatte bereits die erste Garnele im Mund und Claudia zog uns zur Bar. Wir bestellten den Haus-Cocktail. Der bestand aus dem neuen Kultgetränk Spiruli, Minzblätter, Eis und einem bisschen Rum. Super lecker, nicht süß, sondern total erfrischend. In einer Art ›Höhle‹ neben der Bar gab es einen Menschenauflauf. »Darin vermute ich die Künstlerin Beate«, sagte ich und Claudia und Horst schlürften an ihrem Strohhalm und nickten mir zustimmend zu. Wir schlenderten durch den Palazzo und ich war erstaunt, wie groß und schön der war. Gerhardt hatte bewusst alte Stilelemente und Fliesen behalten und liebevoll restauriert. »Der Ort selber ist ein Kunstwerk«, lobte Horst das Bauwerk. Die Kunst war so schön in Szene gesetzt, dass zwischen Bildern und Objekten genügend Platz war, um nicht miteinander zu konkurrieren. Die einzelnen Skulpturen und Mobiles waren so installiert, dass von mehreren Seiten ein Einblick möglich war und man sich einen guten Eindruck über die vielfältige Wirkung machen konnte. Über eine alte Steintreppe erklommen wir die diversen Etagen und hatten immer einen Blick auf das Geschehen unten. Für eine Sekunde glaubte ich, die Frau aus dem Café gestern wiedergesehen zu haben, nur ohne Sonnenbrille und mit einer Hochsteckfrisur. Jedoch gab es so viele hübsche Gesichter und so viel Bewegung, dass ich nur für einen flüchtigen Moment diesen Eindruck hatte. Wir betraten im Erdgeschoss zwei Ausstellungs-Räume und ich hörte ein beistehendes Pärchen sagen: »Das sind die neuen von Beate, jetzt müssen wir kaufen. In zwei Jahren kosten die das Doppelte.« Meine Augen hingen am Dalai Lama. Der war auf einer ungefähr 150 x 150 Zentimeter großen Leinwand gemalt und hatte seine übliche Tracht an. Er war groß gemalt, ein Portrait. Der Zeigefinger der linken Hand war so auf den Betrachter gerichtet, dass egal, wo man sich im Raum befand, er immer auf ihn zeigte und es schien, als ob er etwas sagen wollte. Er lächelte und auf seiner Stirn zeichnete sich durch seine Falten ein Smiley ab. »Das doppelte Lächeln eines Menschen«, dachte ich. Besonders war auch, dass Tausende von Strasssteinen das Bild schmückten und zu einem wahren Hingucker und echten Schatz machten. Genau so sah ich Bilder von Helene Fischer, Thomas Gottschalk, Beyoncé, Marcel Reich-Ranicki, Einstein und einem unbekannten Mann, unter diesem Bild war ›Guillém Sagrera, Baumeister, Mallorca‹, zu lesen.

Jetzt war ich platt. »Wo ist die Beate?«, fragte ich Horst. Und bevor ich tätig werden konnte, bekam ich gleich die Antwort. Gerhardt hatte sich ein Mikrophon geschnappt, begrüßte die Gäste und stellte die Künstlerin vor, die sich dann zu ihm auf die Treppe gesellte. Horst deutete sofort auf sie: »Das ist doch die Frau aus dem Café gestern!« Meine Augen begannen zu strahlen und ich klopfte mir innerlich auf die Schultern, dass ich wohl doch noch keine Halluzinationen hatte. Das war sie, mein Engelsgesicht vom Café. Gerhardt erzählte, dass Beate aus Aachen komme, schon in London, New York und Rom Ausstellungen hatte und sie der neue Shootingstar der Kunstszene sei. Die Bilder, die hier ausgestellt, seien zur Hälfte schon verkauft oder wären Leihgaben. »Aufgefallen wird ihnen ein Bild sein, das hinten im Raum hängt. Darauf ist ein berühmter Mallorquiner zu sehen: Er hat die ›La Llotja‹ sowie die Kirche in Felanitx alleine gebaut und an der Kathedrale in Palma mitgewirkt. Dieser Mann stammt aus einer alten Baumeisterfamilie, sein Opa hat mit dem Bau der Kathedrale maßgeblich angefangen, sein Vater hat weitergemacht und er, Guillém Sagrera, die Arbeiten fortgesetzt, aber auch nicht ganz vollendet. Leider hatten seine Kinder andere Berufe ergriffen, was ihm nicht passte und von daher hat er sein Geld einer Stiftung hinterlassen, die sich um einen Preis für Bauherren stark macht. Alle drei Jahre wird ein Preis für die schönste Renovierung oder Umsetzung eines Neubaus in Palma vergeben.«

Wenn uns jetzt jemand angeguckt hätte, würde der wohl vor Lachen in den Keller gehen müssen. Wir standen alle drei mit aufgerissenem Mund und riesengroßen Augen da und waren wie erstarrt.

Gerhardt setze seine Ansprache fort: »Daher habe ich mir mit Beate folgendes überlegt: Beate hat hier ein besonderes Bild gemacht und um es zu präsentieren, hat sie das Model gleich mitgebracht.« Jemand mit tiefsitzendem Hut brachte etwas ungeschickt ein Bild auf dem ›Jean Reno‹ mit Wollmütze, Nickelbrille und Fünf-Tage Bart zu sehen war. Es ist ca. 120 x 120 Zentimeter groß, war schwarzweiß gehalten und alle schwarzen Elemente waren mit Strasssteinen besetzt und funkelten.

Alle starten auf das Bild. Gerhardt sagte, »Ich darf ihnen vorstellen: Jean Reno!« Der Mann nahm den Hut ab und ich traute meinen Augen nicht. Vor mir stand leibhaftig mein großes Vorbild, Jean Reno, allerdings ohne Brille und breit grinsend. Erst jetzt verstanden alle, dass Gerhardt nicht das Bild meinte, sondern ihn persönlich. Plötzlich tobte die ganze Galerie, alle klatschten, es wurde gepfiffen und das Gemurmel brach los. »Ich glaub es nicht!«, rief ich den beiden anderen zu. Gerhardt beruhigte das Publikum wieder: »Er hat versprochen, bis zum Ende hier zu sein, daher wird jeder Zeit haben, sich mit ihm zu unterhalten.« Beate lächelte die ganze Zeit und sah zum Anbeißen aus. Sie hatte ein weißes Cocktailkleid im Stil der zwanziger Jahre an, mit viel Strasssteinen darauf und einem passenden, weißen Seidenschal dazu. Ihr Schmuck war dezent, sah aber teuer aus. Eine Brosche in ihrem Haar glitzerte die ganze Zeit im Scheinwerferlicht. Mit den Diamanten wirkte sie wie ein Heiligenschein. Gerhardt hatte wieder für Ruhe gesorgt und zwei seiner hübschen Mitarbeiterinnen kamen und brachten einen kleinen Tisch und eine Art Glücksrad. »Liebe Freunde, die Sagrerastiftung hat es nun geschafft 550 Jahre immer wieder Geldpreise auszusetzen, um die Mühen von Baumeistern, die Palma verschönern, zu honorieren. Leider geht das Vermögen zu Ende und wir haben vor, heute Abend dieses Bild von Jean Reno zu versteigern. Dreißig Prozent des Erlöses geht an die Sagrerastiftung. Auf dem Glücksrad sind insgesamt zwanzig Preise zu sehen. Es geht los bei 5 800 Euro und endet bei 29 500 Euro. Sandra, meine Assistentin«, Sandra lächelte und bekam einen Applaus, »wird jetzt gleich das Rad drehen und sie können sich bemerkbar machen und zuschlagen.« Ein Trommelwirbel kam irgendwo her und plötzlich war es totenstill. Das Rad drehte sich und blieb bei 8 500 Euro hängen. Niemand sagte etwas, einige drehten sich hilfesuchend um und Gerhardt meinte: »das wäre ein Schnäppchen gewesen! Sandra bitte, ein neuer Versuch!« Das Rad drehte wieder. Es blieb nun bei 14 800 Euro hängen. Niemand sagte etwas, man hätte trotz der rund einhundert Menschen eine Stecknadel fallen hören können. Da hörte ich mich selber laut sagen: »Ich nehme es nur unter einer Bedingung.« Alles drehte sich zu mir um und selbst Claudia und Horst wichen ein Stück zurück. Nach einem kleinen Gemurmel war es wieder still. Gerhardt fragte »Tom, was möchtest du?«

»Ich nehme das Bild nur, wenn mich am kommenden Sonntagabend Jean und Beate zum Essen begleiten.« Alles blickte zu Beate, ich schaute ihr tief in die Augen, erst jetzt erkannte sie mich und strahlte über beide Ohren. Man hätte jedes Licht ausschalten können, sie hätte wie ein Megascheinwerfer alles erleuchtet. Jean schaute zu mir und dann zu Beate und fragte sie etwas auf Französisch »Jean fragt, ob er überhaupt mitkommen soll, du hast ihn nicht einmal angeschaut«, übersetze sie ins Mikro. Alles lachte lauthals los und die Spannung verflog. Sie hatte eine wunderschöne Stimme, etwas rau, leicht nasal und mega-erotisch, fand ich. Es wurde wieder ruhig und ich konterte: »Nur, wenn er uns nicht stört.« Wieder lachten alle, Jean nickte und lachend kam er auf mich zu, gab mir das Bild und drückte mich, unter Beifall, feste in seinem Arm. Gerhardt kam dazu: »Danke Tom!« und an alle anderen gerichtet, »Es sind noch vier weitere Bilder von Beate zu haben. Wartet nicht zu lang. Viel Vergnügen noch.« Ein riesiger Applaus erfüllte den Palazzo, Gerhardt kam zu uns, schüttelte mir die Hand und freute sich: »Danke, mein Freund«. Auch Beate stand plötzlich neben mir und gab mir, einfach so, einen Kuss auf den Mund. Mir wurde ganz heiß und ich hatte das Gefühl, diese Frau schon ewig zu kennen.

Jean fragte Beate auf Französisch, warum ich nicht bei dem ersten Preisangebot zugeschlagen habe. Ich erzählte, dass ich weiß, dass beim ersten Preis bei ›Palma soll schöner werden ‹, ein Preisgeld von 3 000 Euro zu gewinnen ist, weil ein Bekannter von mir den einmal gewonnen hat.»Bei dreißig Prozent hätte das also nicht gereicht.« Sie übersetzte und Jean klopfte mir auf die Schulter und rief auf Spanisch »Muy Fantástico!« und hatte dabei feuchte Augen.

»Bevor wir uns verlieren, kannst du Jean bitten, mir ein Autogramm aufs Bild zu geben, solange er und das Bild noch hier sind?«

»Er spricht perfekt Englisch«, sagte Beate, »hat jedoch oft kein Bock darauf«.

Ich klärte es also mit ihm selbst. Sandra besorgte mir einen schwarzen ›Edding‹ und er schrieb: ›Forever Tom‹, vorne, neben Beates Signatur und setzte seinen Namen und das Jahr darunter.

Claudia und Horst kamen dazu. Die restliche Gesellschaft schaute sich nun weiter in der Galerie um und Jean fing sofort an, mit Claudia zu flirten, da sie ja auch fließend französisch sprach. Ich stellte alle nacheinander vor, Horst holte für jeden von uns noch einen Haus-Cocktail und wir schwatzten angeregt. Beate war so bezaubernd, ich konnte gar nicht loslassen von ihr. Immer wieder kamen Leute und sprachen mit ihr. Jetzt, wo Jean einen Edding hatte, kamen immer mehr, meistens Frauen auf ihn zu, die auf den unmöglichsten Stellen ein Autogramm von ihm haben wollten. Er nahm das völlig gelassen und quatschte mit Claudia, die fleißig alles für ihn übersetzte. »Stolzer Preis«, bemerkte Horst, als er mit den Getränken kam. »Auf der Bank bekomme ich derzeit nix fürs Geld. Jetzt, mit der Unterschrift von Jean darauf und dem heutigen Abend hier, ist das Bild in zwei Jahren das Doppelte wert.« Ich zeigte mit meinem Kinn in Richtung einiger Fotografen. »Das ist nicht nur die Tagespresse von Mallorca, sondern hier sind auch Deutsche und Internationale Medien. Wahrscheinlich ist das bereits in einer Stunde per DPA raus, Jean Reno und Tom retten die Zukunft Palmas, oder so …« Horst verdrehte die Augen und nickte nur »Claro«, oder so und wir lachten herzlich. Beate nahm mich in den Arm und zog mich beiseite. »Wie kann ich das wieder gut machen? Ich habe gerade erfahren, dass durch deine Aktion alle Bilder verkauft sind«. Sie schaute mich erwartungsvoll an, meine Augen leuchteten sie an und ich fragte sie: »Wieviel Zeit hast Du?« Sie zog die Stirn in Falten und antwortete: »So viel, wie ich will.« Darauf sagte ich mit einem vielsagenden Lächeln: Die wirst Du auch brauchen.« Ohne weitere Worte sah ich, wie ihr warm und kalt wurde, ihre Wangen wurden leicht rot und wir schauten uns weiter tief in die Augen und kommunizierten non verbal, bis uns beiden fast die Tränen kamen. »So schön«, murmelte sie plötzlich, »Einverstanden!« Dann ging sie Richtung Mädchenklo und verschwand. Claudia kam auf mich zu, hakte sich bei mir ein und flüsterte, »TOTA PVLCHRA ES AMICA ME ET MACVLA ORGINALIS NON EST IN TE«. Ich begriff langsam, und gemeinsam sagten wir leise: »Schön bist du meine Freundin, kein Makel ist an dir.« Ich blickte sie an und wie-

derholte: »Ich bin Dir nicht gewachsen.« Horst kam genau zum richtigen Zeitpunkt und lästerte:
«Was tuschelt ihr Hübschen denn da?«
»Claudia hatte eine gute Idee«, sagte ich. Wir sollten Gerhardt einmal fragen, ob er sich für uns bei Sotheby's erkundigen kann, wer das Amulett von Djamila ersteigert hat und wer es verkauft hat. Horst bekam wieder diesen verliebten Dackelblick, nahm Claudia in den Arm und prahlte stolz: »Sie ist schon pfiffig.« Mittlerweile lichteten sich die Reihen der Besucher, das Essen war aus, alle Bilder verkauft, der Service fing an aufzuräumen und Gerhardt kam auf mich zu und nahm mich beiseite. »Das war eine super Idee! Können wir das nicht immer so machen?«
»Nur, wenn die Künstlerin genauso attraktiv ist«, schlug ich vor und er fing schallend an zu lachen. »Schicke mir doch bitte eine E-Mail mit der Rechnung zu, dann überweise ich am Montag.« Er nickte, tippte sich das als Notiz in sein Handy und leitete es an Sandra, seine Assistentin, weiter. »Kommt automatisch«, bestätigte er. »Kannst du mir das Bild liefern lassen?«, bat ich ihn, »In meinen ›Oldtimer‹ passt es nicht rein.« Er nickte abermals und meinte: »Kein Problem.« Ich fragte ihn nach Sotheby's und er erzählte sofort, dass er Heinrich Graf von Spreti, Präsident von Sotheby's, persönlich kenne und mal was mit seiner persönlichen Assistentin hatte, die alles wisse. Er wollte eh schon lange einmal wieder mit ihr plaudern. »Der Abend war wunderschön« wechselte ich das Thema: »Kommst du Sonntag mit

zum Essen? Ich wollte gegenüber zu Michael!«

»Ja super, dann reserviere ich einen Tisch um neunzehn Uhr, für wie viele Personen?«

»Kommt deine Frau mit?«, wollte ich wissen. Er befürchtete: »Sie würde sich scheiden lassen, wenn sie wüsste, dass ich mit Jean Reno essen gehe und sie wäre nicht dabei.« Wir zählten kurz durch und kamen auf sieben Personen. Wir umarmten uns, ich sah Beate auf uns zukommen und ging ihr entgegen. »Ein voller Erfolg«, strahlte ich sie an. »Morgen um zehn Uhr soll ich dich wo abholen?«, fragte ich. Ohne zu zögern antwortete sie: »Im Hotel Can Alomar.«

»Alles klar! Wir müssen meine neue Gitarre kaufen und ich brauche jemanden mit Geschmack dabei.« Sie lächelte, weil sie scheinbar solche Gespräche genauso liebte, wie ich und bestätigte: »Ja, dann hast du dir ja die Richtige ausgewählt.« Beide strahlten wir uns an, jetzt war ich derjenige, der sie direkt auf den Mund küsste, leidenschaftlich und liebevoll. Eine Hand auf meiner Schulter machte dem ein jähes Ende. Ich drehte mich um und Jean nahm mich in den Arm und verabschiedete sich mit: »See you at sunday, my new friend.« Sein Dackelblick war ja schon legendär, aber aus der Nähe einfach nur der Oberhammer. Mit ›adios‹ und ›Küsschen zuwerfen‹ verließen Claudia, Horst und ich das Geschehen und nach hundert Metern Fußweg und einer Menge Rumgeknutsche von den beiden entschied ich mich, die entscheidende Frage einmal anders zu stellen: »Geht ihr zu dir …«, dabei schaute ich Claudia an,

»oder zu mir?« Beide völlig perplex, mit einer neuen Aufgabe konfrontiert, schauten abwechselnd sich und dann wieder mich an. Ich nahm Claudia in den Arm und meinte »Ok, also zu dir.« Alle drei lachten wir schallend los. Horst wandte sich zu mir und flüsterte mir leise ins Ohr: »Danke, mein Freund, für alles!« Wir verabredeten uns, morgen früh zu telefonieren, und die beiden schoben eng ineinander verhakt, und ich allein, in entgegengesetzte Richtungen ab. Die Heimfahrt ging schnell und eigentlich habe ich nichts davon mitbekommen, so war ich in Gedanken vertieft. Joshy erklärte mir, dass er viele Katzen und Vögel vertrieben habe und er auf jeden Fall noch eine Belohnung bekommen müsse.

Nach einem ›Sundowner‹ legten wir uns hin und ließen uns um sechs Uhr von meinem Nachbarhahn wecken.

Mein erster Gedanke morgens war mein letzter Gedanke abends. Ich konnte an nichts Anderes mehr denken, als dieses glückliche Zusammentreffen am vergangenen Abend. Ich entschied mich, den Reno neben meinen Kamin zu hängen und als Zeitzeugen unseres Treffens immer zu behalten, egal, was mir irgendwann einmal ein Sammler dafür bieten würde.

Auf meinem Grundstück hatte ich viele meiner Träume verwirklicht. Alles, was mich in meinem vergangenen Leben berührt hatte und zu dem ich den Satz zu mir sagte: »Irgendwann, wenn ich mal Zeit habe, bau ich mir das genauso«, hatte ich auf diesem meinem Stückchen Erde genauso umgesetzt und verwirklicht. Es begann mit Aufbaggern, Zu- und Abwasserleitungen sowie Verlegen von Stromleitungen, das Loch zu buddeln für meinen Pool und eine Terrasse ringsherum anzulegen. Als erstes hatte ich mir, nachdem die Terrassen und alle Anschlüsse fertig waren, einen alten Bauwagen gekauft. Den hatte ich komplett saniert, isoliert und darin einen Holzsaunaofen eingebaut, ihm ein neues Dach verpasst und mit den Kindern eines Freundes bunt angemalt. Das war nun meine Sauna. Daneben hatte ich an dem dicken Ast einer einhundert Jahre alten Kiefer mein zwei mal zwei Meter großes Schwingbett angehängt. Dort konnte man sich bequem zu viert in den Mittagsschlaf wiegen lassen. In Deutschland hatte ich einen Whirlpool gefunden, der von außen wie ein Holzfass aussah und innen mit weißem Kunststoff verkleidet ist. Das tolle daran war, dass ich ihn, genauso wie die Sauna, mit gut riechendem Mandel- oder Olivenholz auf Temperatur bringen konnte. Der Swimmingpool war unerlaubterweise zwei Meter tief und hatte die Maße von acht mal vier Metern. Jeder »Köpper« konnte so ohne Grundberührung gelingen.

Besonders stolz war ich auf meine Feuerstelle. Hier hatte ich eine Sitzbank rund um einen Baumstumpf angelegt, nur genau andersrum, also die Sitzfläche nach innen gerichtet, nicht vom Stumpf weg, damit einen kreisrunden Sitzbereich geschaffen. In der Mitte gab es eine Feuerstelle. Das Besondere daran waren nicht nur die weißen und türkisfarbenen Fliesen, die ich kleingehauen und im marokkanischen Stil in wochenlanger Kleinarbeit aufwendig als Muster verlegt habe, ich hatte in die Feuerstelle, die aus einer Edelstahlschale von achtzig Zentimeter Durchmessern bestand, ausserdem eine Spirale aus einem Kupferrohr mittig eingebaut. Diese Kupferspirale diente dem Erwärmen des Wassers, welches sich darin befand. Die Spirale war unter der Feuerstelle an eine Pumpe angeschlossen. Hier wurde jetzt Wasser mit der Energie des Feuers erhitzt und durch Rohre geleitet, die ich in den Betonsitzflächen, im Sitzbereich und im Rücken, eingelassen hatte – wie bei einer Fußbodenheizung, oder bei einer Sitzheizung im Auto. So hatte ich es bei meinem abendlichen Herbst- oder Winterfeuer nicht nur vorne durch das Feuer, sondern auch im Rücken warm.

»Man wird ja nicht jünger«, hatte Horst das kommentiert. Für den Fall, dass es dann dort doch zu warm wird, habe ich über einen Umschalthebel die Chance, meinen Pool auf Temperatur zu bringen und kann so ganzjährig mit nachwachsenden Rohstoffen alles beheizen, was meine Wellnessoase ausmacht. Die Außendusche hat einen Sichtschutz in Form einer Schnecke, so dass hier jeder auch nackt duschen kann, selbst wenn er oder sie schüchtern ist. Hinter dieser Oase habe ich einen kleinen Wald aus neun unterschiedlich alten Olivenbäumen. An den Ästen habe ich ›Umlenk-Rollen‹ angebracht, mit denen ich dann Gewichte, bestehend aus Jutesäcken, gefüllt mit Sand und Steinen, in fünf und zehn Kilo Säcken, im heimischen »Öko-Fitnesscenter« bewegen kann. Alle klassischen Übungen für Bizeps, Trizeps, Kreuzheben, Lad und Beine sind hier umsetzbar, Klimmzugstange und Bauchtrainer inklusive. Alles in allem ein Paradies für mich und von mir persönlich umgebaut. Gekrönt wird das Ganze durch meine mit großem Esstisch ausgestattete, überdachte Außenküche, welche unmittelbar an die Wellness-Oase angrenzt.

Genau hierhin wollte ich Beate heute entführen, um festzustellen, ob sie so etwas auch mag und ob wir Gemeinsamkeiten haben. Daher heizte ich die Sauna und den Whirlpool schon einmal vor.

Nach etwas Sport und Nunchaku-Training machte ich mir mein Spezialrührei mit Tomate und Lachs und bereitete mich zur Abfahrt vor. Claudia rief an und berichtete, dass ihre Freundin herausgefunden hatte, wo Sagreras Eltern gelebt haben und dass dieses Gebäude heute ein gutes Hotel-Restaurant ist, und nicht weit entfernt von meiner Finca liegt. Ohne auf meine Frage weiter einzugehen, wie ihre Nacht gewesen war, verabredeten wir uns für fünfzehn Uhr bei mir. Joshy spielte mit einer Katze und war so beschäftigt, dass der Abschied diesmal nicht schwer fiel.

Draußen vorm Tor hielt ich neben dem parkenden Fahrzeug an und erklärte meinen Bewachern, was ich vorhatte und fragte sie, ob sie vielleicht besser hier warten wollten. Etwas beschämt versicherten sie, dass sie mich unauffällig begleiten müssten und versuchen würden, nicht aufzufallen.

Nach fünfundvierzig Minuten saß ich neben Beate im Foyer ihres Hotels auf einem Sofa und wir quatschten über den gestrigen Abend. Sie hat einige E-Mails mit Glückwünschen bekommen und war überglücklich, dass in allen großen Tageszeitungen in Frankreich, Deutschland, England und Spanien über den gestrigen Abend berichtet wurde. »Du warst sogar in der Bildzeitung mit Jean Reno auf der Titelseite.« Mich berührte das nicht wirklich, doch ich zeigte es nicht. Da ich noch viel vorhatte, schlug ich ihr vor Badesachen und Wechselwäsche mitzunehmen, um später bei mir auf die Finca zu relaxen und danach in einem wunderschönen Finca-Hotel mit Namen ›Sa Bassa Rotja‹ essen zu gehen. Sie brauchte nur ein paar Minuten und wir gingen dann in das Musikgeschäft. Hier war ich in meinem Element. Beate erzählte mir, dass sie gerade angefangen habe, Djembé, eine Art Trommel zu spielen, das Problem aber bei ihr zu Hause seien jedoch die intoleranten Nachbarn. Sie schnappte sich Instrument und ich probierte einige Gitarren, bis mir ein schwarzes Modell mit hochglänzendem Lack, hinter der Theke auffiel. Nach einigen Diskussionen mit dem Ladenbesitzer, da sie anscheinend versprochen sei, derjenige aber das Geld noch nicht hat, und die »Wie erklären sie das ihrem Vermieter-Frage«, von mir an den Ladenbesitzer gestellt wurde, gab er sie dann doch heraus. Genau mein Ding! Das spürte ich schon, als ich alle Seiten einmal anschlug. Kurzerhand spielte ich »Imagine«, von John Lennon und hatte schnell Leute um mich herum, die eine Geige, ein Cello und eine Querflöte bedienten und Beate eben ihre Djembé. Das Lied wollte nie enden. Als wir uns dann selber applaudierten, stand fest, das ist mein Instrument! Schon war ich Besitzer einer neuen Taylor-Gitarre. Ein praktischer, schwarzer Koffer gehörte dazu und die Djembé nahm ich auch mit und erklärte Beate, bei mir gäbe es nur Rudolph, der aber wahrscheinlich mitmachen würde. »Wohnt der im Haus?«, fragte sie. »Wie alt ist er denn?« Auf dem Weg zu mir erzählte ich ihr Rudolphs Geschichte und sie war ganz aufgeregt und wollte ihn unbedingt kennen lernen. Bei mir angekommen, stellte ich ihr in aller Ruhe meine Mitbewohner vor, die sie gleich in ihr Herz schloss. Joshy wich nicht mehr von ihrer Seite, sobald sie saß, sprang er auf ihren Schoß und Rudolph drückte sich so an sie, dass sie fast umkippte. Das passt auch, dachte ich bei mir.

Nachdem ich ihr erklärt hatte, wie die Toms Wellnessoase funktionierte, machte ich uns eine Kleinigkeit zu essen. Da es für die bevorstehende Sauna etwas Leichtes sein musste, würfelte ich geräucherten Lachs, Avocados, Stangensellerie und schnitt etwas Schnittlauch und Petersilie klein, mengte alles zusammen und schmeckte es mit Salz, Pfeffer und Olivenöl ab. Auf den Teller legte ich eine Metallherzform und füllte sie mit der Masse, so dass beim

Hochnehmen ein Herz übrigblieb. Dazu toastete ich mein selbstgebackenes Parmesanbrot und legte dies zu den Herzen. Draußen deckte ich den Tisch und wir tranken Weißweinschorle dazu. Joshy verputzte seine klein geschnittene Hühnerbrust mit Möhren und war happy.

Beate kam gerade in einem Ferrari-roten Bikini aus dem Haus, als ich fertig war. Dummerweise war ich gerade beim Einschütten des Wassers in den Wein und war so ziemlich nicht bei der Sache, als sie auf mich zukam. Sie war bestimmt um die 40, hatte sich aber einen sportlichen Körper erhalten und hatte genau da weibliche Rundungen, wo sie sein sollten und auf die ich wohl gerade starrte.

Knapp zwei Meter vor mir blieb sie stehen, legte den Kopf leicht schief, klimperte mit den Augen und meinte lächelnd, »Für mich reicht das Wasser«. Erst da bemerkte ich, dass ich den Tisch unter Wasser gesetzt hatte und sie fragte nach einem Lappen. Um mir auch von ihrem Hinterteil einen Überblick zu verschaffen, schickte ich sie nach drinnen zum Spülbecken. Sie drehte sich um und ging wieder hinein. Ich war sehr froh, selber nur in kurzer Hose da zu stehen. Mir war plötzlich ziemlich warm und ich würde spontan auf alles volle zehn Punkte geben. Sie war begeistert von unserem kleinen Mahl und ging mit mir als erstes in den Whirlpool. Den hatte ich auf 38 Grad erhitzt. Das leichte Blubbern machte damit jeden Muskel weich.

Nach kurzem Pool-Bad und einem Saunagang,

wusste ich nun auch optisch genau, worauf ich mich einlasse und wir legten uns auf mein Schaukelbett. Mit einem kleinen Schubs bewegten wir uns mal im Kreis, mal vor und zurück, oder nur seitwärts. Alles war möglich. Da die Sonne schien, lagen wir mittlerweile nackt da und sie schmunzelte mich an und sagte, »Schon geschickt von dir. Nichts dem Zufall überlassen.«

»Erst auspacken, dann prüfen und wenn es nicht passt – umtauschen«, erklärte ich ihr schmunzelnd, »wie Weihnachten«. Nun lachten wir so laut, dass Rudolph mit seinem Gesang mit einstieg. Beate erzählte von ihrem Ex-Mann, den Kindern, die schon groß sind und von ihrer Selbständigkeit. Diese hat sie seit zwei Jahren an den Nagel gehängt um sich Ihrer Leidenschaft, dem Malen zu widmen. Mittlerweile kann sie davon gut leben und ist nun frei für ihren neuen Lebensweg als Künstlerin. Nachdem ich ihr meine Geschichte erzählt hatte und sie verstand, dass ich mich beim gestrigen Kauf ihres Bildes finanziell nicht ins Unglück gestürzt hatte, entschieden wir uns für einen zweiten Saunagang.

Die Sauna hatte eine Liegefläche für vier Personen und der Bauwagen hatte zur kleinen Terrasse hin eine komplette Glasfront, so dass man schön rausschauen konnte. Ich hatte einen Aufguss aus meinen ›Galan de la Noche‹, dem Nachtjasmin, selber gemacht, der bis jetzt Jeden überzeugt hat. Dieser süßliche Jasmingeruch belebt die Sinne auf erotische Art und Weise. So blieb es nicht aus, dass wir uns in der Sauna näherkamen, jedoch aus Temperaturgründen dann doch das Schaukelbett vorzogen, welches nun eine eigene Dynamik entwickelte. Auf dem Höhepunkt der Lust hupte es dummerweise vor meinem Tor und irgendwo schellte mein Handy. Erst jetzt fielen mir Claudia und Horst wieder ein.

So war es dann auch, mit jeweils einem Handtuch bekleidet standen wir da, als sie die Auffahrt hochgefahren kamen. Beide stiegen freudig aus und Claudia meinte spitzbübisch: »Das ging ja schnell!«

Ich stellte mich unwissend und behauptete, dass ich keine Ahnung habe, wovon sie reden würde. Horst zeigte ich meine Gitarre und erklärte ihm, dass es doch teurer geworden ist, er aber sein Geld gut angelegt hätte. Grinsend nahm er mich in den Arm und fragte, ob die Sauna noch an sei. Claudia und er wollten die Chance, sich in der Wellnessoase zu entspannen, auch nutzen. Mittlerweile liefen wir alle nackt herum. Beim ersten Anblick von Claudia setzte mein Herz ein wenig aus. Man sah genau, dass ihre Tante sie hart durch die Ballettschule geführt hat. Sie hätte so auf den Laufsteg gekonnt und sicherlich noch zehn Jahre ihre Karriere als Model meistern können. Wir ließen die Sonne auf uns scheinen, sprangen in den Pool, saßen alle im Schaukelbett und Beate und ich versuchten, mit unseren neuen Musikinstrumenten zu improvisieren. Wir sangen laut. Joshy stimmte ein und wir alle waren soooo glücklich. Als die Mädels im Whirlpool plantschten und ich Horst fragen konnte, wie es war, wurde er rot. »Wie sagte Jean Reno zu dir? ›Muy Fantástico‹«, antwortete er zögernd. Darauf meinte ich, da er jetzt bereits fantastisch spanisch spricht, könne er auch hierbleiben.

Er antwortete nicht sofort, aber überlegte, »Wenn wir jetzt noch den Schatz finden, dann wird mein Leben auf Mallorca sein.«

»Den hast du doch schon, Horst«, korrigierte ich ihn und zeigte mit meinem Kinn auf den Whirlpool.

»Recht hast du!«, bestätigte er. »Hat sie noch irgendetwas rausgefunden?«, wollte ich wissen. »Ja, viele Sachen: Zum Beispiel, dass über dem Hauptportal der Palma-Kathedrale oben im Giebel ein Bild in Stein gehauen ist. Darauf steht mittig ein Engel und rechts und links sind viele Menschen zu sehen. Das Entscheidende ist aber, dass der Engel zwei große Bilder in den Händen hält, diese aber mit der Rückseite nach vorne zeigen und Claudia meint, dass irgendetwas verborgen werden soll. Untypisch für Kirchen dieser Art. Es gebe darüber hinaus seit Hunderten von Jahren einen Kampf zwischen den Kathedralen ›Notre Dame‹ in Paris und ›La Seu‹. Jede behauptet besser, schöner, größer zu sein als die andere, aber irgendwie kommt da nichts Brauchbares bei rum. Wir müssen auf jeden Fall nochmal zum Heiligen Berg, die anderen beiden Klöster anschauen, auch nach Ariany. Vielleicht weiß die weiße Madonna ja etwas. Ach ja, deswegen ›weiße Madonna‹ weil Djamila, trotz ihrer Herkunft aus dem Nahen Osten, blond war. Ihre Mama kam aus Nordeuropa.

Dann gehen wir ja heute nach ›Sa Bassa Rotja‹. Da haben der Papa und die Mutter von Guillém zum Schluss gelebt. Sie sind im Alter von Felanitx aufs Land gezogen. Soll ja auch nur vier Kilometer von Felanitx entfernt sein.«

»Ja das kenne ich, bestätigte ich. Es ist ein total ruhig gelegenes Hotel mit tollem Restaurant, uralt und hat die eindrucksvollste Zufahrt die ich hier auf Mallorca bislang gesehen habe«, ergänzte ich. »Dann hat sie noch nach der Stadt auf der Kathedrale gesucht«, fuhr Horst fort. Ich schaute etwas fragend, da fuhr er fort: »Am Hauptportal waren doch diverse Dinge in Stein gehauen. Auf den Spuren des Gartens waren wir gestern...«

»Ah«, erinnerte ich mich, »jetzt läutet da was«. Noch so ein Ausdruck aus dem Ruhrpott, wenn man etwas verstanden hat. Horst erzählte weiter: »Sencelles ist das Dorf der Dörfer. Der Name gab schon immer Anlass zu Spekulationen. Zu dem Hauptort Sencelles zählen hundert kleine Dörfer, daher die Ableitung von ›Cent selles‹, das heißt hundert Krüge. Andere meinen, es stammt von ›Cent celles‹ ab, was wiederum hundert Parzellen heißt. Die meisten leiten aber den Namen von ›Centelles‹, ab was Funkeln oder Glitzern bedeutet. Basiert aber auf vielen Fantasien. Wir sollten da mal hin, und auf Schatzsuche gehen«, beendete er seinen Vortrag.

»Horst«, sagte ich, »ich bin beeindruckt. Claudia hat einen guten Einfluss auf dich.« Wir lachten und gingen zum Whirlpool rüber und staunten nicht schlecht. Die Szene erinnerte mich an einen Teich in Dortmund, meiner Heimatstadt, wo ich geboren wurde, auf dem Enten saßen, die unaufhörlich schnatterten. Es war nicht nur die Menge an Worten, die beide von sich gaben, sie fielen von Deutsch ins Französische, quatschten auf Spanisch weiter und lachten so herzlich, dass beim Auf und Ab ihrer Körper ihre Brüste immer aus dem Wasser schauten. Als sie unsere Blicke bemerkten, schauten sie da hin, wo wir hinschauten und wir prusteten laut los. Nach dem wir uns beruhigt hatten, stellte ich den Whirlpool aus und fragte meine Gäste, ob sie auch Hunger hätten. »Einen Bärenhunger!«, klang es wie im Chor. »Na, dann mal ab ins Restaurant! Anziehen wird eh überbewertet«, sagte Horst. So kannte ich ihn gar nicht. Er taute richtig auf. Als wir alleine im Auto saßen und auf die Mädels warteten, fragte Horst mich, ob ich Beate irgendetwas vom Schatz erzählt habe. »Wir hatten gar nicht so viel Zeit«, erwiderte ich, »es gab zu viel anderes zu besprechen und zu entdecken.«

»Das kann ich verstehen«, bestätigte Horst mit leicht roten Wangen, »An Beate sind ja auch schöne Sachen zu entdecken.« Grinsend nickte ich und meinte: »Da hast du wohl recht.« Nach einer gefühlten Ewigkeit kamen beide schnatternd aus dem Haus. Beate hatte Joshy auf dem Arm und erklärte mir, dass er unbedingt mitwolle und auch ganz brav sei. »Soll ich Rudolph auch noch holen?« fragte ich spaßeshalber. Claudia klatschte, wie ein kleines

Mädchen in die Hände und rief »Jaaaa, biitttteeee, auf jeeeedn Fallllll!«

Wir lachten laut und fuhren los. Ein paar Minuten von meiner Finca entfernt, bogen wir am Rande des Ortes Porreres auf eine Seitenstraße ein und folgten dem Schild ›Sa Bassa Rotja‹. Als ich vier Minuten später die Auffahrt entlangfuhr, erinnerte sich Horst, »Jetzt weiß ich, was du vorhin meintest.« Die beiden Mädels, die unaufhörlich quatschten, waren jetzt auffällig still hinter uns. Wir fuhren durch eine Palmenallee. Alle zwei Meter standen fünfzehn Meter hohe Palmen und die meisten davon als Zwillingspalmen. »Werden sie so gezüchtet?«, wollte Beate wissen. Claudia hatte natürlich eine passende Antwort: »Das hat man versucht, ist aber immer gescheitert. Durch Veredeln, an den Wurzeln anzubinden oder sie dicht einzupflanzen, hat alles nichts gebracht. Man hat dann alle Versuche eingestellt da es nicht funktioniert hat. Hier sagt man ›Caprice de la Natura‹«, Beate übersetzte für uns: »eine Laune der Natur.« Horst und ich staunten nicht schlecht und er meinte, dass hier die Natur aber eine super Laune gehabt habe. Von den Palmen auf rund hundert Metern waren ein Drittel Zwillingsbäume. »Da hat es der liebe Gott aber gut gemeint«, sagte Claudia – wie Recht sie damit hatte, wurde uns schon bald bewusst.

Die Finca bestand aus mehreren Gebäuden. Direkt am Parkplatz stand ein uraltes großes Haus, mit vielen Zimmern. Auf dem Hof gelangte man über eine breite Treppe hoch auf die Dachterrasse des Restaurants und hatte von dort eine herrliche Aussicht über das Grundstück, die Landschaft und die Felder. Wir gingen wieder hinunter, am Restauranteingang vorbei, Richtung Pool. Es eröffnete sich eine große Poolanlage mit reichlich Terrassen und Liegen und links davon, in eingeschossiger Bauweise, viele Zimmer mit kleinen Terrassen davor. »Schön«, schwärmten Claudia und Beate gleichzeitig. »Hola!«, begrüßte uns eine junge Spanierin, die plötzlich hinter uns stand. Sie stellte sich als Antonia vor und sei die Chefin und fragte uns, was sie für uns tun könne, alles in einem perfekten Deutsch. Ich drehte mich um und vor mir stand eine zierliche, gutaussehende Frau, vielleicht Mitte dreißig, mit einem sympathischen Lächeln. Ich gab ihr spontan meine Hand und sagte »Hola, ich bin Tom« und stellte uns alle kurz vor. »Wir würden gerne bei ihnen essen und hätten später ein paar Fragen in Bezug auf dieses wunderbare, alte Gebäude.«

»Gerne«, freute sie sich. »Können wir hier unter dem Dach sitzen und auf den Pool schauen?«, fragte ich, »Claro!«, sagte Antonia, »Ich lasse den Tisch decken und bringe ihnen erst einmal ein Willkommensgetränk.« Anerkennend hoben alle die Augenbrauen wegen dieser spontanen Freundlichkeit. Eng aneinander gekuschelt, schauten wir über den Pool in den Garten. Beate stand mit ihrem Rücken so vor mir, dass sie denselben Blick hatte, wie ich. Horst machte es mit seiner Claudia genauso und hätte uns

Antonia nicht jedem einen ›Aperol Spritz‹ gebracht, würden wir wahrscheinlich immer noch dastehen. Wir stießen an und Antonia wünschte »Salut!« Ich setzte einen drauf und meinte »Auf Antonia und uns!« Antonia lächelte etwas verschämt und ich legte meinen rechten Arm und ihre Schultern und fragte sie, in Richtung Haus gehend: »Was habt ihr denn heute Besonderes auf der Karte?« Sie war sofort in ihrem Element: »Es gibt Lammschulter aus dem Ofen, vorher kann ich ein Carpaccio vom Thunfisch mit einer besonderen Soße anbieten und als Nachspeise haben wir Weinschaumcreme mit heißen Himbeeren und selbst gemachtem Vanilleeis.«

»Können wir nach dem Thunfisch vielleicht noch eine Gazpacho einbauen?«, fragte ich. Sie lächelte und meinte: »Perfecto, das machen wir, mir war auch immer so, als wenn noch etwas fehlen würde«.

»Anfänglich einen leichten Rosé dazu, dann einen spanischen trockenen Roten und Café zum Schluss«, schlug ich vor. Sie schaute mich an und fragte, »Bist du Koch?« Ich strahlte und sagte »Hobbykoch und ich habe einen guten Geschmack, den ich jetzt und hier beweisen wollte.« Sie schmunzelte und wollte wissen, wie. Ich lächelte sie direkt an und sagte ihr, dass sie heute fantastisch aussähe. Sie lachte erfreut und meinte zu den anderen dreien: »Ein echter Charmeur!«, drehte sich um und ging in die Küche. Beate fragte mich: »Was hast du denn gemacht und wie oft warst du schon hier?« Ich schmunzelte und sagte: »Auch, wenn du es nicht glaubst, ich habe ihr nur ein Kompliment gemacht und war noch nie hier.« Beim Setzen lachte Horst: »Das sah eher so aus, als hättest du während deines Umbaus jeden Tag hier gegessen.«

»Worauf habt ihr denn Hunger?«, fragte ich die anderen. »Egal, Hauptsache viel!« witzelte Claudia, »die Sauna und deine Wellness Oase haben einen Riesenappetit zur Folge«, fuhr sie fort. Nachdem ich erklärte, was ich mit Antonia zum Essen abgesprochen hatte, kam diese auch sogleich und brachte schon mal Wasser für alle. Danach folgten Oliven und Brot und wir quatschten, lachten und waren so voller Lebensfreude, dass wir alle um uns herum ansteckten. Das Pärchen am Nachbartisch saß zeitweise bei uns, Joshy ging von Schoß zu Schoß. Antonia servierte nicht nur das Essen, sondern erzählte allerlei Anekdoten über das Haus und sich. Ihr Mann, Francesco, ist Italiener und sie hatte ihn in einem Urlaub kennengelernt. »Er war der beste Pizzabäcker in seinem Ort. Als sein Papa gestorben war und seine Mama alles verkauft hatte, um auf Kreuzfahrt zu gehen, bekam Francesco so viel Geld, dass wir uns das hier kaufen konnten, um etwas ganz Neues zu wagen. Mittlerweile sind zwei Bambini da und es geht uns gut.« Nachdem die meisten Gäste verschwunden waren, saßen wir immer noch da. Wir hatten gar nicht bemerkt, wie die Zeit verrann. Antonia brachte ihren Francesco aus der Küche mit, dem wir mit einem Applaus für das wundervolle Essen dankten und er holte seinen »Grappa Speziale«.

Es wurde noch lustiger, bis ich irgendwann auf das Thema Sagrera kam, bevor unsere Muttersprache ganz versagen würde.

Claudia fiel mir ins Wort und erklärte, dass sie Geschichte in Palma studiere und ihre Doktorarbeit über alle drei Sagreras schreibt, Guillém, Papa und Opa. Ich erzählte, dass ich das alte Grundstück von Guillém gekauft habe und die Finca komplett neu aufgebaut habe und erklärte ihr, wo sie liegt. Sie kannte sich gut aus und wusste genau, wo ich wohnte. Zwischendurch warf Antonia ein: »Komisch ist nur, dass vor kurzem sechs syrische Leute hier übernachtet haben, die auch etwas über Sagrera wissen wollten. Damals hat mich das beschäftigt und ich habe mal den Dachboden im alten Gebäude durchforstet, warte mal …«, unterbrach sie sich und war weg. Francesco erinnerte sich, dass die Typen eher etwas schräg drauf gewesen seien, waren hier mit einem Cayenne und einem Range Rover, beide in schwarz und ohne Kennzeichen. »Die waren nicht sehr gesprächig, einer sprach allerdings perfekt Englisch und sie haben alles im Voraus bezahlt – ich glaube, sie waren zwei Nächte hier. Mein Essen hat denen gar nicht geschmeckt. Ich hatte ihnen dann eine riesige Portion Kichererbsen Creme, also Humus machen sollen – das fanden sie klasse. Wir waren froh als sie wieder wegfuhren.« In dem Augenblick, als Francesco fertig war, kam Antonia mit einem alten Buch wieder herein. Sie gab es Claudia, die es vorsichtig entgegennahm. Sie schlug es auf und hob voller Bewunderung die Augenbrauen. »Das ist von Frau Sagrera, der Mutter von Guillém. Das ist ihr Tagebuch, bestimmt schon 600 Jahre alt. Leihst du es mir, Antonia?«, fragte Claudia. »Claro«, versicherte sie, »bringe es mir irgendwann zurück, wenn du es nicht mehr brauchst. Ich wollte sie in der Rezeption in der Vitrine ausstellen.«

»Sie?«, fragte ich erstaunt. »Ja, da sind noch mehr solcher alten Sachen. Wenn ich mal Zeit habe, also im Winter, dann mache ich da etwas draus.« Wir bedankten uns für die Gastfreundschaft, gaben obendrein ein dickes Trinkgeld, über das beide sich freuten und mit Küsschen verließen wir das Restaurant, genauso wie man gute Freunde verlässt.

Wir fuhren zu mir nach Hause, tranken noch einen letzten Absacker. Ich klimperte etwas auf der Gitarre und wir alle hingen mit unseren Gedanken dem schönen Abend nach.

Nach und nach gingen wir ins Bett und morgens um fünf Uhr früh meinte Bernhard, mein Nachbarhahn, dass nicht nur er alleine plötzlich erwacht sei, sondern alles, was sich in seiner Rufweite sich befinde Schluss zu haben hat mit der Nachtruhe. Ich liebe ihn, aber an manchen Tagen wünsche ich mir ein Luftgewehr. Im Nachhinein habe ich mich für meine Gedanken bei Bernhard entschuldigt. Beate hatte wohl gerade etwas vom Essen geträumt und schmatzte leicht. Ich dachte bei mir, die Zeit zu nutzen und ihren Körper doch noch einmal genauer aus der Nähe anzuschauen. Meine Zärtlichkeiten ließen sie angenehm schnurren; sie ließ jedoch die Augen geschlossen. Sie roch so gut und wenn man sich gut riechen kann, ist das die halbe Miete, hatte mein Vater immer gesagt. Die andere halbe Miete erkundete ich gerade und ihr Schnurren ging in ein erst leichtes Stöhnen, dann in ein Hecheln und später in lustvolle, lautere Geräusche über. Sie schubste mich zurück, zog einen Schmollmund und sagte im Spaß: »Nimmst du die Finger von mir, wenn schon denn schon!« Ich lag auf dem Rücken, sie setzte sich auf mich und vollführte mit mir in ihr einen Bauchtanz, der mich erschaudern ließ. Ihre Bewegungen gingen anfangs fließend, kreisend und wurden dann immer ruckartiger und schneller. Sie galoppierte mit mir übers Land und wir beide erreichten zur selben Zeit unseren Höhepunkt. Sie stöhnte vor Lust. Dann fiel sie nassgeschwitzt vorneüber auf meine Brust, wo sie leise flüsterte: »Hammer, Tom, das brauche ich jeden Tag!« Grinsend sagte ich zärtlich: »Dafür gibt es Lösungen.« Sie stemmte sich leicht hoch und ihr Gesicht war direkt vor meinem und ihre Augen funkelten in meine. »Ich liebe Dich!« sagte sie und küsste mich intensiv, lange und zärtlich. Keine Ahnung wie ich das überlebt habe, mein Herz hatte bei diesen Worten aufgehört zu schlagen und erst nachdem wir das zweite Mal den Höhepunkt der Lust erreichten, diesmal hatten wir diverse andere Stellungen ausprobiert, merkte ich, dass mein Herz raste. Wir duschten draußen unter freiem Himmel und sprangen nackt in den Pool. Ich verschwand in der

Küche und kam mit geschältem Obst wieder heraus, wir frühstückten im Whirlpool und tranken unseren Kaffee. Claudia und Horst wirkten auch abgekämpft, als sie zu uns in den Whirlpool kamen.

Hier besprachen wir unseren Tagesplan, wobei Beate sich leider ausklinken wollte. Sie hatte Jean Reno versprochen, mit ihm Mallorca anzuschauen. So verabredeten wir uns für Neunzehn Uhr an der Galerie. Wir fanden es schade, dass wir den Tag nicht gemeinsam verbringen konnten, hatten aber Verständnis. Claudia bot an: »Dann nimm doch mein Auto und du gibst es mir heute Abend wieder.« Ich machte uns allen ein großes Rührei und versorgte die Tiere. Nach dem Frühstück verabschiedeten wir uns von Beate und dann auch von Joshy und fuhren zuerst nach Ariany, zur weißen Madonna. Am Tor waren unsere Aufpasser im Auto eingeschlafen. Horst meckerte: »Na, da sind wir ja richtig sicher.« Ich hupte, winkte beiden zu, als wir losfuhren. Etwas zerzaust und seinen Kollegen wachrüttelnd, folgten sie uns dann doch. In Ariany, einem sehr aufgeräumt wirkenden Dorf auf einem Hügel, hat man einen tollen Blick über das Land. Die Kirche liegt am Rande des Dorfes und hat einen traumhaften Vorplatz, der vor kurzem erst neugestaltet wurde. In der Kirche hatte gerade der Gottesdienst begonnen, als wir ankamen. Wir stellten uns innen an die Türe und hatten so einen guten Überblick über die Kirche. In weiter Ferne am Altar erkannten wir die Madonnenstatue. Die Messe hatte gerade erst begonnen, die

Stunde wollten wir aber jetzt nicht warten und somit gingen wir ergebnislos um das Gebäude herum, um vielleicht doch noch etwas zu finden. Für das kleine Dorf war es eine ausgesprochen große und hübsche Kirche. Leider ist uns nichts aufgefallen und wir fuhren weiter zum Heiligen Berg nach Randa.

Während der Fahrt fragte ich Claudia, wie sie sich denn ihr weiteres Leben vorstellte – fünf Kinder, oder eher Geschichtsprofessur an der Uni. »Keines von beidem«, begann sie. »Eigentlich wollte ich hier auf Mallorca bleiben, aber die Jobsituation ist echt bescheiden. Wenn du einen hast, wird er meistens so schlecht bezahlt, dass du nebenbei Kellnern oder putzen oder wie viele meiner Freunde, weiter bei den Eltern leben musst. Ich liebe diese Insel und die Menschen hier. Aber Zukunft hat nur Tourismus. Vielleicht miete ich mir eine Finca und mache ein kleines Hotel auf. Ich mache mit den Gästen ›Malle-Rundreisen‹ tagsüber und Horst wäscht, putzt, kocht, gärtnert und passt auf die fünf Kinder, Hunde, Katzen und alle weiteren Tiere auf. Dann lese ich den Kleinen abends etwas vor, bevor Horst die Windeln wechselt und die Wäsche wäscht.« Horst neben mir hatte riesengroße Augen, die Lippen geschürzt und aufgehört zu atmen. Er wurde auch auf einmal ganz blass. Ich schlug ihm leicht auf den Arm. Sofort schüttelte er sich und bestätigte: »Deckt sich total mit meinen Vorstellungen.« Claudia lachte so herzlich, dass wir beide mit einstimmen mussten. »Ich habe keine Ahnung«, meinte sie dann. »Meine

Tante möchte, dass ich ihren Ballettladen übernehme, ich könnte Stadtführungen machen oder wir finden jetzt verdammt nochmal diesen Schatz und ich mach nix mehr.«

Auf den Serpentinen nach oben, nachdem wir durch Randa gekommen waren, sagte sie: »Wir fahren zuerst zum Kloster St. Honorat und kommen danach zur Santuari de Gràcia.« Ich wollte nämlich zum ersten Kloster abbiegen, fuhr dann jedoch weiter. Der Wiederaufbau dieses Klosters ist erst rund 200 Jahre her, an die alte Kapelle der Vorzeit erinnert eine kleine Steintafel. Zuerst betritt man einen Innenhof, bevor man in die kleine, aber schöne Kapelle kommt. »Ein Ort der Meditation – hier drin hört man rein gar nichts«, schwärmte Horst. Wir setzten uns auf eine der Bänke und genossen einen Augenblick diesen heiligen Ort und die Stille. Dann suchten Wir die Wände nach Hinweisen ab. Bis auf die üblichen Verdächtigen fiel uns auf aber nichts auf. Claudia deutete an, dass sie rausgehen wollte und nahm Horst an der Hand mit. Komisch dachte ich, hier in dieser Kirche fühle ich mich geborgen, aber mehr passierte auch nicht. Ich ging hinaus und sah die beiden eng umschlungen am Auto. Wortlos stiegen wir ein und fuhren nach unten zur Santuari de Gràcia.

Am Wegesrand standen unsere Beschützer und folgten uns. »So richtig wach sehen beide immer noch nicht aus«, meckerte Horst schon wieder, als wir dicht an ihnen vorbeifuhren.

Claudia legte los und erzählte alles über unser nächstes Ziel, dass es früher eine große Höhle war, in der man diese Santuari de Gràcia gebaut hatte. Santuari de Gràcia heißt frei übersetzt ›Kloster der Gnade‹. Die Franziskaner haben um 1500 eine kleine Kapelle gebaut und Gaudí hat sich diesem Platz ausgiebig gewidmet und hier während seines Mallorca Aufenthaltes viel Zeit verbracht. Warum er gerade diesen Ort gewählt hat, ist nicht bekannt, er hat eigenes Geld verwendet, um alles so herzurichten, wie es jetzt ist. Das Gebäude hatte, nachdem die Höhlendecke nachgab, großen Schaden erlitten. Auch die Zufahrt wurde komplett erneuert. Mittlerweile standen wir unterhalb des Klosters auf dem Parkplatz und stiegen aus. Nach hundert Metern begriff ich, was Claudia meinte. Man sah die Abbruchkante der Höhle ganz deutlich. Immense Geldsummen wurden ausgegeben, um den Besucher vor herabbrechenden Steinen zu schützen. »Wie ein Kettenhemd«, beschrieb Horst, der meinem Blick folgte. Claudia referierte, dass hier mutige Bergsteiger einige Monate damit verbracht haben, diese tonnenschweren Netze zu installieren. Aber alle Mühen haben sich gelohnt. Vom Platz aus hatte man einen phantastischen Ausblick auf die Südküste. Man sah, dass man auf einer Insel ist. Die Dörfer und Fincas unter uns waren alle niedlich klein. Wir gingen durch das massive Holztor und genau in dem Augenblick, als ich ganz eingetreten war, hörte ich ein Piepsen im Ohr. Wie bei einem Tinnitus. Ein Freund beschrieb mir das einmal und so stellte ich mir das vor. Ich fragte Claudia und Horst ob sie es auch hörten, beide waren ganz still und meinten gleichzeitig: »Ich höre nichts.«

»Okay«, sagte ich, »wir werden alle nicht jünger.« Links neben dem Eingang war eine Kapelle mit Fliesen ausgekleidet und leider mit einem Gittertor versehen. Es hingen einige Bilder an der Wand, rechts hinten stand auf einem Fenstersims ein Stein hochkant und am Ende ein Altar. Claudia erzählte nun nichts mehr, sie stand vor den Bildern und stellte nur noch Fragen. Wir waren alleine in der Kapelle und daher dachte ich mir, dass jetzt niemand einen Arzt holt, der sie in einer Weste mit den Händen auf dem Rücken abholen wird. Daher setzte ich mich in die erste Bankreihe. Claudia murmelte ständig. Horst mischte sich auch ein und ich hatte das Piepsen im Ohr und schloss meine Augen. Aber anstatt, dass sich meine Ohren erholten, wurde es hell. Sofort öffnete ich die Augen und sah, in der Kapelle war ein gedämpftes Licht, wie auch zuvor, doch, wenn ich die Augen schloss, war alles wieder hell. Ich nahm die Brille ab, rieb mir die Augen und sah plötzlich auch noch Sterne. »Dann lasse ich die Augen eben auf«, sagte ich leise vor mich hin. Doch irgendwie ging das nicht: »Jetzt lasse ich es einfach geschehen, hab ja nix zu verlieren«, dachte ich naiv. Es war wie im Kino – ich saß in der ersten Reihe und schaute einen Film, der irgendwo auf sandigem Gelände aufgenommen wurde:

Vor mir spielten zwei Jungs mit Stöcken und Steinen. Sie hatten nur eine Art Lendenschurz an, waren vielleicht vier Jahre alt und spielten miteinander, sie warfen die Steine auf die Stöcke, die sie vorab in den Boden gesteckt hatten. Beide schauten ab und an zu mir, sie sahen sich nicht nur ähnlich, sondern exakt gleich aus. Etwas lauter sagte ich dann wohl: »Es sind Zwillinge«.

»Genau«, rief Claudia. Im selben Augenblick wurde es dunkel. Das Piepen hörte auf. Als ich von Horst ein langgezogenes »Hääääähh?« hörte, öffnete ich die Augen wieder und sah das gedämpfte Licht der Kapelle. Ich blinzelte noch ein paar Mal, aber alles blieb normal. Dann fiel mein Blick vorne auf den Altar und neben der Maria stand rechts ein Kind mit Flügeln und links, wie ein Spiegelbild, noch eins. Claudia kam zu mir, Horst blieb vorsichtshalber erst einmal, wo er war, und sie setzte sich neben mich. »Wer?«, fragte ich sie. »Kann nur Jesus sein, aber wie kommst du da drauf, du hast doch hier nur gesessen?«, bohrte sie. Ich erzählte kurz, was vorgefallen war und zeigte dann auf den Altar vor mir. Horst stand hinter uns, er hatte alles mitbekommen und kommentierte auf seine Art: »Au Backe!« Claudia war aufgeregt: »Das ist ja unglaublich!«, sie sprang auf und überlegte laut: »Stell dir Mal vor, wenn Jesus einen Zwillingsbruder gehabt hätte, was das im Umkehrschluss heißt …«

»Was denn?«, wollte Horst wissen. Claudia war ganz aus dem Häuschen und fuhr fort: »Die gesamte

Geschichte müsste neu geschrieben werden. Vielleicht ist Jesus gar nicht auferstanden, sondern sein Bruder ist erschienen und alle hätten einer Inszenierung geglaubt!«

»Ja, aber der hatte doch Wunden und Löcher an Händen und in den Füßen«, meinte Horst. »Richtig, aber das ist alles machbar«, fuhr Claudia fort. »Dieser zentrale Mythos der Kirche würde auf einem Missverständnis und einem Streich zweier Männer beruhen.«

»Unglaublich!«, meinte ich. »Ne, ne, ne«, sagte Horst. »Ihr seid da komplett auf dem Holzweg. Wir suchen hier einen Schatz und keinen Geschichtsbetrug.« Claudia schaute etwas verwirrt mit großen Augen von Horst zu mir und zurück und prustete los. »Horst, es geht doch mehr als um Geld«, sagte sie liebevoll, stand auf und nahm ihn in den Arm. »Lass uns mal nachschauen!« Wir gingen zum ersten Bild, man sah zwei Männer mit Steinen in der Hand und einen Engel, der in ein rotes Tuch gehüllt darüber schwebte. Er hielt in der rechten Hand einen Kranz oder eine Krone und einen Stein – und in der linken Hand einen Ast der aussah wie ein Y. Claudia meinte nachdenklich: »Komisch, ich weiß nichts darüber, dass Maria gesteinigt werden sollte.«

»Wie heißt diese Kapelle nochmal?«, fragte Horst. »Heiligkeit der Gnade«, antwortete Claudia. »Vielleicht hat sie ja Mist gemacht«, überlegte Horst, »und sollte zumindest auf dem Bild eine Strafe bekommen. Durfte ja keiner erfahren.« Wir gingen weiter und sahen das Bild einer Frau im Kirchengewand, sie legte merkwürdig die Hände übereinander, als wollte sie darin etwas aufbewahren, damit es nicht wegfliegt – einen Schmetterling oder so etwas, als wolle sie ein Geheimnis bis in den Tod bewahren. Sie stand auf einer Wolke, unter ihr war noch ein Kirchturm zu erkennen und rechts und links von ihr spielten zwei Engelskinder, einer mit einem Stein und einer mit einer Blume. Alle drei schienen glücklich. Ein Bild weiter gab es die Szene, in der Maria, hoch schwanger, an ein Haus kam und ein Mann und eine Frau ihr anboten, in den Stall zu gehen, um sich niederzulassen. Abgekämpft und mit angestrengtem Blick stand Josef daneben. Maria, megarund und auch voll im Gesicht und genau da drüber waren zwei Kinderköpfe zu sehen, als wäre es eine Vorhersage. Jetzt sah Horst es auch und stimmte zu. »Unglaublich«, sagt Claudia zweifelnd, »solche Bilder habe ich noch nirgendwo gesehen.« Wir gingen zum Altar und konnten es nicht fassen. Erst beim genauen Hinsehen sah man die goldene Statue genauer. Die Marienskulptur war einen Meter fünfzig groß, trug einen goldenen Umhang und rechts und links von ihr standen zwei Engel, halb so groß, die komplett identisch, nur spiegelverkehrt waren. Die Staue war durch ein Metalltor mit einer Krone oben darauf geschützt, damit man nicht zu dicht herankam.

Darüber sah man den Himmel mit Wolken und mehreren Engeln, wobei einer so dicht mit seinem

Kopf am rechten Ohr Marias war, als würde er ihr etwas zuflüstern. Im Bogen über allem sah man dann ein Bild von Maria mit zwei Männern, welche sie krönen. Der eine war ein Mann um die dreißig in rotem Gewand und einem großen Kreuz in der rechten Hand vor seinem Körper. In der linken Hand hält er eine Krone am ausgestreckten Arm, die dadurch mittig über Maria schwebte, über der Krone eine Taube als Symbol des Heiligen Geistes und der Andere, ein alter Mann mit grauem Bart, ganz in ein graues Tuch gehüllt, seine linke Hand auf die Kugel der Weisheit gestützt. Maria befindet sich direkt in der Mitte, unterhalb der Männer und genau unter der Krone. Ihr Blick ist auf den alten Mann gerichtet und ihre linke Hand öffnet sich zum Saum seines Kleides. Alle drei stehen auf Wolken und jeweils links und rechts am Rand sind immer zwei Kinderköpfe zusammen zu sehen. Wir schauten uns an, als ob gerade zwei Autos ineinander gekracht waren. »Kann das sein?«, fragte ich. »Es gibt viele Geheimnisse, aber möglich wäre es schon.«

»Was hat Gaudí denn damit zu tun?«, fragte Horst. »Gute Frage!«, meinte Claudia.

»Ich brauche frische Luft«, beendete sie unsere Überlegungen und ging hinaus. Horst ging ihr nach und ich vertiefte mich noch etwas in die Marien-Statue und fragte mich, was das eben mit dieser ›Vision‹ zu bedeuten hatte. Unter der Statue entdeckte ich noch ein großes, kreisrundes Emblem. Es bestand aus zwei Buchstaben einem ›M‹ und ein ›A‹. Wobei das ›A‹ auf dem ›M‹ stand, aber doch ein Stück höher und wie ein Pfeil nach oben zeigte. Erst da fiel mir auf, dass in der Mitte des ›M‹s und an den Enden der Schenkel das ›A‹ Schlüssellöcher waren. Ich fotografierte alles mit meinem Handy. Langsam ging ich zur Türe.

Als ich draußen ein Tumult hörte, der sich wie ein Kampf anhörte, dachte ich noch; »Ungewöhnlich für eine Kirche.« Kurz bevor ich hinaustreten wollte rief Horst: »Tom! Vorsicht, rechts von dir!« Intuitiv zog ich mein Nunchaku aus dem Halfter, machte einen Hechtsprung nach draußen und merkte, wie über mir ein Baseballschläger ins Leere schlug. In Bruchteilen einer Sekunde machte ich eine Vorwärtsrolle, sprang auf und schlug mit dem Nunchaku so feste zu, dass der Angreifer Blut spuckte und zu Boden ging. Der Knüppel fiel auf die Steine und mit Gebrüll kamen zwei bullig wirkende Typen hintereinander auf mich zu gerannt. Dem ersten schlug ich mitten auf die Stirn und ich ging parallel mit ihm voreinander in die Hocke, er blutend ungewollt und ich genau das Gegenteil. Der hintere Mann schrie nicht mehr, hatte aber so viel Schwung, dass er über seinen Kollegen und mich stolperte und über uns drüber fiel. Ich sprang auf und noch bevor er sich auch nur ansatzweise aufrappeln konnte, schlug ich ihm auf seinen Hinterkopf. Er sackte zusammen und Blut lief aus seinen Haaren. Sein Kollege an der Tür hatte sich berappelt und wollte auf mich losstürmen. Jedoch bekam er genau auf der anderen Seite seines Gesichts das Nunchaku ab und ich hörte wie sein Nasenbein brach. Alle drei lagen stöhnend auf dem Boden und ich rannte zu Horst und Claudia. Da sah ich, dass ein schwarzer Van quer zur Auffahrt, mit laufendem Motor parkte, ein Mann saß am Steuer, ein weiterer stand in der Schiebetür und hielt Claudia im Würgegriff seines rechten, muskulösen Armes fest. Sie zappelte ängstlich mit Tränen in den Augen und verlaufener Schminke. In der anderen Hand hielt er ihr eine Pistole an den Kopf. »Scheiße!«, schrie ich laut vor Wut. Sie waren ungefähr zehn Meter von mir entfernt und Horst stand genau zwischen uns. Ich war stinksauer und beschimpfte den Typen mit der Pistole. Es waren wieder diese Leute, die uns schon auf meiner Finca angegriffen haben. »Was soll das, du Penner? Lass die Frau los und nimm mich, wenn du dich traust!«, brüllte ich ihn an.

Er nahm die Pistole, schoss einmal in die Luft und zielte dann auf mich. Ich ließ das Nunchaku ungerne fallen und schrie ihn an: »Mach doch, du Arsch!« Der Fahrer hupte, die anderen drei schleppten sich in den Van und warfen mir tödliche Blicke zu. Dann schubsten sie Claudia auf den Boden, entrissen ihr die Handtasche, knallten die Türen zu und rasten mit quietschenden Reifen davon, auf das offene Tor zu.

Da fuhren gerade unsere Beschützer mit ihrem kleinen Citroën durch das Tor, oder vielmehr sie wollten es. Der Van fuhr voll in sie hinein und schob sie einfach nach hinten. Dadurch wurden sie aufgehalten. Ich brüllte Horst an: »Hole Claudia!«, hob mein Nunchaku auf und spurtete auf den Van zu. Der Fahrer gab Vollgas, es quietschte und ein ächzendes Metallgeräusch machte sich breit. Es stank nach Gummi und kurz bevor ich den Van erreichte, hatte er es geschafft den Citroën beiseite zu schieben und schoss davon. Keine Nummernschilder, kein Aufkleber, nichts. Ich versuchte die Fahrertür des Citroëns aufzureißen, sie klemmte, aber sprang dann doch auf. »Bei euch alles okay?«, fragte ich in die offene Tür. Die Airbags hatten sich aufgeblasen. »Wo wart ihr denn?«, fragte ich etwas außer Atem. Der auf dem Beifahrersitz meinte: »Wir haben einen Schuss gehört und sind sofort hochgekommen.«

»Ach ja«, kommentierte ich sauer, »dass aber ein Van mit fünf Killern an euch einfach so vorbeifährt, habt ihr nicht bemerkt!« Der Citroën war Schrott, die Motorhaube stand hoch, der Kühler war da, wo der Motor hingehörte, alles qualmte und Flüssigkeiten liefen aus. Claudia kam, auf Horst gestützt die Auffahrt herunter. Ich ging auf beide zu und fragte: »Alles ok?« Horst nickte und Claudia schimpfte: »Scheiß Handtaschendiebe!« und rieb sich den Hals. Ich deutete Horst an, sie in den Arm zu nehmen. Ihr Hals war ganz rot.

»Was war denn in der Handtasche?«

»Alles, mein ganzes Leben, Portemonnaie, Ausweise, Kreditkarten, ausnahmsweise sogar Geld, mein Handy, und – Scheiße,«, sagte sie, »das Buch von Frau Sagrera auch!« Sofort rief ich Jaime an und erklärte, dass seine besten Männer ein neues Auto brauchten und er bitte sofort eine Handy-Ortung von Claudias Mobiltelefon einleiten solle. Das machte er und meldete sich dann sofort zurück. »Wir schicken Leute! Unternimm nichts, dafür haben wir Spezialisten«, »Das habe ich gemerkt«, entgegnete ich ironisch. »Das Handy ist in Randa, kurz nach dem Ortseingang auf der rechten Seite vom Heiligen Berg aus gesehen.«

»Los!« rief ich zu Horst und Claudia, »Ab in den Wagen!« Zu den anderen meinte ich, »Euch wird Hilfe geschickt.« Etwas belämmert schauten beide mich an und nickten.

Wir fuhren ziemlich zügig die Serpentinen runter und kamen nach Randa. Das Handy hatte ich auf laut gestellt und während ich fuhr, erzählte Claudia ihre Version und Jaime berichtet, dass sich das Signal nun nicht mehr bewegt habe. Vorm Ortseingangsschild blieb ich stehen und schaltete die Warnblinkanlage ein, ließ aber den Motor laufen, drückte das Gespräch weg und nahm das Handy. »Ihr wartet hier, wenn was ist, hupen!«, gab ich Anweisung. »Tür verriegeln!«

Ich nahm mein Nunchaku raus und schlich mich leise in Richtung Handy. Innerlich hatte ich mich auf einen weiteren Kampf eingestellt. Mein Adrenalin pumpte durch mich und nach zehn Metern erreichte ich rechts den Parkplatz eines Restaurants. Ich schaute kurz ruckartig um die Ecke des Torpfostens und sah, dass dort kein Auto stand.

Ich holte mein Handy raus, rief Claudias Nummer und ich hörte ihren Klingelton.

Hinter dem Tor, im Busch, lag ihre gesamte Tasche. Ich holte sie hervor – es schien alles drin zu sein. Nur das Buch war weg. »Mist«, sagte ich laut. Ich ging zurück zum Wagen. Claudia war überglücklich und hielt ihre Handtasche so wie ein Baby an ihre Brust gedrückt. »Danke, Tom«, strahlte sie mich an. Ich rief Jaime erneut an und gab vor, dass wir unterbrochen wurden. Horst grinste. »Ich erfahre gerade, dass sich das Handysignal wieder bewegt. Es ist auf der Hauptstraße Richtung Autobahn nach Manacor-Palma hinter Randa, gleich müssten meine Jungs denen entgegenkommen.« Er sprach so schnell, dass ich gar nicht dazwischenkam. »Jaime, Jaime!«, rief ich in den Hörer. »Die Handtasche ist an Bord, ich habe sie gerade da, wo du gesagt hattest, gefunden.«

»Aber meine Männer…«, begann er den Satz und ich musste lachen. »Genau, hol die mal bei der Heiligen Madonna der Gnade ab.«

»Kommt bitte direkt zu mir, ich brauche eure Aussagen«, bat Jaime. »Alles klar«, bestätigte ich und legte auf. Claudia sagte: »Danke, dass ihr mich gerettet habt«. Horst erzählte seine Version und die war auch spannend.

Als beide aus der Kirche kamen sahen sie einen Van die Einfahrt langsam hochfahren. »Wir kümmerten uns nicht darum und wollten zur Bank die Aussicht genießen. Als der Van sich dann quer stellte mit der rechten Schiebetür zu uns, wurde ich skeptisch. Einer der Männer kam mit gezogener Waffe direkt auf uns zu und zwei Männer standen hinter ihm. Die gleichen Typen die bei uns auf der Finca waren. Der mit der Waffe hielt drei Finger hoch und hob die Achseln. Wir zeigten auf die Kirche und er rief irgendetwas. Ein weiterer Mann stieg aus und ging mit einem Baseballschläger auf den Eingang der Kirche zu. Als ich ahnte, dass du rauskommst, habe ich dich gerufen und du hast ja auch sofort reagiert. Im selben Moment als der Baseballmann umflog, rannten die anderen beiden anderen brüllend auf dich zu und der mit der Pistole zog Claudia unsanft zum Van und richtete die Waffe auf mich. Ich konnte nichts machen!«, fasste er fast atemlos, mit leicht belegter Stimme, zusammen. »Dann setzte sich der Typ in der offenen Seitentür auf die Sitzbank und hatte Claudia vor sich als Schutzschild genommen. Sein Blick sprach Bände, als du und nicht seine Kollegen, um die Ecke gebogen kamst.«

»In dem Augenblick war ich so stolz auf dich«, kommentierte Claudia dazu. Horst fuhr weiter fort: »und den Rest kennst du ja!« Claudia fragte, wie hast du die denn alle umgehauen? Die sahen doch alle aus, wie Bodybuilder und im Nahkampf erprobte Superhelden.« Horst und ich lachten laut gelöst, die Anspannung viel von uns ab.« Was?«, fragte sie, »was gibt's da zu lachen.«

»Nahkampferprobte Superhelden, welche Comics hast du denn gelesen?« wollte Horst wissen. Jetzt lachte sie ebenfalls mit. »Im Ernst, was ist das für ein Ding, das du da bei dir hast und warum kannst du das?«

Als wir auf die Autobahn fuhren, fing ich an zu erklären: »Als ich noch zur Grundschule ging, hatte ich den einzigen Türken, der damals mit seinen Eltern in unserem Vorort von Dortmund wohnte, als Freund. Ich bin in der Kirche in diesem Vorort aufgewachsen, meine Eltern waren Küster und mit meinen drei Geschwistern wohnten wir in dem großen Turm der Kirche, den mein Vater Peter, der auch noch Putzer und Maurer war, aus- und umgebaut hatte, um Platz für seine sechsköpfige Familie zu haben. Und da war die Türkenfamilie, die in einer kleinen Zweizimmerwohnung mit vier Leuten in unserem Sportplatzgebäude wohnte, direkt neben dem Fußballplatz, wo der Papa von meinem Freund, der hauptberuflich unter Tage auf der Zeche arbeitete, nebenberuflich den Hausmeister machte. Damals war eines unser großes Vorbilder Bruce Lee. Ömer, so hieß mein Kumpel, war natürlich der Durchtrainierteste, weil er ja den Schlüssel zur Turnhalle hatte. Als unsere Freundschaft enger wurde, durfte ich regelmäßig mit in die Halle und wir brachten uns das Nunchaku selber bei und spielten alle Bruce Lee Filme nach. Unsere Gegner waren Böcke, Matratzen und Sandsäcke. So wuchsen wir auf, zur Kräftigung meiner Muskeln ging ich rudern und Ömer hatte das Talent, Fußballprofi zu werden. Seit der Ausbildung dann haben wir uns aus den Augen verloren und wie du neben mir siehst, auch andere Freunde gefunden.« Dabei zeigte ich mit dem Daumen meiner rechten Hand auf Horst. »Soooolange kennt ihr euch schon?«, staunte Claudia. »Hey hey hey«, protestierte Horst, »was heißt denn hier sooooooolange? So alt sind wir auch noch nicht« Dafür erntete er einen Klaps von Claudia auf seine linke Schulter. Ich meinte zu Horst: »Sie hat dich aber gut im Griff, im Laufe der Jahre werden die Schläge fester« und ›zack‹, bekam ich auch einen auf meine rechte Schulter. Wir lachten alle drei laut los. Claudia beendete meine Geschichte, als wir vor der Guardia Civil in Manacor parkten mit den Worten: »Und seitdem hast du immer weiter trainiert, bist in den Krieg gezogen, hast den Präsidenten gerettet und einige Millionen als Abfindung bekommen.« Laut lachend gingen wir die Treppe hinauf und als ich ihr die Eingangstüre aufhielt, schaute ich ihr in die Augen und bestätigte: »Genauso war es.« Wieder lachten wir, gingen durch das Großraumbüro und klopften an die Glastür von Jaimes Büro, der zwar telefonierte, aber uns hereinwinkte. Seine Sekretärin kam dazu und nach kurzer Begrüßung erzählten wir zu Dritt die Geschichte. »Was wollten die dann wieder von Euch?«

»Das Buch von Mama Sagrera haben sie mitgenommen«, sagte Claudia, dummerweise spontan. Jaime hob die Augenbrauen und wollte nun alles wissen. Von jetzt an redete ich, um die Sache nicht ins Uferlose laufen zu lassen. »Zunächst möchte ich wissen, ob es Pedro wieder bessergeht«, fragte ich.

»Ja, danke der Nachfrage, alles ist überstanden.

Nach der OP ist alles wieder gut, die Kugel steckte in seinem Bierbauch und der hat das Schlimmste verhindert.«

»Was hast du mir da für Flachpfeifen als Bewacher angedreht?« war meine nächste Frage. »Die beiden sind eigentlich ein super Team«, begann Jaime, »sie haben hier schon einige Fälle gelöst, ich habe beide natürlich schon am Telefon ausgefragt, wegen unseres Mitarbeitermangels, die Regierung muss sparen«, warf er ein und nickte dabei. Wir nickten mit, »sie sind jetzt schon 48 Stunden ununterbrochen im Einsatz.«

»Dann lasse sie doch heute mal ausschlafen und vielleicht sind sie morgen fitter,« schlug ich vor.

»Also, Claudia hat recherchiert und an der Kathedrale gibt es Tausende Hinweise, die irgendwohin führen aber uns nicht helfen. Daher hat sie die Adresse der Eltern von Guillém Sagrera ausfindig gemacht, das ›Sa Bassa Rotja‹.«

»Ah«, sagte Jaime, »da haben die gewohnt.«

»Tolles Haus, super Küche, imposante Auffahrt«, kommentierte Horst. »Wir sind also dahin essen gegangen«, fuhr ich fort, »und Antonia, die Chefin, hat uns auf unser Bitten, ein Buch mitgegeben, das wohl das Tagebuch von Mama Sagrera war. Genau dieses haben unsere ›Freunde‹, nach einer ordentlichen Tracht Prügel, mitgenommen.«

»Wer hat die denn verhauen?«, wollte Jaime wissen. Seine schwarzen Augenbrauen verschwanden unter seinem Pony, Horst und Claudia zeigten mit ihrem Zeigefinger auf mich. Ich bestätigte nickend: »Ja, mit den Zahnstochern mit der Kette dran.« Ungläubig schüttelte Jaime den Kopf, »... wenn man einmal nicht alles selber macht.« An seine Sekretärin gewandt, meinte er: »Bitte nur das mit dem Diebstahl und dem Angriff notieren«, und sie verließ den Raum. An Claudia gerichtet, fragte er: »Was stand denn drin, in dem Tagebuch?«

»Leider bin ich dazu nicht gekommen, es zu lesen. Es ist auf Katalan geschrieben, die Handschrift war zwar leserlich, aber ich wollte das morgen mit meinem Professor überfliegen und das Wichtigste raussuchen.«

»Okay«, schloss Jaime, »das hilft uns also auch nicht weiter.«

»Gibt es denn noch neue Erkenntnisse über die Syrer?«, fragte Horst. »Nein, sie sind in keinem Hotel, es wurde kein Auto gemietet, wir überprüfen gerade, ob irgendwo ein schwarzer Van gestohlen wurde ... wie vom Erdboden verschluckt«, bedauerte Jaime. »Wir sind dann mal weg.«, beendete ich unser Gespräch, stand auf und gab Jaime die Hand. Claudia und Horst machten das gleiche. Beim Rausgehen unterschrieben wir noch die von der Sekretärin geschriebenen Protokolle und fuhren zu meiner Finca, um mal in Ruhe an einem Tisch zu sitzen und alles zu besprechen.

Zuerst musste Joshy uns seine ganzen Stofftierchen präsentieren. Er sammelt diese leidenschaftlich, einige wurden mehrmals am Tag verprügelt, manche hatten Namen, die er differenziert zuordnen konnte. Beispielsweise brachte er, wenn man ihn aufforderte: »Hol die Elfi!«, immer einen kleinen grauen Elefanten, der auch noch quietschte, wenn er draufbiss. Alle seine Kumpels lagen verstreut herum, als wir mit frisch gebrühtem Tee an den Tisch kamen und ich Claudia eine Creme für ihren Hals gab.

›Zack‹ hatte Horst eine mit dem Ellenbogen in die Rippen bekommen. »Aua!«, schrie Horst gekünstelt, als sie sich beschwerte, »Wenigstens einer, der sich um mich kümmert.« Lachend goss ich den Tee ein und verschüttete dabei etwas auf den Tisch. »Ihr habt euch richtig lieb!«, analysierte ich belustigt, »wie ein altes Ehepaar.« Beide wehrten sich etwas trotzig gegen diese Aussage, doch wir lachten amüsiert. Wir saßen da und schwiegen dann erst mal, bis Claudia mit dem Eincremen ihres Halses fertig war. Sie sagte, es sei viel besser jetzt und hielt mir die Creme hin, die ich entgegennahm und auf meinen Nachbarstuhl legte.

»Also!« begann sie: »Du hast den Baum kaputt gemacht,« dabei schaute sie grinsend zu Horst, »und Tom hat dann die Phiole kaputt gemacht und das Pergament gefunden. Das ist dann samt Silberdose aus der Guardia Civil gestohlen worden.«

»Hört sich an, wie ein Krimi«, meinte Horst.

»Wir finden raus, dass wahrscheinlich ein Schatz dahintersteckt, der von einer Prinzessin Djamila stammt, die mit Elefant und Schatz in Sichtweite des

Turms ›Castel de N' Àmer´ gesunken ist. Ihr Nichtehemann lässt ihr zu Ehren eine weiße Madonnenstatue bauen, samt Kirche in Ariany.«

»Er investiert auch noch kräftig in die Kathedrale von Palma«, ergänzte Horst. Claudia nickte. »Guillém Sagrera hat hier gewohnt. Hat die ›La Llotja‹ gebaut, die Kirche in Felanitx«, »Und da den Krönungssaal«, ergänzte ich und beide nickten, »für die er hauptsächlich Material aus den Steinen der Talayot-Siedlungen aus Sencelles und Llucmayor genommen hat«, fügte Horst hinzu. »Er baute an der Kathedrale das Portal Mirador und verschiedenes anderes«, schloss Claudia. Sie fasste weiter zusammen: »Papa und Opa Sagrera waren beide auch Baumeister und haben von Beginn an die Kathedrale in Palma begleitet und die Grundsteine dafür gelegt. Wir finden in der Santuria de Gràcia alle diese Zwillingshinweise und werden dort ausgeraubt. Da fällt mir ein«, fuhr Claudia fort, »bei der Suche nach Papa Sagrera bin ich auf folgendes gestoßen. Guillém hatte wohl eine ältere Schwester, die sich, aus welchem Grund auch immer, das Leben genommen haben soll. Das war sehr dramatisch, da sie sich in den Salinas, im Süden der Insel mit Steinen um ihren Hals ertränkt haben soll. Die Salinas wurden damals wie heute mit Meerwasser gefüllt, die Sonne tut ihres dabei und lässt das Wasser verdampfen, so dass die verweste Leiche erst Wochen später zum Vorschein kam. Damals wollte auf Mallorca keiner mehr das Salz haben, da jeder glaubte, der Tod hinge daran.

Die Besitzer mussten das Salz im Ausland verkaufen und so wurde das ›Flor de Sal de Mallorca‹ berühmt. Einigen anderen Gerüchten zu Folge, war das Mädchen auch noch sehr hübsch und daher nennen viele die Salzkristalle ›Blume des Meeres‹.«

»Boah, ey«, rutschte es Horst wieder raus. »Hast du mal eine Landkarte der Insel und einen Stift?«, fragte Claudia mich. Ich holte die Karte aus dem alten Reiseführer und brachte Bleistift, Lineal und Radiergummi, samt Anspitzer in einem Beutel mit. »Seefahrerbesteck«, lachte Claudia. Wir trockneten den Tisch, räumten ihn frei, breiteten die Karte auf dem Tisch aus und Claudia machte sich über die Karte her. Sie zeichnete überall Kreise um die Orte, die wir genannt hatten. »Sieht nach einem Muster aus«, meinte Horst. Er als Mathematiker hatte es sofort gesehen. »Wenn man eine Linie von Ariany nach Punta N'Amer zieht, von da aus einen Strich zu deiner Finca, von dort aus zur Toten nach Se Salinas und eine Linie bis nach Llucmajor wo Guillém die Talayotsteine geholt hat, dann eine Line zur Kathedrale ›La Seu‹ und von da eine Linie nach Sencelles, wo Guillém die anderen Steine der Talayots für Felanitx geholt hat, haben wir einen Stern mit drei Spitzen«, endete Claudia. »Das heißt«, schlussfolgerte Horst, »bei der vierten Spitze, also hier oben irgendwo«, er zeigte auf Pollença, »liegt der Schatz.« Er zog auch noch von Sencelles nach Pollença einen Strich und von Pollença einen wieder nach Ariany. Vor uns erschien ein Stern, der sich über die gesamte

Insel Mallorca hinzog. »Das kann kein Zufall sein«, mutmaßte ich. Wir schwiegen uns an, kontrollierten alles noch einmal gründlich und waren perplex. Ich ging ins Haus, holte drei Baileys auf Eis und kam mit den Gläsern wieder, die wir dann alle drei wortlos auf ›Ex‹ herunterkippten. »Das tat gut«, fand Claudia. Horst fragte und: »was ist denn da in Pollença?«

»Einiges«, erwiderte Claudia, »Pollença hat eine lange Geschichte«.

»Was mich stört«, fuhr sie fort, »ist, dass die Kirche von Felanitx nicht im Stern liegt.«

»Die ›la Llotja‹ aber auch nicht«, stellte Horst fest. Als wir alle drei nickten und wir konzentriert auf die Karte schauten, hupte es vor dem Tor und Joshy rannte bellend darauf zu. Ich ging runter und in einem alten türkisfarbenen R4 saß Antonia. Das Tor fuhr auf und sie hielt neben mir. Auf den beiden Türen auf der Fahrerseite prangte das Logo von ›Sa Bassa Rotja‹. »Hola, Antonia!«, begrüßte ich sie, »möchtest du mich besuchen?«

»Ja«, sie strahlte mich an. Fahr hoch zum Haus. Ich nahm Joshy auf den Arm und sie fuhr los. Sie hatte einen Korb dabei, in dem frische Zitronen lagen. Als ich neben sie kam, sagte sie: »Hier, habe ich heute Morgen gepflückt. Wir haben so viele!« Ich nahm ihr den Korb ab und küsste sie auf die Wange und bedankte mich. Wir umarmten uns, Claudia und Horst kamen dazu und alle freuten wir uns. »Beate ist noch in Palma«, erklärte ich Antonia auf ihre Frage. Joshy saß auf ihrem Schoß und ich nahm die

Baileysgläser vom Tisch. Claudia hatte die Karte eingesteckt und mit vier neu gefüllten Gläsern kam ich zurück. Alle saßen wir am Tisch und stießen gleichzeitig mit einem ›Salut‹ an. »Das tut gut«, meinte Antonia. »Das war aber ein schöner Abend bei Euch«, sagte Claudia. »Ja«, bestätigten Horst und ich, »das Essen war super und die Gastgeber erst«, meinte Horst. »Das war echt so entspannt mit Euch, leider haben wir nicht immer so nette Gäste wie ihr«, sagte Antonia. »Manchmal ist es echt spießig. Wenn da ein altes Pärchen sitzt, die sich nichts mehr zu sagen haben, und griesgrämig dreinschauen und über alles meckern. Echt nicht einfach. Manchmal möchte ich einfach den Rotwein über den Anzug schütten. Dann gehe ich immer zu Francesco in die Küche, er nimmt mich in den Arm, küsst mich, und sagt: ›Bella, ich mache denen etwas ins Essen, dass sie heute Nacht viel guten Sex haben werden und dann lächeln sie genau wie du, meine Blume.‹ Lachend muss ich dann immer rausgehen und stell‹ mir die Leute dann beim Sex vor und muss an mich halten, um nicht los zu kichern«. Wir kugelten uns alle vor Lachen. »Dieser Francesco hat es faustdick hinter den Ohren«, meinte Horst.

»Du hast gehört«, beichtete ich, »dass wir überfallen wurden und das Tagebuch von Madam Sagrera geraubt wurde?« »Ach«, sagte Antonia, plötzlich bleich geworden, »ich hätte nicht gedacht, dass dieses Dokument so wichtig für jemanden ist. Das ist schon schrecklich, jetzt habe ich Angst, dass ich euch gefährdet habe!«

»Nun, wir wissen uns zu wehren, und du hast uns sehr geholfen. Wir sind dir außerordentlich dankbar für das Buch und werden alles tun, um es wiederzubekommen«, gab ich zurück.

Da Antonia daraufhin merklich entspannter wurde, sogar leicht rote Wangen bekam, fragte ich sie, was sie denn zu uns führte.

»Ach, ja!«, erinnerte sie sich, »Ich habe euch etwas mitgebracht, ich hole es mal schnell«. Aus ihrem Auto holte sie ein in Zeitungspapier gepacktes Päckchen. Mitten auf dem Tisch packten wir es aus, und zum Vorschein kam ein quadratisches Buch, ungefähr dreißig mal dreißig Zentimeter, das aus Metallplatten für den Umschlag bestand und innen waren dicke Seiten, wie Pergament, zu erkennen. Vorne drauf war ein Kreuz zu sehen, aber nicht, wie man es aus der Kirche kannte, sondern es waren alle Seiten des Kreuzes gleich lang. Die Enden des Kreuzes waren rechts und links umgebogen, so dass beim flüchtigen Hingucken, ein Anker zu erkennen war. Claudia hatte die Sprache verloren, ihr Mund stand offen und die Augen waren riesengroß.

»Was ist das diesmal für ein Buch?«, fragte Horst.

»Soweit ich das verstehe, gehörte das Herrn Sagrera, ein Tagebuch von ihm ist es nicht, denn es finden sich ganz unterschiedliche Schriften und auch Sprachen darin«, erklärte Antonia.

Claudia hatte ihre Sprache wiedererlangt und wollte wissen: »Wo hast du das denn gefunden?«

»Ich war auf dem Dachboden des alten Hauses. Da steht eine alte Wäschetruhe. Als ich sie wegschob – sie war ganz schön schwer – denn dahinter steht eine alte schöne Anrichte, an die ich heranwollte. Bei dieser Aktion, fiel plötzlich ein Brett von der hinteren Seite ab. In der Truhe sah man davon nichts, als hätte da jemand eine Geheimkammer eingebaut. Ich fasste meinen ganzen Mut zusammen, und griff hinten hinein. Ich habe tierischen Schiss vor Spinnen«, sagte sie mit angewidertem Gesicht. »Da kam dann dieses Buch zum Vorschein. Das Leder darum zerfiel förmlich, als ich es ausgepackt hatte. Ganz schön schwer, sag ich euch. Es gab einen Verschluss, der das Buch zusammenhält. Der war aus Leder und an der unteren Metallplatte befestigt und oben verriegelte er das Buch wie eine Gürtelschnalle. Die Schnalle war eine Art Krone.«

»Darf ich es mal aufmachen?«, fragte Claudia? Antonia nickte, »Ja sicher, es ist ja für dich und deine Doktorarbeit, leihweise, ergänzte sie.«

»Danke«, sagte eine sichtlich gerührte Claudia. Sie drehte es vorsichtig zu sich um und öffnete es behutsam. Die Seiten, die wir sahen, waren keine Blätter. Es waren drei dünne Lederlappen, die am unteren Deckel auf der Innenseite, an der unteren, rechten und der oberen Seite dessen, befestigt waren. Sie dienten als Schutz für das Papier im Innenteil und mussten erst eins nach oben, dann zur Seite und zum Schluss nach unten geklappt werden. Die ersten Seiten waren leer, dienten wahrscheinlich als

Schutz für das Folgende. Noch einmal dieses Kreuz, allerdings nur die Konturen gezeichnet und mitten drin stand DIDYMOS. Unsere Überraschung war groß, Horst las laut »Didymos. Bestimmt ein Bruder von Djamila«, sagte er. Bis auf Antonia mussten wir grinsen. Vorsichtig blätterte sie weiter. Jede Seite war mit einer unterschiedlichen Handschrift beschrieben, für mich nur Hieroglyphen. Es waren genau dreiundzwanzig Seiten beschrieben, die letzte war offensichtlich von Guilléms Vater, und die davor vom Opa von Guillém Sagrera. Claudia las und war in einer anderen Welt. Horst witzelte, »so ist sie immer, wenn sie sich freut.« Wir lachten alle und sogar Claudia setzte mit ein, als sie merkte, was los war. »Ich hoffe du kannst damit was anfangen«, fragte Antonia an Claudia gerichtet. Die stand sofort auf und ging um den Tisch und umarmte Antonia und drückte sie herzlich: »Danke, danke, danke!«. Antonia stand sowieso mittlerweile und sagte, »Ich muss jetzt los, wir haben gleich die ersten Gäste zum Essen.«

»Willst du den Korb wieder mitnehmen?«, fragte ich. »Nö, ich würde mir wünschen, ihr kommt wieder alle vorbei und dann kannst du ihn ja mitbringen.«

»So machen wir das«, versprach ich, nahm sie in den Arm und gab ihr einen Kuss auf die Wange. Der Abschied zog sich noch ein bisschen hin, da sie Rudolph entdeckte, der sie in seinen Bann zog und der ihre Aufmerksamkeit sichtlich genoss. »Ohrenkraulen ist der Burner«, riet ich. Rudolph hatte bereits so den Kopf gesenkt, dass sie automatisch die richtige Stelle fand und ihn hinterm Ohr kraulte. Ich pflückte ihr eine noch nicht ganz reife Tomate, die sie ihm gab und er schmatzte sichtlich bei diesem Leckerbissen.

Arm in Arm schlenderten wir zu ihrem Auto zurück und sie lobte: »Schön hast du es hier, Tom. Schön, dass es dich gibt.« Mit einem leicht seidigen Blick blieb sie vor mir stehen und gab mir einen Kuss. »Sorry«, meinte sie, drehte sich um, sprang in ihr Auto und fuhr vom Hof. Da das Tor beim Rausfahren automatisch aufging, dank im Boden eingelassener Induktionsschleife, sah ich, dass ein roter Citroën direkt neben dem Tor draußen stand. Ich erkannte meine Bewacher, einer von ihnen winkte mir sogar zu. Jetzt kann ja nichts mehr schiefgehen, dachte ich schmunzelnd. Ich kam zum Tisch zurück. Claudia stand alleine da und schaute mich mit leicht schief gelegtem Kopf an, und fragte: »Wie machst du das?« Ich schaute sie fragend an, »alle Frauen lieben dich, Antonia hat gehofft, dich hier alleine anzutreffen!«, ich grinste und schimpfte, »Böses Mädchen!«, beide lachten wir, ich griff ihr um die Taille, schaute ihr in die Augen und fragte ernst: »Alle?« Sie nickte und sagte: »Ausnahmslos, und auf jeden Fall alle.« Wir lachten auf und Horst stand im Türrahmen und schaute uns an. »Muss ich mir Sorgen machen?« fragte er. »Das liegt an dir und deinen Phantasien« witzelte Claudia frech.

»Sag schon, was heißt ›Didymos‹«, fragte ich sie. »Setzt euch besser hin!« forderte sie uns auf. »Oh, brauchen wir noch Alkohol?«, fragte Horst. »Ich nicht, muss noch fahren«, wehrte ich ab. Als wir saßen, platze sie heraus: »Zwilling«. Horst und ich schauten uns an, als rede sie wirres Zeug. »Echt«, meint sie, »Didymos ist altgriechisch und heißt Zwilling.« Erst jetzt begriffen wir, was sie meinte. »Das ist der Hammer!«, staunte ich, »zeig noch einmal die Karte.«

»In welcher Verbindung steht nun die Kirche in Felanitx dazu?«, wollte Horst wissen. »Das Buch endet mit Papa Sagrera‹ Eintrag. Die Kirche in Felanitx, mit dem Krönungsaal, ist vom Sohn Guillém gebaut. Ich denke, die Seiten werden Aufschluss geben. Doch jetzt ist keine Zeit mehr, wir haben heute noch einen VIP Abend.«

»Ach ja, da war ja noch was. Lass mich bitte noch Fotos von dem Buch machen, bevor du es wieder den Syrern gibst«, neckte ich Claudia und erntete dafür einen bösen Blick. Ich fotografierte Deckel, Didymos, ein paar Seiten und vor allem die letzten beiden Seiten. Ging dann zum Pool, zog mich aus, sprang rein und plantschte. Horst kam mit Anlauf und einer Arschbombe dazu und wir lachten. »Claudia duscht schon, Haare machen und so.«

»Aha«, verstand ich. Er schaute mich an wie ein Dackel und ich fragte ihn, was los sei. »Muss ich mir Gedanken wegen dir und Claudia machen?«

»Auf jeden Fall«, bestätigte ich und bekam ein

Schwall Wasser ins Gesicht. »Im Ernst«, lachte ich »Claudia ist eine tolle Frau, mir aber zu brutal. Ihr seid erst zwei Tage zusammen und andauernd schlägt sie dich. Male dir mal aus, wie das in zehn Jahren aussieht.« Beide lachten wir, gingen duschen und machten uns fein fürs Abendessen. Ich bereitete den Tieren noch ordentlich was zu fressen. Claudia hatte wieder alles gegeben. Sie sah umwerfend aus. Sie hatte weiße Leggings, einen türkisfarbenen Pullover mit V-Ausschnitt, eine goldene Handtasche und goldene Pumps an. Die langen schwarzen Haare waren gekonnt zu einem Knoten aufgetürmt und gaben ihren braunen, schlanken Hals frei. Eine dicke, goldene Kette und goldene Creolen rundeten das Bild ab. Ich hatte mich für eine weiße Jeans, ein pinkfarbenes Hemd mit türkisfarbenen Rändern und Knopflöchern, mit farblich dazu passenden Schuhen entschieden. Horst war in weißer Jeans, weißem Hemd und hatte einen mit einem Goldfaden durchzogenen Schal lässig umgehängt. Die weißen Sneakers passten super dazu. Parfümiert und gegelt, verließen wir mein Heim und fuhren Richtung Palma. Unsere Beschützer folgten uns mit Abstand. An der Kathedrale parkten wir und konnten kaum den Blick von ihr wenden, weil die Abendsonne die Steine der Fassade zum Leuchten brachte. »Welches Geheimnis birgst Du?«, fragte ich für mich. Claudia hatte es aber doch gehört und stimmte zu: »Das würde ich auch gerne wissen.« Zügig waren wir an der Galerie. Eine kleine Menschentraube, ausschließlich aus Frauen, standen neben Jean Reno und wollten sich mit ihm abwechselnd fotografieren lassen. Ich nahm Beate in die Arme und seufzte: »Endlich!« Wir küssten uns innig und mit Blick zu Jean, »So geht das jetzt schon seit gestern«, fing sie an zu erzählen: »Egal, wo ich mit ihm war, keine Chance mit ihm ein Gespräch zu führen. Er genießt das, schau ihn dir doch an.« Jean stand gerade zwischen zwei Frauen, die ihn rechts und links auf die Wange küssten. Ein Foto nach dem anderen wurde geschossen, in fünf Minuten war man, von »Hallo, Herr Reno« bei »Jeanileinchen« angekommen. »Schau doch mal hierhin, Mausibär, halt doch mal mein Bein hoch.« Ich rette ihn, entschied ich mich: »Entschuldigung, die Damen, Jean Reno hat seit gestern einen widerlichen Herpes. Sie sollten sich schnellstens desinfizieren und wenn es nur mit Alkohol ist. Er hat sich den dummerweise eingefangen und ich als sein Manager, habe dem Arzt versprochen aufzupassen, dass es keine Epidemie gibt!«, Ein bisschen angeekelt schauten sie Jean an, verzogen richtig das Gesicht, »Scheiße«, sagte eine, »Ruth, hast du den Korn noch in der Tüte?«

»Nö«, sagte vermutlich die Ruth, »hier vorne war 'ne Kneipe, holen wir uns da was.« Ziemlich zügig zogen sie von dannen und Jean schaute ihnen verwundert und achselzuckend hinterher. Da lachten wir alle laut. Beate erklärte Jean in kurzen Worten auf Französisch, was passiert war und ein »Mongdidiö« verließ prustend seine Lippen. Er hob in meine Richtung den Zeigefinger und schüttelte ihn und sagte »ERPES« und lachte wieder. In dem Augenblick kam Gerhardt, im weißen Anzug und hatte seine bildschöne Frau Pilly dabei. Sie trug ein fliederfarbenes Sommerkleid und alles war farblich perfekt aufeinander abgestimmt. Jean küsste sie sofort auf die Wangen und sagte: »No Erpes«. Alle lachten wieder. Nachdem nun jeder jeden genug abgeknutscht hatte und Jean Reno zu jedem »No Erpes« gesagt hatte, gingen wir schräg gegenüber ins Restaurant Peix Vermell, für mich das beste Fischrestaurant in Palma. Michael, der eigentlich Kurde ist und über die Türkei, Italien, Österreich, Schweiz, Frankreich und Deutschland nach Mallorca gekommen war, spricht auch genauso viele Sprachen und begrüßt jeden persönlich in seiner Landessprache. Ein echter Entertainer, der seinen Job liebt, und ein Genie in der Küche ist. Wenn jemand mehrere Sprachen spricht, so wird er natürlich in allen Sprachen begrüßt. Was bei Beate und Claudia schon mal abendfüllend hätte werden können, wenn nicht sein Kellner uns einen Spiruli-Cocktail, diesmal mit Himbeeren, Zitrone und Gin, gebracht hätte. »Hmmm,«, schwärmte Jean und bestellte sich in perfektem Spanisch »una más, por favor«, noch einen. Wir setzten uns an einen großen, schön eingedeckten Tisch und jeder redete mit jedem. Michael brachte die Karten an den Tisch und wollte mir zuerst eine geben. Ich schüttelte den Kopf und deutete ihm, zu mir runter zu kommen. Ich flüsterte ihm ins Ohr, dass er jetzt mal richtig Gas geben könne. »Lass dir etwas einfallen. Ich habe allen erzählt, dass dies hier das beste Restaurant auf Mallorca ist. Jean ist ein leidenschaftlicher Fischesser«. Jean bemerkte gerade, dass ich über ihn redete und er rief über den Tisch »Erpes«. Alle grölten, nur Michael verstand nur ›Bahnhof‹, lachte aber mit. »Also, kram das Feinste raus, was du hast. Mache uns ein 4-Gänge-Überraschungsmenü und suche dazu die passenden Weine aus, von denen du pauschal immer zwei Flaschen bringst. Kriegst du das hin?« Er strahlte mich an, »warum kann das nicht immer so unkompliziert gehen?«

Er stellte sich aufrecht hin und sagte »Madam e Missiö«, und begann auf Französisch, dann spanisch, dann Englisch und zum Schluss in Deutsch. »Ich bin glücklich, sie alle heute bei mir haben zu dürfen. Es soll für alle ein unvergessener, schöner Abend werden. Ich werde ihnen das feinste Essen anbieten, was das Haus hergibt und es soll Geschmacksexplosionen auslösen, belebende Wirkung haben und sie alle glücklich machen.« Ich klatschte und alle jubelten mit. »So, und nicht anders hatte ich mir das vorgestellt«, bestätigte ich ihm zufrieden. Er klopfte mir auf die Schulter und sagte: »Tom, ich werde dich nicht enttäuschen.« Alle redeten miteinander und hatten richtig Spaß. Jean saß zwischen Pilly und Claudia und war sichtlich begeistert, Beate und ich hielten Händchen und konnten gar nicht voneinander loslassen. Sie erzählte mir, dass sie morgen früh abreisen musste, da eines ihrer Enkel krank ist und ihr Sohn sie gerne bei sich hätte. »Es ist nichts Ernstes, aber ich war halt viel in letzter Zeit unterwegs. Am Freitag komme ich wieder, wenn du willst«, sagte sie zu mir. »Nur, wenn du eine Woche bleibst, ansonsten nicht.« Unter dem Tisch bekam ich einen Tritt. »Ich dachte, du bist sanftmütig, liebevoll und selbstsicher, na und …« und schon wieder bekam ich einen Tritt.

Bis ich merkte, dass die Tritte von Horst und nicht von Beate kamen, dauerte es eine Weile. Horst wollte mich darauf aufmerksam machen, dass Jean mittlerweile beide Frauen umarmte, sich prächtig mit ihnen amüsierte und er ein bisschen wie ein Mauerblümchen da saß. »Ich kümmere mich sofort«, versprach ich und Horst atmete hörbar durch. »Gerhardt, hast du etwas bei Sotheby's über den Kauf herausgefunden?« fragte ich. »Ja, ein Kunde von mir hat das Amulett ersteigert. Er heißt Pierre Bernais und ist professioneller Schatzsucher aus Frankreich, mehrere Millionen schwer. Verkauft hat es ein Unbekannter aus Indien.«

»Aus Indien«, wiederholte ich. »Ja, aber der ist noch nie irgendwo in Erscheinung getreten, ein Nobody in der Branche, Namen habe ich im Büro.« Ich bedankte mich und fragte Jean in Englisch, ob er vielleicht einen Pierre Bernais kenne. Er sagte: »Klar, mit dem gehe ich regelmäßig Golf spielen. Soll ich ihn dir vorstellen? Er wollte sowieso nach Mallorca kommen und hatte vor, mich zu treffen.«

»Wie lange bleibst du denn?«, wollte ich wissen. »Beate hat ein Haus gefunden mit zwanzigtausend Quadratmetern Land drumrum und Mauern und einem elektrischen Tor mit Kameras und zwei Putzfrauen, einem Gärtner und einer Köchin.«

»Willst du hier hinziehen?«, fragte Horst, der wieder mit seiner Claudia auf Tuchfühlung war. »Nein, Urlaub machen, für die nächsten zehn Tage habe ich geplant: etwas Golfen, Freunde treffen, wie heute, um abzuschalten. Ich habe einen neuen Film vor mir, da habe ich die nächsten drei Monate für nichts und niemanden mehr Zeit.«

»Ich dachte eigentlich, nach dem Film ›Kochen ist Chefsache‹ brauchst du keine Köchin«, warf Gerhardt ein. »Ja, das ist so«, begann Jean, »es ist schon eine Leidenschaft von mir. Dazu brauche ich meine eigene Küche, mein eigenes Gemüse und ein Metzger meines Vertrauens. Das habe ich leider nicht immer bei mir, daher lasse ich andere ran.«

»Darf ich dich etwas zu Filmen fragen?«, warf ich in die Runde. »Natürellemon«, freute sich Jean. Er beugte sich nun über den Tisch und faltete die Hände vor sich. »In dem Film ›Wasabi‹ hast du die Bälle mit dem Golfschläger so getroffen, dass du damit mehrere Männer ausgeknockt hast. Ist das nur im Film so oder hast du das wirklich drauf?« Alles schaute ihn gespannt an. »Ja sicher, da musst du halt ein paar Jahre üben und dann klappt das schon«, sagte er mit ernster Miene und die Frauen nickten bewundernd. In seinen Augen sah ich den Schalk, den er mir gegenüber nicht verstecken konnte und wie er mir grinsend ein Auge zukniff. Ich hob den Daumen, beließ es erst mal dabei, da der erste Gang kam. Von dem Brot, der Aioli und den Oliven war schon lange nichts mehr da. Michael hatte einen Tintenfisch so hauchdünn geschnitten, dass er roh und wie ein Carpaccio serviert wurde. Er hatte eine Vinaigrette aus Limetten, Minze und Olivenöl bereitet, die in einer kleinen Schale mittig auf dem Teller stand. Er brachte drei große Pfeffermühlen an den Tisch, erklärte kurz, was wir vor uns haben und dass der Tintenfisch vor einer Stunde noch geschwommen sei und wünschte uns »Bon Profit«. Das ist ein Satz, der die mallorquinische Lebensqualität nicht besser erklären kann. Bei uns in Deutschland dreht sich alles um den Profit, ums Geld. »Was habe ich davon?«, hörte ich in meinem Job mehrmals täglich, die Menschen immer nur nach ihrem Vorteil suchen. Hier sagt man es, um das Beste zu bezeichnen, was der Mensch je erfunden hat. Essen oder auch das Zweitbeste. Wir könnten auch unser gesamtes Essen morgens raussuchen, alles zusammen durch den Mixer jagen und über Tag verteilt als Nahrungsaufnahme einschütten. Hier geht es um Essen, um Kultur, um Lebensqualität, eigentlich um den Erfolg allen Schaffens. »Guten Profit!«, dachte ich mir, als ich das erste Stück langsam genüsslich auf der Zunge zergehen ließ. Michael hatte einen sehr leichten Weißwein dazu ausgesucht, der hervorragend passte. Wir stießen alle an und Gerhardt sagte: »Auf Tom, ohne ihn wären wir jetzt alle nicht hier.« Alle Augen waren auf mich gerichtet und selbst Jean hielt sein Glas immer noch hoch, als alle anderen bereits abgetrunken und das Glas wieder hingestellt hatten. Ich schaute Jean noch lange an, irgendetwas verband uns, ich wusste nur nicht was. Ich sagte zu ihm, dass ich ihn einladen möchte. Auf meiner Finca ist genug Platz und ich habe eine Wellnessoase unter freiem Himmel selber gebaut. Mein Grundstück ist nicht einsehbar und ich habe einen scharfen Hund, der alle Neugierigen vertreibt. Beate und Claudia lachten laut los, bis sie erklärten, welche Bestie Joshy wirklich war. Jean erhob wieder sein Glas, stand auf und begann: »Danke Beate, dass du mich gemalt hast und mich angeschrieben hast und dass du trotz der vielen Neins, mich mit deinem Charme um den Finger gewickelt hast. Danke, an Gerhardt und seine bezaubernde Prinzessin Pilly. Danke dass ihr mich wie einen Freund aufgenommen habt, mir jede Annehmlichkeit bereitet habt und dass ihr so herzlich seid. Danke, allen Anderen hier, dass ich euch kennen lernen darf und an dich Tom. Claro komm ich zu dir. Ich rate dir nur, schlecht zu kochen und keinen Alkohol im Haus zu haben, sonst wirst du mich nämlich nie wieder los.« Wir klatschten und er setzte sich wieder und zwinkerte uns allen zu. Dann meinte er noch, auch wenn das Essen nicht kalt wird, sollten wir trotzdem weiter essen. Alle lachten laut durcheinander. Michael erklärte uns, dass er eine Bouillabaisse, nach dem Lieblingsrezept seiner Oma hat kochen lassen, und servierte sie in Suppentassen, die aussahen wie große Muscheln, allerdings aus ganz weißem Porzellan.

Der Wein, den er jetzt gebracht hatte, war etwas kräftiger, aber die blumige Note passte so hervorragend zum Fisch, dass er eine köstliche Ergänzung war. Alle nickten und sagten ›lecker‹ oder ›perfecto‹ oder ›hmmm‹. Immer wieder bekam ich kleine Knutscher von Beate. Sie schien richtig verknallt zu sein. Ihre Augen leuchteten mich an. Sie hatte heute ein Kleid an, das wie für sie gemacht war. Ihre fantastisch geformten Beine steckten in einer Strumpfhose, die man nicht sah. Das lachsfarbene Kleid brachte ihre Bräune bestens zur Geltung. Dazu trug sie heute Schmuck in Rosé Gold, das ihr unglaublich gut stand. Überhaupt war ihr dezentes Make-up gar nicht zu sehen und die vollen Lippen glänzten dunkelrot. Ich musste mich beherrschen, sie hier nicht auf den Tisch zu ziehen und vor den Augen aller andern zu vernaschen. Jetzt hatte Horst sich dazu durchgerungen, sich auch mehr am Gespräch zu beteiligen. Er fragte Jean, ob es einen ›Purpurne Flüsse Verlängerungsteil‹ geben würde. Jean bedauerte, dass er das nicht weiß und dass er das ganze Jahr sowieso schon ausgebucht sei.

»Das Bild von Beate stammt ja aus der Zeit, als du Leon gedreht hast«, sagte ich. »Das war und bleibt mein Lieblingsfilm«. »Godzilla war auch der Hammer«, meinte Horst alle nickten zustimmend. »Bist du eigentlich immer so cool, Jean?«, wollte Claudia wissen. »Meine Frau meint, das Gegenteil ist der Fall. Als ich ›Ruby und Quentin‹ gedreht habe und ich mit dem verrückten Gerard Depardieu gespielt habe, habe ich auf Kaffee verzichtet, Beruhigungstabletten genommen und wahrscheinlich auch meine Leber mit dem einen oder anderen Schnaps gequält. Wenn Gerard etwas macht, dann zu hundert Prozent. Er ging mir so was von auf den Keks zu dem Zeitpunkt. Es sollte noch einige Szenen mehr geben, aber ich hätte ihn entweder erschossen oder wäre abgehauen.« Alle am Tisch waren ausgelassen. Mittlerweile hatte es sich im Restaurant rumgesprochen, dass ein Promi im Haus war und die Toilettenbesuche wurden häufiger und die Blicke länger. Bis eine Frau kam und mich fragte, ob sie von Herrn Depardieu ein Autogramm haben dürfte. Ich stellte die Frage laut in Richtung Jean und er rief nur »Erpes« und alles lachte laut und kriegte sich nicht mehr ein. Der Dame erklärte ich, dass es jetzt ganz schlecht sei. Jean hatte richtig Spaß und war aufgetaut.

Der neue Wein stand auf dem Tisch, ein Pouilly Fumé von der Loire, aus dem Jahre 2005. Wie ein komplettes Bild fügte sich der kleine Schluck, den ich zum Probieren bekam, im Mund zusammen.

Der Hauptgang kam und hieß, so Michael, ›der Meeresspaziergang‹: Doraden Filet, Seeteufel, St. Petersfisch, Barsch mit frischem Gemüse. Der Clou war, dass separat auf dem Tisch für jeden Fisch eine eigene Sauciere stand, die Zuordnung war zwar am Anfang jedem klar, sorgte aber hinterher für absolute Verwirrung, weil es ähnliche Saucieren, aber verschiedene Saucen waren. Wir hatten jedoch eine Menge Spaß damit und quatschten alle kreuz und quer. Zwischendurch prosteten wir uns immer wieder zu und alle waren aus tiefen Herzen entspannt und glücklich. Nachdem alles abgeräumt war, kam ich noch mal auf das Thema ›Leon‹, einen meiner Lieblingsfilme zu sprechen. »Das war doch damals die erste Rolle von Natalie Portman? Da war sie zehn Jahre oder so, wie hieß sie noch gleich im Film?«

»Mathilda«, sagte Jean mit leicht gläsernem Blick. »Das war noch was, wir haben uns richtig ineinander verliebt, wir zwei, natürlich nichts Körperliches oder so, sondern einfach so, aus vollem Herzen. Sie war damals schon sehr selbstbewusst. Sie hat die Rolle gar nicht gespielt, das war sie selbst. Sie war zwölf Jahre alt, aber hatte tolle Ansichten. Wir haben stundenlang zwischen den Drehs geredet. Der gesamte Dreh hat sechs Monate gedauert. Meine Mathilda, so nenne ich Natalie heute immer noch, wenn wir uns sehen. Eine tolle Frau.«

Ein Dessert-Wein wurde gebracht und Jean sollte ihn probieren. Er war noch so in Gedanken versunken, dass er dem Kellner immer wieder sagte ›un poquito más‹, ein wenig mehr. Der schüttete immer wieder kurz nach und Jean sagte wieder ›un poquito más‹. Die Szene war rührend und wir lachten immer lauter, bis er begriff und mitlachte, das Glas ansetzte und alles auf einmal austrank, dem Kellner die Flasche abnahm und sich erneut einschüttete und die Flasche auf den Tisch stellte. Der Kellner zischte verwirrt ab und wir kriegten uns alle gar nicht mehr ein. Er hatte leicht einen sitzen und war super drauf. Als das Lachen abebbte sagte er ziemlich laut: »Salut Erpes«, und wir brüllten alle wieder. Der Nachtisch war wunderbar. Eine Creme Catalan, die so lecker war, dass Horst und ich noch eine Portion verputzten. Es gab zum Schluss noch Kaffee und einen Spezial-Absacker von Michael, der mittlerweile bei uns saß und ein Lob nach dem anderen kassierte. Er hatte aus seiner Heimat einen Kräuterschnaps, der fast schwarz war, mitgebracht. Der bestand aus über fünfzig Kräutern, war mehr als zehn Jahre alt und schmeckte hart, aber unglaublich bekömmlich. Jean hatte mittlerweile seinen Dritten davon. Ich hielt eine kurze Abschlussrede, bedankte mich, dass alle dabei gewesen waren und ich jetzt neuer Besitzer eines Bildes bin, – das morgen gebracht wird ergänzte Gerhardt – und ich habe einen neuen Freund gefunden! Jean stand auf, wackelte auf mich zu und umarmte mich und gab mir einen sehr geräuschvollen Knutscher auf beide Wangen. »Ich habe dich auch lieb«, sagte ich und, da wir standen, gingen wir auch gleich. Michael gab ich meine Kreditkarte und alle anderen standen auch auf und kamen uns langsam hinterher. Draußen sagte Gerhardt, dass er Jean ins Hotel bringt und wir verabschiedeten uns und waren alle sehr glücklich. Beate gab Claudia noch ihren Autoschlüssel und Claudia meinte, dass wir noch zu ihr gehen könnten, es sei nicht weit. Ich schaute Beate an, es war bereits nach Mitternacht und wir entschieden uns, zu mir zu fahren. »Wann fliegst du morgen?«

»Um zwölf Uhr«, seufzte sie. »Okay«, verabschiedeten sich Horst und Claudia, »dann sagen wir hier jetzt ›Ciao‹« und umarmten sich. Beate erklärte Claudia noch wo das Auto steht und ich sagte Horst, dass ich ihn gegen halb elf abholen komme, er soll mir die Adresse per SMS senden. Wir trennten uns nach einigen Küsschen und Umarmungen dann doch irgendwann und fuhren zu meiner Finca.

Bereits nach den ersten zwei Minuten, als wir draußen noch den Sternenhimmel angucken wollten und mit einem Glas Rotwein auf der Terrasse saßen, hatte Beate Joshy auf dem Schoß. Der fand auch, dass sie ganz toll rieche und gab ihr ein Küsschen nach dem anderen. »Ist der süß!«, freute sie sich. Nachdem wir händchenhaltend noch gemeinsam eine Sternschnuppe sahen und uns immer wieder küssten, verzogen wir uns ins Schlafzimmer.

Kapitel 3

Der Van schaffte es gerade noch so bis nach Porreres. Dann qualmte er und bevor er den Geist ganz aufgab, hielten sie mitten im Ort an. Sie holten in der Farmacia Verbandszeug und Aspirin und etwas zur Desinfektion. Danach knackten sie einen Citroën und einen Renault Kangoo, brachen die Lenkradschlösser auf und schlossen die Wagen kurz. Den Van desinfizierten sie von innen und wischten alles ab. Orhahn, einer der Männer, klagte über Kopfschmerzen, seine Nase war gebrochen. Alle sechs waren zusammen im Krieg und hatten sich durchgeschlagen und Freunde befreit. Hier müssen sie sich von so einem Halbstarken DAS bieten lassen. Das Telefon schellte und eine nasale Stimme fragte: »Habt ihr das Buch?« Der Chef, er hieß Salar, stellte das Telefon auf laut und drei weitere Leute im Auto hörten mit. Salar erklärte, dass das Buch in seinem Besitz ist, es sich aber um das Falsche Buch handele. Orhahn wollte wissen: »Wann kann ich das Schwein abknallen? Er hat mir die Nase gebrochen.« Am anderen Ende des Telefons lachte der Anrufer mit der nasalen Stimme: »Dass dir immer so etwas passiert. Du solltest dich langsam zur Ruhe setzen!« Die Stimme schlug um und zischend fragte sie: »Wo ist dieses verdammte Buch? Findet es! Ihr sollt mir ein Buch besorgen und nicht Leute umbringen! Möglichst ohne Aufsehen und lasst mir den Tom, seinen Freund und dessen Freundin am Leben, die brauchen wir noch.« Damit war das Gespräch zu Ende. Sie fuhren hintereinander Richtung Manacor, dort hatte ein V-Mann für sie eine Finca, mit viel Land und Zaun darum, gemietet. Neugierige Blicke kamen hier nicht ans Haus. Dahin fuhren sie gerade. Als sie ankamen, hatte der gute Yousef für alle gekocht. Nachdem ein Schmerzensschrei durch die Küche hallte und Achmed Orhahn die Nase gerichtet hatte, setzten sich alle an den großen Tisch, beteten und begannen langsam zu essen. Es gab nichts zu sagen. Alles war besprochen und unter Brüdern, die das durchgemacht hatten, was sie durchgemacht hatten, gab es keinen Schmerz mehr. Die Herzen waren gebrochen, alles Liebe und Freundliche war zerstört. Jeder einzelne hatte eine Mauer um sich gebaut und das seit so vielen Jahren.

Sie waren insgesamt fünf Brüder. Salar, der Älteste, Orhahn, Mazen, Achmed und Yousef, jeweils ein Jahr auseinander und Ammar, genau gleich alt wie Sallar, zählten sie mittlerweile als sechsten Bruder dazu. In der Killerszene waren sie nur unter SOMAYA bekannt. »Alle oder keiner SOMAYA«, das war ihr Leitspruch. Sie wurden von Regierungen, der Kirche, oder Unternehmen gebucht, um deren Drecksarbeit zu erledigen. Schnell, effizient, ohne Spuren für den Auftraggeber zu hinterlassen, hatten sie sich einen fantastischen Ruf aufgebaut. Man konnte sie nur über ein Schließfach in der Schweiz erreichen. Dann sendeten sie dem Auftraggeber ein

Telefon zu, nachdem meist siebenstellige Beträge den Besitzer gewechselt hatten, und kommunizierten nur über dieses Telefon, bei dem jeden Tag eine Prepaidkarte gewechselt und die alte Karte vernichtet wurde.

Dabei hatte alles so schön angefangen. Ihre Kindheit war wie ein Bilderbuch gewesen. Sie hatten alles verdrängt, in die hinterste Schublade des Bewusstseins gepackt und Ketten darumgelegt, eingemauert und Gras darüber wachsen lassen. Nur in ihren Träumen kam ab und zu die Sehnsucht nach einem richtigen Leben mit Frau und Kind vor. »Schwur ist Schwur«, sagten sie sich immer, wenn einer melancholisch wurde. Alle Geburtstage und Feiertage wurden vergessen. Nichts sollte mehr an das Grausame der Kindheit erinnern.

Salar war 11 Jahre alt. Er spielte gerade Fußball mit seinen Freunden und Brüdern, als sein Dorf überfallen wurde. Sie rannten alle zu den Hütten, in denen sie lebten. Die Bewaffneten hatten Uniformen an, kamen mit Geländewagen und schossen wie wild in die Luft. Es waren siebenundzwanzig Mann. Heute weiß er die Zahl ganz genau. Die sind von Haus zu Haus und haben vor den Augen der Väter und der Kinder die Frauen vergewaltigt. Dann haben sie den Kindern die Waffen so in die Hand gedrückt, dass die den Eindruck hatten ihre eigenen Eltern zu erschießen. Salar träumte jede Nacht davon, wie seine nackte Mutter vor ihm, mit Angst geweiteten Augen ruft, »Nein, Salar, nein! Ich liebe dich!« und ihr die

Tränen über die Wangen liefen, und der Mann seinen Arm so hält, dass er auf sie mit der Pistole in der Hand zielt und er genau spürt, wie sein kleiner Finger von dem Mann mehrmals gedrückt wird und seine Mutter vor seinen Augen zuckt, lautlos schreit, ihn anstarrt und mit offenen Augen nach vorne zusammenklappt und tot ist. Alles voller Blut. Er war steif und zitterte am ganzen Körper und seine Lippen flüsterten leise: »Mama«. Seinem Bruder Mazen widerfuhr das Gleiche mit ihrem Vater, allerdings war der Vater mit den Händen gefesselt und hatte die Augen verbunden und betete, als ein anderer Mann den kleinen rechten Zeigefinger, direkt mit der Pistole auf den Hinterkopf gerichtet, abdrückte. Alle Kinder mussten dabei zuschauen und wenn einer schrie, bekam er sofort eine Ohrfeige. Alle Kinder wurden mitgenommen, die Mädchen wurden solange vergewaltigt bis sie einfach tot waren und die Jungs wurden Jahre lang mit Gewalt, Essenentzug und ›Drecksarbeiten‹ gequält, bis sie für diese Mörder mit in den Krieg zogen.

Als Salar zwanzig war und sein jüngster Bruder vierzehn, aber alle stark wie Ochsen, haben sie sich im Kreis aufgestellt und SOMAYA gegründet. Sie hatten nur ganz wenig schreiben gelernt, aber seinen Anfangsbuchstaben konnte jeder. In der Nacht wurden alle zu Männern. Sie töteten einen ihrer ›Sklavenhalter‹ nach dem anderen. Siebenundzwanzig Killer haben sie hingerichtet. Sie haben die Waffen alle eingeschlossen, hatten sich jeder eine Maschinenpistole genommen und in jeden Mann ein volles Magazin geleert, fünfundvierzig Schuss. Es wurde keine Träne vergossen. Sie schleppten die Leichen in die Mitte der Zeltstadt. Die anderen Kinder halfen dabei und verbrannten die Leichen auf einem riesigen Scheiterhaufen. Sie sind so oft verletzt worden, dass sie die Einschusslöcher, Messerstiche und gebrochenen Knochen nicht mehr zählen konnten. Alle Wunden verheilen, nur die, die einem als Kind zugeführt wurden, nicht.

Am Anfang hatten sich ihnen einige angeschlossen. Sie gingen von Dorf zu Dorf und verteidigten die Bauern vor Angreifern. Bekamen Geld, Essen, sogar Töchter wurden ihnen oft angeboten mit der Bitte, sie zu schwängern, sie waren Helden. Die Gruppe wurde von Dorf zu Dorf immer kleiner und zum Schluss waren sie alleine. Ihr heldenhaftes Tun sprach sich überall herum und sie wurden gefeiert und gejagt.

Als sie den Auftrag bekamen, den Boss eines Konzerns unauffällig beiseite zu schaffen, wendete sich ihr Tun. Sie hatten das Opfer solange beschattet, bis dieser in Italien alleine am Gardasee seinen neuen Ferrari testen wollte. Auf einer eigens für ihn abgesteckten Küstenstraße kam er dann von der Fahrbahn ab und ertrank im Gardasee, so die offizielle Version. Der Konzern wurde geschluckt, Reiche wurden noch reicher und Schicksale wurden fremd bestimmt.

Da alle sechs keinen Alkohol tranken, wurden sie

niemals unkontrolliert oder emotional. Es lachte nie einer von ihnen, warum auch? Sie waren mittlerweile mehrfache Millionäre. Salar verwaltete das Geld und ab und zu, wenn sie weit weg von einer getanen Arbeit waren, ließen sie mal gekaufte Frauen an sich ran, aber Spaß war das nicht. Bereits drei Mal haben sie alles aufgeben wollen. Aber als der Tag des Abschieds kommen sollte und keiner eigentlich wusste, was er mit dem Geld anfangen sollte, haben sie kurzerhand noch einen Auftrag angenommen und alles war wie immer. Sie sagten immer »Salar, wo du hingehst, gehen wir auch hin. So wird es wohl immer weitergehen.«

»Was machen wir als nächstes?« wollte Orhahn wissen. »Wir brauchen das Buch, danach hauen wir ab und schauen was passiert.«

»Hast du eine Idee, Salar?« fragte Orhahn, weiter. Ich rufe jetzt den V-Mann an. Damit immer alle gleich Bescheid wissen und jeder den gleichen Informationsstand hatte, telefonierte er immer ›auf laut‹. Ein »Ja?«, meldet sich direkt nach dem ersten Schellen. »Gibt es was Neues?«

»Ja, diese Antonia von dem Hotel, da, wo ihr gewesen seid, war da und hat was gebracht. Es sah aus wie ein Buch.«

»Bingo!« rief Orhahn. »Ich glaube, diese Claudia hat das wieder mitgenommen und die ist mit dem anderen Typen nicht da, vermutlich ist die bei sich zu Hause.«

»Okay, was sollte das vorhin mit dem Auto?«, fragte Orhahn in das Telefon »Mein Kollege ist gefahren. Ich habe auf ihn eingeredet, aber meine Tarnung wäre aufgeflogen, wenn ich eingegriffen hätte. War schon schwer genug, vorher das Magazin seiner Waffe zu leeren.«

»Aha,« sagte Salar und legte auf. Er war noch nie ein Mann überflüssiger Worte.

»Wir fahren nach Palma! Mazen, du machst den Kangoo klar und schraubst die Nummernschilder ab. Achmed, du fährst mit dem Citroën hinterher und dann entsorgen wir den. Yousef, du hältst hier die Stellung!« Mittlerweile war es dunkel geworden. Der Citroën wurde von innen saubergemacht und auf einer Straße in Villafranca einfach abgestellt. Salar hatte den Ausweis dieser Claudia fotografiert, bevor er ihre Handtasche in Randa weggeworfen hatte, suchte nun die Adresse auf seinem Handy und gab sie ins Navi des Range Rovers ein. Angst, dass die Polizei sie anhielt, weil sie ohne Nummernschilder unterwegs waren, hatten sie nicht. Es war zwar ein paar Mal vorgekommen, dass sie eine Streife irgendwo anhielt, doch wo Geld nicht half, sperrten sie die Polizisten meistens in den Kofferraum des Polizeiwagens ein, verabreichten ihnen eine Spritze, so dass sie zwölf Stunden schliefen und parkten das Auto irgendwo. Meistens hatten sie ihren Job dann schon erledigt und waren außer Landes. In Palma angekommen, parkten sie in der Nähe der Wohnung, die auf dem Ausweis stand. Die Klingel zeigte den fünften Stock an, es waren ungefähr fünfundzwanzig Parteien, die in diesem Haus wohnten. Salar drückte auf alle Klingeln, außer Claudias, irgendwann summte der Türöffner und sie gingen hinein.

An der Tür des Apartments lauschend stellten sie fest, dass drinnen wohl eine wilde Sexszene, entweder im Fernsehen oder live, lief. Mazen trat mit seinem Springerstiefel gegen das Schloss und die Tür brach auf. Augenblicklich war es still in der Wohnung, also doch live, dachte Salar amüsiert. Es gab vier Türen vom Flur aus: Die erste führte zum Bad, also wird es die nächste sein. Die Tür wurde von innen aufgerissen und da stand dieser Typ mit erigiertem Penis und starrte sie an. Salar handelte sofort und hieb ihm die Faust so ans Kinn, dass er wie ein Sack nach hinten umfiel. Mazen bückte sich und kniete auf dem Typen. Diese Claudia schrie am Spieß und beschimpfte alle wild, sah aber dabei hammermäßig aus. Sie hatte eine Bräune ohne Bikiniabdruck, nahtlos. Ihre Haare waren offen und durchwühlt, es roch nach Sex und sie war komplett nackt und voller Schweiß. Achmed richtete die Pistole auf ihren Kopf und sie hielt plötzlich inne. In perfektem Englisch fragte Salar: »Wo ist das Buch?« Claudia war zickig. Hätte sie gekonnt, hätte sie jedem die Augen ausgekratzt. Alle waren beruhigt, dass eine Fünfundvierziger Magnum auf ihren Kopf gerichtet war. Sie starrten sie alle an und Claudia empfand das als sehr unangenehm. Sie brüllte Salar an. »Das hast du mir doch gestern abgenommen, schon vergessen«?

Salar blieb ganz ruhig. »Das Neue« sagt er. Claudia schluckte. »In meiner Handtasche im Wohnzimmer« gestand sie nach etwas Zögern und erkannte, dass sie sich in einer ausweglosen Situation befand. »Scheiße!« schimpfte sie. Ammar kam mit der Handtasche zurück und kippte sie auf den Teppich im Schlafzimmer aus. Er schüttelte den Kopf. Salar sagte, »Zum letzten Mal im Guten!«

»Das ist dann noch bei Tom«, sagte sie. »Na dann wird er es uns bringen«, sagte Salar in den Raum.

»Zieh dich an und pack Sachen für den da ein!« Er zeigte auf Horst. »Was willst du von mir, du Arschloch?«, fluchte Claudia und sprang furchtlos aus dem Bett. «Wir geben dir zwei Minuten, ob du etwas anhast oder nicht, ihr kommt mit.« Claudia fügte sich ihrem Schicksal, packte Anziehsachen für sich und Horst ein, der stöhnte mittlerweile und hatte noch die Augen zu. Sie sprang in eine Jeans, zog sich Sneakers an und stülpte ein Sweatshirt über. Horsts Sachen lagen alle auf dem Boden und sie hob sie auf. »Raus hier!«, rief Salar. Mazen, der bulligste von allen, nahm Horst wie einen Sack auf die Schultern und trug ihn nackt, wie er war aus der Wohnung raus und in den Aufzug hinein. Sie alle quetschen sich in den Aufzug und es war ganz schön eng. Blut tropfte aus Horsts Mund und Nase und Claudia wischte ihm das mit ihrem Ärmel weg. Es dauerte keine zwei Minuten und sie fuhren los. Ohne ein weiteres Wort zu sprechen, ging es nach Manacor. Horst war wieder wach und hielt sich den Mund. Die Lippe war angeschwollen und es kam ihm vor, als wenn alle Zähne fehlten. Er hatte Kopfschmerzen. Achmed saß vorne, auf dem Beifahrersitz und richtete auf Claudia und Horst die hinten saßen, seine Pistole. Horst zog sich umständlich an und fluchte ein paar Mal. Vor Manacor fuhren sie in einem Kreisel von der Autobahn ab und kurze Zeit später hielten sie vor einem Tor, das langsam aufging. Von hier aus sah man kein Haus. Nach einhundert Metern erreichten sie die Finca. Sie öffneten kommentarlos die hinteren Türen und schoben sie in Richtung Garage, nahe beim Haus. Die Garage war leer bis auf eine Sonnenliege und eine Decke. Mazen drückte Claudia eine Wasserflasche in die Hand, schubste sie in die Garage rein und Horst ging irgendwie gebrochen hinterher. Das Tor wurde geschlossen, aber das Licht blieb an. Es gab ein Fenster, das man zwar aufmachen konnte, aber es war von außen vergittert. Drinnen nahm Claudia Horst in den Arm und er fragte sie: »Muss das denn alles sein, wegen so einem scheiß Buch? Was haben die denn jetzt vor?« Claudia hob die Schultern kurz an, »Weiß auch nicht. Ich war mir sicher, ich hatte das Buch eingesteckt.«

»Hattest du auch, aber ich hatte es rausgenommen, damit du es nicht die ganze Zeit mit dir rumschleppen solltest.«

»Du bist so lieb!« Claudia schaute ihn an und kuschelte sich an ihn.

Kapitel 4

Nach dem vielen Wein und den Digestifs, hatte ich vorsichtshalber den Wecker im Handy programmiert. Der schellte dann auch um sieben Uhr und als ich ihn ausstellte sah ich, dass ich eine SMS von Horst bekommen hatte. »Bestimmt die Adresse, wo ich ihn abholen soll,« dachte ich. Beate war noch in den tiefsten Träumen. Joshy lag mit dem Kopf auf ihrem Kopfkissen und hatte alle Viere von sich gestreckt. Er war auch noch im Tiefschlaf und es sah so aus als ob er lächelt. Der Pool war noch kalt, so früh am Morgen – aber ich war danach wach. Ein paar Liegestütze und Klimmzüge brachten meinen Kreislauf in Schwung und ich fühlte mich wie neu geboren. Heute geht's am Baumhaus weiter und ›Saudade‹ wird das i-Tüpfelchen meiner Heimat werden. Ich musste darüber schmunzeln. Ein i-Punkt ist ja auch oben.

In der Außenküche schnitt ich eine Avocado in zwei Hälften und holte den Kern raus und füllte den nun leeren Bereich, in dem der Kern gewesen war, mit Kürbiskernen und Kürbiskernöl. Darüber gab ich noch frisch geschnittene Kräuter, Salz und Pfeffer und stellte sie auf den Tisch. Dann nahm ich sechs Eier und schlug sie in einer Schale zu Rührei, gab Salz, Pfeffer und geriebenen Kurkuma dazu. Erhitzte in einer Pfanne Butter und stellte parallel die Kaffeemaschine an. In einer Pfanne liess ich etwas Knoblauch, Schinkenwürfel, Paprika und Sobrasada ein wenig anbraten. In der Saftpresse drückte ich zwei Zitronen aus, jeweils für ein Glas, das dann mit Wasser aufgefüllt wurde, um meinen Vitaminhaushalt aufzufrischen und um zu entgiften. Mein Glas trank ich schon beim Umrühren des Rühreis, das ich schon in die Pfanne gegeben hatte.

Da wurde ich zärtlich von hinten umarmt. »Bon Dia!« Ich drehte mich um, küsste Beate und sagte »Punktlandung. Das Essen ist fertig!« Sie strahlte. »Kannst du das immer machen?«, fragte sie. »Ich habe das so viele Jahre machen müssen, keiner hat mir mal, außer im Hotel, ein Frühstück gemacht.« Ich drückte ihr das Glas mit Zitronenwasser in die Hand und wies sie an: »Runter damit und setz dich!« Sie schüttelte sich, sah aber in meinem viel zu großen Bademantel so niedlich aus. Ich füllte das Rührei à la Tom auf die Teller und stellte sie auf den Tisch. Dann goss ich uns noch jedem einen Kaffee ein und wir frühstückten. »Wenn du möchtest, mache ich Frühstück, Mittag und Abendessen für dich. Du musst dann allerdings alles mit körperlicher Tätigkeiten abarbeiten.« Sie grinste. »Wie könnten die denn aussehen?« fragte sie mit leicht erotischem Unterton. Ich sagte: »Staubsaugen, wischen, Fenster putzen, Wäsche waschen...«

»Meno! können wir da keinen Deal machen?« Ich lächelte: »Lass dir mal was einfallen!« Sie aß in Ruhe und schmatzte: »Das werde ich, verlass dich drauf!«

Das Grinsen dabei gefiel mir. Wir quatschten über ihre kommende Woche und wann sie wieder nach Mallorca zurückkommen wollte und kamen von einem zum anderen. Wir merkten gar nicht, wie die Zeit verrannte. Plötzlich sagte sie: »Au Backe, wir müssen in zehn Minuten fahren!« Ich zog mir Jeans und T Shirt und eine dünne Weste an, so dass man das Halfter nicht sah und hatte draußen nach fünf Minuten bereits Schuhe an und noch genug Zeit, alles auf zu räumen und Joshy sein Frühstück zu geben. Plötzlich stand Beate perfekt gestylt im Türrahmen: »Eigentlich will ich gar nicht weg.« Dafür küsste ich sie und da Joshy beschäftigt war, konnte ich sie noch einmal alleine knutschen. »Das besprechen wir am Wochenende«, schlug ich vor und sah, dass sie feuchte Augen hatte. »Ist was?« fragte ich zärtlich. »Das ist alles wie ein Traum. Du hast mein ganzes Leben in so kurzer Zeit auf den Kopf gestellt.« Ich grinste sie an, »Warte mal ab, das ist erst der Anfang.«

»OhGottohGott!! worauf habe ich mich da nur eingelassen.«

»So einen, wie mich bekommst du nie wieder« prahlte ich mit leuchtenden Augen und nickend gab sie zu: »Das glaube ich dir gerne«.

Ich ging noch kurz durchs Haus um zu schauen, ob alles verschlossen war und sah dabei im Gästezimmer, dass auf dem Bett das Buch von Antonia lag. Ich dachte, dass Claudia das eigentlich doch mitnehmen wollte. Ich packte es in eine Jutetasche und brachte diese mit Beates Koffer ins Auto. Trotz Zeitdruck gingen wir noch zu Rudolph und ich gab ihm etwas in seine Krippe. Beate hatte wieder die Stelle hinter Rudolphs Ohr erwischt, so das er grunzte. Joshy war eifersüchtig und tänzelte um sie rum.

Ein Blick auf die Uhr im Handy unterbrach diesen glücklichen Moment: »Wir müssen los!« Gleichzeitig sah ich, dass Horst mir tatsächlich Claudias Adresse geschickt hatte. Wir fuhren los und kamen rechtzeitig zum Flughafen. Ich brachte sie direkt zur Sicherheitskontrolle, da sie bereits online eingecheckt hatte. Der Abschied fiel uns beiden sehr schwer. Sie verschwand dann irgendwann aus meinem Sichtfeld und ich fuhr nach Palma. Ins Handy tippte ich die Adresse ein und ließ mich einfach vom Navi führen. Ganz in Gedanken versunken, ließ ich mich dem Verkehr angepasst treiben. Total undeutsch. Normalerweise will ich immer Erster sein. Das war mir jetzt alles egal. In den letzten paar Tagen ist so viel passiert, wie vorher in mehreren Monaten zusammen.

Irgendwie fand ich dieses Leben schon spannend. Aber mein anderes ebenfalls, an der Finca rumzubasteln wann es Spaß macht, oder sich morgens umentscheiden und mit Joshy aufs Meer rausfahren, oder sich auf meinen Motorroller setzen und ab durch die traumhafte Landschaft Mallorcas fahren und den Duft einsaugen. Es war schon wieder richtig heiß und eigentlich war mir die Weste zu warm. Aber in den letzten Tagen ist zu viel passiert. Daher musste ich da jetzt durch. Ich wollte vorbereitet sein.

Ich hatte Glück und vor dem Haus gab es einen Parkplatz. Das Haus war groß, hatte sechs Etagen mit vielen Wohnungen. Eigentlich wusste ich kaum etwas über Claudia, das fiel mir jetzt auf. Trotz mehrmaligem Klingeln machte keiner auf. Ich wählte Horsts Handynummer, aber landete sofort auf der Mailbox. Hörte sich an wie Akku leer und abgestürzt. Claudias Handy versuchte ich danach. Der Ruf ging durch, es klingelte vier Mal an und dann ging ebenfalls die Mailbox an. Das war mir jetzt zu blöd und ich drückte einfach auf fünf Schellen und rief ›Post!‹ auf Spanisch. Die Tür summte und ich trat ein. Auf der Klingel sah ich, dass ich zur fünften Etage musste und war froh, dass es einen Aufzug gab. Es gab vier Türen pro Flur und Claudias Tür stand leicht auf. Da sah ich auch, dass sie aufgebrochen wurde. Mein Adrenalin fuhr hoch und ich war selber erstaunt, dass ich plötzlich mein Nunchaku in der Hand hatte. Die Tür brauchte nur einen kleinen Stups und ging dann von alleine auf. Der Türschließer war herausgebrochen. Also hat die jemand mit Gewalt geöffnet. Angespannt ging ich Schritt für Schritt langsam in den Flur. Es gab vier Türen. Instinktiv entschied ich mich für die erste links. Ich zog sie schnell auf und schaute in ein leeres, kleines Bad mit Fenster. Die nächste Tür führte in das Schlafzimmer mit einem durchwühlten **Bett und einer ausgeschütteten Handtasche davor. Auf dem Nachttisch lag Horsts Portemonnaie, seine Uhr** und das Handy. Ich nahm es an mich, drückte drauf. Tot, durch Nichtbeachtung. Handy, Uhr und Geldbörse steckte ich ein. Im Wohnzimmer und in der Küche war alles peinlichst aufgeräumt – aber sonst niemand zu sehen. »Scheiße! Die wollen das Buch, doch jetzt geht das Ganze zu weit. Sich prügeln ist eine Sache, aber Kidnapping eine andere.« Ich war mächtig sauer, mein Hirn fuhr zu Höchstformen auf. Im Schlafzimmer schaute ich noch einmal auf den Inhalt der Handtasche. »Schlaues Mädchen«, dachte ich. »Das Handy hat sie mitgenommen, hoffentlich hatte sie ihr Akku aufgeladen.« Dann sah ich etwas Blut neben der Handtasche. Instinktiv ahnte ich, das Horst eine übergebraten bekommen hat. Er war zwar eher nicht der Mega-Kämpfer, aber es war doch besser, man geht mit zwei Mann gegen ihn los, da einer alleine wenig Chancen hat. »Das hier waren aber mehrere«, dachte ich. Beim Rausgehen richtete ich die Türfalle etwas und so ging zumindest die Tür zu und Claudias Eigentum blieb da, wo es hingehört. Der Aufzug war zu lahm und ich spurtete die Treppe runter. Während dessen rief ich Jaime an und hatte ihn sofort am Ohr. Kurz erzählte ich ihm, was passiert ist und er zweifelte, »Bist du sicher?«

»Jaime,« sagte ich, »Horsts Handy, sein Portemonnaie und seine teure Uhr lagen da oben, würdest du so etwas vergessen?«

»Einzelne Sachen schon,« sagt er, »aber alles zusammen nie.«

»Wo sind meine Beschützer?« wollte ich wissen.

»Eigentlich müssten sie dicht bei dir sein.« Ich schaute mich um, sah aber keinen. »Ne, die machen wohl Spätstückpause. Ne große Hilfe sind die nicht!«

»Ich pieps die gleich Mal an und sag Bescheid,« sagte Jaime, »In Porreres wurden zwei Autos geklaut und eines davon in Villafranca, von innen blitzeblank geputzt, wiedergefunden.«

»Warum meinst du, dass das unsere Syrer waren?«, fragte ich.

»Ein zerbeulter Van ohne Kennzeichen, aber auch sauber von innen, stand zehn Meter in Porreres davon entfernt. Komm her, wir müssen reden, vielleicht melden die sich bei dir und dann finden wir sie schon wieder.«

»Orte mal das Handy von Claudia, sag mir bitte zwischendurch Bescheid, wenn du etwas hast. Eins vielleicht noch, was für Autos haben die denn gestohlen?«

»Einen weißen, zehn Jahre alten Kangoo«, sagte Jaime. »Toll, es gibt davon ja nur zehntausend auf der Insel.« Ich fuhr los und schaute so oft in den Rückspiegel, bis ich an einer roten Ampel fast jemandem hinten draufgeknallt wäre. Von vermeintlichen Verfolgern oder meinen Beschützern keine Spur. Ziemlich zügig fuhr ich nach Manacor und meine Sinne waren bis zum Zerreißen gespannt. Ich schwitzte förmlich vor Energie und Adrenalin.

Da auf Spaniens Autobahnen nur einhundertzwanzig Stundenkilometer erlaubt sind, wollte ich kein Risiko eingehen und hielt mich größtenteils daran. Die Strecke zog sich hin und am vorletzten Kreisel vor Manacor, wo es Richtung Industriegebiet ging, kam aus dem Industriegebiet ein schwarzer Range Rover Sport ohne Kennzeichen, aber mit getönten Scheiben. Da ich schon in den Kreisel reingefahren war, konnte ich ihn jetzt nicht vor mir reinlassen. Auf dem Fahrersitz saß eine dunkle Gestalt mit schwarzer Lederjacke und schwarzer Mütze. »Danke, lieber Gott«, betete ich und gab Gas. Ich fuhr mit solchem Speed durch den Kreisverkehr, dass die Reifen quietschten. Der Rover fuhr nicht direkt nach Manacor, sondern nahm die nächste Ausfahrt. Zwischen dem Range Rover und mir waren nun zwei Autos aber ich klebte mit meinen Augen an dem Heck des Geländewagens. »Ganz schön frech«, dachte ich, »hier ohne Kennzeichen zu fahren.« Am nächsten Kreisverkehr fuhr er rechts Richtung Manacor. Ich wurde langsamer, um nicht aufzufallen, da die Fahrzeuge zwischen uns weiter im Kreisel blieben. Nach knapp vierhundert Metern bog der Wagen rechts in einen Feldweg. »Da kann nicht viel sein«, dachte ich und fuhr weiter geradeaus. Nach weiteren zweihundert Metern ging Manacor schon los und ich fuhr links in die Straße und parkte am Krankenhaus. Auf der Straße ging ich langsam zur Einfahrt zurück, um nicht aufzufallen.

An der Mündung angekommen, sah ich, dass der Weg gerade mal einhundert Meter lang war und links, gerade aus und auf der Hälfte, rechts je ein Tor auf ein Grundstück führte. Kameras sah ich keine und so gab ich vor, als gehe ich spazieren. Auf dem Grundstück links spielten zwei Kinder mit einem Hund. In der Auffahrt, die zur der rechten Einfahrt gehörte, stand ein Traktor und ein alter R4 und geradeaus sah man ein Tor mit angebrachtem Sichtschutz und einer zwei Meter hohen Steinmauer. »Aha«, dachte ich. Mit meiner Größe von knapp einem Meter neunzig war es kein Problem, über das Tor zu schauen. Man sah kein Haus, kein Auto, nur eine Allee aus Palmen, die nach rechts wegknickte und keine Blicke zuließ. »Perfekter Ort für Verbrecher«, dachte ich beim Zurückgehen und ich fragte mich: »Wer vermietet solchen Typen eine Finca. Die fallen doch sofort auf, vor allem nach dem Überfall auf die Guardia Civil. Die Zeitungen waren voll davon. Alle glaubten an Terroristen. Mallorca ist bedroht, haltet eure Kinder fest.« So in der Art war das und ich musste über die Menschheit schmunzeln. Ich entschied mich Jaime anzurufen und wunderte mich, dass er sich noch nicht schon lange gemeldet hat. Als ich das Display sah, wusste ich warum. Mir fiel ein, gestern einen tollen Abend mit »Erpes« erlebt zu haben und eine ziemlich unruhige Nacht mit Beate und da der Akku nicht ewig hält und ich nicht aufgeladen hatte, war es nun wie Horsts Handy, auch tot. Auf dem Weg zum Auto, um das Handy dort aufzuladen, sah ich, dass nach dem ersten Grundstück ein Feld, auf dem etwas angepflanzt wurde, das kniehoch war. Der Weg führte parallel am ersten Grundstück vorbei und wenn mich nicht alles täuschte, schien es zumindest einen Versuch wert, dahinter auf das Grundstück mit der Palmenauffahrt schauen. Gedacht getan. Es kam auch gerade kein Auto und mit einem Satz war ich die kleine Anhöhe hoch und sah über das Feld auf Manacor. »Das ist ja dreist«, dachte ich bei mir, wenn mich nicht alles täuschte, schaute ich auf die hintere Seite des Gebäudes der Guardia Civil und überlegte fast, Jaime zuzuwinken. Aber es war nur ein kurzer Gedanke. Wenn die hier sind, ist es entweder richtig frech, oder aber auch richtig schlau. »Du musst vorsichtig sein«, ermahnte ich mich, »pass gut auf!«

Das erste Grundstück war nur mit einem Zaun umgeben und das Grundstück danach durchgehend mit einer zwei Meter hohen Mauer. Es glich einer Festung. »Ja, dann hol ich mir mal die Prinzessin«, und sprang über den Zaun und hoffte dabei, dass die Kinder vor dem Haus den Hund so beschäftigten, dass er mich nicht bemerkte. Hinter dem Zaun standen Oleanderbüsche mit wundervoll riechenden Blüten. Ich ging geduckt zwischen der Mauer und den Büschen langsam voran. Nach fünfzehn Metern zog ich mich das erste Mal an der Wand langsam hoch und schaute darüber. Ein Pool war zu sehen und ein schönes Haus im Finca Stil. Die Möbel sagten mir, dass es sich um ein Ferienvermietungsobjekt handelte. Denn niemand, der etwas Geschmack hat und für rund eine Million so ein Haus gebaut hat, stellt sich die Plastik-Sonnenliegen Marke Aldi für zehn Euro und derselben Qualität entsprechende Plastikstühle für fünf Euro hin und sagt, da bin ich zu Hause. In gebückter Haltung ging es nochmal fünfzehn Meter weiter und ich zog mich erneut hoch. Ich sah einen Mann, der Einkäufe aus dem Range Rover-Kofferraum auslud und der mir bekannt vorkam. Über die Nase hatte er ein großes, weißes Pflaster geklebt. »Wenn der wüsste, dass ich hier bin«, dachte ich mir.

Ein Zweiter nahm ein Baguette aus dem Kofferraum und ging damit in die Garage und kam nach zehn Sekunden ohne das Brot wieder heraus. »Aha«, dachte ich »da ist bestimmt keine Ziege drin.« Um sicher zu sein, ging ich langsam in gebückter Haltung weiter. Nach zehn Metern hatte ich einen Blick auf die Garage von hinten. Es gab Gitter vor dem Fenster und ich erkannte Claudia, die stand, mit dem Baguette in der Hand, wie sie es brach und wahrscheinlich Horst die Hälfte gab, der wohl saß. Es fiel mir schwer, mich nicht erkennbar zu machen und rüber zu hechten, alle platt zu machen und beide da raus zu holen.

»Ganz so schlecht geht es ihnen nicht«, dachte ich, um mich eigentlich selber zu beruhigen. »Sie haben ein Dach über dem Kopf, Tageslicht und etwas zu essen. Da gibt es schlimmere Situationen. Ich hol Hilfe«, schlich mich wieder zurück und sprang über den Zaun. Um nicht aufzufallen, ging ich, wie ein Spaziergänger und kam irgendwann zur Straße und zu meinem Auto. Ich setzte mich hinein, steckte das Ladekabel ins Handy und überlegte kurz, was das Beste wäre. Zu Jaime zu fahren und mit einer Einsatztruppe zusammen anzurücken oder auf ein Lebenszeichen meines Handys zu warten und alles zu besprechen und lieber am Tor der Finca zu warten, dass keiner abhaut.

Während dieser Gedanken hatte ich mein Fenster runtergekurbelt und kurz die Augen geschlossen.

Plötzlich stand jemand neben mir und drückte mir den Lauf seiner Pistole an die Wange und sagte in perfektem Deutsch: »Hände ans Lenkrad und keinen Mucks.« Ich sah in das Gesicht eines meiner Beschützer, der hielt eine Pistole mit Schalldämpfer an meinen Kopf. »Jetzt versteh ich, du Arschloch« kommentierte ich. Mit dem Lauf schlug er mir ruckartig gegen den Kopf und sagte: »Schnauze!« Ich sah kurz Sterne und hatte Lust, ihm seine Nase nach innen zu prügeln. Das hatte er wohl auch so aufgefangen und stellte sich nun breitbeiniger hin, nahm die Pistole in beide Hände und streckte beide Arme voll durch, so dass die Pistole durchs offene Fenster reichte und forderte mich auf: »Aussteigen!« Er ging einen Meter zurück und klebte mit seinem Hintern am nebenstehenden Van. Jetzt zog ich langsam am Türgriff und die Türe ging leicht auf. »Mach bloß kein Scheiß«, bat ich ihn, stieß mich gleichzeitig mit der linken Schulter voll gegen die Türe und rammte sie ihm, beim Öffnen, gegen seine rechte Seite. Er stöhnte kurz auf, blieb aber stehen. Seine gestreckten Arme waren immer noch im offenen Fenster und die Pistole aber nicht mehr auf mich gerichtet. Wahrscheinlich drückte er aus Reflex ab und schoss in meinen

Beifahrersitz. Meine rechte Faust landete in seinem Gesicht und ich spürte für einen Augenblick meine Knochen nicht mehr vor Schmerz. Er fiel um und landete zwischen den Autos auf dem Rücken. Ich schmiss die Tür zu, zog mein Nunchaku und wollte ihm eins über den Kopf geben »Einfach in mein Auto zu schießen, das macht man nicht ungestraft«, dachte ich. Da schrie plötzlich ein Mädchen hinter mir. Mit dem Nunchaku in der rechten Hand drehte ich kurz meinen Kopf nach hinten und sah das Mädchen wegrennen. Noch in derselben Sekunde drehte ich meinen Kopf wieder nach vorne und merkte wie eine Kugel an meiner Schläfe vorbeiflog und ich einen leisen Schuss hörte. »Fallen lassen!« brüllte er mit blutender Lippe. Er lag auf dem Rücken zwischen den Vorderreifen meines Wranglers und des Nachbar-Vans. Die Arme wieder durchgestreckt, die Pistole in beiden Händen haltend. »Fallen lassen, der nächste Schuss geht nicht vorbei!« brüllte er wieder. In mir tobte ein Kampf, ihm mit meinem Nunchaku den Schädel zu spalten, auch wenn es das Letzte ist, was ich tue. Aber da gingen mir, Gott sei Dank, Bilder von Beate, Joshy, Rudolph und Mallorca durch den Kopf. »Scheiße!« sagte ich laut und ließ das Nunchaku fallen. »Du bist ein zäher Hund«, sagte er, nahm mein Nunchaku und stand auf.

Ich drehte mich um und ging mit erhobenen Händen zwischen den beiden Autos Richtung Straße. »Hände nach hinten, wo ich sie sehen kann«, befahl er forsch. Das Mädchen war verschwunden und niemand sah wohl, dass ich bedroht wurde. Die Fenster vom Krankenhaus wurden von den davorstehenden Bäumen verdeckt. »Wo ist das Buch?« wollte er wissen und rammte mir die Pistole in den Rücken. »Im Kofferraum« antwortete ich. Er öffnete ihn und nahm den Jutebeutel raus, schaute rein und grinste. »Geht doch,« freute er sich. »Mach wenigstens die Tür vom Auto zu« bat ich ihn, so nett ich konnte. Er kurbelte sogar das Fenster hoch und machte die Tür zu. In die Jutetasche packte er das Nunchaku, steckte die Pistole in seine weite Jackentasche, die man dann nicht mehr so sah, richtete sie auf mich. »Vorwärts!« Wir gingen bis zum Tor der Finca und nach einem kurzen Klingel-Morsezeichen, zweimal kurz, zweimal lang, einmal kurz, öffnete sich das Tor. Wir gingen die Auffahrt hoch und oben standen zwei Männer mit Gewehren, die auf uns gerichtet waren. Beide grinsten unverschämt. »Jetzt wird es schmerzhaft«, befürchtete ich. »Auge um Auge, Zahn um Zahn«, fiel mir ein. Zum richtigen Zeitpunkt spannte ich noch alle Muskeln ruckartig an als schon vom linken der beiden ein Faustschlag in meiner Magengegend landete. Ich klappte nach vorne und spürte von rechts einen Faustschlag aufs Kinn, so dass ich nach hinten seitlich umkippte und Sterne sah. »Lasst mir auch noch was«, hörte ich jemanden, der ein Pflaster quer über der Nase hatte, auf Englisch hinter den beiden sagen. Schnellen Schrittes kam er auf mich zu und trat mir gegen den Kopf. Stille, Dunkelheit, Schmerzen. Ich wachte in der Garage auf dem Schoß von

Claudia auf und mir dröhnte der Kopf. Meine Lippe war geschwollen, meine rechte Hand tat weh und Claudias Blick sprach Bände. Ihre Augen waren mit Tränen gefüllt und eine Träne tropfte mir sogar ins Gesicht. »Ich bin wach«, sagte ich und versuchte zu lächeln. Aber das gelang mir leider nicht so, wie immer. »Hilf mir mal«, bat ich sie und hob meine rechte Hand, um anzudeuten, dass ich aufstehen wollte. Horst kam mir zu Hilfe und zog mich so kräftig nach oben, dass wir beide uns in die Arme nahmen. Ich schaute ihn an, hielt mit beiden Händen seine Wangen fest und sagte, »Bin ich froh euch zu sehen!« Er strahlte, aber sein Lächeln war auch nicht besser als meins. »Mit dem Lächeln hättest du Claudia aber nie rumgekriegt«, versuchte ich zu witzeln. Wir mussten lachen, obwohl so ziemlich alle unsere Glieder und Körperteile schmerzten. Claudia stellte sich zu uns und wir nahmen uns alle in den Arm. »Sie haben das andere Buch auch!« gestand ich. Wir setzten uns auf die einzige Liege und ich erzählte ihnen, was alles passiert ist. »Was wollen die denn jetzt noch von uns?« runzelte Horst die Stirn. »Da ich keine Ahnung hab, was in den Büchern steht weiß ich nicht, ob die uns vielleicht noch brauchen. Auf jeden Fall sind wir denen jetzt nicht mehr im Weg.« Stunden vergingen, ab und zu brachte jemand Wasser oder Tee und etwas zu essen, sogar Aspirin für Horst und mich war drin. »So, in Gefangenschaft baut man irgendwie ab«, bemerkte ich, »man wird lethargisch.« Mittlerweile war es dunkel und man brachte uns ein paar Decken. »Dass einer der Polizisten dabei ist, ist schon der Hammer«, meinte Claudia. Sie war noch die fitteste von uns dreien. »Deswegen waren sie uns auch immer so dicht auf den Spuren«, fuhr sie fort. »Was das Buch wohl für ein besonderes Geheimnis birgt? Es muss auf jeden Fall sehr wertvoll sein, für wen auch immer.«

»Diese Killer hier kosten ein Vermögen«, sinnierte ich.

Wir verlebten eine unruhige Nacht. Claudia und Horst teilten sich die Liege und ich lag auf dem Boden. Die Garage hatte nichts Brauchbares. Sie war komplett leergeräumt. Uns Männern brachten sie einen Eimer für unsere Morgentoilette und Claudia durfte sogar ins Bad im Haus. Das Duschen verkniff sie sich, obwohl das nach mehr als fünfunddreißig Stunden gutgetan hätte, da sie das Gefühl hatte, von allen Seiten beobachtet zu werden. Daher wusch sie sich und als sie zurückkam, hatte sie drei gut schmeckende Kaffees dabei. »Wie sieht es da drin aus?« fragten wir Claudia als sie wieder bei uns war. »Also, es sind sechs Syrer, ein Deutscher, der ›Beschützer‹ ist gar kein Spanier, der sieht nur so aus wie einer. So wie ich mitbekommen habe, sind sie beim Packen. Scheinbar haben sie mit dem Buch das Ziel erreicht und der Job ist erledigt.«

»Was sie mit uns machen, liegt doch auf der Hand« sagte Horst bekümmert. Claudia fragte: »Was meinst du?« Horst nahm seinen rechten Zeigefinger, hielt ihn seitlich an den Kopf und machte mit dem Daumen eine Schießbewegung. »Das glaube ich nicht« beruhigte ich ihn. »Wir wären schon lange unter der Erde, wenn das so geplant wäre. Die lassen uns so lange eingesperrt, bis sie weit genug weg sind. Dann geben sie wahrscheinlich irgend jemandem anonym einen Tipp, damit man uns hier raus holt.« Claudia nickte und sagte zustimmend: »Das glaub ich auch.« Horst nahm sie in den Arm und wirkte erleichtert.

Nach mehr als einer Stunde wurden Autos im Hof gestartet und die Tür öffnete sich: Es trat der ›Beschützer‹ ein. »Eigentlich soll ich euch ja abknallen, die Frau mitnehmen und mich an ihr erfreuen. Doch sie ist zu mager für mich. Ich bin im Haus und überleg mir das mit dem Abknallen aber doch noch mal.« Er ging hinaus, wir sahen, dass in einem Kangoo drei Leute mit Gepäck darin saßen und drei Leute im Range Rover waren, die hintere Fahrerseitentür geöffnet ist und auch dort Gepäck zu sehen war.

Die Tür schloss sich, wir hielten das Ohr an das Garagentor, hörten die Tür vom Rover zugehen und die Motorengeräusche sich entfernen. »Nie und nimmer sitzt der im Haus« sprach Claudia aus was ich dachte. Ich sagte zu Horst: »das ist doch nur Holz und zeigte auf die Tür im Tor.« Damit nicht immer das Garagentor ganz aufgemacht werden musste, hatte der Erbauer des Hauses in dem Garagentor eine Türe eingebaut. Horst begriff sofort und deutete auf die Liege, die aus Plastikgeflecht und einem Aluminiumrahmen bestand. Wir nahmen sie und hauten einige Male, seitlich davon stehend, diese

Liege wie einen Rammbock gegen die Türe. Schliesslich sprang sie auf, schlug nach einer einhundertachtzig Grad-Drehung hinten an und kam wieder zurück. Horst und ich gaben uns Highfive und Claudia lächelte. Wir schmissen die lädierte Liege in die Garage und gingen langsam raus. Horst sprach nun laut aus, was wir dachten: Wenn noch einer hier ist, wäre er jetzt spätestens bei uns. Trotzdem gingen wir vorsichtig ins Haus. Alles war super aufgeräumt. Auf dem Küchentisch lagen alle Schlüssel des Hauses. Auf dem Sofa lag das Buch von Mama Sagrera wie achtlos weggeschmissen. Wir nahmen es an uns und aus dem Holzeimer neben dem Kamin hing mein Nunchaku zur Hälfte raus. Ich schnappte es mir und ging wie ein Adrenalinjunkie durchs Haus. In einem Bad sah ich im Spiegel, dass meine Oberlippe noch dick und blau war. Da dies der letzte Raum gewesen ist, wusch ich mich dort mit kaltem Wasser ab und merkte, wie mich das belebte. Horst stand im Türrahmen und sah mich, meinte: »Super Idee« und tat es mir gleich. »Jetzt aber los!« forderte ich auf, als wir etwas erfrischt waren. Wir nahmen einen Schlüssel mit einer Fernbedienung vom Tor und gingen schnell die Auffahrt hinunter. Den Schlüssel warf ich in den Briefkasten und sagte zu mir, dass die Hauseigentümer wohl nichts dafür können. Wir wurden immer schneller, rannten den Weg bis zur Straße. Auf der Straße an der Einbiegung sahen wir meinen Wagen noch stehen. »Ehrliche Mallorquiner« dachte ich. Mein Handy war noch da, voll aufgeladen, der Schlüssel steckte auch noch.

Wir fuhren los, zur vierhundert Meter entfernten Guardia Civil und wurden von allen ziemlich angeglotzt. Mein Handy hatte ich mittlerweile angeschaltet, sah achtzehn Anrufe in Abwesenheit, überflog während der Fahrt hierher die Anrufer und zählte, drei mal Beate. Wahrscheinlich wollte sie mir sagen, dass sie gut angekommen ist, und fünfzehn Mal Jaime. Auf der Mailbox waren einige Nachrichten, die ich mir aber jetzt abzuhören, schenkte. Jaime legte kurzerhand das Telefon aus der Hand und brüllte uns an: »Wo kommt ihr denn her, wir haben euch überall gesucht. Claudia, deine Wohnung ist aufgebrochen, wie seht ihr überhaupt aus?« Um ihn zu unterbrechen hob ich beide Hände und er verstummte. Ich wies durch sein seitliches Bürofenster und zeigte auf das Haus und alle drei erklärten wir ihm, was passiert war. Jaime war entsetzt. »Wie seid ihr denn da wieder raus gekommen?« Dann griff er zum Telefon, schaute auf eine Liste, wählte eine Nummer und stellte den Apparat auf laut zum Mithören: »Hallo Chef«, meldete sich die angerufene Stimme. »Wo stecken sie?«, brüllte er ins Telefon. Der Mann sagte: »Wir haben Tom bis zu dieser Claudia verfolgt. Ich hatte so einen Durchfall, dass ich nach Hause gegangen bin. Ich wohne hier in der Nähe von Claudia. Hat mein Kollege nicht Bescheid gesagt?« »Okay, geht es ihnen besser? Dann kommen Sie morgen wieder zur Arbeit«. Jaime legte auf, drückte einen Knopf und die Sekretärin kam rein, um eine Handyortung zu machen. Jaime war stinksauer. Kurz bevor seine Sekretärin den Raum verließ, rief er noch, »besorgen sie mir die Akte von dem.« Etwas verlegen richtete er sich an uns, »ich kann mich für das nur entschuldigen. Soweit ich weiß, ist der Kollege seit zehn Jahren im Polizeidienst und war nie auffällig. Scheint um was Großes zu gehen«, schloss er. »Den werde ich mir persönlich vorknöpfen, wenn wir ihn haben!«

Er hatte jetzt sogar die Möglichkeit auf einen Hubschrauber zuzugreifen, den er sofort ins Rennen brachte. »Wo können die hin wollen?« fragte er und schaute auf eine Karte von Mallorca an seiner Wand.

»Da sie auf Grund der Flughafenüberwachung wohl nicht fliegen werden, bleibt die Fähre oder ein Schiff. Fähren gehen von Alcudia oder Palma«, überlegte ich. Jaime entgegnete: »Mit den Autos kommen die auf keine Fähre, ohne Kennzeichen nimmt die keiner mit.«

»Aber nur die Personen schon«, warf Claudia ein. Jaime nickte stumm. »Die kamen aus Italien und wollen dahin wahrscheinlich auch wieder zurück. Wenn die so dreist sind und einen Steinwurf von uns wohnen und hier auf meine Männer schießen und eine Polizeistation überfallen, traue ich denen alles zu. Was steht eigentlich in dem Buch?« fragte er an Claudia gerichtet. »Es fehlte mir die Zeit, das festzustellen. Aber der Opa und der Vater von Guillém Sagrera hatten jeweils etwas auf eine Seite geschrieben. Es wirkte so, als wenn für eine Person immer je nur eine Seite bestimmt war, es gab ungefähr fünfundzwanzig davon«, erinnerte sich Claudia. »Dreiundzwanzig« berichtigte ich, ich hatte sie gezählt. »Was ich eigentlich sagen wollte«, übernahm Jaime wieder das Wort, »die sind bestimmt hier an einem der Yachthäfen in Porto Cristo oder so. Von da aus geht es auf ein Schiff. Aber außerhalb der Zwölf-Meilen-Zone haben wir keine Handhabe mehr. Ich setze die Küstenwache schon mal in Bereitschaft.«

Natürlich mussten wir unsere Aussagen protokollieren, was eine Stunde dauerte, doch alles Motzen und Meckern half nichts.

Wir wollten dann zu mir nach Hause fahren, doch im Auto überlegte ich: »die sind bestimmt in Porto Cristo. Sollen wir uns das gefallen lassen oder holen wir uns das Buch wieder?« Claudia stimmte motiviert zu und rief: »Ich bin dabei!« Horsts Bereitschaft war da eher gedämpft. »Mir tut so das Fressbrett weh«, jammerte er. »Seid mir nicht böse, aber ich wollte hier Urlaub machen und mit meinem besten Freund ein Baumhaus bauen. Irgendwie bin ich von all dem jetzt weit entfernt.«

»Was soll ich denn unseren Kindern erzählen, wenn wir über den Schatz reden, den wir gefunden haben«, stichelte Claudia, streichelte ihm das Gesicht und klimperte dabei mit den Augen. Sie saß hinten und Horst neben mir auf der Beifahrerseite. Ich sah ihren Blick im Innenspiegel und dachte mir: »Bei dem Blick kannst du nicht NEIN sagen, mein Freund.« Horst grinste schief und fragte: »Wieviele

Kinder?«

»Mindestens fünf«, lachte sie und ich stellte mir Horst mit fünf Kindern vor, die alle an seinem Computer spielten und wie ihm dabei die Haare zu Berge standen. Aber er war dabei: »Das ist ein Argument, gib Gas!« meinte er zu mir. In Porto Cristo am Hafen angekommen, fuhr ich direkt neben den Steg meines Segelbootes.

Wir gingen an Bord. Da ich den Schlüssel immer im Auto dabei hatte, konnten wir uns an Bord frische Sachen anziehen und etwas Kühles zu trinken nehmen. Der Segler hatte zwar schon über dreißig Jahre auf dem Buckel, war aber bestens in Schuss und man hätte ohne Probleme sofort zu einem zweiwöchigen Törn aufbrechen können. Da ich auch immer Proviant an Bord hatte, aßen wir eine Kleinigkeit und kamen so wieder zu Kräften. Wir entschieden uns, raus zu fahren. Sollten wir hier nichts sehen, dann sollte das so sein, konnten uns aber auf der anderen Seite mal ein bisschen treiben lassen und unsere Wunden lecken.

Horst hatte sein Handy an die Ladestation gepackt, ich warf den Motor an, Horst und Claudia machten die Leinen los und wir fuhren durch den wunderschönen Naturhafen hinaus. Das Wasser war ziemlich glatt, aber eine leichte Brise versprach, doch noch die Segel setzen zu können. Wir tuckerten ganz langsam durch den Hafen, doch kein Schiff fiel uns besonders auf und von daher entspannten wir etwas ab der Hafenmauer, die das Hafenbecken vom offenen Meer trennte. Horst saß vorne auf dem Deck und Claudia bei mir im Cockpit. Ich hatte den Radar eingeschaltet und sie schaute drauf, um mir jede Bewegung von umliegenden Schiffen zu nennen. Viel war nicht los. »Eigentlich wollte ich erst mal einen Kopfsprung ins Wasser machen«, sagte ich zu ihr. Daher entschied ich mich, die Segel unten zu lassen und direkt nach der Hafenausfahrt backbord, das ist links, zu fahren. Nach rund sechshundert Metern erreicht man auf der linken Seite eine meiner Lieblingsbuchten. Die ›Cala Petita‹ macht ihrem Namen alle Ehre und man kann darin mit bis zu drei Schiffen, ziemlich wind- und wellengeschützt, liegen. Viele tolle Stunden habe ich hier schon verbracht. Dass gerade jetzt dort ein ziemlich großes Schiff ankerte, war echt doof, nörgelte ich zu Claudia. Ich hatte keine Chance, vernünftig zu wenden, wenn ich da hineinfahre. Claudia holte das griffbereite Fernglas und schaute sich das fünfzig-Fuß-Schnellboot an. »Die lichten aber die Anker«, sagte sie erfreut und meine Stimmung hellte sich auf. Ich nahm das Gas zurück, um abzuwarten. »Stopp mal!« rief sie, »da sind ja unsere Freunde drauf …« Sie reichte mir das Fernglas. Ja, sie hatte Recht. Etwas im Hinterland sah ich auch den schwarzen Range Rover und einen weißen kleinen Wagen parken. Scheinbar sind sie ein paar Mal mit dem kleinen Dingi hin und her gefahren, bis sie alles an Bord hatten. Jetzt machten sie sich startklar. Zu Horst rief ich: »Komm besser hier hin, bevor sie uns erkennen.« Claudia reichte uns

Kappen – davon hatte ich immer genug an Bord – die wir uns tief ins Gesicht zogen. Wir setzen uns hin, dann sah man nur noch ganz wenig von uns und ich wählte Jaime an und gab ihm den Standort durch. »Tom«, sagte er zum Schluss, »du erschreckst mich. Hast du nicht Lust, bei uns anzufangen? Wie du weißt, ist gerade ein Platz frei geworden.« Ich lehnte laut lachend ab. »Seid bitte vorsichtig!«, ermahnte er uns noch und legte auf. Ich legte den Rückwärtsgang ein und wir fuhren mit Standgas zurück, um zu signalisieren, dass wir gesehen haben, dass sie den Anker lichten und wir Platz für sie machten. Durch meine Sprayhood erkannten sie uns nicht. Zwei auf dem Vordeck beobachteten uns aber mit dem Fernglas ganz genau. »Wieviele PS hat so ein Boot?« fragte mich Horst. »Mindestens neunhundert PS pro Motor, also mal zwei.« Horst pfiff hörbar, »Da geht was!«

»Leider wahr«, bestätigte ich. »Mit meinen fünfundvierzig PS kann ich da nicht mithalten,« sagte ich amüsiert. Das Boot fuhr langsam an und der Skipper musste vorsichtig rangieren, um sich das Unterwasserschiff nicht aufzureißen. Da gab es zwei Felsen, die echt übel waren. Zuerst hörten wir ein Aufheulen, eher ein kräftiges Motorgeräusch. Das Boot schob sich vorne aus dem Wasser, zwei Propeller drückten das Wasser so brutal nach hinten heraus, dass das Boot förmlich lossprang. Es zischte an uns vorbei und Horst und Claudia knutschten, oder taten zumindest so, wegen Horsts verletzter

Lippe. Ich versteckte mich hinter beiden. Unsere Widersacher sahen zwar in unsere Richtung, aber hatten uns scheinbar nicht erkannt. Sie fuhren nicht die Küste entlang, sondern direkt aufs offene Meer hinaus. Horst meinte: »das wird schwer werden, bei der Geschwindigkeit.« Er rechnete kurz im Kopf Knoten, Meilen und Geschwindigkeit aus und fuhr fort, »Die sind in den nächsten zwanzig Minuten außerhalb der zwölf Meilen.« Ich nickte und dann sahen wir einen Hubschrauber über Porto Cristo aufs offene Meer hinausfliegen. »Okay, jetzt wird es spannend.« Claudia war ganz aufgeregt: »Ist ja wie im Fernsehen!« Ich wendete, um im Wind zu stehen und tuckerte langsam hinterher. Horst hatte das Fernglas und kommentierte mittlerweile vorne auf dem Schiff stehend alles. Claudia ging zu ihm. Ganz entfernt hörten wir Stimmen. »Sieht so aus als spricht da einer über Lautsprecher« kommentierte Horst. »Jetzt dreht sich der Hubschrauber und die Seitentür geht auf. Scheinbar sitzen da Bewaffnete drin, man sieht einen Gewehrlauf.« Plötzlich machte Horst » Yeah! Sie halten an, sie halten an«, rief er, tanzte dabei und küsste vor Freude Claudia. Sie strahlte ihn an. »Das habt ihr davon!«

Der Hubschrauber ging tiefer und war zwanzig oder dreißig Meter vor dem Schiff. Plötzlich gab es einen Blitz an Bord des Schiffes und eine Rakete raste in den Hubschrauber, der explodierte. Ein paar Männer waren kurz zuvor abgesprungen. Derweil klatschten der Feuerball und die Männer ins

Wasser. »Oh Gott!« riefen wir alle drei gleichzeitig. Ich gab Vollgas, was aber nicht mehr als acht Knoten bedeutete. Über den Lärm meines Diesels rief ich nach vorne: »Was ist mit dem Schiff?« Horst war fassungslos und stand da mit offenem Mund. Er hatte das Fernglas fallen lassen, glücklicherweise den Riemen des Fernglases um den Hals so dass es gegen seine Brust knallte. Claudia nahm es auf, schaute durch und sagte: »Die fahren weg. Der hat Vollgas gegeben und haut ab.«

»So eine Scheiße!« fluchte ich. »Claudia, hol bitte von unten Flaschen mit Wasser, den Verbandskasten und Handtücher, bestimmt sind die Leute verletzt.« Mein Telefon meldete sich, Jaime brüllte: «Was ist da los Tom?« Ich erzählte ihm was passiert ist, »Waaaas?« schrie er ins Telefon. »Hol Krankenwagen nach Porto Cristo«, sagte ich, »mindestens drei Männer sind rausgesprungen, noch dreihundert Meter und ich bin da. Ich hol sie an Land.« Ich legte auf. »Horst komm her, übernimm das Steuer!« Ich erklärte ihm in ein paar Sekunden, was zu tun ist. »Claudia, hol den Enterhaken«, rief ich ihr zu, als sie mir von unten voll bepackt entgegenkam. Mein Telefon klingelte unaufhörlich. Als ich mich unten auszog und meine Neoprenjacke anzog, wurde von Horst der Motor gedrosselt. »Geh mal ans Telefon!« rief ich zu ihm. Ich nahm meine Taucherbrille und die Schwimmflossen und rannte raus aufs Deck. Das Wasser brannte an verschiedenen Stellen, als wenn Kerosin oder das Öl auf der Oberfläche brennt. »Horst, nicht so nah da dran!«, er drehte bei. Claudia rief: »Da, da,« und zeigte auf einen Mann, der mit dem Kopf nach unten auf dem Wasser trieb. Ich warf die Flossen aufs Deck, machte ein Kopfsprung ins Wasser und kraulte zu dem Mann. Als ich ihn umdrehte, atmete er wieder. »Ich bin da, was ist?«, fragte ich. »Mein Arm«, stöhnte er nur. Ich sah, dass er ziemlich stark blutete, zog ihn mit aller Gewalt Richtung Boot und rief Horst: »Komm her, mach den Gang raus, damit nichts passiert!« Er reagierte sofort, das Motorgeräusch wurde leiser. Ich setzte meine Taucherbrille auf und kam kurz unter Wasser, als ich unter mir einen zweiten Mann sah, der mich mit weit aufgerissenen Augen ansah. Zu dem im Wasser Treibenden rief ich: »Halt durch, bin gleich wieder da!« Ich tauchte runter und sah, dass der Mann ein MG umgeschnallt hatte, was ihn in die Tiefe zog. Ich zerrte daran, und: »Danke lieber Gott!« löste sich das schwere Ding. Wir tauchten beide auf. Er schien fit, aber benommen. »Danke«, war das erste, was er sagte. »Bring deinen Kumpel zum Schiff!«, wies ich ihn an. »Wieviele wart ihr?«, wollte ich noch wissen. »Wir sind zu dritt raus. Der Pilot hat es nicht geschafft«, antwortete er. »Ist der Dritte zur selben Seite raus, wie du?«, fragte ich. »Nein zur anderen Seite«, meinte er. »Los, bring deinen Kumpel rüber, sonst verblutet er!« Ich kraulte was das Zeug hält zu der Stelle, wo ich glaubte, dass er da sein könnte.

Horst hatte schon die Leiter an meinem Schiff ins Wasser gehangen und die Zwei kamen immer näher. Wie ein ›Déjà vu‹ sah ich einen dritten Mann regungslos drei bis vier Meter unter Wasser, mit ebenfalls weit aufgerissenen Augen treiben. Ich holte Luft und tauchte runter und die gleiche Nummer wiederholte sich. Als er durch die Wasseroberfläche brach, schlug er wild um sich und schnappte wie ein Wahnsinniger nach Luft. Claudia verstand sofort und warf ihm einen Rettungsring zu. Als er den Ring zu fassen bekam, beruhigte er sich und ich konnte mich ihm nähern. Er war völlig fertig. »So eine Scheiße!« schrie er, »diese Schweine«. Gut, dass ich damals eine Tauchausbildung gemacht habe. Ich ging nicht weiter darauf ein, sondern tauchte noch Mal runter, um vielleicht etwas zu sehen. Es war aber zu tief. Als ich auftauchte, kamen mehrere Boote aus dem Hafen von Porto Cristo auf uns zu gebrettert. Ein fertig angezogener Taucher sprang schon ins Wasser bevor die Boote zum Stehen kamen. Zwei weitere sprangen hinterher. Die ersten beiden Männer aus dem Hubschrauber hatten Claudia und Horst mittlerweile an Bord geholt. Der erste saß mit freiem Oberkörper da und wurde von Claudia verarztet. Das Schiff mit den Tauchern half meinem Mann am Rettungsring an Bord und ich war ziemlich im Arsch. Erst jetzt merkte ich, wie kalt das Meer noch war. Die anderen Boote dümpelten mit ausgestelltem Motor jetzt auch um uns rum und noch einige Taucher mehr sprangen ins Wasser. Ich schwamm zu meinem Boot und kletterte die Leiter hoch. Mit einem fragenden Blick schaute ich Claudia und den ersten geretteten an und sie berichtete: »Eine Schnittwunde. Er wird es überleben. Da habt ihr aber Schwein gehabt.« Horst hatte mittlerweile meinen Schnapsvorrat geholt und Decken mitgebracht. Ich zog mich schnell unten in der Kabine aus und meine trockenen Sachen wieder an. Die Flasche Schnaps kreiste und mir wurde etwas wärmer. »Danke Mann!«, sagten beide erleichtert. «Wie heißt du?«, wollte einer der beiden wissen. »Tom« stellte Horst mich vor und klopfte mir auf die Schulter. Ein Taucher winkte und bat uns, dass wir schon mal zum Hafen fahren sollten. Ich verstand, was er eigentlich sagen wollte und fuhr los. Claudia bat ich vorne schon mal, die Fender aus den Körben zu holen und fest zu machen. So bekam sie nichts davon mit, als man die zwei blutigen Körperteile, also die Reste des Piloten auf das Schlauchboot hievte. Horst, die beiden geretteten und ich, sahen es ganz genau und ließen die Flasche kreisen. Einer hieß André und der andere Jan. Jan erzählte: »Unser Pilot hat zwei Kinder, er war achtundzwanzig und das Dritte ist unterwegs.« Uns allen stand das Wasser in den Augen und noch bevor wir in den Hafen einliefen, war die Flasche leer. Zwischendurch bemerkte ich, dass mein Handy immer noch an war, ich ging dran und meldete mich. »Na endlich«, seufzte Jaime erleichtert. »Ich habe gehört, was passiert ist. Auch eure Gespräche an Bord. Danke!«

»Habt ihr die Schweine?« wollte ich wissen. »Nein, die Küstenwache hatte sie erst in Sichtweite, als sie außerhalb der Zwölfmeilenzone waren. Verdammt!« sagte Jaime und haute dabei irgendwo auf eine Tischplatte. »Wir sehen uns im Hafen.«

Wir legten an. Hunderte von Schaulustigen waren da. Überall war Blaulicht zu sehen und das Martinshorn zu hören. Mein Stegplatz wurde umlagert von Sanitätern und Polizisten. Jaime nahm mich in den Arm, als ich von Bord ging und war richtig sentimental. Er hatte Tränen in den Augen, Claudia und Horst drückte er auch und Jan und André schlossen sich an. Sie gingen in einen bereitstehenden Krankenwagen und dieser fuhr sofort los. Ein anderer Krankenwagen hielt an und der Sanitäter auf dem Beifahrersitz fragte, ob ich den Mann aus dem Wasser gefischt habe. Ich bejahte und er fuhr fort: »Dann kommen sie bitte mal mit hinten rein«. Er stieg aus, machte mir die hintere Tür auf. Ein Sanitäter stand neben dem Geretteten, der auf der Bahre lag. Der sagte mit Tränen erstickter Stimme: »Danke Mann, ohne dich wäre ich jetzt tot.« Claudia und Horst schauten von hinten in den Krankenwagen und er sagte auch zu ihnen: »Von jetzt an werde ich jedes Jahr auf eure Gesundheit anstoßen.« Ich drückte seine Hand und wünschte ihm alles Gute.

Wir fuhren zu mir, holten aber vorher noch drei Pizzen, weil wir echt Kohldampf hatten. Bevor uns Joshy vor Freude auffraß, bekam er eine komplette gekochte Hühnchenbrust, eine Portion stand immer für ihn im Kühlschrank. Der Kleine hatte richtig Hunger und war so glücklich, das ich wieder da war. Horst machte Feuer im Whirlpool, damit wir gleich alle noch mit einem guten Rotwein etwas entspannen konnten. Ich brauchte jetzt etwas Musik und legte von Peter Gabriel ›Frontiers‹ auf. Genau mein Ding. Er hatte ja so Recht mit dem, was er sagen wollte. Keine Grenzen, auch nicht im Spiel: Jeder darf mit Jedem. In meiner Wellnessoase hatte ich drei grün aussehende ›Lautsprecher-Pilze‹ halb in die Erde verbuddelt. Sie waren klangstark, robust und unauffällig. Die Musik klang auch laut richtig gut.

Meine Pizza aß ich im Stehen. Wippen, Tanzen und nach genau einem Lied war wieder Ruhe, meine Art etwas Frieden zu finden. Mit dem letzten Pizzastück in der Hand lief ich mit Joshy über das Grundstück und wir gaben Rudolph auch etwas Leckeres zu essen. Ich setzte mich neben ihn hin, er legte sich dazu und Joshy kuschelte auf meinem Schoß. Beiden erzählte ich kurz, was passierte und warum ich letzte Nacht nicht zu Hause war und dass ich sie ganz doll vermisst hatte. Ich hatte das Gefühl, sie verstanden mich, denn mir ging es danach viel wohler. Plötzlich näherte sich Claudia, die wohl alles mit angehört hatte und setzte sich zu uns. Erst jetzt merkte ich, dass sie heulte und zitterte. »Ganz schön heftig alles«, schniefte sie. Mir entfuhr nur ein Stöhnen. Besser hätte sie das auch nicht sagen können. Ich stand auf um die Situation zu entspannen, zog sie hoch und sagte, »Dein Schatz will dich nackig sehen.« Sie lachte wieder und Horst, der uns gerade holen wollte, stimmte zu und alle drei lachten wir gelöst los. Anstatt Rotwein entschied Horst sich für Whiskey und als ich den ersten, rauchigen Schluck im warmen Blubberwasser runterspülte, wusste ich, dass er Recht hatte. Die Sonne ging, der Mond kam, die Bettschwere auch und so fielen wir alle wie tot in unsere Betten. Beate schickte ich eine SMS, in der stand, dass ich sie vermisse und gerade etwas viel um die Ohren habe, ich mich aber morgen bei ihr melden würde.

Kapitel 5

Mit dem ersten Hahnenschrei wurde ich wach. Ich schaute auf die Uhr und dachte, noch keine sechs Uhr, da kann man sich nochmal strecken. Bernhard schrie unaufhörlich weiter. Jeder Gockel hat seinen eigenen Schrei und ich hatte immer überlegt, was Bernhard denn da immer schreit. Seitdem es mir klar war und ich mit vielen darüber gesprochen hatte stand es fest: Hip Hip Hurray!. Es war so niedlich, wie man so seinen Tag anfangen konnte, schöner geht es nicht. Ich war mittlerweile so darauf programmiert, dass ich automatisch die Augen aufmachte und grinste und an »Hip Hip Hurray!« dachte. So war ich Bernhard auch nicht mehr wirklich böse.

Nach der Frühstücks-Zitrone machte ich Kaffee und setzte mich mit meinem Laptop in die Küche.

Ich beantwortete ein paar E-Mails, schrieb Beate kurz ein kleines Gedicht, Joshy saß neben mir auf der Bank und ich war wieder ein bisschen glücklich. Die Anstrengungen der letzten Tage steckte mir noch in den Knochen, doch mein Gesicht war nicht mehr angeschwollen, nur beim ›Draufdrücken‹ tat es noch weh. In diesem Augenblick kam Claudia, nur mit T-Shirt bekleidet, in die Küche und meinte: »Nicht draufdrücken, tut dann nicht so weh.« Ich musste schmunzeln. Sie setzte sich an den Küchentisch, Joshy auf ihrem Schoss und ich brachte ihr eine Zitrone und einen Kaffee. »Du und dein Gesundheitstick«, neckte sie. »Wegen dir werde ich noch über hundert und rege mich jeden Tag über meine Falten auf.« Wir lachten laut los.

Vorm Einschlafen war mir eingefallen, dass ich ja einige Seiten von dem mysteriösen Buch fotografiert hatte. Wortlos gab ich ihr das Handy und sie wurde blass. »Du hast es fotografiert? Warum?«

»Das erste Buch hatte man uns ja auch geklaut, da dachte ich mir …« und unterbrach den Satz. Sie schaute sich alle Bilder an und sagte: »Ich melde mich heute krank an der Uni und bei meiner Tante.«

»Geht das denn so einfach?«, fragte ich. Sie hob mit ihrer rechten Hand ihren linken Arm, der auf dem Tisch lag, etwas hoch und ließ ihn fallen. »Guck, wie schlapp ich bin.«

»Oh ja, das überzeugt mich« Beide prusteten wir los. »Sie ist echt niedlich und klug«, dachte ich. Joshy meinte das auch und wollte ihr die ganze Zeit Küsschen geben. Da stand plötzlich Horst in der Tür und fragte, was denn nach gestern so lustig wäre. Ich antwortete: »Das Heute.«

»Aha«, sagte er verschlafen. Er setzte sich auch an den Tisch und ich brachte ihm Zitrone und Kaffee. »Sauer macht lustig«, versuchte er einen Scherz, worauf er das Glas in einem Zug leerte. »Jetzt verstehst du uns!«, und Claudia küsste ihn. »Frühstück?«, fragte ich in die Runde. »Nö, keine feste Nahrung, die Pizza liegt wie ein Brett im Magen«, stöhnte Horst. »Super, dann mache ich uns Smoothies«, schlug ich vor. »Au Ja«, bestätigte Claudia. »Gemüse oder Früchte?«, wollte ich wissen, als ich aufstand. Horst meinte »Früchte« und Claudia »Gemüse«, zum selben Zeitpunkt. Ich schaute beide mit einem Dackelblick an und sagte: »Genau so mach ich das.« Wir lachten alle.

Zuerst warf ich frische Tomaten und getrocknete Tomaten in den Behälter des Mixers. Dann kamen Hanfsamen, eine Avocado, frischer Spinat, drei Möhren, Kokosnussmus und Salz und Pfeffer dazu. Ich mixte das Ganze einmal durch und schenkte Wasser hinterher. Zum Schluss gab ich noch drei Kiwis in den Behälter und stellte den Mixer auf die höchste Stufe. Mit drei Gläsern kam ich zum Tisch zurück, wir stießen an: »Guten Appetit!«

Wir besprachen den Tagesablauf: »Erst fahre ich alleine zu Jaime, dann kommt ›Saudade.‹« Horst nickte, wir gingen duschen und zogen uns an. Claudia meldete sich krank, nahm das Buch und die Fotos, die sie von meinem Handy auf ihres geschickt hatte, mit zum Tisch nach draußen und war beschäftigt. Horst brachte freiwillig die Asche aus den Öfen der Sauna und des Whirlpools und füllte beide mit neuem Holz. Ich fuhr nach Manacor und ging vorher noch tanken. Da sah ich auf allen Zeitungen, dass auf der Titelseite über den Hubschrauberabschuss berichtet wurde. Ich kaufte sie alle und blätterte sie im Auto durch. Von einem Attentat war die Rede, von Drogenschmugglern und von der Mafia. Niemand schrieb über ein Buch. Ich war einige Male erwähnt und sogar in einer Zeitung mit Foto auf dem Steg vor den Schiffen abgebildet. Da es genau neun Uhr war, schaltete ich kurz den deutschen Radiosender ein, bei dem auch darüber berichtet wurde. Ein Polizeisprecher sagte, dass es sich um und dieselben Terroristen handelte, die auch die Polizeiwache in Manacor überfallen hatten. Diese seien aber nun außerhalb der Reichweite der spanischen Justiz, werden aber weiterverfolgt und Interpol ist informiert. Der achtundzwanzigjährige Pilot hinterlässt zwei kleine Mädchen und einen ungeborenen Sohn mit der Mutter. Es werden Drogengeschäfte vermutet und die Polizei ist in Alarmbereitschaft.

Ich schaltete das Radio wieder aus und fuhr zu Jaime. In seinem Revier wurde ich wie ein Freund begrüßt. »Hallo Tom«, hier, »Hola Tom« da. Man klopfte mir auf die Schulter und sie lobten: »Good Job.« Jaime bot mir sogar einen Kaffee an. »Die kommen nicht weit«, begann er. »Da halten alle Polizisten weltweit zusammen, das war eine Kriegsansage und Mord. Mein Freund, wenn du nicht gewesen wärst, wäre es vierfacher Mord!« Ich sagte: »Halt stopp. Wenn ich nicht gewesen wäre und die beschissene Idee nicht gehabt hätte, mit dem Boot rauszufahren, hätte ich dir nicht gesagt wo sie sind, es wäre kein Hubschrauber gekommen und es gäbe einen Piloten und Vater mehr auf dieser Welt.« Ich muss wohl immer lauter geworden sein, weil Jaime plötzlich blass wurde und von draußen alle in den gläsernen Kasten reinstarrten. »Setz dich«, begann er mit ruhigem Ton. »Auf einem Polizeiboot gibt es keine Raketen oder so. Wenn also meine Jungs auf dem Schiff diese Rakete abbekommen hätten, gäbe es jetzt reichlich mehr Tote. Du hast keine Schuld an der Misere. Ohne dich würden wir immer noch die Küsten absuchen. Das haben die Syrer alleine zu verantworten, das werden sie noch merken. Die wandern in den Bau.«

»Die Presse spricht von Terrorangriffen oder Drogendealern«, sagte ich. »Ja, von uns erfahren die nichts und reimen sich den Rest zusammen«, antwortete Jaime. »Das Buch hatte ich nur leihweise«, sagte ich, »Kann ich das dann wiederhaben, wenn ihr es findet und nicht mehr benötigt?«

»Ja sicher, wenn wir es untersucht haben und es kein Beweismittel ist, kannst du es haben. Gehe bitte jetzt zu meiner Sekretärin und diktiere ihr alles und dann bist du entlassen.«

»Ist der Spuk jetzt vorbei?«, fragte ich Jaime und

hielt dabei seine Hand zum Abschied. Ich hielt sie fest und schaute ihm in die Augen. »Ich hoffe, wir haben keine Ahnung, was das alles zu bedeuten hat.« Ich ließ die Hand los. »Was macht Pedro?«, fragte ich noch beim Rausgehen. »Er fasst den Schwestern unter den Kittel, lange lassen sie sich das nicht gefallen und schmeißen ihn raus.« Wir lachten und ich ging. Alle klopften mir noch einmal auf die Schulter und einige streckten den Daumen nach oben. Ich sagte: »Hasta Luego« und ging zur Sekretärin. Die ging sehr rational vor, schrieb einfach, fragte wenig und nach zehn Minuten unterschrieb ich meine Aussage und ging.

Im Supermarkt kaufte ich noch ein paar Sachen ein und fuhr nach Hause. Horst hatte seine blaue Latzhose an, alles Werkzeug rausgeholt und begonnen, an ›Saudade‹ zu werkeln. Claudia saß draußen vor dem Laptop und las in Mama Sagreras Buch und Joshy lag auf der Bank neben ihr und ließ sich den Bauch kraulen. Die Entscheidung, aufzustehen und das Bauchkraulen aufzugeben fiel ihm sichtlich schwer, er kam trotzdem kurz, freute sich und – schwups – lag er auf dem Rücken neben Claudia, die genau da weitermachte, wo sie aufgehört hatte, ohne auch nur einmal aufzuschauen. Horst half mir beim Tütenschleppen und beim Auspacken. Ich zog mir alte Sachen an, nahm drei Eis aus dem Gefrierfach, gab jedem eins und konzentrierte mich mit Horst auf unser Projekt.

Wir kamen gut voran und als wir die ersten Bodenbretter verlegt hatten, fiel mir ein, dass ich Beate anrufen wollte. Horst holte uns Erfrischungsgetränke und ich setzte mich auf die angefangene Terrasse meines Baumhauses. Sie war sofort dran und erzählte von ihren Interviews, die sie geben musste und dass ihre Kinder so stolz auf sie waren und dass sie sich verändert hätte und war außer sich vor Glück. Ich überlegte kurz, die Wahrheit zu erzählen, da die Medien ja voll von der Geschichte waren, hoffte aber insgeheim, dass mein Foto die Insel nicht verlassen hatte. Daher beließ ich es beim Baumhaus und viel Arbeit. »Gerhardt versucht dich zu erreichen«, sagte sie, »Er hat nichts mehr von dir gehört, hätte noch kein Geld und kann das Bild nicht ausliefern.«

»Ah ja. Ich rufe ihn an«, versprach ich. Wir redeten noch ein wenig und sie sagte mir, dass sie am Freitagnachmittag kommen würde, Jean Reno sie am Flughafen abholt und sie dann beide zu mir kämen. Ich freute mich darüber und überlegte schon, was ich denn kochen könnte. Horst saß neben mir, wir tranken Eiswasser und ich rief Gerhardt an. »Bist du der Tom aus der Zeitung?« begann er. »Was war denn da los?« Ich erzählte, dass wir zufällig mit dem Boot draußen waren und ›Erste Hilfe‹ geleistet haben, den Rest ließ ich weg. »Schicke mir doch eben noch mal deine Bankverbindung von der Sabadell, dann überweise ich und du hast in zehn Minuten dein Geld«, bat ich ihn. »Ja, morgen um elf Uhr passt super mit dem Bild« bestätigte ich und legte auf. Das Geld war schnell überwiesen, Claudia war immer noch nicht ansprechbar und selbst Horsts Versuche, sie zu küssen, gingen schief und so konzentrierten wir uns wieder auf das Baumhaus.

Claudia war wie in Trance. Frau Sagrera beschrieb in ihrem Buch Abschnitte ihres Lebens. Die Heirat mit ihrem Mann, die enge Beziehung zwischen ihrem Mann und seinem Vater. Dass die beiden immer etwas zum Tuscheln hatten und viel Zeit miteinander verbracht haben, dass ihr Mann zum fünfzigsten Geburtstag ein Buch von ihm bekam, das sehr wertvoll war. Wie ihre Tochter geboren wurde und ihr Mann sie dafür missachtete, weil er einen Sohn haben wollte. Wie glücklich er dann war, als der kleine Guillém geboren wurde. Er hat ihn abgöttisch geliebt. Das, was er ihm zu viel gab, bekam seine Tochter zu wenig. Obwohl sie bildhübsch war, litt sie an dieser Zurückhaltung, heute heißt das wohl Depression, dachte Claudia. Frau Sagrera beschrieb, dass, als sich ihre Tochter umgebracht hatte, der Verlust ihr beinahe den Verstand nahm, aber nur, weil das ihren Mann so kalt ließ. Er hatte seinen Sohn und brachte ihm alles bei, Jahre lang. Bereits ab seinem vierten Lebensjahr lernte Guillém mit Hammer und Meißel Figuren aus Stein zu hauen. Er war immer da, wenn Guillém Fragen hatte, erklärte stundenlang jede Einzelheit. Sie wollte sich auch, wie ihre Tochter, das Leben nehmen, hatte aber nicht den Mut. Sie zogen aufs Land und mit dem Alter wurde es etwas besser. Ihr Mann pflanzte die seltenen Zwillingspalmen an der Auffahrt entlang, überall hat er danach geschaut. Die ganze Auffahrt sollte nur aus Zwillingspalmen bestehen. Aber so viele gab es nicht. Er war so stolz auf seinen Sohn Guillém, da dieser zwei prächtige Söhne zur Welt gebracht hat. Leider wollten diese, trotz aller Versuche, mit dem Beruf des Baumeisters nichts zu tun haben, aber er war glücklich mit ihnen und ein echter Opa. Guillém hatte sich jedoch verändert und hatte kein Interesse mehr an seiner Frau. Er zog alleine aufs Land und seine Frau blieb mit den Kindern in Felanitx. Guillém hatte, wie er sagte, einen Knecht zu Hause. Der war jung und stark und kümmerte sich um die Finca, den Garten und die Tiere. Er wohnte sogar mit im Haus. Dann kam der fünfzigste Geburtstag von Guillém und ihr Mann wollte ihrem Sohn auch das große Geheimnis anvertrauen. Guillém hatte den ›Krönungssaal‹ in Felanitx fertig gestellt und mit seinem Vater eine heilige Reliquie an einen vorübergehenden Aufenthaltsort gebracht, bis der endgültige Aufbewahrungspatz fertig gestellt war.

Da erzählte er dem Vater, dass er einen Mann liebt, seinen Knecht, mit ihm wolle er fortan leben. Ihr Mann hat Guillém wie einen Hund vom Hof gejagt. Er wollte nie wieder darüber reden. Er hatte keinen Sohn mehr. Sein ganzes Leben war verwirkt und er suchte Trost im Wein. Er hat nie wieder über das Buch geredet, es war eine Qual, mit ihm zusammen zu leben. Im Außenverhältnis war er der große Baumeister, aber zuhause ein Tyrann. Wenn er nicht bald darauf gestorben wäre, hätte sie sich auch in die

Salinen begeben wie ihre Tochter. Die Gebeine wurden in die Kathedrale von Palma, die damals noch nicht fertig war, in die Familiengruft gebracht und bei der Beisetzung war Guillém mit seinem Freund da. Sein Vater hätte ihn erschlagen, wenn er das mitbekommen hätte.

Sie selber lebte dann in Frieden, fand Trost im Krönungssaal, den ihr Sohn in Felanitx gebaut hatte und ist dann bald darauf gestorben.

Claudia war sprachlos, »Schwul«, sagte sie leise vor sich hin, »diese verdammte Engstirnigkeit!«

Die Bilder vom Handy lud sie auf den Laptop hoch und konnte so auf dem Bildschirm alles besser erkennen. Sie fand im Internet heraus, dass es das Kreuz der Grabesritter war, das vorne auf dem Buch eingelassen war. Diese Grabesritter waren dazu bestimmt, heilige Reliquien sicher zu verwahren und alles dafür zu tun, diese zu erhalten. Nur ausgesuchten Persönlichkeiten wurden solche Aufgaben zugeteilt. Sie betrachtete die erste Seite, die Tom fotografiert hatte. Der Text war entweder in Hebräisch oder Arabisch. Sie war sich nicht sicher. Deshalb leitete sie diese per E-Mail an ihren Professor weiter mit der Bitte, da einmal drüber zu schauen. Die Seite zweiundzwanzig war von Opa Sagrera beschrieben. Er hatte hier notiert, wie und wo die Übergabe der Reliquie stattfand, wo sich die heilige Reliquie befand, wo sie hingebracht wurde, aber nie, was genau sie war oder den genauen Standort. Mallorca war groß. Auf der Seite von Papa Sagrera war es genauso, er hat sie bekommen und dann auch an verschiedenen Stellen aufbewahrt. Danach gab es nichts mehr, weil der Dickschädel wegen seines schwulen Sohnes so einen Affenzirkus gemacht hat, dachte sie ziemlich angesäuert.

Wir hatten den Boden des Baumhauses fast fertig als Jaime anrief. Er erzählte mir, dass zwei Journalisten ihn die ganze Zeit nerven würden. »Sie wollen dich treffen, um mit dir ein Interview zu machen. Sie schreiben für die ›Welt am Sonntag‹ und für die ›Times‹.«

»Was wollen die von mir?« fragte ich ihn.

»Das können sie nur mit dir besprechen«, sagte Jaime. »Sie hören sich ganz sympathisch an und sind zurzeit auf Mallorca. Willst du sie anrufen oder kann ich deine Nummer rausgeben?«

»Ich würde sie anrufen«, entschied ich mich und notierte mir die Nummer mit einem Nagel, mit dem ich sie ins weiche Holz ritzte. Ich wählte die Telefonnummer und sofort war eine nette sympathische Stimme am anderen Ende. Er entschuldigte sich sofort, er hätte Verständnis, wenn ich meine Ruhe haben wollte. Worum es gehen würde, fragte ich und er meinte, dass sie Informationen hätten, die uns in dem Zusammenhang mit zwei Büchern interessieren. Ich war hellhörig. »Was für Bücher?« Eines habe ein gleichschenkliges Kreuz vorne drauf, bei denen die Enden wie ein Anker gebogen sind und innen auf der ersten beschriebenen Seite stehe ›Didymos‹. Ich war sprachlos. »Hallo?« hörte ich, »Hallo, ähm ja, wer sind sie wirklich?« fragte ich. »Wir sind die Guten«, sagte er, »die Bösen haben sie ja schon kennen gelernt.«

»Das Buch ist aber leider in deren Händen.«

»Ja, das wissen wir«, hörte ich, »aber damit kommen die nicht durch. Können wir uns sehen?« fragten sie weiter. »Prinzipiell schon«, antwortete ich. »Was schlagen Sie vor? Wir laden Sie zum Essen, in ein Restaurant ihrer Wahl ein und Sie bringen ihren Freund samt Freundin dazu mit.«

»Das hört sich gut an«, sagte ich. »Wann und wo?« fragte die nette Stimme. »Porreres, um 19 Uhr, im Restaurant L'Escrivania.«

»Okay, wir werden da sein«, versicherte er und legte auf.

Horst hatte alles mitbekommen, da ich ›auf laut‹ gestellt hatte und er war genau so überrascht, wie ich. »Naja, schauen wir mal.« Wir bekamen Hunger, stiegen von der Plattform herunter und kochten uns Spagetti, ganz klassisch mit Tomatensauce. Mit einem Glas Rosé stießen wir dazu an. Claudia von ihrer Arbeit wegzukriegen, war gar nicht so einfach gewesen. Sie war anfänglich nicht ansprechbar und ziemlich schweigsam, schaute uns dann aber groß an, als wir die Teller und das Besteck auf den Tisch stellten, dann sagte sie nachdenklich, »Er war schwul«, und Horst antwortete: »Aha«.

Sie lachte, »nee, echt, er war schwul.« Ich kam mit den Spagetti dazu und fragte, »Wer?«

»Guillém Sagrera war schwul«, Horst wieder,

»Aha.« Jetzt lachten wir alle. »Wieso meinst du das?«, wollte ich wissen. »Das hat seine Mama alles in ihr Tagebuch geschrieben«, antwortete Claudia. Ich füllte die Teller und wir fingen an zu essen, prosteten uns zu und Horst bohrte neugierig nach: »Dann schieß mal los.« Mit vollem Mund meinte sie, »öhr hadde ei Kech«. Horst hatte seinen ersten Bissen schon runtergeschluckt. »Aha!« Claudia musste wieder lachen, konnte es aber gerade noch verhindern, dass wir alle aussahen wie Schweine und hielt sich die Serviette vor dem Mund. Schwups, hatte Horst wieder mal einen Klaps auf den Arm. Ich runzelte jetzt die Stirn, schaute Horst an. »Was soll ich machen? Sie schlägt mich einfach!«

»Wehr dich, bevor es zu spät ist!«, schlug ich vor. Claudia war schneller und hielt ihren schlanken Zeigefinger vor Horst Augen und Nase, bewegte den Finger langsam hin und her und warnte: »Na, na, wag es ja nicht!« Lachend fragte ich die beiden, wann sie Silberhochzeit haben. »Wenn ich nicht zurückschlagen darf, nie«, griemelte Horst. Jetzt lachten wir alle wieder und meine Nudeln, die ich gerade auf die Gabel gerollt hatte, fielen wieder auf den Teller. »Er hatte einen Knecht«, kam es jetzt deutlicher aus Claudias Mund. »Guillém«, fügte sie dran. »Hier in meiner Finca hat er es mit seinem Knecht getrieben?«, hakte ich ungläubig nach. Claudia hatte wieder den Mund voll und nickte. »Lass uns jetzt erst essen und dann erzählst du in Ruhe«, kam Horst ihr zu Hilfe. »Super Vorschlag!«, bestätigte ich, hob das Glas und wir stießen wieder an. Da ich schneller gegessen hatte, erklärte ich Claudia, mit wem wir heute Abend essen gingen. Sie bestätigte: »Die Guten also!« Ich nickte. Sie erzählte uns alles, was sie herausgefunden hatte und war ganz aufgebracht dabei. »Wie kann man so stur sein?«, fragte sie an die Adresse von Papa Sagrera gerichtet. »Irgendeine Reliquie muss es in der Felanitx Kirche geben. Offiziell ist da nichts. Es muss im Krönungssaal versteckt sein, so wie ich es gedeutet habe. Wir müssen da morgen noch mal hin.«

»Gibt es keinen Hinweis auf irgendeinen Schatz?«, wollte Horst wissen. »In den Büchern leider nicht, aber wir müssen mal nach diesem Bernais recherchieren, der das Amulett von Djamila ersteigert hat.«, schlug Claudia vor. »Dann mach das mal bitte«, stimmte ich zu. »Bist du mit deiner Karte weiter?«, fragte ich Claudia. »Nein, die hatte ich ganz vergessen. Nach Pollença, da müssen wir auch noch hin, irgendeinen Hinweis finden wir da vielleicht noch.« Sie breitete die Karte aus und mitten drauf hatte sie den Stern gemalt und die Punkte, die uns bekannt waren, miteinander verbunden. »Das kann kein Zufall sein«, meinte Horst. »Das glaube ich auch, bestimmt haben wir es hier mit mehreren Sachen zu tun.«

»Da wäre der Schatz«, zählte Horst auf, »die Zwillinge«, überlegte ich weiter und Claudia fügte hinzu: »und die Reliquie.«

»Was ist denn so eine Reliquie wert?« fragte Horst. Claudia lachte: »Ich dachte du hast genug Kohle und ich kann schön für den Rest meines Lebens auf deine Kosten shoppen gehen?« Horst meinte: »dazu hast du keine Zeit, die fünf Kinder brauchen deine volle Aufmerksamkeit!« Zack, hatte er eine in die Rippen mit dem Ellenbogen. Ich stand lachend auf und sagte: »Goldene Hochzeit!« Von beiden bekam ich die geknüllte Serviette an den Kopf. Wir lachten laut. Horst und ich gingen gestärkt ans Werk und Claudia widmete sich ihrer Arbeit an meinem Laptop. Während wir die Grundkonstruktion für das Baumhaus legten, fragte Horst: »was gibt es denn so für Reliquien?« Ich meinte: »Seine Vorhaut hat man wohl irgendwo.«, Horst verzog das Gesicht, ich fuhr fort: »Eine Sandale gibt es, das Leichentuch, die Dornenkrone, einen heiligen Nagel. Sonst weiß ich aber auch nicht mehr.«

»Welche davon wird es sein?« fragte Horst weiter.

»Keine Ahnung, vielleicht die zweite Sandale von Jesus oder sein Gürtel oder ein Knochen oder irgendwelchen Schriften. Keine Ahnung, es bleibt spannend«, antwortete ich.

Die Zeit verfliegt immer so schnell, wenn man mit Spaß bei einer Sache ist. Wir hatten die Eckpfeiler des Hauses stehen, alle so abgestützt, dass sie nicht umfallen konnten und wollten morgen die ersten Außenbretter daran befestigen, um mehr Stabilität zu bekommen. Schließlich wollte ich oben auf das Dach des Hauses noch eine fünfzehn bis zwanzig Quadratmeter große Terrasse setzen. Von da aus könne ich dann das Meer sehen, erklärte ich

Horst. Wir packten das Werkzeug weg, gingen an Claudia vorbei, die wieder nichts davon mitbekam und sprangen in den Pool. »Herrlich!« freute sich Horst. Wir plantschten herum und hörten plötzlich »AAAAArrrrschhhbombeeeeee!« und – platsch – sprang Claudia, mit angewinkelten Beinen und ihrem Hintern zuerst, nackt ins Wasser. Ich schaute Horst an und konstatierte: »Sie hat schlechten Umgang«, und wir lachten laut. Sie tauchte auf und war total vergnügt. Wir schwammen ein paar Bahnen, Joshy lief am Rand des Pools die Strecke mit, traute sich aber nicht, ins Wasser zu gehen. Meine beiden Freunde fingen an zu knutschen und ich ging schon mal duschen und mich anziehen. Als ich fertig war, gab ich Joshy zu Fressen und wollte nachschauen, ob die Zwei mittlerweile auch angezogen waren. In eindeutiger Pose erwischte ich beide noch im Pool und rief: »In zehn Minuten fahre ich!«

»Scheiße!«, meinte Claudia und ließ Horst im Pool zurück und rannte nackt an mir vorbei in die Dusche. »Toll!«, beschwerte sich Horst. »Dafür hast du nachher noch Zeit«, schlug ich vor und ging zu Rudolph. Er freute sich, mich zu sehen. Da es mittlerweile sehr warm war spritzte ich ihn mit einem Schlauch von oben bis unten nass. Er liebte das, Joshy machte dann einen weiten Bogen um uns und anschließend wälzte sich Rudolph im Staub. Er sah aus wie ein Ferkel. Die Erde auf meinem Grundstück hat einen ziemlichen Rotstich. Eigentlich war das Maultier dunkelgrau, aber jetzt eher bunt. In seinem Stall füllte ich noch etwas Kraftfutter in seinen Bottich, schaute ob seine Tränke funktionierte. Wenn Rudolph mit seiner Nase in einen bestimmten Behälter drückt, läuft Wasser aus einer Leitung hinein und er kann trinken. Dann steht kein Wasser rum und nichts wird schlecht. Alles super, befand ich, Rudolph wollte jetzt mit mir im Stall kuscheln. »Das geht jetzt nicht«, sagte ich und schubste ihn liebevoll von mir weg. Als ich zum Haus zurückkam, saßen beide im Auto, Horst hinten und Claudia vorne. »Damit hatte ich jetzt ehrlich gesagt, nicht gerechnet, dass du schon fertig bist!«, schaute Claudia an und sie schaute mich an und dachte, ich würde sie ansprechen. Ich beendete aber meinen Satz mit: »Horst.« Sie machte ihren Mund auf – und wieder zu, wie ein Fisch.

Ich machte es ihr nach und wir lachten alle drei laut auf und fuhren los. Keine fünf Minuten später parkten wir mitten im Ort auf einem wunderschönen Platz am Ajuntamente. Da ich nicht wusste, wie lange wir mit den Leuten reden würden, setzten wir uns in das Lokal und nahmen den großen Tisch vor einer kleinen Bühne. Dem Kellner erklärte ich, dass noch zwei Personen kommen würden, wir aber schon einmal Brot, Oliven und Wasser wollten. Alles wurde schnell gebracht, der Kellner war richtig nett und die Atmosphäre in diesem Haus war gemütlich. Nicht altbacken, sondern modern mit alt gemischt und guten Stühlen und Bänken. »Wollt ihr heute Abend Fisch oder Fleisch?« Wieder antworteten sie gemeinsam: Claudia sagte Fisch und Horst

Fleisch. Wir lachten, dann schauten sie sich wieder in die Augen, hielten Händchen und Claudia entschied, »Okay, Fleisch« und parallel änderte Horst seine Meinung: »Okay, Fisch!« Wir müssen schon komisch ausgesehen haben, als wir auf dem Tisch rumklopften und uns vor Lachen die Bäuche hielten, als die zwei, mit denen wir verabredet waren, das Restaurant betraten. Einer der beiden meinte: »Hier ist es lustig, hier bleibe ich!« Beide hatten ein sympathisches Äußeres, waren gut gekleidet und machten eher einen intellektuellen als sportlichen Eindruck. Ich stand auf, gab ihnen meine Hand und stellte mich vor. Der Händedruck der beiden war genauso, wie ich mir vorgestellt hatte, wie von Mädchen. Der eine stellte sich als David und der andere als Sven vor. Ich zeigte auf Horst und Claudia und sagte: »Die zwei sind frisch verliebt und machen so komische Sachen, dass ich immer lachen muss!«

»Das ist schön«, meinten beide. David sagte »Herzlichen Glückwunsch!« Wir setzten uns und David fing gleich an zu erzählen. »Wir hatten heute telefoniert, danke, dass ihr Zeit für uns habt. Für uns ist das das wichtigste Gespräch unseres Lebens, wenn sie nein gesagt hätten, würden viele Menschen nicht mehr weiterwissen.« Meine Neugierde war geweckt, auch Horst und Claudia hörten auf zu fummeln. Da kam der Kellner. »Möchten sie Fisch oder Fleisch?« fragte ich. Beide entschieden sich für Fisch. »Die frage ich nicht«, sagte ich und zeigte mit einer Kopfbewegung zu Horst und Claudia, »das ist denen eh egal.

Habt ihr etwas dagegen, wenn ich für alle bestelle?«
»Nö, gar nicht, das wäre super!« kam die Antwort. Claudia übernahm nun das Gespräch und ich winkte den Kellner zu mir. Er hatte eine Suppa Mallorquína gerade frisch gemacht und könnte uns danach Seezunge anbieten. Sein Bruder habe sie heute gefangen und frischer ginge es nicht. Zum Nachtisch schlug er vor, uns eine Variation aus Honigmelonensorbet, klein geschnittenen, getrockneten Aprikosen mit heißer Schokolade und Creme Catalan zu zaubern. Zuerst bestellte ich zwei Flaschen Macià Batle und dann zwei Flaschen Rioja. Der Kellner war erfreut, dass alles so unkompliziert ging und die Küche sich jeweils auf ein Gericht konzentrieren konnte, um das Essen richtig gut zu machen.

David erzählte, dass sie in Berlin und London studieren und den riesigen Vorteil haben, dass ihre Eltern sich das alles leisten können. David studiert Geschichte und Journalistik und Sven Geschichte und Betriebswirtschaft. Beide wirkten so unschuldig und jung. »Was war jetzt diese Finte mit dem Interview?«, fragte ich die beiden. David antwortete kleinlaut: »Ja, dafür muss ich mich entschuldigen. Wir haben den Aufenthalt der Syrer in den Medien und später auch live mitverfolgt, aber wir kamen irgendwie nicht an dich ran. Da jetzt die Nummer mit dem Helden in der Zeitung stand ...« Claudia und Horst schauten mich ganz groß fragend an. »Ja, heute waren alle Zeitungen voll davon«, gestand ich den beiden. Sven öffnete seine mitgebrachte Ledermappe und holte eine Zeitung hervor, auf deren Titelseite ein Foto von mir abgedruckt war. Horst und Claudia lasen ganz interessiert. David fuhr fort: »Da dachte ich mir, dass vielleicht diese Notlüge die Polizei animieren könnte, den Kontakt herzustellen, wenn ich große Zeitungsnamen ins Spiel bringe. Dieser Jaime war aber ziemlich stur, es hat bestimmt zehn Telefonate gebraucht, bis du angerufen hast.«

»Jaja«, nickte ich, »so kenne ich ihn. Also, da sitzen wir nun. Woher wisst ihr von dem Buch?« Jetzt begann Sven. »Eigentlich dürften wir darüber nichts erzählen. Es gibt unter uns einen Ehrencodex, dass dieses Geheimnis von jedem Mitglied mit in den Tod genommen wird. Jedoch haben wir in eurem Fall eine Ausnahme erhalten, mit der Bitte, zu schwören, dass ihr es unbedingt für euch behaltet. Zwingen können wir niemanden, aber, wenn ich meine Geschichte beendet habe, dann werdet ihr das verstehen.« Wir nickten, Claudia fragte: »Wer ist wir?« David übernahm nun: »Wir repräsentieren eine der ältesten Vereinigungen der Menschengeschichte, gegründet in den Jahren 70 nach unser Zeitrechnung und nennen uns die ›Thomaschristen‹«

»Da fühle ich mich aber geehrt«, warf ich ein. Alle grinsten. »Kannst du auch«, bestätigte Sven. »Es ist wie folgt:«, erzählte David weiter. »Die offizielle Version kennt ihr alle! Jesus geht ans Kreuz, er aufersteht wieder, erscheint und die zwölf Apostel sehen ihn und jeder der Jünger geht von diesem Zeitpunkt seinen Weg und lehrt Jesus Worte ...«

»Ja genau«, nickten wir. »So war es aber nicht!«, warf Sven ein. David fuhr fort: »Jesus hatte einen Zwillingsbruder!« Das saß! »Sag das nochmal!«, rief Horst. »Ja, Jesus hatte einen Zwillingsbruder, der wurde ›Didymos‹ genannt.«

»Warte mal«, sagte ich. Ich holte mein Handy aus der Hosentasche und zeigte das Foto, auf dem im Kreuz ›Didymos‹ stand. Sven hatte als erster das Handy genommen, als ich ihm es mit den Worten hinhielt: »so geschrieben?« Er bekam riesige Augen, fasste das Handy an als wäre es ein rohes Ei. David schaute auch auf das Display und bekam sofort Tränen in den Augen. Auch Sven liefen die Tränen über seine Wangen. Ich nahm das Handy wieder an mich und zeigte das vorherige Bild, den Buchdeckel. Jetzt waren beide Schleusen offen, sie heulten vor Rührung. Claudia und ich hielten ihnen jeweils unsere Servietten hin und sie trockneten sich die Augen. Horst, Claudia und ich schauten uns ratlos an. Ich dachte bei mir, besser so etwas, als sich permanent prügeln müssen. Beide atmeten tief durch: »Sorry, aber seit fast zweitausend Jahren gibt es unsere Vereinigung und dieses Buch ist seit fünfhundert Jahren verschwunden und eigentlich unsere Bibel. Bitte versteht diese emotionale Reaktion. Unsere Väter, unsere Großväter und deren Großväter sind jedem, aber auch jedem Hinweis auf dieser Welt nachgegangen, um diesen Schatz wieder zu finden. Wir haben im Laufe der Zeit Millionen dafür ausgegeben, um alles wieder an die richtigen Stellen zu bringen.«

Ich wollte jetzt eigentlich sagen, dass ich das Buch nur von Antonia geliehen bekommen habe und sie es wieder zurückhaben muss, schluckte diese Bemerkung aber mit einem Schluck Wein hinunter.

Da das Essen kam, konzentrierten wir uns nun auf dieses typisch mallorquinische Gericht, das hervorragend zubereitet war und die zwei beruhigten sich etwas. David sagte: »Didymos ist altgriechisch und heißt übersetzt Zwilling oder Thomas.« Ich war erstaunt: «Ich bin im Juni geboren und mein Sternzeichen ist Zwilling. David schaute Sven kurz an und sie nickten sich zu. »Dann hat Gott seine Hände im Spiel«, sagten beide gleichzeitig. Unsere Teller wurden abgeräumt und ich nickte dem Kellner zu. Er verstand es als Lob. »Also jetzt mal von Beginn an«, bat ich: »Ihr habt doch Zeit oder müsst ihr heute noch irgendwo hin?«

»Nein, wir sind ohne Rückflugticket hier – wir haben Zeit. Also: Jesus hatte schon als kleines Kind unglaubliche Fähigkeiten. Er konnte Vögel von den Bäumen fallen, Dinge schweben lassen, Krankheiten und Wunden heilen und hatte übersinnliche Fähigkeiten. Er wusste, was sein Gegenüber dachte und fühlte. Für einen Jungen sicherlich noch lustig, für einen Pubertierenden ein Segen und eine Qual zugleich. Thomas, sein Zwillingsbruder, war immer bei ihm. Er war sein bester Freund. Da Jesus etwas Besonderes war, durfte er eigentlich keinen Bruder haben, da aber beide unzertrennlich waren, konnte niemand sie voneinander fernhalten. Jesus konnte man nichts vormachen mit seinen Fähigkeiten. Mit dem Alter wurde er gelassener und setzte seine Gabe, den Menschen genau das zu erzählen, was sie brauchten, ein. Für ihn waren ja alle transparent. Thomas war immer erstaunt, fühlte sich aber nicht als überflüssiges Teil von beiden, sondern sie ergänzten sich. Thomas hatte Chancen bei den Frauen und beide nutzten ihr gleiches Aussehen und Jesus' Fähigkeiten schamlos aus. Sie zogen von Dorf zu Dorf, brauchten nicht viel zu arbeiten, bekamen Geld, Essen, alles was sie wollten. Sie waren ein unschlagbares Team. Die Zahl der Anhänger wurde immer größer und ihre engsten Freunde, die bekannten elf Apostel, halfen alles zu strukturieren und zu organisieren. Es lief, heute vergleichbar wie eine eigene Firma, jeder hatte seine Aufgabe.« Wir hörten so gespannt zu, dass wir gar nicht mitbekamen, dass das Essen vor uns hingestellt wurde. Erst als der Kellner uns »Bon Profit!« wünschte, wurden wir aus dem Bann gerissen. Wir dankten ihm und begannen zu essen. »Das ist ja spannend«, sagte Claudia ganz aufgeregt. »Woher wisst ihr das alles?«

»Da komme ich gleich zu«, beruhigte David sie. Ich hob beide Hände und unterbrach: »Stopp!« Hob das Glas, wir stießen alle über der Mitte des Tisches an und wünschten: »Salut«. Nach dem wir getrunken hatten, schlug ich, zu den beiden gerichtet, vor: »Erst essen, dann weiter.« Dankend und kopfnickend aßen wir in aller Ruhe. Claudia konnte es sich nicht verkneifen, ihnen zwischendurch ein paar

Fragen zum Studium zu stellen. Es schmeckte allen hervorragend und es war genug da, um satt zu werden. »Jesus hatte nicht nur Freunde und Anhänger«, setzte jetzt Sven fort, »auch viele Neider und Feinde. Wenn dir die Menschen nachlaufen, hast du Macht über sie und die Könige glauben, einen Nebenbuhler erkannt zu haben und dieser muss eliminiert werden. So kam es, dass auch Jesus verurteilt wurde, am Kreuz zu sterben. Es blieb ein letztes Treffen mit allen Aposteln, bei denen er das bekannte Abendmahl abhielt.« Horst warf ein: »Der Leib ist das Brot und das Blut ist der Rotwein.«

»Genau«, sagte Sven und fuhr fort. »Diese Szene ist auf unzähligen Bildern festgehalten worden. Thomas ist oft so dicht an Jesus gemalt, als liege er auf seiner Brust. Er ist der Einzige, der ihm so nah kommen darf. Selbst seine Freundin Maria Magdalena ist auf allen Gemälden abgewandt von ihm und nie so dicht dran. Thomas bettelte Jesus an, dass er an seiner Stelle gekreuzigt werden möchte, da Jesus doch noch so viel für die Menschheit tun kann. Sie stritten darüber und diskutierten viele Nächte lang und einigten sich dann doch. Dass er bereit war, für Jesus in den Tod zu gehen, ist auch aus anderen Überlieferungen bekannt. Als sie nach dem Abendmahl dann alleine waren, tauschten sie die Rollen und Thomas starb für Jesus am Kreuz. Jesus war noch in der gleichen Nacht mit ihm in seiner Grabeshöhle – alleine, mit ihrer beider Mutter. Es fiel ihm schwer, ihr nicht die Wahrheit zu sagen. Er blieb bis zum Schluss da und als er alleine war, nahm er alle Gegenstände an sich, die Thomas gehörten, um spätere Beweise zu haben. Die Dornenkrone hat er in Harz getaucht, damit sie erhalten bleibt und auch alle anderen Gegenstände hat er wie ein Schatz behütet.«

»In der Bibel ist Thomas der ›Ungläubige‹ genannt worden«, unterbrach Claudia. »Das lag daran, dass er, Jesus, ja dann den anderen Aposteln, ›erschienen‹ ist und Thomas ja selber gar nicht da sein konnte, denn es gab nur noch einen Zwilling.« erklärte Sven. »Also gab er dann bei den anderen vor, in der Rolle des Thomas, dass er das nicht glaube.«

»Doch dieser Mythos ist absolut falsch!« warf David ein. »Er konnte nicht mehr am Ort des Geschehens bleiben und zog als Thomas in Richtung Indien«, fuhr Sven fort. »Alleine schon wegen seiner Liebe zu Maria Magdalena, die an seinem offiziellen Grab um ihn trauerte. Alle anderen Apostel gingen auch in die Welt hinaus, um das Christentum zu verbreiten. Von nun an gibt es überlieferte Geschichten: Es säumten unzählige geheilte Menschen seinen Weg. Er zog sein ganzes Leben durch das Land, half tausenden Menschen, wieder gesund zu werden. Er schrieb sein Thomas-Evangelium auf, das Einzige, das keine Erwähnung im Alten und Neuen Testament hat. Alle 114 Logien, die er niedergeschrieben, verehrt und gepredigt hatte, haben einen gemeinsamen Sinn: ›Liebe‹! Im Jahre 1945 wurden in Nag Hammadi in Ägypten viele Papyrusreste und ein in

Leder gebundenes Buch gefunden. Dieses war das Thomasevangelium. Es beginnt mit den Worten: »Das sind die geheimen Worte, die der lebendige Jesus sprach, und es schrieb sie Didymos Judas Thomas auf und sagte: ›Wer je diese Worte versteht, der wird den Tod nicht schmecken.‹«

Mir gingen die Nackenhaare hoch. Ich glaubte kaum, was ich da höre. Claudia folgerte, »dann habe es wohl so aussehen sollen, dass Jesus Thomas aufgetragen habe, das alles aufzuschreiben!« David nickte, »genau so sollte es ja aussehen. Jedoch sind die 114 Logien erst im Laufe der Zeit, nach dem offiziellen Tod des Jesus entstanden und damit der Schwindel nicht aufflog, musste er das so schreiben.« Wir nickten und verstanden und David fuhr fort: «Einer seiner engsten Vertrauten war Rashid. Rashid ist der erste Name, der im Buch Didymos steht. Er ist der nächste Bewahrer aller Reliquien nach Jesus gewesen. ›Thomas‹ war unermüdlich und zog von Stadt zu Stadt. Er wurde gefolgt von Hunderten von Gläubigen. Sie riefen ihn überall Didymos. Er soll ein sehr bescheidenes Leben geführt haben und mehrmals in Edessa gewesen sein, dem heutigen Urfa, in der Türkei. Er hatte hier die Liebe zu einer Frau gefunden, die aber nicht mitreisen wollte und so kam er immer wieder dahin zurück. Am 18. Dezember 72 wurde er in Indien von einem Speer in die Brust getroffen. Von dieser tödlichen Verletzung konnte er sich nicht mehr erholen. Er schaffte es bis zum 21. Dezember 72 und erlag an diesem

Tag seiner Verletzung. Die Morgensonne soll blutrot gewesen sein und in ihrem Anblick ist er gestorben. Seitdem ist dieser Tag der ›Thomastag‹. Seine Gebeine wurden dann nach Edessa, dem Antiken Edessa, gebracht und beigesetzt. Hier glauben die heutigen dort lebenden Türken nicht an die Thomasgeschichte, sondern sie glauben zu wissen, wer da wirklich lag. »Ja genau«, murmelte Claudia, »einundzwanzig Stufen, zwölf Meter.« Horst und ich saßen sowieso schon wie versteinerte Statuen und staunten. Und jetzt fiel uns die Kinnlade ganz herunter. Claudia erklärte es für ganz Blöde: »Felanitx, Kirche, einundzwanzig Stufen hinauf, zwölf Meter bis zur Kirche, 21.12. ist doch klar.« Da fiel Horst und mir doch wieder ein, wovon das hübsche Wesen da sprach. Schön anzusehen war, dass jetzt auch David und Sven mit offenem Mund dasaßen und fragend dreinschauten.

Der Nachtisch kam und wir erklärten dabei, was Claudia in Felanitx an der Kirche entdeckt und gezählt hatte. Sie nickten und sagten gemeinsam im Chor: »Aha! Wer hat die Kirche gebaut?«

»Guillém Sagrera«, sagten wir alle drei gleichzeitig. »Kennen wir nicht«, mussten Sven und David zugeben. Ich zeigte auf den Nachtisch, nahm mein Glas in die Hand, prostete den anderen zu. Claudia erklärte, wer die Sagreras waren und die beiden klebten jetzt an ihren Lippen, was sie augenscheinlich genoss. Auch der Nachtisch war klasse und wir bekamen Tee und Kaffee gebracht. David ergriff erneut das Wort und erzählte weiter: Rashid hatte die Aufgabe bekommen, sich auszudenken, wer die Reliquien behüten muss und was zu tun ist. Es gab auch viele Papiere und Aufzeichnungen. Die heutigen Thomasakten sind teilweise gefunden und entziffert worden, unsere Erzählungen sind in diesen Akten bestätigt. Nun lag es an Rashid, für Jahrtausende währende Sicherheit für die Reliquien zu sorgen. Er ließ ein Buch anfertigen und rief die ›Grabesritter‹ ins Leben. Ein Orden, der nur aus wenigen ausgewählten Menschen bestand und den auch der Papst neben den Maltesern später als Orden anerkannt hat. Für diese Grabesritter war das Buch gedacht. Sie sollten das Geheimnis mit ihrem Verstand und Leben schützen und unverfälscht nach eigenem Ermessen weitergeben. »Wir sind die Thomaschristen. Wir sind besonders ausgewählte Menschen, denen dieses Wissen teilweise anvertraut wurde. Die Grabesritter sollten von uns unterstützt werden. Die Thomaschristen wissen alles über den Zwilling. Der Grabesritter weiß zusätzlich, wo die Reliquien sind und hat diese mit seinem Leben zu beschützen. Seit sechshundert Jahren sind diese verloren gegangen, wir glauben, irgendwo in Bulgarien. Seitdem sucht meine und Svens Familie dieses Buch und wir gehen jeder Spur, die uns zu den Reliquien führen könnte, nach.« Ihm kamen wieder die Tränen. Sven hatte sich besser im Griff. »Unsere Familie stammt aus Indien. Auch wenn man uns das nicht ansieht, sind wir indischer Abstammung. Da Rashid über nicht so riesige Mengen an Geld verfügte, wandte er sich an zwei

Brüder, denen Jesus das Leben gerettet hat, als beide sehr krank waren und die beide über einen unendlichen Reichtum verfügten. Die beiden wurden die ersten Thomaschristen. Wenn man das Geheimnis dann an ein eigenes Kind seiner Wahl weitergab und das dann groß wird und selber ein oder zwei Kinder hat und das wieder weiter gibt, kommt man irgendwann zu uns zweien.«

»Ich brauch einen Schnaps!« schnappte ich nach Luft. Horst hob den Zeigefinger und sagte, »Zwei!« Claudia machte das nach: »Drei!« Ich winkte dem Kellner und bestellte fünf Gläser und eine Flasche ›Hierbas Seco‹ und Eis. »Wartet mal«, bat ich, »nicht weiterreden, ich muss das hier erst trinken« und schwenkte vor mir ein Glas mit grünem Alkohol und Eis. »Salut!« wünschte ich und kippte den Kräuterschnaps runter. Alle andern taten es mir nach. »Ihr habt einen Stammbaum von zweitausend Jahren?« bewunderte Horst die beiden. »Lückenlos«, bestätigten sie. »Damit gibt es maximal vier bis sechs Thomaschristen gleichzeitig. Da besteht ein Geheimnis nicht nur ein Leben lang. Daher möchten wir euch bitten, dies für euch zu behalten und nie öffentlich zu verwenden. Jetzt versteht ihr sicher meine Bitte, eingangs. Unsere Väter wissen über unser Gespräch heute Bescheid und haben uns erlaubt, so weit zu gehen. Uns fehlt nur der Beweis«, fuhr er fort. »Heute wäre es mit der DNA-Analyse-Technik möglich, diese Beweise schlüssig darzulegen. Daher brauchen wir das Buch …« »…um dann die Reliquien wiederzufinden,« beendete Claudia den Satz. Beide nickten und strahlten Claudia an. Sie hatte glänzende Augen, die mit Tränen gefüllt waren und ihr Gehirn arbeitete auf Hochtouren. Ich schaute auf die Uhr und sagte: »Die schließen hier gleich. Wo ist euer Hotel?«

»Wir sind im ›Hotel Nixe Palace‹, in der Nähe von Palma.«

»Was habt ihr morgen vor?«, wollte ich wissen. David überlegte: »Morgen ist Donnerstag und wir haben um neun Uhr einen Bekannten meines Vaters zu treffen.« »Okay, wie lange dauert das ungefähr?«

»Eine Stunde, danach hätten wir wieder Zeit.«

»Also könntet ihr um elf Uhr bei mir sein«, überlegte ich. »Ja, klar!«, meinten sie. Den Kellner bat ich um Stift, Papier und die Rechnung. Beides kam prompt, wir waren die letzten Gäste und ich malte ihnen auf, wie sie zu mir auf die Finca finden. Auf Mallorca heißt das dann schon Mal so: ›Auf der Straße von Felanitx nach Porreres an der dritten Palme rechts.‹ Solche Beschreibungen kannten sie nicht und mussten darüber lächeln. »Großstadt-Kinder mit Navi«, dachte ich. Wie versprochen, zahlten sie und wir verließen das Restaurant. Draußen wurden Sven und David leicht sentimental und wollten uns alle drei unbedingt mit einer Umarmung verabschieden. Als wir im Auto saßen und losfuhren, lächelte Claudia: »Nette Jungs!« Ob es der Alkohol oder die vielen Informationen waren, auf der Rückfahrt sagte keiner mehr etwas. Erst als wir auf meiner Finca ankamen und ausstiegen, bat Claudia ihren Horst: »Kneif mich mal, ich glaube, ich bin in einem Traum.« Doch der küsste sie lieber. Joshy und ich wollten uns das nicht weiter anschauen und gingen, »Guts Nächtle« sagend, ins Bett.

Ein irrer Traum, indem alles drin vorkam, was wir bisher erlebt hatten, ließ mich früh wach werden. Es war erst fünf Uhr, das erste Morgenrot war schon durch und Bernhard krähte wieder sein ›Hip Hip Hurray!‹ raus, was mich aber einfach nur zum Lachen brachte. In meinen Bademantel gehüllt, trank ich mein Zitronenwasser und nahm eine Decke unter den Arm, einen Klappstuhl über die Schulter, einen Becher Kaffee in der Hand und ging zu Rudolph. Er schaute etwas dumm, freute sich aber und wedelte mit dem Schwanz. Ich sagte ihm: »Das hast du dir doch bestimmt von Joshy abgeguckt.« Ich hatte das Gefühl, dass er grinste. So saß ich nun auf dem Klappstuhl im Schneidersitz, Joshy auf dem Schoß, Rudolph hinter mir stehend und seinen Kopf auf meine rechte Schulter gelegt, und genoss in aller Ruhe den Sonnenaufgang. Es roch nach Kräutern, Blumen, Jasmin, Oleander und Frieden. Das ist so schön, dass das Herz aufgeht und die Tränen kullern. Die Vögel zischten umher, hielten dabei die Fliegen- und Mückenpopulation im Maß und sangen jedes für sich ihr eigenes Lied. Es war echter Frieden, Joshy schnarchte, Rudolph wahrscheinlich auch, er schmatze zwischendurch immer. Ich schloss die Augen und nahm die warmen Strahlen der Sonne auf. Ich stellte mir beginnend mit der ersten aller Zahlen diese bildlich vor und zählte immer weiter. Ein Mönch hat mir diesen Trick verraten, wenn einem zu viel im Kopf umschwirrt. Damit bekommt man ihn leer und meistens fängt man an zu meditieren oder nickt ein. Noch bevor ich die Zwanzig erreichte, kam Claudia im T-Shirt und barfuß an den Zaun und begrüßte mich: »Damit kannst du im Zirkus auftreten!« Joshy war plötzlich wach und hob den Kopf, Rudolph auch und wir alle drei schauten Claudia an, die, ›Thats Me‹, auf ihrem Shirt stehen hatte und uns anstrahlte. »Womit?«, wollte ich wissen. Sie grinste noch breiter und erklärte: »Mit der Kuschelnummer da.« Jetzt verstand ich und musste auch lachen. Ich erläuterte ihr kurz meine Theorie über Bernhards Hahnengeschrei. Sie hörte genau hin und vernahm es auch und meinte: »Stimmt!« und grinste noch breiter und rief ebenfalls ›Hip Hip Hurray!‹ mit ihm zusammen. Joshy lief zu ihr, Rudolph auch und ich bezeichnete die beiden als treulose Tomaten. Das störte sie nicht, denn sie ließen sich gerade beide von Claudia kraulen. Meine Beine waren eingeschlafen und umständlich kam ich zum Stehen. Sie schnappte sich die Decke und legte sie über ihre Schultern. Ich nahm sie in den Arm und mit leerer Tasse und Stuhl in der anderen Hand gingen wir in meine Küche. Erst gab es die Zitrone für sie und dann einen ›Cafe con Leche‹, einen Milchkaffee. Wir setzten uns und Claudia druckste etwas herum. Man merkte ihr sofort an, dass sie etwas auf dem Herzen hatte. Auf meine Frage, was sei, redete sie ohne

Punkt und Komma los: „Horst ist lieb und nett, ich hab mich voll verliebt, wir haben eine Menge Spaß, wir sprechen die gleiche Sprache, wenn auch nicht immer, hahaha, aber er erzählt nichts von sich. Ich weiß nichts von ihm." So klärte ich sie auf: »Ich habe ihn kennengelernt, als er sechzehn war. Wir haben zusammen eine technische Ausbildung gemacht und Horst hatte sehr darunter gelitten, dass seine beiden Brüder so viel älter waren, sein Vater gerade gestorben ist und er sich alleine für seine Mutter verantwortlich gefühlt hat. Er war eher der introvertierte Typ, hatte keine auffälligen Hobbies, die Mädchen sind ihm auch nicht so zugeflogen und seine Berufswahl, Informatiker zu werden, förderte seine Kommunikationsfähigkeit nicht wirklich. Das ist auch der Grund dafür, dass er bisher nicht oft in einer Beziehung war. Er gönnt sich nichts, ist sehr bescheiden, hätte aber hinreichend Geld, um sorgenfrei bis ins hohe Alter ohne weitere Arbeit leben zu können. Er hatte mal viel Geld an der Börse verloren, was seine Lebensfreude damals nicht gerade förderte. Daher bin ich so glücklich über eure Beziehung, weil du alle seine Lücken füllst und deine Unbeschwertheit ihn in seinen Bann zieht. Er ist eine gute Seele, deshalb bin ich mit ihm befreundet. Hilf ihm bitte, über seinen Schatten zu springen, um die schönen Dinge des Lebens wieder wahrzunehmen."

Ich machte für Horst auch ein Zitronenwasser und einen Café con Leche und Claudia nahm beides gleich mit und wollte ihn wecken gehen. Ich entschied mich für einen Sprung in den Pool und war dann doch froh, dass ich ein paar Minuten später unter der warmen Außendusche stehen konnte. Ich hatte frisches Eiweißbrot in den Toaster gesteckt und machte jedem ein Tomatenbrot.

Das warme Brot wird dafür mit Olivenöl beträufelt, feine Tomatenscheiben, von Tomaten, die ich frisch aus meinem Garten holte, legte ich oben drauf. Einen Berg Kräuter, bestehend aus Schnittlauch, Petersilie, Dill, Minze, Rosmarin und Stückchen vom Stangensellerie bedeckte das Brot, so dass man es fast nicht mehr sah. Mit Meersalz, Pfeffer und dem ›Gewürz des Lebens‹ bestreut, stellte ich die Teller auf den Tisch. Seit einigen Jahren nehme ich täglich Zitrone mit Wasser auf nüchternen Magen, etwas Zimt mit Joghurt oder Früchten und das ›Gewürz des Lebens‹, so habe ich es getauft. Es besteht aus Ingwer und Kurkuma, von mir selbst beim Biobauern gekauft, geschält, im Ofen getrocknet und dann gemahlen. Beide Wurzeln versprechen ewige Gesundheit und ein langes Leben. Diese Gewürze sind nachgewiesenermaßen heilend oder wenigstens lindernd bei Krebs. Ein Grund mehr, in der heutigen Zeit besonders auf sich zu achten, sein Leben selber in die Hand zu nehmen und nicht der Fastfood- und Pharmaindustrie zum Opfer zu fallen. Die wollten ja eh nur unser Bestes. Genau, dachte ich, unser Geld. Unsere Gesundheit ist ihnen gleichgültig.

Horst und Claudia standen Händchen haltend in der Küche und nach dem alltäglichen ›Freunde-Begrüßungsritual‹ aßen wir gemeinsam die Brote mit frisch gepresstem Pampelmusen-Orangen Saft. Der war trotz der süßen Orange noch so sauer, dass man sogar bei Claudia, trotz ihrer jungen Jahre, Falten sah. »Aber das ist bestimmt gesund«, kommentierte Claudia nach dem Absetzen des Glases lächelnd. »Was ist eigentlich mit deiner Wohnung?«, fragte ich sie. »Ein Freund von mir ist Schreiner, der hat die Tür bereits wieder repariert und meine Handtasche mit Schlüssel mit zu sich genommen«, berichtete sie. »Wie hast du dem denn die Situation erklärt, aufgebrochene Tür, Chaos im Schlafzimmer?«, fragte Horst sie. Ich war neugierig und lauschte beim Abräumen der Frühstücksteller. »Ich habe ihm erzählt, mein Freund hat mich mit einem Anderen erwischt und die Tür eingetreten. Da bin ich ihm hinterher, die Wogen zu glätten.« Horst und ich schauten uns an und lachten schallend los. Claudia schaute erst pikiert, lachte dann aber auch aus vollem Herzen mit. »Du wilde Nymphomanin!«, neckte Horst sie liebevoll und nahm sie in den Arm.

Horst und ich gingen wieder ans Baumhaus und Claudia wollte alles einmal in Ruhe überdenken und einiges aufschreiben und nachprüfen. Als wir auf dem Plateau arbeiteten, klingelte mein Handy und ich bat Horst, kurz mit dem Hämmern aufzuhören.« Jaime!« begrüßte ich den Anrufer und stellte den Lautsprecher auf laut. »Morgen, mein Freund!«

»Bon dia,« erwiderte Jaime. »Ich habe gute und schlechte Nachrichten für dich. Welche willst du zuerst?«

»Die Schlechten«, entschied ich.

»Also, eine italienische Fregatte hatte das Schiff der Syrer ausfindig gemacht und mit Abstand verfolgt. Innerhalb der Zwölfmeilenzone wollten sie dann zuschlagen und mit zwei weiteren Schiffen, die sich in der Nähe der Küste befanden, die Syrer in die Zange und dann hochnehmen. Mein Schwager ist in Rom in derselben Position wie ich hier«, sagte er stolz. »Er hat mir alles gerade erzählt. Die Nacht auf dem offenen Meer war sehr bewölkt und man konnte keine Hand vor Augen sehen. Da haben die Syrer mit ihrem Boot kurz vor Fumicino, ein kleiner Küstenort bei Rom, heute gegen drei Uhr ein unbeleuchtet treibendes Gummiboot mit rund einhundertzwanzig Flüchtlingen, wohl in voller Fahrt, gerammt.

Als die Fregatte eintraf, muss das wohl ganz schlimm ausgesehen haben. Es sind fünfundneunzig Flüchtlinge, der Skipper und fünf Syrer lebend geborgen worden. Ein Syrer und dein ›Beschützer‹ sind komplett verschwunden und der Rest ist durch Verletzungen gestorben oder einfach nur ertrunken, einige Kinder waren dabei. Die meisten können nicht schwimmen.« Horst und ich schauten uns kopfschüttelnd und sehr betreten an.

»Durch unser Eingreifen, mein Schwager war auf einem der Schiffe, die in Küstennähe gewartet haben, konnte Schlimmeres verhindert werden. Das Boot der Flüchtlinge war auf dem Radar nicht zu erkennen, sonst wären unsere Männer schon eher dorthin aufgebrochen. Die Syrer sind bis auf einen alles Brüder. Die Truppe heißt SOMAYA, was auf Arabisch so viel wie, ›die Erhabenen‹ heißt. Das Wort setzt sich aus den Anfangsbuchstaben ihrer Vornamen zusammen. Sie werden für viele Morde weltweit verantwortlich gemacht. Haben vermutlich nicht nur Kriege ausgelöst, sondern auch mehrere verhindert. Jeder einzelne ist eine Killermaschine und jeder hat seit Kindheitstagen mehr Menschen auf dem Gewissen, als wir beide zusammen Hände geschüttelt haben. Der Kopf der Bande ist der älteste Bruder, er hieß Salar und der ist verschwunden. Taucher haben alles abgegrast, aber nichts gefunden. Die Suche ist eingestellt und er für tot erklärt worden.«

»Boah ey«, staunten Horst und ich gleichzeitig. »Hallo Horst!« begrüßte ihn Jaime, der erst jetzt merkte, dass der mitgehört hatte.

»Was ist denn dann die gute Nachricht?«, wollte ich wissen. »Das Boot der Syrer war mächtig demoliert«, erklärte Jaime, »es ging aber nicht unter, das Boot der Flüchtlinge schon. Wir haben alles durchsucht und das Buch gefunden. Mein Schwager bringt es persönlich rüber zu uns. Jetzt kann er endlich mal nach Mallorca kommen, weil ihm ›Bella Italia‹ den Flug bezahlt. Er wird morgen früh hier sein«, endete er. »Das ist ja der Hammer!« staunte ich tief beeindruckt und sagte zu Jaime, dass ich mich schon sehr freue, seinen Schwager kennen zu lernen, verabschiedete mich und legte auf.

Wir stellten unsere Arbeit ein, gingen zu Claudia, die wieder, Joshy kraulend, so in ihre Unterlagen vertieft war, dass sie nichts mitbekommen hatte. Erst als Horst, neben ihr sitzend, ihr leicht aufs Ohr küsste, löste sich ihr erstarrtes Gesicht. Horst erzählte ihr die Geschichte und ich machte uns eine Rhabarber-Schorle. Sie hatte gleich feuchte Augen und bedauerte die armen Menschen sehr. Auf der Flucht vor Verbrechern, der Heimat beraubt, nach Tagen eng eingepfercht auf hoher See und kurz vorm Ziel endet es so tödlich für Viele. Nur wegen dieses Buches. »Das kann doch nicht sein, wieviel Leid! Immer wieder Kirche, Glaube und Leid.« Sie war richtig wütend und ihr Temperament forderte, irgendetwas wegzuwerfen. Ich gab ihr schnell eine Orange, die auf dem Tisch in einer Schale lag und räumte mein Laptop aus dem Weg, da knallte die Orange auch schon an die Hauswand, platzte auf und spritzte wild um sich. Horst hob schützend die Hände hoch und ich sagte: »Ruhig Brauner, ganz ruhig.« Mit Tränen in den Augen musste sie trotzdem grinsen. »Tschuldigung«, bat sie mit belegter Stimme und fiel in Horsts Armen wie ein Kartenhaus zusammen. »Ist auch ganz schön viel alles auf einmal. Wir sind da ja noch mal glimpflich davongekommen, wenn das solche Killermaschinen waren. Die hätten uns einfach abknallen können und hätten es viel einfacher gehabt. Aber warum haben sie das eigentlich nicht getan?«, überlegte ich. »Ohne uns hätten die kein Buch«, schluchzte Claudia irgendwo versteckt unter ihren Haaren an Horsts Brust gelehnt. Er streichelte ihre Haare.

Mittlerweile war es halb elf und ein Fortsetzen der Arbeiten am Baumhaus lohnte nicht. Ich zog mir andere Sachen an und hörte, wie jemand vorm Tor stand und hupte. Ich drückte auf die Fernbedienung und sah, dass ein weißer Van langsam die Auffahrt hochfuhr. Ich hatte mit dem kleinen weißen Citroën gerechnet, mit dem David und Sven gestern gefahren sind und wollte gerade zu meinem Nunchaku greifen und den Unbekannten entgegenstürmen. Das hatte ich vorsichtshalber wieder im Halfter auf dem Rücken, erkannte aber schnell den Aufkleber an der Auto-Seite ›GB‹ für Gerhardt Braun. Nach außen total cool sagte ich: »Da kommt Jean Reno«. Claudia und Horst schauten auf. Langsam ging ich zu dem heran rollenden Van und das Adrenalin in meinen Adern verebbte etwas. Ich begrüßte die zwei Neuankömmlinge. »Morgen«, sagte der Fahrer, »wir haben da ein Bild für sie«. Mit dem Fahrer ging ich ins Haus und zeigte ihm die Natursteinwand im Wohnzimmer, neben meinem Kamin aus Speckstein, den ich aus Deutschland mitgebracht hatte. »Ein super Platz dafür«, freute er sich. Sein Kollege kam mit weißen Handschuhen und dem Bild in Decken verpackt, ins Wohnzimmer. Beide enthüllten sie das Bild feierlich und hielten es seitlich davon stehend an die Stelle, die ich vorgesehen hatte. Ich schaute mir es aus verschiedenen Perspektiven an und dirigierte sie dann ein bisschen höher und nach rechts. Nach einem prüfenden Blick, gab ich das »Go!«. Ich ging auf die zwei zu, griff dem Einen ans rechte Bein – da haben Handwerker ihren Zollstock, der eigentlich Gliedermaßstab heißt – und nahm ihn mir. Beide grinsten und einer von ihnen sagte, »Endlich mal jemand, der mitdenkt.« Ich grinste, dankend für das Kompliment, zurück. Ich gab ihnen das Maß von der Bildoberkante, an die Decke gemessen und das Gleiche für die linke Seite. Dann stellten sie das Bild an eine andere Wand gelehnt ab, und einer der beiden ging das Werkzeug holen. »Da ist Strom«, sagte ich zu dem anderen und zeigte auf die Steckdose. »Nein brauchen wir nicht, wir haben eine Akkuschlagbohrmaschine und alles Weitere auch, danke«, sagte er stolz. Ich ließ sie machen, fragte noch, ob sie etwas zu trinken wollten, was sie ablehnten und ging raus zu den anderen. Claudia hatte sich beruhigt und beide quatschten miteinander. Ich setzte mich dazu und hörte von innen, wie die Handwerker ein Loch bohrten, dann das Geräusch des Staubsaugers und zwei Minuten später kamen sie mit allem ihrem Werkzeug wieder aus dem Haus.

»Fertig«, freute sich der Fahrer und zeigte mir im Wohnzimmer, wie er meinen ›Jean Reno‹ aufgehängt hatte. Jean schien mein gemütliches, helles Wohnzimmer zu gefallen, er sah glücklich aus. Beim Rausgehen gab ich jedem zehn Euro Trinkgeld, bedankte mich, und sie fuhren los. Als sie das Tor erreichten und es sich zum Öffnen langsam zur Seite schob, stand der kleine Citroën davor, fuhr umständlich zur Seite und machte dem Van Platz.

Die zwei Thomaschristen, Sven und David, stiegen aus und freuten sich offenbar echt, uns zu sehen. Irgendwie war es so, als ob wir uns schon Jahre kannten. »Kaffee oder Tee?« fragte ich und wir entschieden uns für eine große Kanne grünen Tee. Claudia setzte in der Außenküche Wasser auf und Horst holte die Tassen. Sven stellte einen mitgebrachten Mandelkuchen auf den Tisch und meinte: »Das ist hier wohl etwas ganz Besonderes?« Ich nickte. Claudia hatte alles vorbereitet und stellte die Teekanne mit dem Stövchen auf den Tisch. Sie nahm ihr Handy, sprach den Befehl: »Timer, drei Minuten« hinein und bekam von ›Siri‹ dem persönlichen Assistenten im Handy eine Bestätigung. Sie ging ins Haus und kam mit Honig, Milch und Gebäck unter dem Arm zu uns an den Tisch zurück.

»Wie findet ihr Mallorca?«, fragte ich beide, um das Gespräch in Gang zu bringen. »Einfach traumhaft«, schwärmte David. »Wahnsinn«, pflichtete Sven bei, »schön hast du es hier, Tom.« Joshy saß bei Claudia auf dem Schoß und beobachtete die Neuankömmlinge erst mal in Ruhe. »Das war früher einmal das Grundstück von Guillém Sagrera«, erzählte Claudia, »der Baumeister dessen Opa und Papa bereits die Kathedrale in Palma gebaut haben. Er auch die La Llotja gebaut hat und die Kirche in Felanitx und war auch in Frankreich und Italien.« Sie zeigte sie auf der Karte, wie wir den Stern nachgezeichnet hatten, wo alles genau war und zeigte ihnen im Internet Bilder

der einzelnen Gebäude. Es fiel auch ihnen auf, dass Sagrera überall seinen Vierpass verbaut hat. »Er liebte es«, wusste Claudia, »heute würde man sagen, es sei sein persönliche Logo.« Die beiden folgten gebannt ihren Ausführungen. Klar war uns, Horst und mir, nicht, ob das Interesse eher Sagrera oder Claudia galt. Sie himmelten sie förmlich an. Horst nahm es aber gelassen und sportlich. Claudia erzählte über die Kathedrale und kam ins Schwärmen und die zwei strahlten immer mehr. Der Timer riss Claudia aus ihrem Konzept und sie nahm das Teesieb aus der Kanne. Sven wollte wissen, um was es sich bei dem gezeichneten Stern auf der Karte handele. »Tja« sagte Horst, »das ist eine lange Geschichte.« Ich zeigte ihnen kurz das Baumhaus und erklärte, was wir da gefunden hatten und dass dann die Syrer kamen und wie es weiterging. Als wir zurück an den Tisch kamen, war der Mandelkuchen angeschnitten und Claudia und Horst knutschten. Mit leicht geröteten Wangen sagte Claudia: »Ich habe ein bisschen recherchiert. Es gibt ja viel mehr Thomaschristen, als ihr erzählt habt.«

»Ja, das ist richtig!« gab Sven zu, »Es ließ sich nicht verleugnen, dass Thomas in Indien war. Er hat so viel Gutes in so wenig Zeit getan, dass diese Wunder mehrfach weitergegeben wurden. Es gibt hunderte Mythen über ihn. Nachdem seine Gebeine im 3. Jahrhundert nach Edessa, dem heutigen Urfa in der Türkei gebracht wurden, von dort 1258 nach Chios in Griechenland, nahmen die Kreuzfahrer sie spä-

ter mit nach nach Ortona an der Italienischen Adria. Hier steht auch die Basilica San Tommaso Apostolo.«
»Eines steht fest«, setzte David fort: »Alles, was er tat, tat er aus Liebe. Alles in seinen Schriften, er war ja Jesus, also in den Schriften, die vor seinem offiziellen Tod niedergeschrieben wurden, war Liebe. Die Kirchenväter und auch der Verfasser des Korans erkannten, dass sie damit keine Macht erlangen konnten und haben die eigentlichen Worte umgedeutet oder sie einfach weggelassen, wie es ihnen am Besten in den Kram passte. Liebe gibt nur, sie nimmt nicht. Liebe ist nicht greifbar, Liebe kann man nicht anfassen, Liebe ist im Herz und in der Seele und oft auch im Magen. In Liebe vereint können Lebewesen die Erde zum schönsten Ort des Universums machen. Dies gepaart mit den zehn Geboten Gottes – das Leben wäre perfekt!«, endete er. Horst, Claudia und ich waren berührt, ergriffen und sprachlos. »Über diese Dinge hat man sich irgendwie nie richtig Gedanken gemacht«, murmelte ich vor mich hin. »Das ist ja auch völlig normal«, sagte Sven. »Wenn dir deine Umwelt vom ersten Tag an, an dem du etwas verstehen kannst, erzählt, dass Rot, rot ist, dann ist das so. Versuche jetzt mal, rund sieben Milliarden Menschen zu erklären, dass Rot, blau ist. Es wird wahrscheinlich eher zu Kriegen deswegen kommen, als dass es eine Änderung in den Denkweisen gibt.« Wir drei nickten zustimmend. »Was würde denn passieren, wenn die Welt wüsste, dass Thomas und nicht Jesus am Kreuz gestorben ist?«, spekulierte Claudia

weiter. »Das ist eine gute Frage«, antwortete Sven. »Wir haben das mit unseren Vätern mittlerweile über Jahre hinweg diskutiert. Diese wiederum über Jahre mit ihren Vätern und so weiter. Es wäre genauso wie mit rot und blau. Es würde die Kirche ihrer Macht berauben, was diese niemals zulassen würde. Die Menschen würden viele Feiertage nicht mehr feiern, zu Ostern wäre niemand auferstanden und zu Christi Himmelfahrt ist niemand in den Himmel gefahren. Die Wochentage, der Beginn unseres Kalenders, alles richtet sich nach diesem entscheidenden Mythos, dass Jesus geboren wurde am Tage Null und für uns alle am Kreuz gestorben ist. Das kann nicht unser Wunsch sein. Die Thomaschristen streben nicht nach Macht und Anerkennung oder nach Besitztümern. Wir lieben, wünschen uns etwas und es wird erfüllt. Das Universum hat für alles Lösungen.«

»Stopp!«, rief Claudia, das heißt: »Wer liebt, ist liebenswert. Wer liebenswert ist, sendet etwas aus und irgendwo wird es empfangen und löst eine Wirkung aus?«

»Besser hätte ich es nicht sagen können.«, stimmte David zu. »Ihr kennt das doch aus dem täglichen Leben: Du wirst aufgehalten, deine Parkzeit vom Auto läuft ab, du denkst an nichts anderes, als dass du ein Knöllchen bekommen wirst, kommst zum Auto zurück und stellst fest, dass du Recht hattest.« Horst pflichtete ihm sofort bei: »Das kenn ich!« David nickte, »genauso funktioniert das aber auch andersherum und das wissen nicht alle Menschen. Wenn du daran, also an die Parkuhr, keinen einzigen Gedanken verschwendest, einer älteren Dame noch über die Straße hilfst, deinen Mitmenschen Liebe schenkst, deine Umgebung in dich aufsaugst und du lächelnd durchs Leben läufst ...«, »... dann gibt´s kein Knöllchen« endete Horst den Satz. »Richtig!« sagte Sven. »Unser Wunsch wäre, dass mehr aus den Thomas-, eigentlich den Jesusakten, bei den Menschen ankommen würde, dass Liebe und Achtung an erster Stelle stehen würden. Die Folge wäre eine neidlose und liebenswerte Menschheit, die sich an kleinen Dingen erfreut und die ab der dritten Generation die Worte Macht, Habgier und Krieg nicht mehr zuordnen könnte.«

»Das Paradies also!« sagte ich. Alle nickten. »Auf unser Gespräch bezogen und ins jetzt,« fuhr David fort, »Thomas und Jesus waren also Zwillingsbrüder. Die Geschichte der beiden kennt ihr ja. Warum, findet ein Thomas, der Zwilling vom Sternzeichen ist, ein tolles eigenes Haus hat, selber alles baut, bis an sein Lebensende nicht mehr arbeiten muss, in einem Baum, in dem er ein Baumhaus bauen will, das er vor allem mit anderen teilen will, diese wertvolle Kiste?« fragte David. »Weil er ein Baumhaus haben wollte, solange ich ihn kenne, seit mehr als 30 Jahren«, warf Horst ein. »Richtig«, meinte Sven, »warum wünscht er sich das und es geschieht hier?«

»Weil«, begann ich und mein Mund ging auf und zu und es kam nichts. »Genau, das ist der Grund, es ist Fügung, Tom, auch wenn das jetzt noch schwer zu glauben ist.« Horst warf ein: »Wenn ich das richtig verstehe, konnte ich mir wünschen, mit der tollsten Frau der Welt zusammen zu sein, dann geht das so einfach?« David meinte mit leicht roten Wangen, mit beiden Händen auf Claudia zeigend, »Siehst du? Schon erfüllt!« Wir lachten alle laut auf und Claudia war sehr gerührt. »Das klappt ja prima«, gab Horst etwas kleinlaut mit gespieltem Schmollmund, zu. Claudia gab ihm mit den Ellenbogen einen Stups in die Rippen. Wieder lachten wir alle. Wir ließen uns den Mandelkuchen schmecken und begannen von der Kirche in Felanitx zu erzählen. Claudia holte aus: »Die Kirche ist mitten im Ort, recht groß und um zum Eingang zu kommen, muss man erst einundzwanzig Stufen hinaufgehen und zwölf Meter weiter ist man dann am Eingang.«

»Wow«, warf Sven ein, »Wie sieht die Kirche von innen aus?«

»Wunderschön,« begann ich, »sie hat ein mächtiges Schiff, sie ist dem Erzengel Michael gewidmet, der oben über dem goldenen Hauptaltar schwebt. In den Nischen rechts und links sind einzelne Altare aufgebaut, die alle biblische Geschichten darstellen. Die Orgel ist seitlich angebracht und einige Orgelpfeifen ragen wie Trompeten in das Kirchenschiff hinein, genauso wie in der Kathedrale in Palma. Vor der Orgel geht links der ›Krönungssaal‹ ab. Dort kann sich jeder Mensch krönen lassen.«

»Wie funktioniert das?« wollte David wissen.

»Wenn Du in der Mitte der Kapelle stehst, und in Richtung Altar blickst, siehst du über dir eine Kuppel«, nahm Horst die Erzählung auf. »Wenn du jetzt Deine Augen nach oben richtest, ist das so, als wenn du eine riesengroße, beleuchtete Krone aufhast. An der Wand sieht man zwei Bilder, die eine Art Bedienungsanleitung darstellen. Auf dem linken Bild sieht man eine Bäuerin, über ihr einen Engel, der eine Krone direkt über ihren Kopf hält. Auf dem rechten Bild, ist wieder eine Bäuerin, allerdings jetzt mit Krone auf dem Kopf, einem roten Umhang und dem Engel darüber mit einer weiteren Krone in der Hand zu sehen.« Jetzt war Claudia nicht mehr zu bremsen, sie war die ganze Zeit zwar still geblieben aber wollte immer etwas sagen. »Und der Altar vor dir hat die katalanische Inschrift FELICOS ELS CONVIDATS A LA SEVA TAULA«

»Wow«, staunen Sven und David gleichzeitig. Sven übersetzte laut: »Selig sind die, die an Deinen Tisch geladen sind«. Claudia fuhr fort: »Gegenüber, ganz weit oben ist das Abendmahl abgebildet. Da hat Thomas seinen Kopf auf Jesus' Schulter gelegt. Daneben, auf einem separaten Bild, sieht man Maria, die mit zwei Kindern spielt.« David und Sven hatten große Augen und staunten mit offenem Mund. Doch bevor sie etwas sagen konnten, fuhr Horst fort und erzählte: »Im Altar ist ebenfalls die schöne Maria abgebildet. Hinter ihr ist alles leuchtend rot, wenn man vorher einen Euro in den Lichtschaltkasten wirft.«

»Rot durch die Lampen?« wollte Sven wissen. »Nö«, fuhr Horst fort, »der Hintergrund ist rot und die Lampen scheinen weiß. Alles ist aus Gold! Oben steht rechts und links je ein Engel und ganz oben drauf steht Maria auf einer Wolke. Links von ihr sieht man Thomas im roten Gewand, mit einem Kreuz vor sich.«

»Er hält in seinem rechten ausgestreckten Arm eine Krone und rechts von Maria steht ein alter Mann, der die Krone mit dem rechten ausgestreckten Arm so hält, dass sie über Maria schwebt«, sagte Claudia weiter. »Jesus!« flüsterte David. Wir schauten ihn mit großen Augen an, doch Sven sprach für ihn: »Maria hat erst im Himmel erfahren, dass die beiden die Rollen getauscht hatten. Die beiden Zwillinge waren sich so gleich, dass selbst sie nichts gemerkt hatte. Jesus ist ja dann auch zeitnah aufgebrochen, um gute Taten zu vollbringen. Er ist ja in der Zeit auf Erden nicht jung geblieben. Als er starb, sah er aus, wie ein Mann eben mit 72 aussieht. So ist er da auf dem Bild dargestellt, vereint mit seiner Mutter und seinem Zwillingsbruder, der für ihn ans Kreuz gegangen ist. Daher das Kreuz, übrigens, Thomas hatte am liebsten rote Gewänder an.«

Wir drei schauten bestimmt ziemlich doof drein. Aber es war so einfach und so logisch. »Hammer!« entfuhr es Horst. Die beiden hatten Spaß an unseren Gesichtsausdrücken und grinsten. »Für uns ist das normal«, sagt David, »Wir dürfen ja nicht darüber reden. Aber in euren Gesichtern sehe ich Erstaunen.«

»Das kannst du laut sagen«, meinte ich. »Wie seid ihr eigentlich auf die Kirche gekommen? Nur weil Sagrera sie gebaut hat, seid ihr dahin oder warum?« fragte David. Claudia legte die Kopie von dem Pergament, welches ich im Baum gefunden hatte, auf den Tisch. Beide lasen laut und auf Deutsch vor, was dort stand. »SCHÖN BIST DU MEINE FREUNDIN; KEIN MAKEL IST AN DIR.« Wir nickten und David sagte sofort: »ein schönes Gebet.« Claudia war beeindruckt, sie dachte, dass die Jungs aber wohl ihre Hausaufgaben gemacht hatten, sie wirkten so unschuldig. »DER GROSSE REICHTUM WOHNT IN DIESER ARMUT UND DIE KREATUR WIRD DEIN FÜHRER SEIN«, las Sven jetzt vor. »Das erste bezieht sich auf die Höhle, in die Thomas nach der Kreuzigung gelegt wurde. Er hatte nichts mehr, er war tot, hatte ein Tuch als Unterhose, seine Dornenkrone, ein Tuch, das über ihm lag und seine Sandalen. Es gab einen Becher und die Nägel in Händen und Füssen. Damit sind diese Reliquien gemeint. Das hält uns auch davon ab, zu glauben, dass die Reliquie nur ein kleines Kopfkissen sein könnte«, sagte David. »Auf der jahrhundertelangen Suche haben unsere Verwandten sich an jeden Strohhalm geklammert, das machen wir heute noch«, bestätigte Sven, »aber Armut und Kopfkissen passen nicht zusammen«, schloss er, wir nickten. »Der zweite Teil sagt mir nichts.«

»Uns aber,« freut sich Claudia, »warte noch« und das Blatt hochhaltend und mit dem Finger auf die unterste Stelle zeigend sagte dann David: »Die beiden CC, wobei eins verkehrt herum ist, das Omega Zeichen vorne und Alpha Zeichen hinten ist schon gewagt. Es kann nur ein Thomaschrist gewesen sein, der das gemacht hat. In allen Kirchen dieser Welt heißt es ›von Anfang bis Ende‹, also von Alpha bis Omega. Bei uns ist es genau anders. Also, das Ende von Thomas war der Anfang von Jesus. Daher heißt es bei uns in diesem Zusammenhang ›Von Omega bis Alpha‹, also vom Ende zum Anfang. Die beiden Buchstaben ›C‹ stellen die Gleichheit und Eigenständigkeit da, genau das, was Zwillinge sind,« endete er.

Jetzt ergänzte David: »Versetzt euch mal in Jesus' Situation, er litt natürlich darunter, dass sein geliebter Bruder zum einen nicht mehr da war und für ihn freiwillig in den qualvollen Tod gegangen ist. Zum anderen war da der Beginn, alles ganz groß aufzuziehen und alle Menschen auf der Welt zu bekehren. Heute mit Fernsehen, Flugzeug und Übersetzer ist das weltweit kein Problem, damals schon. Also ›Aus dem Ende entsteht der Anfang‹ kann nur in diesem Zusammenhang stehen, sonst in keinem.« Wieder hatten wir drei Gesichtsstarre. »Es ist im Thomasevangelium mehrfach erwähnt«, schloss er.

»Was heißt, ›Und die Kreatur wird dein Führer sein‹?« fragte nun Sven. Claudia übernahm das Wort und antwortete: »Meine Freundin ist bei der Stadtverwaltung. Sie hat im Grundbuch herausgefunden, dass Tom das Grundstück von Guillém Sagrera nach mehr als 500 Jahren, nachdem es mehrfach den Besitzer gewechselt hatte, gekauft hat.« Sie zeigte auf der Kopie des Pergaments aus dem Baum auf eine krakelige Unterschrift und die Zahl 1447. »Aha«, staunten jetzt die Anderen mit großen Augen. »Der erste Spruch oben, das Gebet, steht auf dem Hauptportal der Kathedrale in Palma. Die zwei anderen Sachen nicht. Guillém Sagrera hatte aber das Portal Mirador zum Meer hin ganz alleine gebaut, unter anderem ein in Stein gehauenes Abendmahl-Bild. Thomas liegt dort wieder mit seinem Kopf auf der Schulter von Jesus. Eine Gestalt am Fuße des Abendmahls, die anfänglich aussieht wie ein Hund aber genau betrachtet, eine hässliche Kreatur aus Hund und Schaf ist, hat uns dazu gebracht, weiter zu recherchieren und in Felanitx wurden wir fündig. Denn oben, direkt am Eingang zum Krönungssaal ist genau diese Kreatur wieder zu finden.« Beide nickten und machten große Augen. »Ihr seid gut!«, sagte David anerkennend. Claudia war sichtlich stolz auf ihren Vortrag. Horst und ich grinsten uns an. »Wie weit ist Felanitx von hier?«, fragte Sven. »Ich sagte fünf Minuten«, beide sprangen auf. »Können wir dahinfahren? Jetzt?« Ich antwortete; »Kein Problem«, schaute auf Horst und Claudia, »entweder alle oder keiner!« Claudia sprang temperamentvoll auf und rief: »Alle!« Wir lachten und Joshy schreckte erschrocken etwas zurück.

Wir fuhren mit zwei Autos und hatten nahe der Kirche jeweils einen Parkplatz gefunden. Als wir die Stufen hochgingen zeigte Sven David die gleichschenkligen Kreuze die auf allen Stufen in Stein gehauen waren. Die Stufen zählen brauchten wir nicht, das machte Claudia laut für uns alle. Wir schmunzelten uns alle an, als sie die letzte Stufe hochsprang, die Arme hochriss und »Einundzwanzig!« rief. »Niedlich!«, fand ich, alle grinsten noch breiter. Wir blieben stehen und David erklärte: »Diese Kreuze wurden noch von Jesus verwendet, das gleichschenklige Kreuz wurde erst von der Kirche gegen das bekannte Kreuz ausgetauscht. Wir hörten Claudia, die mit großen Schritten auf die offene Kirchentür weiter war, »Zwölf« rufen. Wir lachten wieder alle. Sie stand voller Stolz am Eingang: »Seht ihr, habe ich doch gesagt, aber mir glaubt ja keiner!« Horst nahm sie in den Arm und brachte sie mit in die Kirche, er sagte zu ihr: »Du bist die Beste, ich glaub dir alles.« Sie grinste. Wir gingen langsam durch die Kirche und waren darin die Einzigen. Claudia ging schnell vor und positionierte sich so, dass sie diese Kreatur sehen konnte und zeigte sie Sven und David. Horst nahm sein Handy aus der Hosentasche und zeigte ihnen das Abendmahl über dem Portal Mirador der Kathedrale auf einem Foto und die Ähnlichkeit war frappierend. Claudia spendierte ihre letzte Euromünze, das Licht ging an und färbte den Raum in zartes Rosa. Die Maria strahlte mit ihrem roten Hintergrund und Sven und David blieben in der Mitte des Raumes stehen und ließen das Bild auf sich wirken: »Echt klasse, da fühlt man sich richtig gut.« Sie gaben sich die Hand und verneigten zueinander hochachtungsvoll, König Sven, und Sven sagte, König David. Horst und ich rollten beide die Augen und grinsten dann. Claudia zeigte alles, was sie vorher beschrieben hatte, im Detail, Punkt für Punkt. Beide wirkten tief berührt und tuschelten sich ab und zu etwas zu. Horst und ich setzten uns auf eine kleine Bank und schauten uns das Schauspiel an, wie sie mit ausgestrecktem Arm und langem Zeigefinger nach oben zeigte und Seven und David interessiert ihren Ausführungen folgten. Alle unsere Ein-Eurostücke gingen dabei drauf und als das Licht zum letzten Mal ausging, kündigte ich an: »Das war es, pleite!«

»Reicht auch«, bestätigte David und setzte sich zu uns. Claudia und Sven nahmen auch Platz. »Und?«, fragte ich. »Der Hammer!«, bestätigten beide, schauten ehrfurchtsvoll nach oben und nickten. »Wir glauben, das ist unser Mann«, sagte Sven. »Das heißt?«, fragte Horst. »Wir glauben, das Guillém Sagrera der letzte Grabesritter war und die Reliquien versteckt hat!«

»Das stand aber leider nicht in dem Buch«, sagte Claudia und erklärte warum. Guillém Sagrera war genauso ein Baumeister wie sein Opa und Papa Sagrera auch. Er sollte auch Grabesritter werden und mit dem fünfzigsten Lebensjahr das Buch und die Reliquien bekommen.« David nickte, »das stimmt genau.« Claudia erklärte, dass im Tagebuch der Mama Sagrera alles genau beschrieben war, warum es dann doch nicht dazu kam. Beide klebten an Claudias Mund und sie genoss es sichtlich. »Guillém hatte kurz vorher sein ›Coming out‹ und seinem liebenden Vater erklärt, dass er keine Frau und Kinder mehr will und lieber mit seinem muskulösen Knecht seinen Lebensabend verbringen möchte. Der Papa nahm ihm das so übel, dass er ihn vom Hof jagte, ihn nie wiedersehen wollte und sich zu Tode soff.« Das war ihre Kurzversion und sie war stolz drauf. Die beiden schauten sich an, dann uns an, und zweifelten: »Wegen so einer Lappalie soll über eintausend Jahre alte Geschichte über Bord geschmissen worden sein?«, beide schüttelten den Kopf. »Aber das Buch ›Didymos‹ ist doch das Richtige«, fasste Claudia zusammen. Beide nickten, »Ja, vor mehr als 500 Jahren war es nicht so einfach, seine Homosexualität zu zeigen. Wenn ich drüber nachdenke, könnte es schon sein«, sagte David, er müsse mal telefonieren und ging raus. Sven erzählte, dass sie glauben, wenn jemand so einen besonderen Ort geschaffen hat, dass hier sicherlich etwas versteckt sein würde und David mal eben zu Hause um Rat fragt, wie weit sie gehen können. »Was meinst du damit, wie weit ihr gehen könnt!«, wollte Horst wissen und in diesem Augenblick kam David zurück. »Tom«, fragte er, »wie können wir hier ungehindert eine Stunde in der Kirche verbringen? Es sollte niemand wissen; vielleicht schaffen wir es auch schneller.«

»Sag mir, was du vorhast, und ich sag dir, wie wir es machen«, erklärte ich in ruhigem Ton. »Okay, mein Vater meint, in diesem Altar sind entweder alle oder zumindest einige Reliquien. Es ist so ungewöhnlich, dass so viele Zwillingshinweise in einem Raum sind, es kann nur ein Insider gewesen sein. Da schaut Jesus vom Abendmahl direkt auf den Altar. Links daneben spielt Maria unbeschwert im Himmel mit ihren beiden Kindern. Es durfte ja niemand wissen, dass es Zwillinge waren. Sie musste Thomas immer verstecken und sich Geschichten ausdenken ... er sei der Sohn eines Fischer, die Mutter von ihm ist tot, der Vater hat keine Zeit und ist immer auf See ... und solche Sachen. Sie spielt da oben aber in Eintracht und schaut auf sich selber mit einem Kind auf dem Arm und zeigt zum Altar.« Wir schauten auf Maria, die ohne das zusätzliche Licht jetzt nicht mehr so leuchtete. »Darüber, für alle erkennbar ist sie mit ihren beiden Söhnen im Himmel, das gibt es nicht nochmal«, endete er. »Doch«, widersprach ich. Beide starrten mich an. »Wo?«, fragte David. »Auf dem »Heiligen Berg«, verriet ich ihnen. »In Jerusalem?«, fragte Sven. »Nö«, sagte Horst, »Der Heilige Berg auf Mallorca, da muss man zwar auf seine Handtasche aufpassen, aber das hier gibt es dort so ähnlich noch mal.« Wir drei grinsten uns an, aber David und Sven hatten das mit der Handtasche nicht verstanden und David sagte, »ihr wollt mir jetzt hier erklären, dass es ähnliche Bilder noch einmal hier auf der Insel gibt?«

»Nö«, sagte Claudia, »mehr als nur noch einmal.«

»Hat das was mit dem Stern auf der Karte zu tun?« fragte David. »Ja«, bestätigte Claudia, »wie bereits erwähnt, eine lange Geschichte.« Beide waren jetzt wie vom Blitz getroffen. David, der neben mir stand, bat mich, ihn zu kneifen. Ich klopfte ihm auf die Schulter und beruhigte ihn, dass es uns auch so ergangen sei. Er setzte sich und für einen Augenblick war es ruhig. Nach kurzer Zeit hatte er die Fassung wieder. »Step by Step«, meinte er. »Ich bekomme einen Spyder 3D-Scanner. Mein Vater ist an einem Unternehmen beteiligt, das mir das Gerät zusammen mit einem Techniker zur Verfügung stellt. Damit scannen wir den Altar und können sehen, ob Hohlräume zu finden sind, in denen etwas liegt und was darin liegt. Vielleicht haben wir einen Volltreffer.«

»Wann kann das sein?«, fragte ich. »Frühestens morgen«, schätze David. »Dann lass mich mal überlegen«, bat ich. Ich ging nachdenklich auf und ab: »Wir könnten eine schwangere Claudia hier in den Krönungssaal lassen, die anstatt Bauch einen Scanner hat und dummerweise hier ihr Kind bekommt. Ihr seid die Sanitäter, kommt mit eurer Bahre und Tom und ich halten vorne die Menschen fern.«

»Claudia macht dabei immer Geräusche, als wenn sie in den Wehen liegt«, sprang Horst für mich ein. Zack, hatte er einen Kick von Claudia mit dem Ellenbogen in seinen Rippen. Wir lachten so herzhaft, dass einige Leute, die mittlerweile in die Kirche gekommen waren, sich gestört fühlten und zischten. »Komm du mir nach Hause!«, sagte Claudia mit zusammengebissenen Zähnen, aber lustig zu Horst. Wir lachten wieder und ich fragte in die Runde: »Abflug, bevor wir rausgeschmissen werden?« Draußen saßen wir auf der obersten Steinstufe und lachten immer noch. »Wie viele Jahre seid ihr zwei eigentlich schon verheiratet?«, fragte David, an Horst gerichtet. Ich lachte laut auf und Claudia und Horst mussten auch grinsen. Ich erklärte, »die kennen sich gerade mal eine Woche!«

»Das hätte ich jetzt nicht gedacht«, wunderte sich Sven.«

»Was denn?«, fragte ich, »Silberhochzeit?« und prustete wieder los. »Ja, so ähnlich dachte ich«, gab Sven zu. Plötzlich stand Claudia, eine Faust ballend, aber grinsend vor ihm. Die Faust war direkt vor seiner Nase und sie fauchte: »Noch so'n Spruch, Kieferbruch«. Ich lachte, konnte gar nicht mehr aufhören, zu lachen, alle anderen auch, krümmend, vorne über gebeugt, stellte ich fest: »Horst, du hast einen schlechten Einfluss auf sie!« Er bestätigte: »Das Gefühl habe ich auch«, und wir alle waren am Grölen und gingen die Treppe hinunter. Gegenüber waren Treppenstufen, die zu einem Brunnen hinab führten. Auf einen Sockel davor setzten wir uns und schauten auf die Kirche. »Das Einfachste ist, wir gehen nachts einfach hinein. Es sind ganz einfache Schlösser, die schon mal klemmten. Die Kirche wird immer um zwanzig Uhr abgeschlossen, wenn es dann nicht funktioniert mit dem Abschließen, macht um diese Uhrzeit kein Handwerker mehr etwas und der Küster macht die Tür zu und ruft morgens jemand an, der es repariert, Mallorca halt.« erklärte ich meinen Plan. »Wie kann man das denn machen?«, fragte

David. »In diesem Fall schlage ich vor, einen Holzkeil so in die Schließe reinzuschlagen, dass sie nicht abzuschließen ist, dann, wenn wir drin waren, am besten nach zwei Uhr, da schläft alles, nehmen wir den Keil wieder raus und das war es.«

»Genauso machen wir das«, bestätigte David. »Lass uns wieder zu mir fahren, dann koche ich was«, lud ich ein. Alle waren dafür.

Als wir zuhause ankamen, verteilte ich Aufgaben und ging mit Joshy zu Rudolph. Sven wollte unbedingt mit, da er noch nie in seinem Leben einem Maultier so nahe gewesen war. Er war so schüchtern, dass schließlich Rudolph ihm entgegenkam, um gestreichelt zu werden. Nachdem ich Rudolph frisches Essen gegeben hatte, sagte ich zu Sven: »Stell dich an den Zaun und ich zeig dir was.« Er stellte sich hinter den Zaun, sicherheitshalber. Rudolph stand neben mir. Ich fing an, ohne etwas zu sagen, los zu gehen. Joshy ging rechts neben mir, Rudolph links. Beide machten alle Bewegungen mit, die ich auch machte, wir gingen eine Acht, sie gingen mit, ich blieb stehen, beide auch. Ich blieb vor Sven stehen und setzte mich. Joshy setze sich auch, ich legte mich auf den Rücken und Rudolph legte sich auch hin. Joshy war dann auf mir, wenn ich schon einmal in seiner Höhe war. Sven hatte sich das alles angeschaut und fragte, »wie machst du das? Du hast bestimmt wochenlang trainiert?« Ich schaute ihn an und fragte, »meinst du das im Ernst?«

»Ja, wie sonst?«, sagte er. Dafür gibt es nur ein

Wort, das du am besten kennen müsstest.« Er schaute mich an und zuckte die Schultern. »Liebe«, sagte ich, »die tun das aus Liebe.« Er strahlte, als hätte er eine Lektion fürs Leben gelernt, kam zu mir und zog mich hoch und bedankte sich. Gemeinsam tätschelten wir noch Rudolph, der, wenn er schon mal unten war, auch liegen blieb. »Lass uns kochen«, forderte ich ihn auf, um zurück zu den anderen zu gehen. Alles wurde perfekt nach Anweisung vorbereitet, wir hatten in meiner Außenküche alle genug Platz. »So eine baue ich mir auch mal, wenn ich ein Haus habe«, schwärmte David voller Bewunderung. Der Salat war geschnitten und gewaschen, Tomaten, Avocado und Paprika kleingeschnitten und die Kartoffeln, die fünfzehn Minuten in den Dampfgarer gepackt wurden, schon in Scheiben geschnitten. »Horst, hobelst du noch den Parmesankäse?« bat ich. Die Kartoffeln wurden in einer feuerfesten Form in Scheiben aufgeschichtet, Butterflocken, Salz, Pfeffer und etwas Kümmel und mein Spezialgewürz kamen drüber und dann der Käse von Horst. Ab in den Backofen bei 180 Grad. »Sven und David, Tisch decken!« rief ich, »Sven, vorher Händewaschen wegen Rudolph«, gab ich hinterher. Alles lachte und sagte, »Ja, Papa!«. Claudia bereitete eine riesige Schüssel Salat mit ihrer Spezialsoße aus Apfelessig und Mayonnaise und ich legte kleine Lamm-Kottelets auf den Grill, die ich bei hoher Hitze knusprig grillte.

Alles war wohl abgestimmt. Ein großer Fleischteller, ein Riesensalat und die Kartoffeln mit dem zerlaufenen Käse, dazu Aioli und Brot und einen Rosé und wir hatten viel Spaß. Es war richtig lustig, Claudia hatte so lustige Ideen und war so süß drauf, dass alle glücklich waren und permanent prusteten. Sie hatte alle eingeladen, mit ihr im Ballettunterricht zu trainieren und erzählte ideenreich, wie wir dann im rosa ›Tütü‹ unsere Übungen machten und wie unser Beinhaar aus den Strumpfhosen ragen würde. Sie war zum Knutschen. Alle machten mit und das Essen und der Wein waren perfekt. Wir merkten gar nicht, wie langsam der Abend über uns einbrach.

Als wir alles abgeräumt und sauber gemacht hatten, kam Sven noch mal auf unsere Karte zu sprechen. Ich fragte, an Claudia und Horst gerichtet, »sollen wir es ihnen erzählen, oder nicht?« David und Sven blickten uns fragend an, Horst nickte und Claudia sagte: »Claro, sie haben uns auch alles erzählt«, und holte die Karte. Der Grappa stand mit Gläsern und Eis auf dem Tisch und alle bedienten sich. »Dank Claudia«, begann ich, »kamen wir darauf, das Sagrera das Versteck eines Schatzes kennen müsste.« Claudia fuhr fort: »Baumeister waren hoch geschätzte Menschen damals, fast gleichzusetzen mit Priestern. Ihnen wurden Geheimnisse anvertraut, die sie dann sinnbildlich in Bauwerke hauen oder meißeln ließen. Dafür wurden sie fürstlich belohnt.« Beide staunten und nickten. »Das stimmt!«, sagte Sven. Claudia übernahm wieder: »Vor kurzem wurde von einem reichen Schatzsucher in London ein Amulett für fast drei Millionen Pfund ersteigert. Er heißt Pierre Bernais. Die Dame, die auf dem Amulett abgebildet ist, war eine Prinzessin aus dem Nahen Osten, die den schönen Joanes, der in Ariany lebte, heiraten wollte. Dieser mallorquinische Prinz war so hinter allen Frauen her, dass er als Gigolo von Mallorca verschrien war. Seine Familie war reich, lebte bei Barcelona, genau genommen in Vich und er genoss das Leben. Er lernte diese Prinzessin aus dem Nahen Osten kennen, die Djamila hieß«, »Die Schöne!«, warf Sven ein. Horst und ich rissen die Augen auf. Claudia fuhr fort: »genau, dieser schönen blonden Prinzessin wurde von Joan ein Heiratsantrag gemacht. Er wollte sich keiner anderen Frau mehr als auf einen Meter nähern, wenn sie ihn heirate. Sie willigte ein und mit ihrer gesamten Mitgift kam sie im Jahre 1444 hier mit vier Schiffen nach Mallorca. Beide zusammen hätten durch ihre Vermögen zu den reichsten Menschen Europas gezählt. Genau hier«, Claudia zeigte auf der Karte auf das Castell de sa Punta de n'Amer, sind alle vier Schiffe, samt ihren Lieblingselefanten, im Sturm zerschellt und gesunken. Der Schatz wurde von Unbekannten geborgen, ist aber nie ganz oder auch in Teilen aufgetaucht. Goldmünzen mit dem Abbild ihrer Familie, Becher, Bestecke, Porzellan, Juwelen, Schmuck, über alles gibt es größtenteils Aufzeichnungen, es wurde aber weltweit nichts gefunden. Bis jetzt bei Sotheby's das Amulett mit Djamilas Gesicht darauf versteigert wurde.« Jetzt verstanden die beiden warum wir nichts erzählen wollten. Die Kinnladen lagen fast auf dem Tisch und sie sahen lustig aus, richtig gespannt. Claudia schob mit ihrem rechten Zeigefinger Svens Unterkiefer hoch, der erst nicht verstand, aber dann mit David laut auflachte. Wir anderen drei lachten auch. Claudia erzählte weiter: »Joane ist hier mit einer Inschrift auf dem Hauptportal der Kathedrale erwähnt«, Horst hatte wieder sein Handy in der Hand und zeigte das Foto. Sven las laut vor: »›ILLUSTRISSIMUS ET REVEREDISSIMUS DDIONES VICH ETMARICH EPUS MAIORCEN VIRGINI IMMACULATAE CONCEPTIONIS DICABAT‹. ›Das hellste und ehrwürdigste von Johannes aus Vich geweiht der Mallorquinischen Jungfrau der unbefleckten Empfängnis.‹«

Damit er dort an so prominenter Stelle stehen durfte, hat er wohl sehr viel Geld gespendet«, spekulierte er dann. »Genau«, sagte Claudia, »für die Kathedrale und er hat angeblich wirklich nie wieder etwas mit Frauen angefangen, ist sehr gläubig geworden und hat seine Djamila aus weißem Marmor als Marienstatue bilden und auf den Mauern seines Hauses, nach seinem Tod, die Kirche in Ariany ihr zu Ehren bauen lassen.« Claudia schaute Horst an: »Merk dir das gut!« Alle lachten wir wieder laut auf. »Das ist genau hier gewesen«, und zeigte bei Ariany auf die Karte. »Vor ungefähr fünfzig Jahren fanden Taucher die Reste der Schiffe an dieser Stelle«, Claudia tippte mit ihrem Finger auf die Stelle in der Nähe des Turmes von Castell de n'Amer, »und fanden Teile eines Elefantenskelettes.« Wir Jungs nickten alle.

Claudias Augen funkelten vor Freude. »Hier sitzen wir gerade«, und sie zeigte auf der Karte wo meine Finca steht. »Hier unten in den Salinas hat sich die Schwester von Guillém Sagrera umgebracht«, »und seine Mutter auch fast«, ergänzte Horst. »Hier ist der Heilige Berg, wo es drei Klöster gibt und in einem davon haben wir die vielen Zwillingsbotschaften wie in Felanitx gefunden«, sie zeigte auf der Karte den Berg. Wieder nickten wir alle. Sven sagte: »Da müssen wir hin!«

»Hier ist die Kathedrale ›La Seu‹ in Palma«, übernahm Claudia wieder, ohne darauf einzugehen, zeigte nun Palma auf der Karte, »hier in Sencelles«, sie zeigte jetzt den Ort, »sind wir noch nicht schlüssig, welcher Hinweis der Richtige ist. Horst«, sagte Claudia, er, »Was?«, »Bilder!«, »Ach so«, Horst zeigte auf seinem Handy wieder das Hauptportal der Kathedrale »La Seu« und einmal den Turm. Sven sagte »wow, der Elfenbeinturm«. Jetzt staunten Claudia, Horst und ich wieder nicht schlecht und dann zeigte Horst etwas weiter links auf ein Dorf. Claudia sprach sofort weiter: »Der Turm, den wir uns an der Kirche in Felanitx nicht angeschaut haben, da er hinter der Kirche steht und nur von der anderen Seite oder weiter entfernt zu sehen ist, sollte genau so aussehen wie der Elfenbeinturm.«

»Wow«, machten David und Sven, »das bestätigen alte Aufzeichnungen in Büchern die ich an der Uni in der Bibliothek gefunden habe. Sagrera durfte das aber nicht umsetzen, die Bauherren wollten das zunächst schon, dann aber nicht mehr, deswegen ist der Turm so wie er geworden ist, so ähnlich halt. Aus den Aufzeichnungen habe ich auch herausgefunden, dass der Vater von Guillém Sagrera Talayot-Anhänger war.« sagte Claudia weiter. David pfiff durch die Zähne: »Echt? Gab es die auch auf Mallorca?«

»Ja«, antwortete Claudia und zeigte spontan drei Stellen auf der Karte: »hier, hier und hier. Der Vater hatte dem Sohn immer erklärt, wenn du etwas Heiliges baust, hol dir die Steine von dort! An dieser Stelle«, sie zeigte wieder auf Sencelles, »genau das hat er auch gemacht und der Turm ist aus Steinen der uralten Türme und Häuser der Talayots von hier gebaut worden. Ihr Zeigefinger tippte immer noch auf Sencelles. Sencelles selbst ist das Dorf der Dörfer. Einhundert Dörfer, Gutshöfe große Anwesen zählten zu Sencelles und deswegen wurde es das Dorf der hundert Krüge genannt. Oder aber Centelles, das Dorf des Glitzerns, und Leuchtens. Daher dachten wir, da könnte vielleicht etwas dran sein und wollten daran jetzt weiter recherchieren.« Anerkennend sagte David: »Das sieht alles nach einer verdammt guten Kette aus, die genauso sein könnte.« »Was ist in Pollença?« fragte Sven. »Genau, so weit sind wir noch nicht, hier haben wir noch unsere Hausaufgaben zu machen«, sagte ich. »Und warum der Stern?«, fragten David und Sven gleichzeitig. Claudia erklärte: »Ich wollte mir einen Überblick verschaffen, habe alles in die Karte eingezeichnet und mit Linien verbunden und Voilà, da entstand der Stern.« Sven und David schauten sich kopfschüttelnd an. »Nö, nach deiner Geschichte muss da etwas Anderes hin.« »Wie, was, hääh?«, stotterte Claudia. »Darf ich auf die Karte malen?«, fragte Sven. »Claro!«, sagte ich und gab ihm einen Edding, der bei Claudias Aufzeichnungsunterlagen lag. Sven verband die Punkte miteinander zu Halbkreisen und vor unseren Augen entstand das geliebte Zeichen von Guillém Sagrera, ein Vierpass. »Boah!« riefen wir alle voll Erstaunen. Ich schenkte jedem einen Grappa ein, wir tranken diesen wortlos alle auf Ex aus und waren zunächst benommen von dem, was vor uns lag. »Das ist ja der Hammer«, fand ich als erster meine Sprache wieder. »Lasst uns morgen weitermachen«, gähnte ich. Die Nacht war über uns hereingebrochen und wir saßen unter einem wunderschönen Sternenhimmel. Plötzlich gähnten alle vor Müdigkeit. Claudia fragte: »Wie machen wir morgen weiter?« Ich zeigte auf der Karte die Santuari de Gràcia und schlug vor, »Da treffen wir uns morgen früh um zehn Uhr.« Alle nickten zustimmend, wir verabschiedeten uns voneinander und ich winkte David und Sven noch hinterher, als sie durchs Tor fuhren. Alle gingen wir schlafen und ich schickte Beate noch eine gute Nacht-SMS, die aber erst einmal unbeantwortet blieb. Wahrscheinlich schlief sie schon.

Kapitel 6

Mein morgendliches Grinsen wurde durch die Wirkung von Grappa und Wein des Vortags etwas gedämpft, aber Bernhard gab alles: ›Hip, Hip Hurray!‹ Auf, sagte ich mir und sah draußen das erste Morgenrot. Mit meiner Zitrone in der Hand lief ich draußen mit Joshy, der jedem Baum erklärte, wer der Chef ist und ihn anpinkelt, ein paar Meter. Mich wundert es immer wieder, welch große Mengen ein so kleiner Hund pinkeln kann. Ein Blick auf mein Handy verriet mir, das Beate gestern Abend noch auf einer Veranstaltung war, sie viele neue Menschen kennengelernt hat, die alle auch mich kennen lernen wollten. »Bitte nicht!« dachte ich, »ich kenne genug«, und dass sie sich auf morgen freue, wenn wir uns sehen werden. In einer zweiten SMS wünschte sie mir süße Träume. Die hatte ich nicht gehabt. Ich war die ganze Nacht in einem Lamborghini unterwegs gewesen, was eigentlich ganz spaßig sein kann, hatte aber keine richtigen Reifen, sondern nur welche in Form eines Vierpasses. Nimmt mich doch alles ganz schön mit, dachte ich kurz. Ihre Nachricht ging noch weiter und sie fragte, ob sie zur Finca kommen soll oder ob man sich vorher noch woanders trifft. Ich schrieb ihr, dass ich sie vermisse, mich auch freue, aber noch nicht sagen kann, wo wir uns treffen. Wenn sie gelandet sei, solle sie mich dann einfach kurz anrufen und wir klären das dann. Nach einem Köpper in den Pool, etwas Training in meinem Fitnesscenter und zwanzig Klimmzügen schmeckte der Kaffee noch viel besser und ich überlegte mir, ob ich pochierte Eier oder arme Ritter zum Frühstück machen sollte. Die Frage stellte ich Joshy, der sich augenblicklich hinsetzte und mit seinem hinteren Pfötchen an seinem Ohr kratzte. Ich schmunzelte und meinte zu ihm, so schwierig sei die Frage jetzt auch nicht. Ich drehte mich um und wollte gerade in meine Außenküche gehen, da hörte ich eine Kinderstimme »arme Ritter« sagen. Ich drehte mich um, schaute Joshy an, der immer noch saß, seinen Kopf schräg hielt, als wenn er sagen wollte, was, hörst du schlecht, da lachte, in der Haustür stehend, Claudia los. Während des Luftholens sagte sie immer wieder: »du kannst ja blöd gucken« und kriegte sich nicht mehr ein vor Lachen. Sie war so niedlich, das ich auch lachen musste, bis mir die Tränen kamen. Joshy dachte, es geht um ihn und er schmiss sich auf den Rücken und wälzte sich wie eine Schlange, der Spaßvogel. Ich nahm Claudia in den Arm und sagte, das ist so lustig mit dir, ich wünsche, dass das immer so bleibt. »Hängt von deinem Balletterfolg ab«, meinte sie und prompt hatte ich wieder Kopf Kino, Horst und ich im ›Tütü‹, und brach wieder mit dem Lachen los. Horst stand plötzlich in der Tür und fragte: »Habt ihr den Schatz gefunden?« Claudia und ich schauten erst uns, dann Horst an, sie sagte »Tütü« und uns liefen vor Lachen die Tränen. Horst fand das nicht ganz so komisch und sprang erst einmal in den Pool. Mit Servietten putzten wir uns die Lachtränen weg und machten uns dann an das Frühstück. Ich legte ein schönes Lied auf, eins von Namika, es hieß ›Lieblingsmensch‹, ließ es laut in der Dauerschleife laufen und alle drei sangen wir laut in der Küche mit und bereiteten dabei das Essen. ›Arme Ritter‹ sind eigentlich ganz einfach zuzubereiten, alles, was weg muss, kommt da hinein: Erst das Brot toasten, dann klein, in mundgerechte Stücke schneiden und in der Pfanne mit etwas Butter leicht anbrennen lassen. Kräuter der Provence, Salz Pfeffer darüber streuen, Speck hineingeben und eine Minute auf hoher Temperatur anbraten lassen. Dann das vorbereitete Rührei mit Tomate, Käse, Zucchini, Schinken, Paprika und Oliven verrühren, mit Salz, Pfeffer, Zaubergewürz abschmecken und zu Speck und Brot zugießen und umrühren wie Rührei. Dazu Kaffee, einen frischgepressten Orangensaft und die besten Freunde, die du haben kannst, am Lieblingsort deiner Wahl und das Leben macht einen Sinn.

»Wenn du so weitermachst, schmeiße ich meinen Job hin und bleibe immer hier, dann wirst du mich nicht mehr los«, drohte Horst dazu. Claudia stimmte sofort ein, »Au ja, mich auch nicht!« Fröhlich saßen wir am Frühstückstisch und Horst sagte mit bedauerndem Unterton: »Sonntag geht mein Flieger, mit Saudade sind wir echt nicht weit gekommen.«

»Ja«, stimmte ich zu, »du knutschst auch stundenlang mit dieser Frau da herum«, und zeigte mit der Gabel auf Claudia, die mir zuzwinkerte und lächelte, »da bleibt halt keine Zeit für mich.« Alle lachten wir wieder, was sich diesmal für Claudia nicht so gut auswirkte, denn sie verschluckte sich und röchelte nun am Tisch mit hochrotem Kopf herum. Horst löste das souverän mit einem Klapps auf ihren Rücken. Kleinlaut bedankte sie sich. »So schnell kann es gehen«, philosophierte Horst, »erst ist alles super und plötzlich bist du tot«. »Umpolen!« krächzte sie und fuchtelte mit ihrem ausgestreckten Zeigefinger vor Horsts Gesicht und sagte etwas verschwörerisch, »Du musst anders herum denken, weil es dann so auch geschieht. Es ist, wie du denkst. Alles aus Liebe«, und Horst schielte in diesem Augenblick und wir konnten uns alle kaum noch auf den Stühlen halten vor Lachen.

Als wir alle fertig gestylt im Auto saßen, Horst auf dem Beifahrersitz und Claudia hinten, sagte ich bewundernd zu Claudia: »Du bist schon ein Phänomen. Du bist ohne irgendwelche Sachen von dir hier, noch nicht mal deine Handtasche hast Du dabei, keinen Haustürschlüssel, kein Geld, wahrscheinlich seit Tagen in derselben Unterhose, …«

»…immer frisch gewaschen«, ging sie dazwischen, »… und lebst wie eine Blume im Wind. Wie machst du das? Brauchst du nicht mehr?« Leicht schmollend beschwerte sie sich, »Es fährt mich ja keiner nach Hause, hab ja sonst nichts.« Horst stimmte sofort ein: »Ohhh, die Arme, schnell mal den vierten Vokal zum Bedauern.« Beide machten wir: »OOOOOOOhhhh!« Zack gab's für jeden von hinten einen Klapps auf die Schultern. »Blöde Freunde seid ihr«, sagte sie motzig. »Nein, mal im Ernst.« Sie wurde sentimental. »Als meine Eltern nicht mehr da waren, war ich nur noch auf mich gestellt. Ich hatte keine Heimat mehr, es gab keine Türklingel, wo auch nur mein Name draufstand. Meinte Tante hatte alles verkauft, was meinen Eltern gehörte, die Schulden bezahlt, die noch auf Haus und Flugzeug lagen. Keine Lebensversicherung hat ausbezahlt, weil nicht zweifelsfrei feststand, ob technisches Versagen oder Suizid die Ursache für den Unfall waren. Meine Tante sagte immer: ›Da ist nichts übriggeblieben, Reichtümer waren da nicht.‹ Das stimmt aber so nicht, es gibt so verschiedene Formen von Reichtum! Seht mal, ich hatte die Liebe meiner Eltern bis zu ihrem Tod. Du, Tom, hast deine Erfahrungen und dieses wunderschöne Anwesen, indem du dich wieder findest und immer neu gestaltest, dein Reichtum ist der des Teilen-Könnens. Horst ist reich an Freundschaft, er geht mit uns ohne Bedenken durch dick und dünn, eine sehr seltene Eigenschaft. Beate ist Künstlerin, für sie sind Geld und Edelsteine nur Material, so wie sie Strasssteine wie Brillanten nur in ihre Kunstwerke einarbeiten würde, nicht aufbewahren oder verkaufen. Ihr Reichtum ist ihr Werk. Also habe auch ich mich damit abgefunden und gebe mich mit dem zufrieden, was ich habe, jetzt und hier, nicht gestern oder morgen.«

»Stimmt, dein Reichtum ist dein Wissen, deine Klugheit!« bestätigte ich. »Und deine Schönheit!«, platzte Horst heraus. »Die vergeht, doch bin ich ja bald Multimillionärin, wenn wir den Schatz haben, ich bekomme eh fünfzig Prozent, weil ich das Meiste herausgefunden habe.« Horst war erst ganz still und etwas blass um die Nase, doch sagte dann grinsend: »nö, dreiunddreißig Prozent, ist doch klar.« Und dann ging das Feilschen los, 50, 33, 50, 33, 50, 33 ... zack landete wieder ein Schlag auf seiner Schulter. Ich sagte: »Du hast 66%, ich will davon nichts haben, mir reicht eure Freundschaft.« Plötzlich heulte sie los. Horsts und meine Schulter waren klatschnass, weil sie sich da anlehnte. »Gottseidank schnäuzt sie da nicht auch noch hinein«, kommentierte Horst emotionslos und sie heulte lauter. In Randa hielt ich bei dem Restaurant an, wo wir die Handtasche gefunden hatten. Ich stieg aus, half Claudia aus dem Wagen und machte das, was man bei einem PC-Reset nennt. Ich nahm sie in den Arm. Sofort beruhigte sie sich, ich gab Horst ein Zeichen, der stieg aus und übernahm sie dann. Ich lief ein bisschen rum, sah, dass sie sich voneinander lösten, stieg wieder ins Auto. Als ich sie im Rückspiegel sah, streckte sie mir schon wieder die Zunge raus.

Wir lachten wieder und fuhren zur ›Santuria de Gràcia‹. Auf dem Parkplatz warteten David und Sven bereits und hatten noch jemanden mitgebracht. Sie standen neben dem Auto und winkten als wir kamen. Wir begrüßten uns und sie stellten uns Jürgen vor. Jürgen war ungefähr so alt wie ich, sportlich gebaut und kam aus Wiesbaden. Für ein Tochterunternehmen seiner Hauptfirma war er bereits seit einem Jahr auf Mallorca und sprach einwandfreies Hessisch, aber auch Hochdeutsch. »Guuuude«, begrüßte er uns. Horst und ich mussten uns zusammenreißen, als wir ihm die Hand gaben. »Jürgen ist Ingenieur, er wird mit uns die Scans machen. Wenn das nämlich so ist, wie ihr sagt, könnte es sein, dass wir hier auch schon etwas finden werden«, erklärte Sven. »Super«, fand ich, »Jürgen, hast du so etwas schon mal in einer Kirche gemacht?«, fragte ich. »Kein Problem, es funktioniert überall, wenn ich Strom habe, wenn der Scanner gerade steht, dass der Motor einwandfrei laufen kann, ist ein Bild in zwei Minuten fertig.«, beruhigte mich Jürgen. »Brauchst du bestimmte Lichtverhältnisse oder geht das auch im Dunkeln?« wollte ich wissen. »Das ist egal, ich muss halt nur den Laser vernünftig ausrichten können und Anfang und Ende mechanisch festlegen. Der Scan kann auch in absoluter Finsternis ausgeführt werden,« sagte Jürgen. »Wie schwer ist das Equipment denn?«, wollte ich wissen. Er machte den Kofferraum auf: darin waren zwei Kisten, ein Stativ und eine Kabeltrommel. Wir holten die Sachen gemeinsam aus dem Kofferraum und ich war überrascht, wie leicht das alles war. Wir gingen bis zum Eingang der Kirche. Niemand war zu sehen. Doch als ich eintreten wollte, kam ein kleiner, alter Mann heraus und begrüßte uns mit »Bon Dia«. Claudia schob sich vor mich, hielt dem alten Mann ihre Hand hin und sie babbelte in Mallorquín auf ihn ein und drückte seine Hand. Er strahlte uns an und war super glücklich, dass wir da waren und bat uns einzutreten. Drinnen fragte ich Claudia leise:

»was hast du dem denn erzählt?«

»Ich hatte ihn gefragt, ob er der Küster sei und der Verantwortliche, was er mit ›Ja‹ beantwortete. Dann habe ich gesagt, dass wir alle vom Deutschen Fernsehen sind und eine Dokumentation über das schönste Kloster Mallorcas machen wollen und dass ich hier bin, weil ich ihn bei Fragen brauche und dass er mit ins Fernsehen kommt. Er muss dann gleich eben nach Randa fahren, seine Haare bürsten und seinen Anzug anziehen, sonst würde hinterher seine Frau schimpfen, wenn er in seiner ›ollen Hose‹ im Fernsehen zu sehen ist.« Ich nickte lachend, »da hat sie wohl Recht« und zwinkerte ihr mit einem Auge zu. Sie quasselte sofort mit ihm weiter und Jürgen baute seinen Scanner vor dem Altar auf. Horst rollte die Kabeltrommel aus.

Mit Sven und David begann ich an der linken Seite, beim ersten Bild. »Genau wie ihr es beschrieben habt«, begann David. »Da die Frau einen Heiligenschein hat, ist es Maria. Der Engel hält eine angedeutete Krone in der rechten, und in der linken Hand eine Wünschelrute, das Zeichen, um jemanden, der vom Weg abgekommen ist, zu seinem Ziel zu leiten. Der Engel sagt eigentlich, dass es noch nicht zu spät ist. Wie du siehst, heben die Männer jeweils gerade erst einen Stein für die Steinigung auf und hier bei Maria liegt noch keiner. Sie trägt ein rotes Gewand für Thomas über der Schulter und ein weißes am Leib für Jesus. Wäre es herausgekommen, dass sie etwas weiß, wäre sie damals dafür gesteinigt worden.« Sven war sprachlos und war tief gerührt. »So ein Bild als Hinweis hat meine Familie über Jahrhunderte gesucht. Nicht ansatzweise haben wir geglaubt, so etwas einmal live zu sehen, geschweige denn auf Mallorca in einer Santuari auf dem Heiligen Berg, einem …« «… Heiligtum der Gnade, Santuari de Gràcia« murmelte Sven. »Beim nächsten Bild waren beide so wackelig in den Knien, dass sie sich erst einmal auf die Bänke setzen mussten. »Das gibt's doch nicht!« sagte jetzt Sven. Maria war mittig auf einem Bild im Gewand einer Nonne gekleidet, schwarz mit Haube und einem weißen Kittel vorne. Sie stand auf einer Wolke. Unter ihr war die Spitze eines Kirchturms zu erkennen, sie hatte die Augen geschlossen und vor ihrer Brust die Hände ganz komisch ineinandergelegt. So, als wenn sie darin einen Frosch, Vogel oder Schmetterling gefangen hielte. David bemerkte meinen Blick und erklärte mit tränenerstickter Stimme: »Darin hält sie das Geheimnis und hat es mit in ihren Tod genommen und ist deswegen in den Himmel gekommen.« Er hatte sich wieder etwas gefasst und fuhr fort, »nun kann sie das Geheimnis lüften. Auf diesem Bild ist genau dieser Moment festgehalten, nun endlich kann sie loslassen. Die beiden Engelskinder um sie herum spielen ganz unbeschwert mit Blumen und einem Stein, auf dem ein Vogel sitzt. Früher hat man Vögel auf etwas gesetzt, um, wie in diesem Fall, etwas gewichtslos zu machen. Würde dieser Stein geworfen, wäre das genauso, als wenn dich ein Wattebausch trifft. Der

Zeitpunkt in Marias Leben, an dem das Versteckspielen aufhört, ist in diesem Bild eindeutig bezeichnet.« Beide Männer schnäuzten sich geräuschvoll in ihre Taschentücher. Beim nächsten Bild hatte Sven sich wieder im Griff und nun erzählte er: »Ganz schön mutig, solche Bilder zu malen«. Wir standen vor dem Bild, bei dem Maria am 23.12. im Jahre Eins vor Christi hochschwanger war. Die Last war ihr anzusehen. Ihr Bauch war kugelrund. Daneben steht die Frau, die sie im Arm hält, weil sie die Situation versteht und helfen möchte. Dahinter deren Mann, der abwinkt, weil kein Platz mehr im Haus ist. Und links davon sieht man Josef, der sein gesamtes Hab und Gut bei sich hat und dem man die Strapazen der letzten Wochen ansieht. Und darüber«, Sven zeigte jetzt mit ausgestrecktem, rechten Arm und ausgestrecktem Zeigefinger, »sind zwei Kinder zu sehen: Die Vorahnung oder Vorsehung. Daher meine ich, mutig von dem Maler.«

David und Sven konnten gar nicht genug bekommen von diesem Bild, »unglaublich«, schwärmten sie, Tränen kullerten. Ich schaute mich um, Horst hatte Jürgen die ganze Zeit assistiert und es sah so aus, als ob alles fertig war. Jürgen nickte mir zu, ich nickte zurück und er drückte einen Knopf und der Kasten, der auf den Ständer gesteckt war, schwenkte jetzt langsam von der rechten zur linken Seite. Ein Laserlicht fuhr als Kontrolllicht mit und man sah, dass jeweils einen Meter rechts, oben, unten und links neben dem Altar die Rahmen des Scans seien sollten. Ich schaute mich nach Claudia um. Die babbelte draußen vor der Türe. Ich schaute Horst an, der grinste: »Mallorquín«. Als das surrende Geräusch endete, sagte Jürgen »Fäddisch!« Sven und David gingen sofort zu ihm und schauten auf Jürgens iPad. Er vergrößerte einige Ausschnitte immer wieder und kommentierte: »Alles Massiv, bis auf das hier.« Er zeigte auf ein rundes Etwas, auf dem eine Kiste und ein Kelch abgebildet waren. Wir gingen zum Altar und sahen ein tellergroßes, rundes Zeichen unter Maria. Außen ein Ring aus rotem Marmor, innen ein goldener Rand und die Scheibe selbst war innen schwarz. Darauf sah man ein verziertes großes ›M‹. Ich berührte es, es war aufgelegt und schimmerte wunderschön. »Maria«, flüsterte David. Ein ›A‹ lag auf dem ›M‹ aber auch leicht darüber, so dass es aussah, wie ein Pfeil, der nach oben zeigt – ebenfalls aufgebracht und in Gold. »Auferstehung«, sagte jetzt Sven. Auf der ›A-Spitze‹ war ein Kreis zu sehen, der aussah, wie eine Krone. David meinte: »Es könnte sein, dass das in dieser Form ein heiliges Zeichen darstellen soll.« Ich war jetzt so dicht dran, dass ich die Erhebungen fühlen konnte und sah erst jetzt, dass sich in der Mitte, genau in der Spitze im ›M‹, ein Schlüsselloch verbarg. David und Sven kamen näher und schauten ebenfalls genau hin. Beide entdeckten im selben Augenblick, »Hier ist auch eines.« Alle drei schauten wir jetzt auf alle drei Schlüssellöcher: »Wow!«

»Drei Schlösser«, sagte David. «Volltreffer!« Horst

meinte, »die können wir doch jetzt nicht aufbrechen?« In genau diesem Augenblick kam Claudia in die Kapelle und berichtete: «Wir sind jetzt eine viertel Stunde ganz alleine. Er hat unten das Tor zugemacht, so dass uns niemand stört und fährt weg, sich umziehen.« David warf ein: »Eigentlich sind wir fertig, wir kommen hier so nicht weiter.«

»Wieso?« wollte Claudia wissen, »was ist denn?« Gemeinsam zeigten wir ihr den Scan und die drei Schlösser und sie sagte: »Das schaff ich.« Alle gleichzeitig stießen wir ein verdutztes, »Hääh?« aus, sogar Jürgen. »Ja das schaff ich, Jürgen, hast du Draht?«

»Nur den Bügel hier!« Er zeigte auf einen Bügel aus der Reinigung, auf der er wohl immer seine abgewetzte Wildlederjacke aufhängt. »Kann ich den verbiegen?« fragte sie. »Dann schuldest du mir einen Neuen«, sagte er und grinste. »Macht mal Platz Jungs!« rief sie, kniete sich hin und bog und drückte, was das Zeug hielt. Dabei erklärte sie uns, dass sie immer in der Ballettschule ihrer Tante die Spinde aufbrechen musste. »Die Mädels vergessen andauernd ihre Schlüssel, verlieren die oder sonst was. Das kostet jedes Mal 100 Euro, hatte meine Tante immer gesagt. Ich hatte sie gefragt, ob ich 10 Euro pro Schloss bekomme, wenn ich das mache und sie hat sofort eingeschlagen und ›Deal‹ gesagt. Von dem Geld habe ich mir eine Menge schicker Kleider gekauft.« Sie redete unaufhörlich weiter. Dabei steckte sie den Draht immer wieder in ein Schlüsselloch und zog ihn wieder heraus, bog dran, steckte ihn wieder hinein, drehte ein Stück, zog ihn wieder raus, bog ein Stück und war total konzentriert. Wir Jungs schauten uns an und nickten uns mit bewundernden Blicken für sie zu. Sie erzählte mittlerweile von den Boutiquen, wo sie einkaufen geht und rief plötzlich: »Eins.« Erzählte weiter von einem Kleid, das sie in der ganzen Stadt gesucht hat und auf dem sich eine Möwe entleert hatte, das nun nicht mehr sauber zu machen ginge und: »Zwei« und dass sie nach Barcelona geflogen war übers Wochenende, nur zwanzig Euro für den Flug bezahlt habe und es da gefunden hat und auch die passenden Schuhe dazu. Es klackte, quietschte und sie sagte »Drei!« und war still. Wir standen um sie herum und staunten. Sie genoss es und ich klatschte als Erster. Alle fielen ein und sie machte eine überschwängliche Verbeugung. Die ganze Situation war wirklich sehr komisch und wir lachten. David zog die Tür ganz auf und holte einen Kelch aus Zinn hervor, auf dem stand der Name ›Antoni Gaudí‹. Vor Schreck ließ er den Becher fast fallen. Daneben lag eine Metalldose. David gab Sven den Becher, nahm dann die Dose heraus und zeigte sie uns. Die war einfach und schmucklos, aber sah stabil aus. Sie hatte ungefähr die Größe eines Buches, war ca. 10 cm dick. David machte sie auf, innen war sie mit rotem Samt ausgeschlagen. Darin lag ein Zettel, der sorgfältig zusammengefaltet, wie eine Krone aussah. David reichte Horst die Dose zum Festhalten, machte ein Foto von dem Gebilde, faltete dann vorsichtig das kunstvoll zusammengelegte Papier auseinander. Es war feinstes Pergament. »Das ist maximal einhundert Jahre alt«, schätze er.

»Auf dem Zettel steht etwas,« flüsterte er ehrfurchtsvoll. Die Stimmung war so aufgeladen, wenn jetzt jemand ein Streichholz angezündet hätte, wäre jetzt alles explodiert. »Es ist in Katalan.« Er überlegte kurz, als wenn er mit einer Stelle der Übersetzung nicht ganz im Reinen wäre, sagte aber dann, mit leuchtenden Augen, »AUF DEM HALBEN WEG ZUM HEILIGEN BERG LIEGT DIE SONNE AM ABEND DER KRONE ZU FÜSSEN.«

»Aha!« kommentierte Horst. Wir hörten, wie draußen das Gitter der Auffahrt wieder aufgemacht wurde und ich unterbrach den andächtigen Moment: »Alles einstecken! Claudia, kannst du ein Schloss auch wieder zu machen?« wollte ich wissen. Sie verneinte: »Ich sie habe immer nur aufgemacht.« Jürgen sprang ein: »Ich habe hier meinen Sekundenkleber.« Er warf mir eine Tube, die an eine Zahnpasta erinnerte, zu. »Den benötige ich immer für Spezialfälle.« Ich schaute Claudia an und bat sie: »Kannst du den Küster noch etwas aufhalten?«

»Claro«, sagte sie und ging mit Horst raus. Sie babbelte wieder sofort los, als sie den kleinen Mann sah. Er war todschick in einem vierzig Jahre alten Anzug, die Schuhe geputzt und er hatte sogar Rasierwasser aufgelegt. Claudia lobte ihn und er schmolz dahin. Ich setzte rings um die Geheimtüre eine komplette Naht auf die Innenseite. Jürgen sah das: »Bist du wahnsinnig?«, rief er. »Ein kleiner Punkt reicht! Du kannst mit einem Quadratzentimeter des Klebers zwei Tonnen ziehen.« Ich machte die Tube zu, dann die Türe und stellte fest: »Dann hält das jetzt auf jeden Fall.« Die Tür blieb, wo sie war. Es sah aus, als wäre nichts geschehen und Claudia kam mit Silvio, so hieß der Küster, wieder hinein. Der Raum füllte sich jetzt mit dem Duft von billigem Rasierwasser. Claudia sagte auf Deutsch: »Wir können ihn jetzt nicht enttäuschen, Tom.«

»Okay,« rief ich, »Komm her mit ihm.« Silvio machte das Licht an und kam feierlich mit Claudia, fast wie ein Hochzeitspaar, nach vorne. »Hätten wir auch mal draufkommen können, auf das Licht«, sagte Sven zu David. Ich nickte Jürgen zu, »Kannst du was machen?«

»Sischer dat«, witzelte er im Kölschen Dialekt und bewegte den Scanner. Das rote Laserlicht wanderte auf dem Boden hin und her. Claudia erklärte Silvio, dass es sich hierbei um die neuste Technik handele und alles nur noch digital sei. »Internet«, verstand Silvio und Claudia nickte ehrfurchtsvoll. Jetzt wurde es Silvio mulmig und man sah ihm an, dass er lieber nicht ins Fernsehen wollte. »Da musst du jetzt durch, Silvio«, sagte ich bei mir. Alle anderen saßen nun in der Bank, Horst hielt ein Kabel, das Stromkabel, wirkte aber megawichtig und ich musste aufpassen, dass ich keinen Lachkrampf bekam. »Silvio?«, begann ich, er schaute mich an. Sven spielte mit und gab das Kommando: »Un, dos, tres«, und klatschte in die Hände. Ich sprach in Deutsch: »Hallo und herzlich willkommen zu unserer Mallorca Show. Ich möchte ihnen den Küster dieser wunderschönen Kirche, Silvio, vorstellen.« Als er seinen Namen hörte, drückte er die Brust raus und lächelte. Claudia musste an sich halten um nicht loszukichern. Sie fragte ihn auf Mallorqín wie er heiße, wie lange er schon hier sei und was genau seine Aufgabe sei. Er erzählte ganz brav seine Geschichte. Claudia lächelte ihn an, fragte nach der Kirche und bat ihn, etwas zu erzählen. Das Interview spielten wir noch weitere zwei Minuten, da klatschte Sven wieder in die Hände und kam nach vorne und sagte auf Spanisch zu Silvio: »Danke«, schüttelte ihm die Hand, er habe alles super gemacht, so dass wir nur einen Dreh brauchten und er auch eine Aufwandsentschädigung bekomme. Er drückte ihm einen Zweihundert-Euro-Schein in die Hand. Silvio war ganz aus dem Häuschen. Er ging kurz raus und hielt den Schein hoch in die Sonne. Wir packten alles ein und er kam mit zwei benutzten Plastikbechern und einer Flasche mit dunkelbrauner Flüssigkeit wieder. Alle lehnten ab, aber ich konnte seinem Dackelblick nicht widerstehen. An Claudia gerichtet, meinte ich: »Das ist ja Alkohol und desinfiziert.« Wir stießen an, ich trank auf Ex und war erstaunt, dass der Kräuterschnaps so lecker schmeckte: »Muy bien!«, lobte ich und er wollte nachschenken. Aber ich klopfte ihm auf die Schulter, denn die anderen hatten schon alles eingepackt und ich verabschiedete mich: »Adios mi amigo« und gab ihm die Hand. Am Auto angekommen, drehte ich mich noch mal um und Silvio winkte und ging zurück in die Kirche. »Habt ihr euch eigentlich den Altar richtig angeschaut?« fragte ich David und Sven. Sie bejahten und Sven zeigte sein iPad, auf das er gerade eben dreiunddreißig Bilder von seinem Handy übertragen hatte. »Dann lass uns mal alles bei einem vernünftigen Essen besprechen«, schlug ich vor. »Ich fahre vor und ihr kommt nach.« Im Auto saßen wir wie immer, Horst neben mir und Claudia hinten. In sich hinein kichernd sagte sie: »Der arme Silvio. Der hat sich extra in Schale geschmissen.« Ich musste auch lachen. »Ein feiner Zug von Sven, ihm das Geld zu geben«, fand Horst. »Er wird sowieso nie deutsches Fernsehen gucken«, versicherte Claudia. »Der Schnaps war übrigens lecker«, fand ich. Claudia bestätigte: »Das glaube ich, Schnaps machen hat auf Mallorca Tradition. Die Kräuter wachsen überall, die Leute gehen sonntags spazieren und ernten sie. Alles wird abgepflückt und in Alkohol konserviert. Im Laufe der Jahrzehnte wird dann auch etwas Brauchbares daraus.« Horst sagte: »Der Becher hat mich abgehalten.«

»Ich musste da durch«, meinte ich und Claudia rief von hinten »Erpes« und wir lachten wieder. Plötzlich war sie ganz still und sagte laut: »Auf dem halben Weg zum Heiligen Berg liegt die Sonne am Abend die Krone zu Füssen. Was hat Gaudí wohl damit gemeint?«

»Bist du sicher, dass es Gaudí war?« fragte Horst. Der Tresor war für damalige Verhältnisse besser gesichert als ›Fort Knox‹, versicherte Claudia. Der war hermetisch abgeriegelt, da lag kein Staubkorn drin.« Der Zinkbecher, den sie plötzlich in der Hand hatte, glänzte noch richtig. »Der hier wird normalerweise schwarz und muss aufpoliert werden.«

»Jetzt ist alles wieder hermetisch verschlossen«, sagte ich und erklärte, was ich dummerweise mit zu viel Superkleber gemacht hatte. Alle drei lachten wir wieder. »Aber im Ernst, was hat Gaudí damit sagen wollen? Wenn man wüsste, was das Ziel ist, dann wäre es einfach«, redete Claudia einfach drauf los. »Auf dem Heiligen Berg, da waren wir gerade, ... HALBER WEG... kann es sein, dass auf dem Weg zur Santuari de Gràcia, auf halbem Weg von Randa aus, etwas ist? Dann passt der Rest aber nicht ... ZU FÜSSEN ... DIE SONNE AM ABEND, heißt bestimmt Westen«, schlussfolgerte Horst. Da bekam er ein Schulterklopfen von Claudia und sie lobte ihn: »Guter Horst!« Horst und ich schauten uns an und ich fragte: »Wow, keine Schläge, ein Lob?« Anerkennend verzog Horst das Gesicht und ›zack‹ hatte er wieder einen Schlag auf die Schulter. »Wir wollen doch nicht, dass hier etwas einreißt«, scherzte Claudia. Wir lachten wieder. »Westen, Westen, Westen ...«, Horst schnallte es als Erster, was Claudia da leise vor sich hin brabbelte. »Lass mich raten, du weißt nicht, wo Westen ist,« warf Horst ein. »Prinzipiell schon«, entgegnete sie und ihr schlankes Zeigefingerchen kam zwischen Horst und mir nach Vorne und sie zeigte auf die Windschutzscheibe, »da, irgendwo!« Da wir uns aber auf der Autobahn Richtung Manacor befanden, grinsten Horst und ich und er kommentierte, ein kleines bisschen überheblich, »dicht dran, so ähnlich.«

»Wo dann?« fragte sie undeutlich. »Hinter uns,« sagte Horst. Sie drehte sich um und auf der Nebenseite der Autobahn war gerade ein Schild zu sehen auf dem stand: »Ausfahrt Porreres« sowie »Palma«. »Palma«, sagte sie laut. Horst sagte in einer Art Computerstimme: »Der Teilnehmer hat hundert Punkte.« ›Zack‹, hatte er wieder einen Schlag auf die Schulter und ein, »Verarsch mich nicht«, von Claudia im Ohr. Horst kündigte an: »Nächste Woche brauche ich einen Krankenschein, mir tut alles weh und ich habe überall blaue Flecken.« Von hinten kam ein: »dann sei auch nicht so frech.« Ich sagte: »Goldene Hochzeit« und wir lachten wieder.

»Er meint bestimmt ›La Seu‹«, sagte ich und Claudia nickte stimmend: »Das glaube ich auch, da hat er ja auch gearbeitet.«

Auf dem Kreisverkehr vor uns standen fünf Meter hohe Stahlfiguren aus verrostetem Flach-Stahl mit Edelstahlköpfen, Männer und Frauen. »Schön«, sagte Claudia, ich zeigte rechts auf das Restaurant und beschloss: »Hier essen wir.«

»El Cruce«, las Horst laut vor. Claudia war hellwach: »Die Überfahrt«, sagte sie, »ah, hier wollte ich immer schon mal hin. Hierhin hat der verstorbene Mann meiner Tante sie immer sonntags ausgeführt. Das soll total lecker und typisch Mallorquín sein.«

Wir parkten. David, der den anderen Wagen fuhr, stand direkt neben mir. Wir stiegen aus und David nahm mich zur Seite. Zu den Anderen gerichtet, sagte ich: »Geht schon Mal rein, wir kommen gleich.« Sie gingen los und ich sah, dass Claudia mehr hüpfte als ging. Sie war wie ein kleines Mädchen, immer vergnügt und immer in Bewegung.

»Was meinst du, was Gaudí da aufgeschrieben hat?« wollte David von mir wissen. »Wir wollten gleich mal auf die Karte schauen, wir denken aber, er meint die Kathedrale in Palma.«

»Das denken wir auch«, bestätigte ich. »Ich habe zwei Dinge, die ich mit dir alleine besprechen muss«, sagte ich zu David. Er schaute ganz aufmerksam an: »Schieß los!«

»Zum einen möchte ich wissen, ob Jürgen vertrauenswürdig ist.«

»Da mache dir keine Sorgen«, sagte David. »Er arbeitet seit über 30 Jahren in Deutschland bei einer Firma. Diese Firma hat mein Vater gegründet und Jürgen hat da seine Ausbildung gemacht und ist von meinem Vater mit großgezogen worden. Er ist absolut loyal. Mein Vater hatte auch gesagt, wäre Jürgen nicht auf Mallorca, würde er ihn mit einem Learjet schicken.«

»Okay«, sagte ich, »das Zweite ist, das Didymos-Buch wurde mir nur geliehen.« Ich erzählte kurz, wer Antonia war. David hörte aufmerksam zu. Er nahm an, dass Antonia das Buch wahrscheinlich nicht wieder zurückbekommen würde, er aber mit seinem Vater einen Finderlohn besprechen wolle. Wir gingen nun zu den Anderen ins Restaurant. Dort sahen wir lange Tischreihen aus einfachen Holztischen und Holzstühlen. Alles ohne Dekoration, viele Menschen saßen da und quatschten alle laut durcheinander, es waren Touristen und spanische Familien und, jetzt zum Mittag, viele Handwerker. Es roch nach allem Möglichen: Knoblauch, Fisch, scharf Angebratenem und vielen Menschen. David rümpfte etwas die Nase, doch ich sagte: »Komm, es wird dir gefallen, typisch Mallorquín.« Claudia war in ihrem Element und bestellte für alle Reissuppe, Spanferkel, Mandeleis mit Mandelkuchen, Weißwein, Wasser und für Jürgen eine Cola. Wir hatten gerade das iPad von Sven auf den Tisch gelegt und die Mallorca karte ausgebreitet, als bereits die Suppe kam.

»Wie jetzt?« fragte Horst, völlig überrascht. Ich erklärte, dass der Besitzer es wie Aldi gemacht hat. Er hat gesagt, lieber gut und günstig, aber davon viel. »Hier gehen jeden Tag mindestens eintausend Essen raus«, ergänzte ich. »Und ein spanisches Essen hat mindestens drei Gänge«, erklärte Claudia und wir begannen die Suppe zu essen. Es kam Wein, Wasser, Gläser, Brot, Oliven und Aioli und – die Hausmannskost schmeckte allen sehr gut.

Die Teller wurden abgeräumt und gerade als die Karte wieder auf dem Tisch lag, kam das Spanferkel. Es hatte eine knusprige Haut und war total zart. Die Patatas Fritas (Pommes) dazu waren nicht so gelungen, aber niemand hat etwas übriggelassen. Wir machten uns keine Mühe mehr, vor dem Nachtisch irgendetwas auf den Tisch zu legen und bestellten Kaffee und Tee, was auch prompt mit Kuchen und Eis serviert wurde. »Alles war völlig okay«, bestätigte Sven und David nickte zustimmend. »Lasst uns draußen weiterreden«, schlug ich vor und legte fünfzig Euro auf den Tisch und wir gingen. David schaute etwas komisch und legte ebenfalls fünfzig Euro hin. Ich erklärte, »nein, in meinen fünfzig Euro sind schon fünf Euro Trinkgeld enthalten, das reicht.« Verwirrt steckte er das Geld wieder ein und wir gingen den anderen hinterher, nach draußen. »Das kann doch nicht«, zweifelte er, »sechs Personen, drei Gänge. Wein, Wasser und Kaffee für alle, für unter fünfzig Euro?« Ich nickte und sagte nur, »Aldi!«. Jürgen rauchte, ans Auto gelehnt erst mal eine Zigarette und Claudia hatte nun die Karte auf dem Dach des Citroëns ausgebreitet. »Wir fahren zu mir«, schlug ich vor und Claudia packte nun zum dritten Mal die Karte ein und das ohne Schmollmund.

Gesättigt und mit vollem Magen war die Fahrt zu mir erheblich ruhiger, stellte ich fest. Horst und Claudia hielten umständlich Händchen und hingen ihren Gedanken nach. Zehn Minuten später saßen wir alle auf der Terrasse meiner Finca. Jürgen wollte sich nicht dazusetzen und fragte mich, ob er sich umschauen dürfte. Joshy hatte uns alle begrüßt und stand in voller Erwartung vor mir. Seine gesamte Körpersprache forderte »Aktion«. An Jürgen gerichtet, sagte ich: »Schau in Ruhe, Joshy zeigt dir alles.«

Joshy ließ die Rute hängen und ging dann in Richtung Jürgen. Das konnte ich auch nicht so stehen lassen, rief ihn zurück, wir knuddelten nochmal ganz doll. Dann lief er freudig zurück zu Jürgen. »Schon besser«, dachte ich. Wasser, Eis und Gläser standen auf dem Tisch, die Karte war ausgebreitet und Sven hatte sein iPad in der Hand und war in das, was er sah, völlig vertieft. Ich setze mich zu ihm und schaute auch aufs iPad. Er hatte den Altar der Santuari de Gràcia, wo wir gerade gewesen sind, vor sich. »Das kann ich nicht glauben«, sagte er, »dass die Kirche das zugelassen hat.« Alle schauten mit zusammengezogener Stirn zu uns hin und ich erklärte, was zu sehen ist. »Im Altar, über dem Safe, den Claudia gerade geknackt hat, steht die Madonna«, alle nickten zustimmend, mittlerweile ohne Stirnfalten. »Sie ist komplett in ein goldenes Gewand gehüllt und hat die Hände flach vor ihrer Brust aneinandergepresst.« Ich machte es ihr nach und zeigte es allen, die Handflächen so aufeinandergedrückt, dass alle Finger nach oben zeigten. »Aha, jaja«, hörte ich die anderen sagen. »Rechts und links von ihr stehen genau die gleichen Engelskinder, nur spiegelverkehrt.« David saß an der andren Seite von Sven und rief: »Das ist unglaublich! Über der Maria-Statue, ganz oben in der Wölbung ist das gleiche Bild wie in Felanitx angebracht. Maria steht auf Wolken, links von ihr Thomas mit ungefähr dreißig Jahren, nackt mit rotem Umhang. Er hat in der rechten Hand ein Kreuz vor sich, in der linken Hand am ausgestreckten Arm hält er eine Krone so, dass sie über Marias Kopf schwebt. An der anderen Seite der Krone hat Jesus, dargestellt als alter Mann, eine Kugel an seiner linken Hand...«, hier sagte David, »... so wurde die Weisheit dargestellt« und zeigte auf die Kugel. »Die Kugel ist rund und nach allen Seiten hin beweglich, diplomatisch oder weise. In seiner rechten Hand, am ausgestreckten Arm hält er die andere Seite der Krone über Maria. Darüber fliegt die weiße Taube, die den heiligen Geist darstellt.«

»Beide schweben leicht neben ihr«, endete ich. Horst zeigte auf die Wolken, als Sven das iPad umdrehte, »klar, dass die schweben, sind ja auch im Himmel.«

»Jetzt kommt aber der Oberhammer«, erklärte nun Sven weiter, »schaut mal hier und hierhin«, und er zeigte auf Engel, die rechts und links jeweils zu zweit in den Wolken schwebten. »Engel gibt es immer in Gruppen oder alleine. Hier jedoch sind sie jeweils als Zwillingspärchen abgebildet.« Alle nickten und staunten. »Gaudí hat viel Zeit in die Renovierung dieser kleinen Kapelle gesteckt. Er hat hier bewusst nicht seine zukunftsweisende, moderne Architektur verbaut, weil ihm dieser Ort so viel Kraft gegeben hat, so dass er ihn nicht verändern wollte, sondern nur mit Rat und Tat bei der Renovierung zur Seite stand.« Claudia war ganz aufgebracht. »Er hat an der Kathedrale ›La Seu‹ viele Jahre gearbeitet und plötzlich von heute auf morgen seine Arbeiten dort beendet. Er sollte doch noch für knapp zehn Jahre beauftragt sein, jedoch verzichtete er auf das Geld, wenn die Kirchenherren versprachen, sein Gebilde über dem Altar für immer hängen zu lassen. Seine Ideen waren den Auftraggebern viel zu modern und man hatte Angst, dass die Kathedrale ihren Charme einbüßte. Doch ohne Gaudí wäre da nichts passiert«, endete Claudia. »Was meinst du?« fragte David. »Er hat den Chor und den Altar aus der Mitte der Kathedrale rausgerissen und ihn in der Apsis komplett neu eingebaut. Die Kirche konnte nun atmen, sie bekam Luft. Die schlanken Säulen ließen das schon sehr hohe Gebäude noch besser wirken und die Menschen waren begeistert. Diese Art ›Krone‹, die er über dem Altar aufgehängt hat, war ziemlich schwer. Insgesamt drei Mal rissen die Seile, bis alles fest in der Decke verankert war. Die Auftraggeber hofften schon insgeheim, dass das Ding da nie hängen würde, hatten aber nicht mit dem Ideenreichtum von Gaudí gerechnet, der ein so ausgeklügeltes Flaschenzugsystem erdacht hatte, dass das Gebilde jetzt schon über einhundert Jahre hängt. Man kann den Flaschenzug übrigens heute noch bewundern, es ist oberhalb der Krone sichtbar,« endete Claudia und alle klebten an ihren Lippen, was sie sichtlich genoss. »Da müssen wir hin!« beschlossen Sven und David aus einem Munde.

»Das werden wir«, sagte ich, »aber erst morgen. Bis heute Nacht haben wir noch einige Zeit, unsere gestellten Aufgaben zu lösen. Lust auf Sauna und Whirlpool?« Alle meinten: «Au ja!«. »Das dauert aber ungefähr eine Stunde, es muss erst aufheizen.«

»Wie geht das denn?«, fragte David. »Kommt alle mit, Horst und ich zeigen euch das.« Horst ging mit Claudia und Sven in den bunten Bauwagen. Dort machten sie gemeinsam den Kamin in der Sauna an, Jürgen hatte ich Holz holen geschickt und David und ich machten Feuer im Whirlpool an. »So etwas habe ich noch nie gesehen,« sagten Jürgen und David gleichzeitig und schauten sich die Außensitzbank mit Feuerstelle genauer an. Die beiden Sachen sind schon besonders. Jürgen als Ingenieur musste ich die Technik meiner Feuerstelle, die den Po und/ oder den Pool mit Feuer beheizt, in aller Ruhe erklären. »Genial!« sagte Jürgen und klopfte mir auf die Schulter. Wir gingen nun alle zum Tisch zurück und Jürgen schaute sehnsüchtig auf den Pool. Ich erklärte ihm, wo er im Badezimmer im Haus Handtücher finden würde und zeigte ihm die Außendusche. »Dann machst du einen Köpper da rein« und ich zeigte auf den Pool. Er sagte »Danke!« und hatte es richtig ernst gemeint. Ich antwortete darauf nur mit: »Teilen macht Spaß, immer wieder gerne! Dafür ist alles da, dafür habe ich das gebaut!«, klopfte ihm auf die Schulter und wünschte ihm auch viel Spaß. Ich kam zum Tisch dazu, als Claudia gerade mit einem Lineal auf der Karte einen Strich zog, den Strich abmaß, dann Horst unschuldig und gehorsam fragte, wo auf der Karte Osten sei – wir Jungs grinsten uns an – Horst ganz brav auf die rechte Seite der Karte tippte. Sie nahm meinen Zirkel, maß ihre zuvor gezogene Linie damit ab, zog rund um die Santuari de Gràcia einen Kreis. Sie juchzte vor Glück. Wir fragten: »Was ist?« Sie rief: »Moment, Moment, Moment ...« und zog von der Santuari de Gràcia einen Strich nach Felanitx und sagte: »... genau eine Linie!«, maß noch einmal den Abstand von der Santuari de Gràcia bis zur Kathedrale von Palma und von der Santuari de Gràcia nach Felanitx und freute sich, »genau gleich!« Wir schauten alle auf die Karte und Claudia erklärte voller Stolz »Auf dem halben Weg zum Heiligen Berg ...«, sie zeigte die Distanz von Felanitx und Santuari de Gràcia mit dem Daumen und dem Zeigefinger der rechten Hand, »Liegt die Sonne am Abend ...«, nahm jetzt die Finger von der Karte und zeigte damit, dass es derselbe Abstand von der Santuari de Gràcia zur Kathedrale war, »... die Krone zu Füssen«, und endete hier. Wir begriffen sofort. »Schlaues Mädchen,« lobte ich, Horst küsste sie sofort. »Mit dir kann man arbeiten«, sagte Sven und David sagte so etwas wie, »du bist die Beste!«, oder so. Ich forderte Horst auf, »halte sie fest, sonst hebt sie ab«. ›Zack‹, hatte ich einen Schlag auf den Arm von ihr und wir lachten alle herzlich und lange bis die Tränen vor Freude kullerten. »Das kann kein Zufall sein«, sagte David, »ich muss telefonieren.« Er ging Richtung Rudolph und ich machte uns allen eine Flasche Weißwein auf. Wir waren irgendwie erleichtert, wieder ein Rätsel gelöst und eine Spur gefunden zu haben. Wir waren auch gespannt, was wir heute Nacht finden würden. Da fiel mir ein, dass ich ja noch mit einem Holzkeil und einem Hammer nach Felanitx musste, um die Kirchentüre zu präparieren. Ich besprach das mit Horst und er schlug spontan vor, »das machen Claudia und ich, wenn du uns dein Auto leihst. Claudia lenkt alle ab und ich hau das Stück Holz da hinein.«

»Danke, mein Freund«, freute ich mich. Sven hatte das Gespräch mitbekommen und rief: »Hier Horst, fang!« und warf ihm den Citroën-Schlüssel zu. »Wir haben hinter Toms Auto geparkt, besser du nimmst den.« Horst fing, ging Werkzeug und verschiedene Holzstückchen holen und fuhr mit Claudia los.

David kam zurück an den Tisch und sagte: »Bingo! Unsere beiden Väter, von denen sollen wir dich unbekannter Weise grüßen, machen sich auf den Weg und sind morgen hier. Sie haben heute Nacht noch eine Aufsichtsratsversammlung in einer ihrer Firmen und können erst frühestens um zwölf Uhr morgen hier sein.« Er gab mir einen Zettel, auf dem zwei Zahlen vermerkt waren. »Das ist für Antonia. Entweder gibt es die oberste Summe, wenn wir das Buch erhalten und behalten dürfen, oder die untere für sie, wenn wir alle deine Fotos haben dürfen und niemand das Buch bekommt. Eine Idee meines Vaters, er sagt, man muss auf alles vorbereitet sein und wissen, woran man ist.« Ich schaute auf den Zettel und war erstaunt. »Das lohnt sich ja richtig. Dein Vater ist ziemlich weise«, sagte ich zu David. »Ja«, bestätigt, er mit leicht melancholischem Gesichtsausdruck, »bisweilen überrascht er auch mich immer wieder.«

»Hört sich so an, als wenn es nicht langweilig bei euch wird«, tippte ich. Er nickte. »Apropos Langeweile«, fuhr ich fort, »Sauna, Whirlpool, open Fitness, Swimmingpool und Maultierreiten, alles da! Badehosen und Handtücher sind im Bad.« Beide freuten sich und standen auf. Ich hatte Joshy mal wieder auf dem Schoß, trank meinen Tee in Ruhe aus und ging mich dann auch duschen und umziehen. Alle Feuer waren noch intakt, ich legte Holz nach und jeder machte das, woran er Spaß hatte. Irgendwann kamen Claudia und Horst wieder und waren am Lachen und am Gibbeln. Sven, Jürgen und ich saßen im Whirlpool, sie standen daneben und Horst fragte uns grinsend: »weißt du, was sie gemacht hat?«

»Warte« sagte ich, stellte den Whirlpool aus da, das Blubbern sonst zu laut ist und man nichts verstand: »Schieß los!«

»Als wir ankamen, stand ein Grüppchen Frauen vor dem Eingang. Die wollten und wollten nicht gehen. Claudia sagte mit ernster Miene, dass es ihr reichte und ging auf die Frauen zu und quatschte die voll.«

»Kann ich mir gut vorstellen«, gestand ich, alles lachte. Horst fuhr fort, »sie waren kurz danach irgendwie verschwörerisch, standen im Kreis, die Köpfe zueinander geneigt, so wie Rugbyspieler es machen, und nacheinander schauten die Damen zu mir und nickten. Eine zwinkerte mir sogar zu und plötzlich gingen alle in unterschiedliche Richtungen. Sie blieben an unterschiedlichen Ecken der Kirche stehen und hielten nach irgendetwas Ausschau. Claudia rief mich und sagte, mach endlich. Es dauerte keine zwei Minuten, da steckte der Keil so im Schloss, dass nichts mehr gehen konnte, also zuschließen, meine ich. Ich hatte noch etwas von diesem Zeug mitgenommen«, er holte eine Tube aus der Tasche, auf der Schuhputzmittel braun stand, »mit einem Taschentuch auf den Keil geschmiert. Jetzt musst du schon genau hinschauen, damit du etwas erkennst.«

»Super!« sagte ich. »Als ich fertig war«, fuhr Horst fort, »pfiff Claudia auf den Fingern und die Damen kamen alle wieder alle zur Kirchentür. Sie klopften mir alle auf die Schulter und babbelten alle gleichzeitig.«

»Mallorquín!« beendete ich den Satz. Horst nickte etwas außer Atem. »Super!« mein Blick ging fragend zu Claudia. »Ich habe den Damen erklärt, dass es um Leben und Tod ginge. Der Pfarrer hier in der Kirche ist ein guter Freund meiner Familie, habe ich denen erzählt. Horst will mir hier in der Kirche einen Antrag machen und der Pfarrer soll dabei sein und uns seinen Segen geben. Mein Vater will mich aber mit dem hässlichen dicken Nachbarjungen verheiraten, nur damit unsere beiden Länder zusammen dann doppelt so groß sind. Er ist auf dem Weg zur Kirche und will das verhindern. Deswegen haben alle Schmiere gestanden, und wir hatten Zeit, unseren Job zu machen.« Wir kreischten alle vor Spaß. Claudia sagte, »Ihr ...«, und unterbrach sich immer, weil sie keine Luft mehr bekam vor Lachen, »... Ihr hättet Horsts Gesicht sehen sollen, als ich ihm das hinterher erzählte.« Horst schielte für uns und wir konnten nicht mehr vor Lachen. David sagte: »Ich muss raus, sonst mach ich dir hier in den Pool!« Wir chillten dann noch alle ein bisschen, schliefen eine Runde und bereiteten uns seelisch und körperlich auf die Nacht vor.

Kapitel 7

Um vierundzwanzig Uhr war es dann soweit und meine Wecker schellten. Da ich irgendwann gestern Abend, vor dem Gitarrespielen am Lagerfeuer den Hebel auf Poolheizen umgestellt hatte, war der jetzt, mitten in der Nacht, angenehm warm. Ich brauchte Horst und Claudia gar nicht zu wecken, die knutschten immer noch auf dem Schaukelbett und waren wach. David und Sven hatten sich vor den Fernseher gehockt, während Jürgen sich in der sich abkühlenden Sauna ein Lager aufgeschlagen hatte. Mich hatte es um halb zehn ins Bett gezogen und jetzt war ich fit. Frühstück wollte niemand, aber Kaffee schon. Claudia und Horst kümmerten sich darum und so hatte ich Zeit, Joshy und Rudolph zu erklären, was wir heute Nacht vorhatten. Ich las ihnen auch die SMS von Beate vor, in der stand, dass ich sie grüßen sollte. Joshy freute sich, wie immer und Rudolph lag auf der Seite und schnarchte.

Er ließ so laut einen fahren, dass ich erst dachte, ein Flugzeug ist über uns, aber ich wusste genau, die riechen anders. Mit den Worten: »habe ich verstanden ...«, verließen Joshy und ich den Stall und ich holte mir auch einen Kaffee. Wir sprachen unsere Vorgehensweise nochmal durch. Jeder hatte sein Handy aufgeladen, auch wegen der integrierten Taschenlampen, die wir brauchen würden. Wir hatten Werkzeug gepackt und ich hatte eine Einsteckleiter geholt, die man bis zu sechs Meter ausfahren kann. Diese passt aber in einen PKW-Kofferraum und zusätzlich holte ich noch eine Kabeltrommel, falls fünfzig Meter nicht ausreichen würden.

Wir fuhren nach Felanitx und parkten hinter der Kirche, nahmen alles aus den Autos und ich schloss ausnahmsweise auch mein Auto mal ab, man weiß ja nie, sind vielleicht Diebe unterwegs ... darüber musste ich grinsen. Es ging genau wie geplant, die Tür war zu, aber nicht abgeschlossen. Horst wollte den Keil rausholen, ich sagte aber: »lass uns erst unseren Job machen, das können wir dann immer noch.« Das, mit der zweiten Kabeltrommel war eine super Idee, da sich nur am Hauptaltar eine Steckdose befand. Jürgen baute alles auf und ich konnte Claudia gerade noch daran hindern, ein Ein-Eurostück einzuschmeißen, damit es hell wurde. Sven hatte ihr das geliehen. Darüber hatte sie gar nicht nachgedacht, sie wollte nur helfen. Wir lachten alle und sie meinte im Dunklen, schmollend: »Meno!«. Der rote Laserstrich zum Einstellen der Höhe und Breite vermittelte schon so etwas von Einbruch und Lichtschranken. »Fertig!«, sagte Jürgen und steckte den letzten Stecker ins iPad, das über eine besondere Software verfügte. Er drückte auf ›Start‹ und der Scanner fuhr wieder von rechts nach links und tastete alles ab. Jürgen erklärte: »Das dauert immer etwas, der Rechner spielt eben die Bilddaten auf.« Da erschien der Altar auf dem iPad und er war durchsichtig. Jürgen hatte ein geschultes Auge und sah sofort, dass da keine Hohlräume waren. »Ne, Leute, da ist nichts.«

»Scheiße!« sagte einer. Claudia schaute jetzt auch interessiert aufs iPad, »Irgendetwas passt da nicht.« Sie bat Horst, das Handy an zu machen und auf den Altar zu leuchten. Dann sagte sie, »Jürgen, du hast die gesamte Spitze da oben vergessen, mit dem Bild, wo Thomas, Maria und Jesus als alter Mann abgebildet sind.«

»Ach, das da oben auch noch?«

»Ja«, sagten wir alle gleichzeitig. »Einen Moment, ich korrigiere das mal eben.« Er brauchte ein paar Minuten und sagte dann: »Auf ein Neues!« Wieder schwenkte der Scanner von rechts nach links, die Laser auch und es brauchte ein bisschen Zeit, dann wurde das Bild auf dem iPad hell, er vergrößerte es etwas und die Spannung war an ihrem Siedepunkt angelangt. Da rief er »Bingo! da ist was!«

»Wo, wo, wo, wo?«, riefen wir alle gleichzeitig. Er

zeigte uns auf dem iPad ein hellgraues Feld und da war etwas kleineres Dunkelgraues drin. »Es müsste hier sein«, mit dem Laser leuchtete er auf die Stelle am Altar. Alle machten ihre Handytaschenlampen an und sahen, dass es genau hinter dem Bild oben wohl einen geheimen Platz geben muss. »Leiter!«, rief ich. Claudia reichte sie mir und meinte, dass sie aber zu kurz sei. Ich lachte, »… du bist niedlich.« Durch eine Drehbewegung in eine Richtung an beiden Holmen gleichzeitig, zog man die Leiter Stück für Stück auseinander. Wenn ein Teil ausgezogen war, drehte man es wieder zurück und es war dann arretiert und fest. »Ah«, staunte Claudia, als sie das Patent verstand. Als die Leiter stand, fragte ich: »Wer will?« Ein eindeutiges »Ich«, hörte ich nicht, deswegen kletterte ich schnell selber hoch. Von oben rief ich, »Horst! Holzmeißel, Flachschraubendreher, Hammer!« Er suchte alles zusammen, als ich wieder unten war, steckte ich die Werkzeuge hinten in die Jeans und kletterte wieder hoch. Durch Klopfen stellte ich fest, dass es hinter dem gesamten Bild hohl war und setzte den Meißel erst mal so an, um mit einer Drehbewegung zu versuchen, es ein Stück vom Altar abzuhebeln. Es ächzte, saß aber gut fest. Ich wiederholte die Prozedur jetzt einmal rings herum und es löste sich Stück für Stück. Um ganz oben dran zu kommen, musste ich auf die vorletzte Stufe der Leiter und war froh, dass es nach hinten dunkel war und ich den Wahnsinn nicht sah. Plötzlich löste sich das Bild, der Meißel rutschte ab und fiel mir aus der Hand. Das Bild rutschte ab, aber ich konnte es mit der anderen Hand festhalten. Beim Festhalten am Altar kippte die Leiter leicht nach links, weil mein Gewicht sie etwas weggedrückt hatte. So stand ich jetzt nur mit dem linken Bein auf der Leiter, die schräg stand, das rechte Bein hing in der Luft. Mit der rechten Hand hielt ich mich am Altar fest und die Linke hielt das Bild und ich blickte in einen Hohlraum. »Scheiße!« hörte ich von unten jemand fluchen. Horst stand bereits an der Leiter. »Versuch sie wieder gerade zu stellen«, rief ich ihm zu. »Okay«, bestätigte er und schob sie mit David und Sven wieder gerade. Alles entspannte sich wieder. »David, komm mir entgegen, und dann Sven«, beide kamen nacheinander die Leiter langsam hoch. Horst hielt jetzt fest und ich gab dem Ersten das Bild und der gab es weiter, bis es unten war. Genauso machten wir es jetzt mit dem, was ich da in ein Tuch gehüllt rausgeholt hatte. Ich leuchtete in den Raum und er war leer. Er war ungefähr fünfzig mal fünfzig Zentimeter groß, wie ein Würfel. Ich machte ein paar Fotos und rief: »Jetzt das Bild wieder hoch geben, bitte!«

»Warte«, sagte Horst. Er schaute sich das von allen Seiten genau an und lobte, »saubere Arbeit, nichts beschädigt.« Ich hatte es dann bald wieder oben und bat Jürgen: »kann ich deinen Zauberkleber noch einmal haben?« Der wurde dann auch über alle Männer auf der Leiter hochgereicht. Jetzt machte ich nur Punkte auf den Rahmen des Bildes, setzte es an, drückte drauf und es hielt. »Super«, sagte ich »alle runter. Beim Zusammenschieben der Leiter versammelten sich alle in meiner Nähe – außer Jürgen, der packte alles ein.

Es war eine schmucklose Metalldose in ein rotes Samt Tuch gewickelt. Die Dose ließ sich auch mit Claudias zarten Fingern problemlos öffnen und darin lag ein Buch, aus dickem, alten, braunen Leder gebunden. Der Einband war schlicht und mittig darauf stand ›Gaudí‹. Wir starrten uns an. »Der war schon schräg drauf«, sagte Sven. Claudia machte die erste Seite auf und da stand nichts. Die ersten sieben Seiten waren leer und wir blickten uns dümmlich an. Horst meinte »Zaubertinte?« und alle grinsten. Auf der achten Seite stand dann plötzlich ›Didymos‹ – mehr nicht. Genau in diesem Augenblick ging das Licht an, auch in der Kirche. »Au Scheiße!«, riefen alle. Jürgen, der vorne stand, weil er die Kabeltrommel aufrollte, sagte »Kacke, die Bullen«.

Ungefähr zwanzig Polizisten kamen mit gezogener Waffe hereingestürmt und schrien durcheinander. Ich rief »Nichts machen, ganz ruhig bleiben, alle die Hände hoch.« Jürgen stellte ganz entspannt die Kabeltrommel hin und hob die Hände. »Der ist echt cool drauf«, sagte ich. Dann erst sahen uns die Polizisten in der Kapelle brav nebeneinander stehen und die Hände hochhaltend.

Sie blieben vor uns stehen und ihr Vorgesetzter fragte uns in ruhigem Ton, was wir hier machen. Claudia stand hinter mir und hat wohl das Buch irgendwie in ihrer Hose verschwinden lassen. Sie war jetzt fertig damit, kam hervor und babbelte sofort auf Mallorquín los. Die Gesichter aller Polizisten entspannten sich sichtlich, Mallorquiner können gar nicht so kriminell sein und wenn die dann auch noch so gut aussehen! Männer sind so durchschaubar, dachte ich und musste mir echt ein Grinsen verkneifen. Allerdings war die Geschichte, die Claudia jetzt erzählte, nicht ganz so klar. Wir waren zufällig hier, die Tür war auf und wir wollten beten. Der Chef sagte etwas zu einem seiner Männer, der kurz wegging und ihm dann berichtete. Er war nachschauen, ob die Tür aufgebrochen wurde. Die Geschichte begann zu kippen als sie die Kabeltrommel, den Scanner, vor allem die Leiter und das Werkzeug sahen. Wir fuhren brav mit auf die Wache, halfen auch alles mit zu verladen und man sperrte uns in eine fensterlose Gemeinschaftszelle. Wir alle ertrugen das ziemlich ruhig und deswegen machten sie keinen großen Trubel um uns. Dank Claudia bekamen wir alle sogar Kaffee. Claudia zog kurz ihr Sweatshirt hoch und wir sahen, dass sie hinten in der Hose das Buch versteckt hatte, das Horst dann rauszog. Kurz überflogen wir den Inhalt.

Es waren nur drei Seiten beschrieben. Auf der ersten Seite, auf der etwas geschrieben stand, das war die Seite acht, stand ›Didymos‹. Claudia blätterte um und erklärte, das sei Katalan. Gaudí beschreibt hier, wie er viele Hinweise in der Kathedrale ›La Seu‹ erhalten habe, die er so aus Kirchen nicht kannte und die ungewöhnlich waren. Er beschrieb, dass die

Kathedrale ein großes Geheimnis hüte und, dass er zwar zur Entschlüsselung beigetragen habe, aber diese auf eine göttliche Fügung warte, bis dass sich dieses große Geheimnis der gesamten Menschheit eröffnen würde. Er könne nun nicht weiter und mehr dazu beitragen, da sein Auftraggeber hauptsächlich die Kirche sei. David sagte: »Säge nie den Ast ab, auf dem du sitzt.« Wir nickten alle. Claudia las weiter, was Gaudí schrieb: »›La Seu‹ ist der Tempel der Zwillinge, habe er festgestellt. Es beginnt am Portal Mayor: NON EST FACTUM TALE OPUS IN UNIVERSIS REGNIS.«

»Ja das steht da«, bestätigte Horst und holte sein Handy, was sie ihm komischerweise nicht abgenommen hatten und zeigte Sven und David das Bild. »Desgleichen ist nicht gemacht worden in einem Königreiche«, übersetze Sven. »Bedeutet das auf Deutsch, entweder Außerirdische oder Gott?« fragte Horst. »Gaudí hatte viel Zeit mit der Recherche verwendet, da er ja viele Jahre an der Kathedrale gebaut hat und er hatte Zugriff auf alle Unterlagen. ›Unter Maria ist das Geheimnis zu sehen, aber ein Engel traut sich nicht, steht hier weiter geschrieben.‹« Claudia erklärte, dass ganz oben zwischen den beiden Türmen, im Giebel, ein Bild in Stein gehauen sei. Darauf sieht man in der Mitte einen großen Engel stehen. Er hält zwei Bilder verkehrt herum vor sich, so, dass man diese Bilder nicht erkennen kann. Rechts und links von ihm stehen Menschen, die den Engel anflehen, das Geheimnis zu enthüllen.

»Das Geheimnis des Hauses«, sagt Sven. Claudia las weiter. »›Die Capella del Corpus Christi erzählt die Geschichte: Es sind Zwillinge und die Kathedrale ist ihr Denkmal. Omega bis Alpha – Am Ende von Thomas war der Anfang von Jesus.‹« David sagte: »Damit ist die Geschichte bestätigt, Thomas starb am Kreuz und Jesus ist sein Zwillingsbruder. Jesus vollbrachte Taten in Indien. Am 18. Dezember wurde Thomas durch einen Speer tödlich verwundet. Nach dem rotesten Sonnenaufgang, den die Menschheit bislang sah, verließ er die Erde am 21.12., seitdem ist dies der Thomastag«

»Ja, und die Kathedrale leuchtet dann«, sagte Claudia. »Wie meinst du das?« fragten Horst und David gleichzeitig. »Also«, begann Claudia: »An der Ostseite, da wo sich diese Kapelle befindet, gibt es eine sehr große Fensterrosette. Vorne, an der Westseite, ist die Fensterrosette noch größer, über fünfzehn Meter. Wenn also am Thomastag um 8 Uhr die Sonne aufgeht, fallen die Sonnenstrahlen durch das Ostfenster, durch das gesamte Kirchenschiff fast 120 Meter, hindurch und beim Westfenster wieder raus. Das ist tiefrot und wunderschön. Ein paar Minuten später bekommt die gesamte Kathedrale einen ›Heiligen Schein‹. Am besten kann man das vom Dach des Museums ›Es Baluard‹ beobachten.« Alle Jungs starrten Claudia mit offenem Mund an – sie strahlte. David hatte sich gefangen und sagte: »Sein letzter Sonnenaufgang.« Claudia meinte: »Genau!« Sie nahm das Buch und übersetzte weiter. »Zwei Mal im Jahr erscheinen die Zwillinge. Was kann er damit meinen?«

»Die ›Magische Acht‹«, sagte ich. »Was?«, fragte David. »Also es ist so«, begann ich: »es gibt zwei interessante Daten im Jahr, zum einen Karnevals Anfang, der 11.11. und zum anderen der 2.2. Da erscheint morgens um acht Uhr die ›Magische Acht‹. Durch die Ost-Rosette, scheint um Punkt acht Uhr die Sonne so herein, das sie auf der Innenseite der gegenüberliegenden Westseite mit deren Fensterrosette als die ›Magische Acht‹ erscheint.«

»Glaub ich nicht«, zweifelte Sven, »Doch, so ist es«, bestätigte Claudia. »Also die Acht«, begann David, »ist die Zahl, die für zwei Dinge steht. Erstens, wenn sie quer liegt, ist es das Zeichen der Unvergänglichkeit.« Horst wusste: »In der Mathematik heißt dieses Symbol ›unendlich‹.«

»Genau«, bestätigte Sven. David nickte und fuhr fort, »da es sich um zwei gleiche Kreise handelt, ist sie als einzige Zahl für den Zwilling gedacht.«

»Also erscheint zwei Mal im Jahr das Zwillingszeichen«, sagte Horst. »Boah ey«, riefen wir alle gleichzeitig, »und keiner hat es je gemerkt!«

»Gib mir bitte mal dein Handy, Horst«, bat Sven. Er machte eine App auf und rechnete, leicht vor sich hin murmelnd. »Wieso denn Karnevals-Anfang?« fragte Horst. »Das ist eine gute Frage«, sagte Claudia, »keiner weiß das.« Sven sagte: »Ich schon. Dazu muss ich ausholen: Jesus war derjenige, der die Zehn Gebote von Gott angewendet und ohne Unterlass gepredigt hat.

Wenn du jetzt folgendes machst, 11.11. also 1 plus 1 gleich zwei für die Tage, und das gleiche für den Monat 1 plus 1 ist gleich auch 2, dann hast du den 2.2.«

»Wow, das kann man sich merken«, sagten wir. »Halt, das ist ja nur der Anfang. Also es steht jetzt jeweils 2 und 2 da und um 8 Uhr erscheint die acht. Zählt man das jetzt zusammen, was hat man dann?«

»10 und 10« sagten wir alle. »Genau die erste zehn für die Zehn Gebote und die zweite Zehn für den Binärcode«, sagte David. »Was? Hallo, vor 500 Jahren?« sagte Horst. »Das glaub ich nicht!«

»Okay, dann sag Du mir als Informatiker bitte etwas Anderes zu 1010«, fragte Sven Horst. »Das ist der Dualcode.«, antwortete dieser. »Gut«, sagte David: »also nahe dran.«

»Das ist noch nicht alles«, sagte Sven. Wenn man vom 11.11. die Tage bis Heilig Abend, also die Geburt Jesus zählt, kommt man auf 44 Tage. Was wiederum zusammen die Zahl 8 ergibt. Zählt man jetzt vom Todestag von Thomas dem 21.12. bis zum 2.2. die Tage, ergibt das auch 44. Wenn man jetzt 44 und 44 zusammen zählt hat man nicht nur 88, sondern auch zwei Mal das »Unendlich-Zeichen«, sagte Sven triumphierend. »Das heißt das Unendlichkeitszeichen von Thomas und Jesus in Zwillingskombination.« Sven gab Horst das Handy wieder, wir setzten uns nun erst einmal auf den Boden. Sechs Gehirne qualmten und mussten das jetzt verarbeiten. Claudia blätterte noch weiter in dem Buch. »Jungs, wir sind noch nicht durch, es kommt noch dicker.«

»Sie hatte immer irgendetwas, dass einen in ihren Bann zieht,« witzelte Horst. Alle mussten wir lachen.

»Die Kathedrale ist alleine diesem Umstand gewidmet. Zwei gleichwertige Brüder sind als Türme dargestellt. Der Turm, an dem Thomas seinen Bruder tauft, ist Thomas gewidmet und der andere ist Jesus geweiht. Sie ragen komplett über alles hinweg. Oben darauf zeigt stolz die Mutter ihre Pracht.« Sven und David stutzten. »Stimmt«, sagte Claudia, »oben auf dem Ende des Daches der Kathedrale steht eine lebensgroße Marien-Statue, die ausgebreitet mit ihren Armen auf die Türme,…« »… oder die Söhne…«, warf ich ein, »… zeigt.«, endete Claudia. Horst zeigte Claudia ein weiteres Bild und sie sagte »Genau, schaut mal, das ist unterhalb des Hauptportals auf dem Boden.« David sah es und stand mit Handy in der Hand ruckartig auf. Sven tat es ihm gleich. »Das, das ist, sind, …« aber mehr kam nicht. Er hatte wieder Tränen in den Augen. »Es sind in unseren Darstellungen der Thomaschristen, Thomas und Jesus vereint im Paradies.«, erklärte Sven: »schaut her: Der große Kelch, in dem beide stehen, soll das Paradies darstellen, erhaben und geschützt.« Er zeigte mit seinem Zeigefinger auf das Handybild. »Dort stehen sich zwei ebenbürtige Hirsche gegenüber, deren Köpfe ehrfurchtsvoll gesenkt sind und deren Geweih eine Krone ergibt, die beide so gemeinsam tragen. Zum einen hat Thomas Jesus das Tragen der Dornenkrone erspart, zum anderen sind sie beide die Könige im Paradies.« Jetzt schluchzte er auch. David hatte sich etwas gefangen. »Wieso wissen wir nichts von diesen Hinweisen?«

»Och«, sagt Claudia, »das ist der Grund, warum ich Geschichte studiere. In Rom gibt es zu jedem Gullideckel vier Bücher, zwanzig Ölgemälde und ebenso viele Geschichten. Hier in Spanien gibt es nicht so viel. Deswegen möchte ich fleißig lernen und allen auf dieser Welt die Schönheit meines Landes und seine wundervolle Geschichte zeigen.« Sie war jetzt riesengroß, ihre Brust war angeschwollen und Horst und ich sagten: »ganz ehrlich? Recht hast du!« Horst gab ihr einen Kuss und sie war richtig glücklich.

»Was kommt denn noch?«, fragte jetzt Jürgen, der gespannt zugehört hatte, sich aber bisher raushielt. Bevor Claudia weitererzählen konnte, platzten David und Sven hervor: »Wir müssen in die Kathedrale!« Ich wollte gerade etwas sagen, aber da kam mir Claudia zuvor: »Wenn ich euch das jetzt hier vorlese, wollt ihr sofort dahin.« Wir waren ganz still. »Gaudí schreibt hier, dass er in der Santuari de Gràcia die Bestätigung fand. Durch Aufzeichnungen in der Kathedrale kam er auf Guillém Sagrera, den letzten Grabesritter.« Sven und David fassten sich wieder: »Wie konnte er das wissen? Zeig! Da steht wirklich Grabesritter. Das kann nicht sein.« Er gab ihr das Buch wieder. »›Er ist der erste Grabesritter der Neuzeit, denn er hat zusammengeführt, was zusammengehört.‹« Schon wieder sagte David, »Waaas?«, und nahm das Buch an sich. »Wie, wo, woher, wann, was?« und dann blieb sein Mund offen.

»Das hätte ich nicht besser formulieren können«, sagte ich und die Anspannung ließ bei allen etwas nach. »Claudia, mach bitte weiter!«, sagte David jetzt gefasst.

»Zu Ehren der Krone gab ich ein Vermögen auf, auf dass jemand dieses Buch finde und Ehre gibt, wem Ehre gebührt. Ein Geschenk der Fügung und der Wahrheit.«

»Damit meint er wohl den Deal, den er mit den Bauherren der Kathedrale gemacht hat. Er hat über dem Hauptaltar eine Art Krone aufgehängt, die der damaligen Zeit weit voraus war und nicht bei allen Gefallen fand. Diese durfte dann hängen bleiben, weil er auf das restliche Honorar von weiteren zehn Jahren verzichtete.«, erklärte Claudia, sie las weiter. »›Dem Krönungssaal entriss ich den Schatz und brachte ihn in voller Größe und Schönheit an den Ort von Didymos.‹ Hier endet das Büchlein«.

»Er hat dort die Reliquie gefunden, eine zumindest«, meinte ich. »Er wird sie in der sogenannten Krone verbaut haben«, sagte David, »er reitet in seinem Buch so darauf rum«. »Mein Gott«, sagt Horst, »warum schreibt er nicht, ich habe die Reliquie X da gefunden, wo jetzt das Buch ist und sie da hingebracht, wo sie jeder sehen kann.« Claudia lächelte, »hat er doch. So hat man früher geredet. Etwas umständlich, aber mit mehr Worten und mehr zwischen den Zeilen als heute.« Sven sagte: »Das würde vielen Menschen auch heute helfen, mal wieder etwas netter miteinander umzugehen.« Claudia hatte eine Idee: »Er hat die Krone, also die Dornenkrone, in der Krone versteckt, alles deutet darauf hin.«

»Das kann nicht sein, die ist in Notre Dame«, sagte David. »Egal«, sagte ich, »wir werden es wohl nie herausfinden.« »Wir sind nämlich im Hotel zum eisernen Stäbchen«, sagte Horst und klopfte an einen Gitterstab.

Kapitel 8

Die Tür ging auf und ich sah, dass es draußen schon hell war. Claudia setzte sich aufs Buch. Ein Polizeibeamter kam rein und schloss die Tür auf und sagte: »Alle mitkommen!« Wir wurden in einem Polizeibus von der Wache Felanitx nach Manacor gefahren und David und Sven wunderten sich, dass mich alle dort mit »Hola Tom, qué tal?« begrüßten. »Unser Held«, klärte Horst sie auf und zeigte auf mich. Bei Jaime im Zimmer standen unsere Kisten, der Scanner, die Kabeltrommel, Werkzeugkiste und er machte ein ernstes Gesicht. Sven war der Letzte und machte die Glastür zu. Jaime nickte nur und so tat ich das auch. »Tom, was macht ihr für einen Scheiß?« begann er. »Komm ja nicht mit der Nachtgebet-Geschichte. Hier steht ein Scanner im Wert von vierhunderttausend Euro.«

»Wow!«, ich pfiff durch die Lippen und fragte Jürgen: »Stimmt das?« Er kommentierte: »Wenn man schlecht einkauft, ja.«

»Also, ich muss euch hier einige Tage festhalten und durchsuchen und der ganze Papierkrieg und so weiter... Also, Tom, was ist los?« Zunächst stellte ich die drei neuen Personen vor und fragte, ob denn etwas weggekommen sei. »Nein, das ist es ja.«

»Dann lass uns doch einfach laufen.«

»Das geht nicht, wärst du hier in Manacor eingestiegen, wären wir schon frühstücken, aber du findest ja die Kirche in Felanitx schöner.« Alle grinsten wir und Jaime auch. «Also gut«, begann ich, »wir brauchen deine Hilfe.« Ich entschied mich, Jaime etwas, aber nicht alles zu erzählen. Wenn er über die letzten Jahre jeden Sonntag in der Kirche Thomas angebetet hätte, und ich ihm hier heute erzähle, dass wir das auch beweisen könnten, wenn er uns hilft, hätte er Typen mit Zwangsjacken geholt, die uns hier weggeschafft hätten. Also setzte ich auf die Reliquie. Ich begann mit der Santuari de Gràcia und erzählte, dass die schlaue Claudia herausgefunden hat, dass Gaudí«, bei dem Namen hob Jaime die Augenbraun, »dort wohl in seiner Freizeit oft war und unentgeltlich beim Aufbau geholfen hat.«

»Das ist die Höhlen-Kapelle?« fragte er, an Claudia gerichtet. Die sagte: »genau« und lächelte ihn an. »Es war nicht ohne Grund, haben wir festgestellt«, erzählte ich weiter, »denn er hatte bei seinen Arbeiten hier in Palma eine Reliquie gefunden, die er an seinen vorbestimmten Platz bringen wollte.«

»Das ist ja ein Ding!« sagte Jaime. Er kniff die Augen zusammen und schaute in die Runde, »ihr wollt mich doch nicht verarschen?« Ich merkte, wie sich alle das Lachen verkniffen, aber wir gaben uns dem nicht hin und meinten alle gleichzeitig mit ernster Miene, dass das so stimmt. »Okay, mach weiter Tom«, sagte Jaime. »Wir haben mit diesem Scanner da«, ich zeigte auf die Kisten, »in der Santuari de Gràcia das gefunden.« Ich nickte Claudia zu und die holte aus ihrer Tasche eine Hülle mit dem Pergament aus der Santuari und gab es Jaime. »Daneben stand ein über hundert Jahre alter Zinnbecher mit dem Namen ANTONI GAUDÍ darauf.« Jaime war schweigsam. Die Augenbrauen waren so hochgezogen, dass sie komplett unter seinem Pony verschwunden waren. Er faltete das Pergament auseinander und sagte, »wow«, in Katalan und lass laut vor: »AUF DEM HALBEN WEG ZUM HEILIGEN BERG LIEGT DIE SONNE AM ABEND DER KRONE ZU FÜSSEN.« Er las, noch mal aber jetzt lauter. »Das ist von Gaudí?« fragte er, ohne dass seine Augenbrauen zu sehen waren. Wir nickten alle. »Das lag da einfach so rum«, sagte er eher skeptisch. »Nein«, gestand ich, »natürlich nicht, es war in einer Art Safe unter dem Altar.«

»Den ihr dann aufgebrochen habt,« fragte er leicht sauer. »Er ist unbeschädigt«, bestätigte ich. Dass man ihn wegen Jürgens Spezialkleber nur noch aufsprengen kann, behielt ich für mich. »Es waren einfache Schlösser, die sogar ein kleines Mädchen hätte auf machen können«, sagte ich mit einem Schmunzeln. Claudia schaute mich an und streckte mir lächelnd die Zunge raus. »Was heißt der Satz?« fragte Jaime interessiert. »Das haben wir uns auch gefragt, auch hier hatte Claudia den entscheidenden Hinweis.« Jetzt strahlte sie mich an und Jaime strahlte Claudia an, »Ich wusste es ja immer, sie ist ein schlaues Mädchen.« Claudia strahlte weiter und ging zu ihm an den Schreibtisch und nahm das Lineal was da lag und ging zur Mallorca Karte an der Wand. Sie nahm ein rotes Fähnchen mit Nadel und steckte es da hin wo sich die Santuari de Gràcia befand. Dann sagte sie, »AUF DEM HALBEN WEG ZUM HEILIGEN BERG LIEGT DIE SONNE AM ABEND DER KRONE ZU FÜSSEN«. Die Krone von Gaudí ist in der Kathedrale ›La Seu‹.« Jaime nickte und sagte, »genau über dem Altar.« Jetzt nahm sie das Lineal und maß die Strecke von Santuari de Gràcia zur Kathedrale und sagte, »Acht Zentimeter«, und setzte jetzt das Lineal an Santuari de Gràcia erneut an. In dem Augenblick stand Jaime hinter seinem Schreibtisch auf und ging zu ihr, »so landest du genau bei der Kirche in Felanitx, die Guillém Sagrera gebaut hat«, endete sie. Sie kam wieder zu uns zurück und stellte sich an ihren Platz. Jaime hielt das Lineal in der rechten Hand auf die Karte, wo Claudia gerade gemessen hatte und schaute darauf. Mit der linken Hand griff er mit Daumen und Zeigefinger den Schirm seiner Mütze und setzte sie ab, hielt sie aber über den Kopf und kratzte sich mit den restlichen drei Fingern der

Hand den Kopf, so dass seine Mütze immer hin und her wackelte: »Das ist ja ein Ding«. Ich wiederholte noch einmal: »AUF DEM HALBEN WEG ZUM HEILIGEN BERG LIEGT DIE SONNE AM ABEND DER KRONE ZU FÜSSEN.« Jetzt fuhr Jaime mit dem Lineal in der rechten Hand und seinem dicken Zeigefinger die Karte ab. »Das ist ja ein Ding!« wiederholte er. Er setzte sich wieder, legte die Mütze und das Lineal auf den Schreibtisch und meinte im versöhnlichen, freundschaftlichen Ton, »Deshalb seid ihr dann nachts in die Kirche eingestiegen und habt nachgeschaut.«

»Genau!« bestätigte ich, »und dann sind deine Männer aus Felanitx gekommen.«

»Ja«, sagte Jaime, »habt ihr denn etwas gefunden?«

»Ja haben wir!«, antwortete ich, » Hinter dem obersten Bild im Altar im Krönungssaal, einen würfelgroßen Raum, der ungefähr fünfzig Zentimeter an allen Seiten groß ist.«

»Da habt ihr dann reingeschaut« sagte er. »Nein, brauchten wir nicht, da der Scanner so deutlich ist dass wir sehen konnten, dass er leer ist.«

»Sind solche hohlen Räume nicht üblich in Altären?« fragte Jaime. Darauf meldete sich David das erste Mal zu Wort. »Nein«, sagte er. »Es wurde bei Holz immer peinlichst darauf geachtet, dass keine Hohlräume da sind und dass jeder Riss zugemacht wurde und nirgendwo Feuchtigkeit eintreten kann. Es gibt Altäre, die sind über tausend Jahre alt und das ist genau deswegen so.« Jaime schaute zu David, nickte zwar, aber ich konnte seine Gedanken lesen. So sagte ich zu Jaime, dass Sven, der hob kurz die Hand, und David, der nickte, Grabesritter seien. »Was seid ihr? Ihr raubt Gräber aus?« fragte Jaime. »Nein, genau das Gegenteil ist der Fall«, erklärte Claudia, »du hast doch da deinen Computer, der mit dem Internet verbunden ist, gehe bitte auf Google und gebe Grabesritter ein und klicke irgendwo drauf, da steht alles!« Es dauerte eine Weile und er konzentrierte sich auf seinen Bildschirm und man hörte nur: »Ah, Vatikan! Oh, vom Papst anerkannt wie die Malteser, wow, Beschützer der Reliquien.« Ohne aufzuschauen sagte er, »Entschuldigt Jungs, aber ihr seht noch so jung aus.« Sven begann nun: »Unsere Vorfahren haben direkt vom Apostel Thomas den Auftrag bekommen, nach seinem Tod, sich um alle Reliquien zu kümmern, die er von seinem Zwil..., ähm und«, er tat so als hätte er sich verschluckt und räusperte sich, »von Jesus an sich genommen hatte«, beendete er den Satz. »Thomas hatte auch heilende Fähigkeiten und hat den Vorfahren von David und mir das Leben gerettet. Aus Dankbarkeit versprachen damals unsere Vorfahren, mit ihrem gesamten Vermögen und ihrem Leben, sich fortwährend darum zu kümmern, dass dies auch so bleibt. Bis vor rund fünfhundertfünfzig Jahren – da ist uns alles abhandengekommen. Seitdem gehen wir weltweit jeder Auffälligkeit nach, um die Reliquien wieder an uns zu nehmen und in die Obhut der sicheren Verwahrung zu bringen, um für die nächsten Jahrhunderte reguläre Beweise für alle Menschen zu bewahren.« Jaime schaute mittlerweile auf Sven und seine Kinnlade hing fast auf dem Schreibtisch. Seine Augen waren so groß, dass ich Angst hatte, dass diese gleich rausfallen. David sprach weiter: »Ich war im Übrigen der Journalist am Telefon und sie haben Tom meine Nummer weitergegeben.« Jetzt schloss Jaime den Mund wieder und sagte krächzend: »… ach so.« Jaime hatte seine Fassung wieder, er war sichtlich beeindruckt und sehr berührt und hatte seine Hände vor sich auf den Tisch gefaltet, wie zu einem Gebet. »Was glaubt ihr denn, hat da gelegen und wo ist es jetzt?« fragte Jaime. Claudia war die Erste und sagte ohne Umschweife: «Es ist die Krone!« Jaime schaute dümmlich und man sah ihm an, wie er sich jetzt bildlich die Krone der Queen vorstellte. »Die Dornenkrone Jesu!« erklärte Sven dann. Jaime war jetzt schlauer und sagte: »Warte mal«, er tippte nun in die Tastatur, las etwas und sprach leise vor sich hin. Claudia flüsterte, »Er lernt schnell«, und grinste. Dann schaute er auf, »ihr wisst schon, dass die in Notre Dame in Paris ist. Wenn die dort geklaut wurde, dann wüsste ich das.«

»Das ist nicht die Echte,« sagte David nun. »Diese ist angeblich von Ludwig dem IX in 1237 in Konstantinopel, also dem heutigen Istanbul erworben worden. Zu deren Aufbewahrung ließ er die Saint-Chapelle in Paris bauen. Sie soll die Dornenkrone Christi darstellen, ist ohne Dornen, da die Dornen angeblich auf der ganzen Welt als Reliquie verteilt wurden,« Jaime unterbrach hier und sagte, »genau, in ›La Seu‹ sind auch welche, die werden einmal im Jahr gezeigt.« Sven kommentierte, »das glauben viele, es sind aber nicht die Echten.« Dann fuhr David fort, »diese Dornenkrone ist sehr aufwendig verziert und steht heute in Notre Dame. Jedoch war sie aus einfachen Weißdornästen und nicht aus Gold.«

Jetzt sprach David weiter: »Der Apostel Thomas hat im Grab, nachdem Jesus gestorben war, …« es fiel ihm echt schwer, die Geschichte so zu erzählen, wie wir sie kennen, da er seit Beginn seines Denkens diese anders erzählt bekommen hatte. »Also, er hat alle Gegenstände, die da waren, an sich genommen und teilweise ausgetauscht«, erzählte er unbeirrt. »Jetzt kommt das Entscheidende. Hier kennt jeder die Stelle in der Bibel, wo Thomas nicht mitbekam, als Jesus sich seinen Jüngern nach der Auferstehung zeigte. Thomas hatte erst später davon bei einem Zusammentreffen der Apostel erfahren und erklärte, dass das nicht sein kann. Daher der ungläubige Thomas. Er kam deswegen zu spät, weil er alle Reliquien konservierte. Die Dornenkrone hat er in Harz getaucht, immer und immer wieder, in einer Art Ofen getrocknet und immer wieder eingetaucht, bis alles mit getrocknetem Harz überzogen war. Deswegen sind bei der echten Krone auch alle Dornen noch da und, noch entscheidender, da Blut und Haare von Jesus so konserviert wurden, könnte heute sogar noch eine DNA-Analyse von Jesus gemacht werden.« Jaime saß da, hatte feuchte Augen und Schnappatmung. Mir fiel jetzt auf, warum das eigentlich so heißt.

Ich wusste, dass es bereits eine DNA von Jesus gab, man hatte vor einigen Jahren eine Wahnsinnsfeststellung gemacht. Die Blutreste, die man am Grabestuch gefunden hatte, durften analysiert werden und herauskam, dass es sich um die seltene Blutgruppe AB handelte, die es nur bei 5 Prozent der gegenwärtigen Menschheit gibt. Außerdem ist diese Blutgruppe erst seit tausendzweihundert Jahren nachweisbar. Jesus war wohl damals der Einzige, der zu dieser Zeit diese Blutgruppe hatte. Vielleicht ist sie mit ihm in die Welt gekommen. Aber Jesus hatte angeblich keine Kinder bis zu seinem Tod.

Man weiß, dass in jeder DNA vom Vater dreiundzwanzig Chromosomen und von der Mutter auch dreiundzwanzig Chromosomen vorhanden sind und somit sich zweifelsfrei nachweisen lässt, von wem man abstammt. Hier kann man ganz genau Schwester, Bruder, Onkel Tante, Opa, alle daraus ableiten. Bei dem Jesusblut, dessen DNA bestimmt wurde, gab es dreiundzwanzig Chromosomen von der Mutter und nur ein Y-Chromosom vom Vater. Eine Entdeckung, die alles bestätigt, was die Kirche verbreitet hatte. Der Vater muss Gott gewesen sein, der Anfang von allem hat keine Chromosomen. Der Sechser im Lotto für den Papst sozusagen. Wenn jetzt aber mit der DNA der Dornenkrone festgestellt würde, dass es eine zweite Blutgruppe AB gibt, die auch dieselben Chromosomen-Anzahl hat und es sich hier nachweislich um den Zwillingsbruder handelte, dann bricht alles wie ein Kartenhaus zusammen, die Karten müssten neu gemischt werden und nichts ist mehr so, wie es war. Bei meinen Überlegungen muss ich wohl etwas dümmlich ausgesehen haben. Meine Augen füllten sich mit Wasser und Jaime meinte »Tom, ist alles okay?«

»Könnten wir alle etwas Wasser haben?« fragte ich. »Claro, auch Kaffee kommt sofort«, sagte Jaime und schob eine Entschuldigung hinterher. Als er wieder zurück kam sagte er: »Puh, das hört sich spannend an, wie kann ich euch denn helfen?« Wir fielen über den Kaffee, das Wasser und auch über die Ensaïmadas, die er mitgebracht hatte, her. David fragte was das sei: »Sieht aus, wie eine Krone.« Ich schaute und stellte für mich fest, dass er gar nicht so unrecht hatte. Claudia war da etwas pragmatischer und sagte mit vollem Mund: »Probiere es, solange noch was da ist«, sie hatte Puderzucker überall am Mund kleben, was Horst ihr liebevoll wegküsste. Die Stimmung war nun entspannt, Jaime stand zwischen uns und sagte: »Ich sorge dafür, dass da wegen Felanitx nichts nachkommt, aber da musst du was in die Kasse schmeißen. Wir haben hier heute Abend ein kleines Fest im Revier, ich bin befördert worden und muss einen ausgeben.« Alle beglückwünschten wir ihn und er war sichtlich stolz. Er fragte noch, wer Jürgen sei und ich erklärte ihm das mit dem Scanner. Jaime nickte. »Wie kann ich denn jetzt helfen?«

»Wir brauchen zwei Stunden in der Kathedrale, um den Scanner einzusetzen. Wir glauben, dass Gaudí die Dornenkrone dort irgendwo im Altar oder so versteckt hatte«, sagte ich. »Diese Entdeckung wäre für Mallorca ungeheuer wichtig, aber sollte nicht sofort bekannt werden, erst müssen wir uns sicher sein!«

»Dazu muss ich telefonieren, das wird nicht einfach«, Jaime ging raus, seine Sekretärin kam rein und gab jedem von uns seine privaten Sachen wie Gürtel, Handy, Schlüssel und Portemonnaies wieder und wir packten alle es in Ruhe dahin, wo es hingehört. Mein Nunchaku steckte ich wieder in den Halfter und Jürgen fragte: »Das wollte ich die ganze Zeit schon wissen, was ist das für ein Ding?« Ich stellte mich etwas zurück, zeigte ihm ein paar sehr schnelle Bewegungen damit und fühlte mich gleich viel besser und wacher. Horst legte ihm die Hand auf die Schulter und sagte: »Das ist gegen die ganz bösen Jungs« und wir lachten alle. Jaime kam rein und sagte: »Wir müssen jetzt los. Wir können von dreizehn Uhr an eine Stunde rein, die machen für uns eine Stunde Mittagspause.«

»Danke Jaime, du bist der Beste!«, er war sehr gerührt und meinte: »Wir müssen aber mit mehreren Autos fahren.« So verließen wir sein Büro.

Kapitel 9

Die zwei Bäckerinnen schauten nicht schlecht, als sechs Polizeiwagen vor ihrem Eingang standen und ich für alle etwas zu essen holte, weil ja auch die Kollegen von Jaime keine Mittagspause haben würden. Claudia war mit mir in die Bäckerei gegangen und gab in die drei Autos jeweils eine Tüte mit genügend Cocas. Sie bekam ohne Ende Komplimente. Es roch nach Paprika, Zwiebeln und Knoblauch – einfach herrlich. »So ein Polizeiauto ist schon etwas Tolles«, dachte ich, wir fuhren direkt vor den offiziellen Besuchereingang und brauchten keine Parkplätze oder Tickets. Abstellen, Motor aus und fertig. Beate hatte mir zwischendurch eine SMS geschrieben, dass sie schon am Flughafen sei, gleich abfliege und sich so freue, mich zu sehen. Ich wollte ihr gerade noch, bevor wir in die Kathedrale gingen, antworten, da schellte aber mein Telefon. Antonia, stand auf dem Display. Sie wollte ich eigentlich erst später anrufen, wenn ich Genaueres über ihr Buch wusste. Egal, dachte ich und nahm ab. Sie klang sehr betroffen und nach kurzem »wie geht es«, erzählte sie, dass gerade eben eine Gruppe von zwanzig Personen für heute Abend abgesagt habe. »Da das Geburtstagskind krank ist und seit eben im Krankenhaus liegt, habe ich mich nun entschieden, nicht sauer zu sein und stattdessen euch einzuladen.«

»Wieso sauer, da kann das Geburtstagskind auch nichts dafür«, versuchte ich sie zu trösten. »Das stimmt!« sagte sie, »aber schau mal, wir haben extra dafür Filetsteaks gekauft, die sind megafrisch und Samstag und Sonntag haben wir zu, weil wir morgen unseren Hochzeitstag feiern wollen und dann können wir alles wegschmeißen. Deswegen wollte ich dich fragen, ob ihr heute Abend nicht zu uns kommt, damit nicht alles umsonst war.«

»Da habe ich eine bessere Idee«, sagte ich ihr. Ich erklärte ihr etwas und sie sagte: »Super, dann bereite ich alles vor und freue mich auf nachher.« Ich beendete das Gespräch und wollte reingehen, als ich hinter mir hörte »Tom, das ist der Wahnsinn!« Claudia und Horst hatten David und Sven das Hauptportal, die Türme und das Portal Mirador von Guillém Sagrera gezeigt und sie kamen gerade von dort zurück und alle strahlten so, dass man die Sonne hätte abstellen können und keiner hätte es gemerkt. »Der Spiegel, Tom«, sagte Horst, ich stutzte, was mein Freund mir da wohl sagen will. »Der Spiegel am Hautportal«, Ah, jetzt fiel es mir wieder ein, »da war ein moderner Schminkspiegel über dem Hauptportal in Stein gehauen.« Horst war ganz außer Atem. »Es ist alles gleich, der Elfenbeinturm für die Reliquien, rechte Seite Mond, Nacht, Tod, linke Seite, Spiegel, Zwilling.« Alle redeten auf mich ein, »super!« sagte ich, einer bitte und der Reihe nach. Sven zeigte mir jetzt auf dem iPad, worum es also ging. »Die Kathedrale ist nur für diese eine Sache gebaut worden.« Ich verstand immer nur Bahnhof, sagte aber nichts und hörte zu. »Siehst du diese Dornen hier?« Er meinte über dem Hauptportal gäbe es 144 Dornen, genau so viele Dornen soll die Dornenkrone gehabt haben. Darunter sieht man den Heiligen Geist«, er zeigte auf einen Vogel, »und darunter Maria mit den Händen so vor ihrer Brust gefaltet, leicht geöffnet, dass man ein kleines bisschen in ihre Innenseite, der zum Gebet zusammen gefügten Hände schauen kann. Sie zeigt ein bisschen vom großen Geheimnis.« Ich nickte. »Auf der rechten Seite ist der Mond; die Nacht oder der Tod werden so dargestellt. Es sind auf der linken Seite die gleichen Dinge dargestellt, wie auf der rechten.« Er tippte mit dem Finger auf das iPad und sagte Sonnenseite, Leben, Blume und auf der anderen Seite«, wieder tippte er auf das iPad, »Blume, Baum und rüber zur anderen Seite Baum, Brunnen, Brunnen, Haus, Haus.« Immer zeigte er von einer zu anderen Seite und mir erschloss sich langsam, was er meinte. Es sieht zwar anders aus, ist aber gleich. »Der Zwilling«, warf Horst total aufgeregt ein. »So und nun hier unten«, er zeigte mit seinem Finger auf den Garten, den wir auf dem Heiligen Berg gesucht haben. »Das ist das Paradies, in dem sich Thomas bereits befindet. Links, in der Stadt, in die es Jesus Tag für Tag zieht, um Menschen von Gott und der Liebe zu berichten und sich seinem Glauben an ein erfülltes Leben anzuschließen«. Ich nickte zustimmend. »Wieder rechts, der Elfenbeinturm, in dem symbolisch alle Reliquien von Jesus, in Wirklichkeit von Thomas bewahrt werden und auf der anderen Seite der Spiegel, in dem Jesus als Thomas weitergelebt hat. Das ist unsere Geschichte, die Geschichte der Grabesritter und der Thomaschristen.«

»Jetzt schlägt es dreizehn!«, sagte ich. In diesem Augenblick schlug eine Glocke über uns und wir alle schauten nach oben. »Aber das heißt …«, begann ich, »Warte«, warf Sven ein, »es kommt noch besser«. Er hatte ein Foto von der gesamten Kathedrale von vorne aufgenommen. Ich sah die Türme rechts und links, unten in der Mitte das Hauptportal und oben den Engel, der die Bilder nicht zeigen will. Ganz oben auf dem Dach steht Maria. »Voilà«, rief er, »das ist es!« Ich sagte: »Die Kathedrale ›La Seu‹ vor blauem Himmel.« ›Zack‹ hatte ich einen Knuff von Claudia. »Rechter Turm Thomas, Mond, Nacht, Tod, Elfenbein Turm; linker Turm Jesus, Sonne, Tag, Leben, Spiegel, ER als ein anderer; Oben der Engel, kennt das Geheimnis, zeigt aber niemandem die Bilder, um es zu bewahren; Oben drauf, Maria als Mama, die stolz auf ihre beiden Jungs, die Türme zeigt, jetzt kapiert?« Mit offenem Mund schaute ich auf das iPad, über das Claudias Zeigefinger gerade gehuscht war, als sie erzählte und ich nickte nun. Ich hörte nur am Rande, wie Claudia den anderen erzählte: »Manchmal muss man ihm das wie einem Vierjährigen erklären, damit er etwas schnallt«, alle lachten.

»Das heißt auch«, sagte ich weiter, dass diese Kathedrale damals von dem Grabesritter Opa Sagrera nur dazu bestimmt war, hier ein Zeichen zur Huldigung der Zwillinge zu setzen.«

»Und«, sagte David, »aufzuzeigen, dass die Reliquie hier ist und diese Kathedrale nur deswegen dreihundert Jahre lang gebaut wurde«.

»Seid ihr sicher, dass sie hier ist?« Sven und David nickten: »Wir sind uns hundertprozentig sicher.« Von hinten hörten wir zwei Männerstimmen, die bestätigten, »Wir uns auch.« Wir drehten uns um, und David und Sven strahlten und beide riefen »Papa!« Sie gingen auf einander zu und fielen sich in die Arme. Die beiden Männer, vielleicht zehn Jahre älter als ich, sahen aus, wie mitten im Leben stehende Geschäftsmänner, dunkle Anzüge, weißes und hellblaues Hemd, keine Krawatten, Maßschuhe und total sympathisch. Nach dem sie ihre Söhne in die Arme genommen hatten, kamen beide auf uns zu und begrüßten uns mit unseren Namen, als sie uns die Hände schüttelten. »Darf ich uns vorstellen?« sagte einer der beiden und zeigte auf den Vater von Sven: »Simon und ich heiße Tadeus.« Jaime und Pedro kamen aus der Kathedrale und erklärten, dass es hat noch etwas gedauert habe. Eine Touristengruppe war nicht so schnell aus dem Gebäude zu bewegen, aber jetzt könnten wir hinein. Tadeus ging auf Jaime zu und sagte: »Jaime, danke, dass sie so anständig mit unseren Kindern umgegangen sind, obwohl sie eine Straftat verübt haben«. Jaime war sprachlos. Tadeus wandte sich an Pedro und begrüßte ihn: »Hallo Pedro!« in fließendem Spanisch. »Ich bin froh, das es ihnen nach dem Bauchschuss wieder besser geht und sie wieder an ihrer Arbeit Spaß haben.« Jetzt war ich auch sprachlos, »Woher weiß der das alles?« Simon ging auch auf die beiden anderen Polizisten zu und bedankte sich. Jaime schaute mich an und hob die Achseln. Wir gingen in die Kathedrale und David war neben mir. »Woher weiß dein Vater das alles?«, fragte ich ihn. »Wenn er sich für etwas interessiert, weiß er alles. Er ist immer da, wenn man ihn braucht, egal, wohin wir in dieser Welt kommen, egal ob es Geschäftspartner sind, oder Mitarbeiter oder ein Penner am Straßenrand, er behandelt alle gleich, alle mit Respekt, Würde und Liebe. Alle lieben ihn, er ist mein Held.« Das erklärte ein sehr stolzer Sohn. Anerkennend nickte auch ich und wir wendeten uns zu dem heutigen Fronleichnam-Altar. Die Söhne und ihre Väter waren dicht herangegangen. Sie zeigten sich von oben nach unten Details auf dem Altar. Claudia, Horst und ich stellten uns etwas rechts davon. Dort war eine Tafel angebracht, die den Altar erklärte. Darauf stand ›Capella del Corpus Christi.‹ Die Kapelle für den Leib Jesu Christi, sagte Claudia, die Fronleichnamskapelle. Auf der Tafel waren einzelne Szenen des Altars erklärt. Unter einer stand: ›La Fe‹. Da sah man oben links den Glauben oder das Ende. Unter zwei stand: ›La Caritat‹, die Nächstenliebe, rechts oberhalb saß tatsächlich Maria und hatte zwei Babys auf dem Schoss. Punkt drei war, ›L`Esperanca‹, die Hoffnung oder der Anfang. »Die Hoffnung steht immer am Anfang«, sagte Horst zur Bestätigung noch einmal. Plötzlich stand

Tadeus neben uns. »Wir sind so glücklich, dabei sein zu dürfen«, sagte er und man sah ihm an. dass er es genau so meinte. »Es ist uns schleierhaft, warum wir bei unseren Recherchen nie auf Mallorca gestoßen sind«, sagte er. Ich lachte und meinte, »... da sieht man es, Mallorca ist immer eine Reise wert. Egal was man sucht, hier findet man es.« Tadeus schaute mir in die Augen und sagte: »Schade, dass wir uns jetzt erst kennen lernen, aber es ist wohl nie zu spät.« Ich nickte und meinte: »Das geht mir genau so, machen wir das Beste draus«, und wir nahmen uns spontan in den Arm. »Dieser Altar hätte in Italien so niemals stehen dürfen. Er wäre als Lästerung gegen die Kirche wahrscheinlich verbrannt oder bestenfalls umgebaut worden«, erklärte Tadeus. »Die Nähe von Thomas im roten Gewand, beim Abendmahlbild, fast auf seinem Zwillingsbruder liegend oder als Jesus dem Tempel präsentiert wird, hier«, er zeigte auf die Nummer sechs der Tafel, ›Presentacio del nin Jesus al Temple‹. »Da, seht mal rechts und links an den Zwillingssäulen, davor sind zwei spiegelgleiche Jungs mit ungefähr dreizehn oder vierzehn Jahren. Zu guter Letzt der Höhepunkt. Die von dir im Baum gefundene Aufzeichnung von Guillém Sagrera. Der Zwilling oben – da auf Marias Schoß sitzen zwei Babys und links davon das Ende ›Omega‹, als der Glaube und rechts davon ›Alpha‹, als die Hoffnung dargestellt.« Tadeus strahlte und war überglücklich. »Kommt mal mit!« bat er uns und ging mit uns zu Jürgen, der mittlerweile dabei war, eine Art Gerüst aus Tischen aufzubauen, um näher an die Krone heran zu kommen. Als er Tadeus sah, kam er die Leiter runtergesprungen und beide nahmen sich in den Arm und redeten kurz. Die Polizeibeamten waren dabei, Jürgen zu helfen und Tadeus meinte schmunzelnd zu ihm: »Du hast alles im Griff, wie ich sehe.« Er nickte und Tadeus sagte, nun mit Tränen in den Augen: »Heute ist es soweit.« Er gab den Polizeibeamten, sowie den zwei zur Beobachtung abgestellten Kirchenmännern persönlich die Hand und sprach mit ihnen Mallorquín. »Der hat es drauf«, sagte ich zu Claudia, die ihn anhimmelte. Horst merkte es, schnappte sie an die Hand und ging mit ihr Richtung Kirchenmitte.

Tadeus kam auf mich zu nachdem er auch mit dem Letzten kurz geplaudert hatte und sagte: »Genau da, wo Horst und Claudia jetzt stehen, wollte ich mit euch hin.« Horst zeigte auf die riesengroße Dornenkrone in der Antonius Kapelle, oberhalb des Altars. Wir kamen zu ihnen und Tadeus sagte, »Diese wunderschöne Kathedrale ist nur für diesen Zweck gebaut worden, den Menschen zu erklären, dass es zwei Heilige gab: einer, der in Liebe für seinen Bruder in den Tod gegangen ist und einer, der die Liebe in die Welt getragen hat. Zum anderen, dass eine Krone, egal wer immer sie auch trägt, Leid mit sich bringt, da die Krone immer Macht bedeutet.«

»Also alles nur aus Liebe, will uns diese Kathedrale sagen«, fasste Claudia, mit feuchten Augen, zusammen. »Genau!«, bestätigte Tadeus. »Die offizielle

Kirche hat den Mythos vom Leiden und Tod Jesu, also desjenigen, der die Liebe in die Welt gebracht hat, bevorzugt, das Kreuz in den Mittelpunkt des Kultes und das Paradies der Liebe in das Jenseits gerückt. Doch würden alle Menschen, genauso, wie von Jesus gewollt, leben, das Thomasevangelium ist ja seins, wären wir jetzt schon im Paradies. Tut euch selber den Gefallen und lest wertfrei mit eurem heutigen Wissen die zehn Gebote, die hier zwei Mal im Jahr mit der ›Magischen Acht‹ erscheinen. Und lest sie, wenn in eurem Herzen Liebe ist und ihr werdet sehen, dass Jesus Leben, nicht sein Tod wichtig ist. Ursache und Wirkung sind das Lebenselixier und die Zukunft.«

»Wie meinst du das?« fragte Horst. Claudia übernahm: »Also, Papa haut Mama, weil Essen nicht schmeckt. Mama haut Sohn, Sohn haut Schwester, Schwester tritt Hund, der pinkelt in die Wohnung.«

»Schlaues Mädchen«, bestätigt Tadeus liebevoll. Horst nickte und meinte, »manchmal muss man es halt richtig erklärt bekommen«. Wir standen vor der Kapelle vierundzwanzig, nahe dem Miradorportal und Tadeus zeigte auf ein großes Rad, das in Rotorange an einem Stab befestigt war. Dieser war wiederum auf eine Vorrichtung gebaut, die dazu diente, dass vier Männer diese Krone durch die Straße tragen sollten. In der Mitte war in einem Vierpass ein gleichschenkliges Kreuz eingebettet. »Seht ihr?« fragte Tadeus. Wir nickten, »Guillém hat nichts dem Zufall überlassen. Dieses Kreuz benutzen wir schon seit knapp zweitausend Jahren. Die Mallorquíner tragen es seit über siebenhundert Jahren jedes Jahr durch die Straßen und wissen gar nicht, dass die Sagreras und Gaudí sie so reich beschenkt haben, dass die Dornenkrone wirklich hier ist«, führte Tadeus aus. »Bist du dir auch so sicher wie David, dass in der Krone von Gaudí die Dornenkrone ist?« fragte ich. Er lachte. »Ich habe vor Kurzem einmal ausgerechnet, was uns die Suche der letzten fünfhundert Jahre gekostet hat, schätzt mal!« Claudia rief sofort: »Eine Million.« Horst schüttelte den Kopf, »Das wird nicht reichen. Früher hätte Tadeus die Reise hierher nicht in zwei Stunden geschafft ...«

»Ich erlöse euch« Tadeus hob dabei seine beiden Hände leicht, »Wir sind bei über einhundertfünfzig Millionen Euro und ich möchte, dass das ein Ende hat.«

»Das kann ich verstehen«, stimmten wir ihm alle gleichzeitig zu.

Wir waren schon weitergegangen und standen nun vor dem Taufbecken. »Seht mal her«, und er zeigte auf das riesengroße Bild über dem Taufbecken. »Der Mann hier unten links stellt das Volk dar.« Da saß ein Mann, der nach unten schaute. »Dann seht mal, die Zwei hier,« und er zeigte auf die beiden Männer, die im Alter und Statur gleich aussahen. Beide waren in die damalige aus Tüchern gefaltete Kleidung gewickelt. Der in der Mitte des Bildes stand, hatte ein weißes Tuch und der, der rechts davon, etwas höher stand, hatte ein rotes Tuch. »Wieso tauft Thomas seinen Zwillingsbruder Jesus? Thomas hält eine Schüssel über den Kopf von Jesus, aus der Wasser auf dessen Kopf läuft. In der Heiligen Schrift wird doch nur von der Taufe durch Johannes berichtet?« Hierzu sagte Tadeus, Jesus habe sich nur von Johannes taufen lassen, weil der ihn so darum gebeten und genervt habe. Jesus selbst hielt die Taufe für überflüssig, weil sie einen vorchristliches Reinigungsritual symbolisiere. Er, Jesus, so sagt er, taufe mit dem Heiligen Geist, nicht mit Wasser. Auf diesem Bild hier tauft Thomas seinen Bruder, um ihn von seiner einzigen Sünde oder Lüge zu befreien. Denn Thomas ist für ihn ans Kreuz gegangen und Jesus hatte es in seinem irdischen Leben nie verraten. Da kommt das alte Denken noch durch. Jesus hat das toleriert, die Liebe war ihm wichtiger, als unbedingt Recht zu behalten. Darüber sieht man die Taube als ›Heiligen Geist‹ und ganz oben ist ihr Vater auf einem bequemen Sofa aus Wolken, als Gott. Seine Hand ist zum Segen ausgestreckt. Seht ihr die Engel drum herum?« Claudia war ganz aus dem Häuschen, »Alles Zwillingspaare.«

»Richtig«, lächelte Tadeus. »Da drüber die Engel, seht ihr die?« fragte Tadeus, bevor er weitererzählte. Er zeigte jetzt auf ein kreisrundes, separates Bild, das darüber zu sehen war. »Hier seht ihr die Engel, als Kinder die einen Pokal und ein Buch in der Mitte halten. Es stellt den ›Heiligen Gral‹ und die zehn Gebote dar, daher das Buch.«

»Aha«, sagten Horst und ich gleichzeitig. »Links

davon hält Thomas, gehüllt in ein rotes Tuch, das Baby Jesu, das in weißes Tuch gehüllt ist, fest im linken Arm.«

»Das ist der, der vom Herzen kommt«, sagte Claudia. »Genau!« bestätigte Tadeus. »Das Bild zeigt, dass Thomas sich beschützend vor Jesus stellt.«

»Das hat er dann ja auch bei der Kreuzigung getan«, sagte Horst. »Schaut mal nach rechts oben«, wir folgten seinem Finger, »Claudia, was siehst du?« fragte er. »Genau das Gleiche, wie eben«, sagte sie, »jetzt ist nur Jesus größer, er liegt in der Mitte auf seinem Bett und Thomas mit dem roten Umhang hält beschützend ein Tuch über ihn.«

»Richtig«, sagte Tadeus. »Du siehst es jetzt auch?«, fragte er Horst, der nickte und staunte »Wahnsinn.« Wir gingen ein Stück zurück und Tadeus forderte uns auf: »Schaut, das Ganze ist die Innenseite des Thomasturms.« Er ging weiter in Richtung Haupttor. »Kommt zum Jesus Turm.« Auch dort gab es ein riesengroßes Bild, allerdings hinter Gittern. Auf diesem Bild waren viele Menschen zu sehen, ein weißhaariger Mann im Vordergrund kniete sogar. Alle schauten auf einem Mann mit einem Heiligenschein, der komplett in Rot gekleidet war und ein blaues Tuch über die Schulter gelegt hatte. Seine linke Hand zeigte nach oben, einem Engel entgegen, der einen Schlüssel zu Jesus brachte. Den hielt der Engel in der linken Hand und in der Rechten eine Dornenkrone. »Jesus im Thomasgewand«, sagte Claudia. »Ja genau«, bestätigte Tadeus. »Das Bild zeigt, dass er trotzdem den Schlüssel zum Paradies bekommt, auch ohne Dornenkrone.« Alle vier waren wir sehr andächtig, hatten Tränen vor Rührung in Augen, und wurden plötzlich rausgerissen, als Jürgen rief, »Tadeus, ich bin soweit!« Als wir zurückkamen saßen alle brav in der ersten Reihe. Jürgen stand knapp ein Meter fünfzig erhöht auf einem wackeligen Podest, aus mehreren Tischen. Wir kamen zu ihm und er gab Tadeus das iPad. Es war mit einem langen Kabel verbunden, damit er etwas Bewegungsfreiraum hatte. Wir setzten uns zu den anderen und Tadeus blieb vor uns stehen. »Liebe Freunde«, begann er seine Ansprache. »Danke, dass ihr alle daran mitgewirkt habt, etwas Heiliges wieder zu entdecken, an dem das Blut unseres Christus ist.« Er hatte es extra so formuliert, sagte er mir später, damit seine Spanischen Zuhörer keine Diskussionen anfingen. Er wiederholte es auf Mallorquín und Spanisch. Es war wie in einem Theaterstück, nur, dass ich in meinem Leben noch nie so gespannt war, wie jetzt. Anderen ging es ebenso. Ich hörte Claudia zu Horst sagen, »Ich mach‹ mir gleich vor Aufregung in die Hose.« Horst und ich lachten. Tadeus berührte das iPad und man hätte eine Stecknadel fallen hören können. Der Scanner fuhr von rechts nach links. Es war ein Moment der absoluten Stille. Er schaute aufs iPad, schaute zur Krone und jubelte dann vor Freude. Tränen liefen vor Rührung und wir sprangen alle auf und konnten nicht glauben, was wir sahen: Über dem Altar hatte Gaudí ein riesiges Gebilde gebaut. Es war so groß und auffällig und anders, so etwas habe ich nie wieder auf dieser Welt gesehen. Es ist die Krone. Es hingen so viele Lampen an ihr herunter, mittig über dem Altar. In der Krone war ein Teppich als Baldachin angebracht. Alles war so anders als alles das, was normalerweise in Kirchen hängt. Gaudí eben. Vorne auf dieser Krone, zum Kirchenschiff hin, war ein goldenes Kreuz, das selbst schon außergewöhnlich, daran angebracht war. Jesus, wohlgemerkt ohne Dornenkrone, wie er am Kreuz hängt. Das Kreuz hatte in der Mitte nicht zwei Balken, die sich trafen, sondern eine große, runde Form. Es war äußerlich komplett aus Gold und mit roten und grün leuchtenden Steinen verziert. Es strahlte richtig. Davor standen zwei Personen, eine komplett in Weiß gehüllt, man sah keinen Fuß, keinen Kopf, kein Gesicht, gar nichts. Die andere Person, in einem türkisfarbenen Kleid, war Maria Magdalena, wie ich hinterher erfuhr. Sie schaute nicht zum Kreuz, sondern zur verhüllten Person, als wenn sie etwas geahnt hätte, dass nicht Thomas da verhüllt steht, sondern ihr geliebter Jesus.

Ein unglaublicher Moment, so ergreifend, so heilig. Es berührte jeden von uns. Wir standen alle auf und schauten abwechselnd auf das iPad und auf das Kreuz und wieder auf das iPad.

Das Bild auf dem iPad zeigte ganz deutlich, dass im Zentrum des Kreuzes, in der Mitte, in dieser runden Form, ein Kranz hing, der wie die Dornenkrone aussah. Um die Kronen drumherum war etwas zu sehen, was aber nur als hellerer Schatten zu erkennen war. Alle lagen sich in den Armen, alle schauten hoch und es war eine Wahnsinns Erleichterung und eine erleuchtende Stimmung. »Setzt euch wieder!«, forderte Tadeus uns auf. »Ich möchte etwas erklären: Gaudí hat vor mehr als einhundert Jahren hier an der Kathedrale gearbeitet und bei seiner Arbeit herausgefunden, dass die Familie Sagrera ein Geheimnis hatte.« Ein Raunen der Polizisten war zu hören. »Die Sagreras haben in drei Generationen an dieser Kathedrale gebaut, ihre Gebeine liegen da vorne« und er zeigte in Richtung Gruft. Der eine oder andere drehte sich um und schaute in die Richtung, die Tadeus zeigte. Gaudì hat herausgefunden, dass diese Kathedrale Jesus, dem Apostel Thomas und der Dornenkrone geweiht ist.« Er ließ aber weg, dass es sich um Zwillingsbrüder handelte. »Guillém Sagrera«, sprach Tadeus weiter, »hat extra zur sicheren Aufbewahrung eine Kapelle in der Kirche in Felanitx gebaut und dort hat die Krone«, er zeigte nach oben zum Kreuz, »vierhundertfünfzig Jahre gewartet. Gaudí hat sie dann, vor ungefähr einhundert Jahren, in Felanitx gefunden und hier, an diesem von ihm dafür bestimmten Platz aufgehängt. Er hat den ganzen Innenraum der Kirche so verändert, dass sie hier heilig über allen und für jeden Menschen sichtbar, in Groß und in Klein zu sehen ist.« Alle klatschten einmal bei der spanischen Version und einmal bei der deutschen Erklärung und flüsterten, »Was nun?«, fragte ich leise Tadeus. Er überlegte kurz, als mein Handy klingelte. Ich schaute aufs Handydisplay und da waren nur Kreuze zu sehen... »ist wohl kaputt«, dachte ich. Ich ging ran: »Hallo Tom!«, begrüßte mich eine nasale Stimme in Italienisch wirkendem Deutsch. »Ich verbinde Sie mit Seiner Heiligkeit.« Ich dachte: ›Das ist ein Scherz, da will mich einer verarschen‹, und wollte schon auflegen. Meine Telefon-Nummer habe ich, seitdem ich auf Malle wohne, nur gezielt rausgegeben, an Menschen, von den ich wollte, dass sie mich anrufen, aber an ›Seine Heiligkeit‹ konnte ich mich nicht erinnern. »Hallo!« sagte die Stimme eines älteren Mannes, die sehr gefasst, freundlich und gelassen klang. »Hallo«, antwortete ich. »Herzlichen Glückwunsch zu Deinem Fund, Tom.«

»Wer ist da?«, fragte ich. «Ich bin es, der Heilige Vater, mein Sohn.« Ich hielt den Hörer weg, und sagte zu Tadeus: »Der Heilige Vater ...«. Tadeus bedeutete allen leise zu sein und ich stellte das Handy auf laut. Es war wieder ganz still in der Kathedrale. Die Stimme sagte, »Eines schicke ich vorweg, bevor jemand auf dumme Gedanken kommt. Wir haben die besten Techniker der Welt, wenn jemand das Gespräch mitschneidet, hört man später nur ein Rauschen, also sparen sie sich das!« Tadeus sagte: »Ich grüße dich, ›Heiliger Vater‹!« Der sagte »Tadeus, angenehm, deine Stimme zu hören, wahrscheinlich sind Simon und eure beiden Söhne David und Sven auch da, grüß sie schön von mir!« Jetzt war ich platt. Der Heilige Vater fuhr fort: »Der Tod von vielen Menschen klebt nun auch schon an dieser Entdeckung, diese Methoden verabscheue ich. Es war ein Kardinal des vorigen Papstes, der ohne mein Einverständnis, in traditioneller Herrschaftspose, eure Entdeckungen jüngst verhindern wollte. Da es die von ihm beauftragten Männer nicht geschafft haben, ihr Werk zu vollenden, habe ich mich entschlossen, die Sache selbst in die Hand zu nehmen. Der Kardinal ist belehrt und bestraft worden, er kann nun seine Arbeit auf andere Weise in der Betreuung sehr armer Menschen leisten.« Horst, Claudia und mir fielen die Kinnladen runter. »Tadeus, genauso lange wie du, suchen auch wir nach der Dornenkrone. Wir haben uns persönlich oft getroffen und uns gegenseitig immer wieder auf falsche Fährten gesetzt«, Tadeus und Simon grinsten und nickten beide. »Es hat euch und uns ein Vermögen gekostet, so nah an das Ziel zu kommen. Als Oberhaupt einer weltweiten, lebendigen Kirche könnte ich euch jetzt alle aus der Kathedrale entfernen und aufgrund meiner nicht unerheblichen Beziehungen, des Landes verweisen lassen. Aber, das muss doch nicht sein. Ich bin, wie ihr wisst, mit verantwortlich für Frieden auf Erden und das Wohlergehen der Menschheit insgesamt. Wir müssen an das Große und Ganze denken. Kleinliche Rechthaberei kann zu katastrophalen Folgen führen. Es kann also nicht sein, dass du jetzt, Tadeus, die DNA entnimmst und feststellst, was wir beide schon lange wissen. Ja, Tom, dein Namensvetter hat all dieses auf sich genommen und seinem geliebten Zwillingsbruder dadurch 40 Jahre auf Erden geschenkt, bis sie wieder vereint im Himmelreich waren. Ich hatte Gaudí immer in Verdacht, dass er etwas verheimlicht. Aber im hier und jetzt gesprochen, möchte ich einen Kompromiss vorschlagen. Senora Claudia, heute würde man ›Deal‹ sagen oder?«, mit belegter Stimme und total verwundert, dass der ›Heilige Vater‹ ihren Namen kannte, antwortete sie mit: »Ja.«

»Das Buch ist mittlerweile bei mir, Jaime«, genau in dem Augenblick rutschte Jaime von der Bank und knallte auf den Hintern, »dein Schwager hat das Problem, dass er gerne spielt, er ist heute Morgen zu einer kurzfristigen Audienz bei mir gewesen. Er ist nun schuldenfrei und hat mir als Dank das Buch dagelassen.« Tadeus und Simon schnaubten. »Daher mein Vorschlag zur Güte: Die Dornenkrone Jesu bleibt, wo sie ist. Ich spreche die Kathedrale ›La Seu‹ heilig und die Welt wird erfahren, welcher Schatz auf Mallorca ruht. Der ewige Kampf zwischen den Kathedralen ›La Seu‹ und ›Notre Dame‹ ist damit ausgestanden und der Sieger steht fest. Es nützt niemandem, wenn wir heute die Geschichte ändern und Apostel Thomas seinem rechtmäßigen Platz zuweisen, mein lieber Tadeus und mein lieber Simon. Wir alle hier wissen, dass ihr beide Recht hattet und immer haben werdet. Aber die Menschen würden sich bekriegen, der Teil des Islam, der Feindschaft im Sinn hat, würde weiterwachsen und nichts wäre besser, als es ist. Angst und Schrecken würden in einer Welt herrschen, in der Liebe immer mehr ein Fremdwort ist. Genau das Gegenteil des Thomasevangeliums würde um sich greifen und Macht und Ohnmacht wären im Gleichklang.« Ich bemerkte genau, welch fabelhafter Rhetoriker unser ›Heiliger Vater‹ war und wie Tadeus in dem Moment, als er über die Liebe sprach, einlenkte. »Tom,« sprach er mich jetzt wieder direkt an, »ich habe herausgefunden, dass ein altes Rezept auf der Insel noch benutzt wird und hervorragend schmeckt, aber erkläre du doch bitte der Menschheit, das die Ensaïmada zu Ehren der Dornenkrone und Jesu gegessen wird.« Da er jetzt das Wort an mich gerichtet hatte, fragte ich, woher er denn meine Nummer habe. »Lieber Tom, und alle wie ihr da seid, merkt euch für den Rest eures irdischen Lebens das allerwichtigste, der liebe Gott weiß und sieht alles, ob du Gutes oder das Gegenteil davon tust. Gehet in Frieden!« waren seine letzten Worte. Eigentlich wollte ich »Amen« sagen, hielt mich aber zurück. »Wie gewonnen, so zerronnen!« sagte Tadeus. Er war blass und sagte sehr laut: »Wir schreiben das Jahr Zweitausendsechzehn, dass ich das noch erleben darf!«

Es war wahrscheinlich noch nie so still in der Kathedrale. Wie von einem Blitz getroffen war alles starr und still. Tadeus fuhr fort: »Millionen von Menschen sind gestorben durch die Verbreitung des Christentums, das dogmatische Verhalten der Kirche kenne ich, seitdem ich denken kann. Normalerweise würden wir jetzt und hier alle«, er zeigte mit dem ausgestrecktem Arm und Zeigefinger auf jeden einzelnen, mir stellten sich die Nackenhaare hoch, so groß war die Spannung, »aus dieser Kathedrale entfernt. Diese heilige Reliquie entfernen, alles in die Katakomben in den Vatikan schaffen und uns mit Geld, Macht oder roher Gewalt zum Schweigen bringen und den Medien von irgendeinem Vorfall berichten und alles belassen wie es war. Doch die Größe unseres Papstes Franziskus wird erst jetzt deutlich. Darauf haben so viele Menschen gewartet und gebetet. Durch ihn wird es die lang ersehnte Erneuerung der Kirche und damit des Glaubens geben.« Tadeus ging auf die Knie und sagte, nun etwas leiser, »Danke, Heiliger Vater, für diese weise Entscheidung.«

Kapitel 10

Die Bombe war geplatzt! Wir bauten in der Kirche alles zurück und räumten alles weg. Es hatte deutlich mehr als eine Stunde gedauert und als wir rausgingen, strömten die Menschenmassen in die Kathedrale. Beim Hinausgehen rief mich Beate an und sagte, dass sie mit Jean im Auto sitzt, sie jetzt los fahren wollten, bei mir aber die ganze Zeit besetzt war und wohin sie kommen sollte. Der Einfachheit sagte ich: »Komm zur Kathedrale.« Wir packten alles ein, ich sprach mit Jaime, dass ich ihn und seine ganzen

Leute jetzt zu mir einlade, um seine Beförderung zu feiern, er zwar ganz überrascht war, aber Freitagnachmittag passierte eh nix mehr und so sagte er all seinen Leuten Bescheid. Er schlug vor, dass wir zusammen fahren. Tadeus und Simon standen mit Sven und David zusammen. Ich fragte, »Ein herber Verlust?«

»Dachte ich auch, aber mein weiser Sohn sagte, wenn unsere Liebe immer weitergegeben wird, und wir die Geschichte der Krone in Liebe erzählen, werden wir Thomas zwar nicht gerecht, aber der Sache«

»Wow« sagte ich bewundernd und klopfte David auf die Schulter. »Was habt ihr jetzt vor?« fragte ich. »Männerwochenende!« sagten alle gleichzeitig. »Dann«, schlug ich vor, »dann fangen wir mit einer Party bei mir zu Hause jetzt an.« In diesem Augenblick kam ein Smart auf den Vorplatz geschossen, bremste und stellte sich quer. Beate sprang heraus und fiel mir in die Arme. Jean Reno stieg auch aus und war erstaunt, seinen alten Freund Tadeus zu treffen und beide fielen sich um den Hals. Als wir uns alle begrüßt hatten, fuhren wir mit einer Eskorte von sechs Polizeiwagen, in der Mitte ein Smart mit Jean Reno und Tadeus und hinten dran Simon mit den beiden Jungs, in einem Mercedes, zu mir. Zu Hause stand das Tor auf, es roch verführerisch nach Gegrilltem, Francesco stand in meiner Außenküche, Antonia hatte Tischdecken, Tische und Stühle, das ganze Essen und die Getränke mitgebracht und da alle Autos nicht auf die Einfahrt passten, standen drei der Polizeiautos auf der Straße, was niemanden störte. Die Musik lief, Antonia hatte Lampions aufgehängt und alle hatten schnell ein Bier in der Hand oder einen Wein, und es war eine super Stimmung. Ich stellte mich auf einen Tisch, Horst machte die Musik kurz leiser und ich hieß alle willkommen. Ich gratulierte Jaime zu seiner Beförderung, erklärte, dass es uns leid tue, dass sie uns nachts verhaften mussten und dass die Party meine Entschuldigung dafür sei. Alle klatschten. Jetzt nahm ich Horst und Claudia mit auf meinen Tisch, was jedoch sehr wackelig wurde. Ich bedankte mich für ihre Hilfe der letzten Woche und für ihre Freundschaft und erklärte, dass es heute Abend auch Horsts Abschiedsparty sei, da er Sonntag nach Deutschland zurück müsse. Dann lobte ich Francesco, den Koch und Antonia, die alles organisiert hatte und beide bekamen einen dicken Applaus. Im Anschluss stellte ich meine neuen Freunde vor. Tadeus und Simon waren mittlerweile hemdsärmelig, sowie David und Sven. Auch hier gab es wieder einen Riesenapplaus. Zum Schluss der Rede stellte ich auch noch unnötiger Weise Jean Reno vor und erklärte, dass ein hübscheres Bild von ihm in meinem Wohnzimmer hänge. Alle lachten und er rief zur Freude Aller: »ERPES«. Alle klatschten. Beate konnte ich nicht vorstellen, weil sie auch auf den Tisch sprang und mich küsste. Wir nahmen uns an die Hand, gingen durch die Gästeschar und ich stellte Beate allen persönlich vor. Jaime war überglücklich und hatte schon ›einen im

Tee‹. Jean Reno fand meine Finca super und freute sich darauf mit mir und vor allem mit Beate und Claudia in die Sauna zu gehen. Er nahm mich in den Arm und sagte, dass er sich noch nirgends auf der Welt so sicher gefühlt habe und zeigte auf die vielen Polizisten. Francesco besuchte ich kurz in meiner Küche. Er meinte, »So etwas will ich auch zu Hause haben – im Freien kochen, eine komplett ausgestattete Küche und jedes Messer scharf«. Ich nickte, das Leben ist zu kurz für stumpfe Messer«. Er drückte mich, »Danke Tom, danke, dass wir uns kennen gelernt haben.« Neben Tadeus war ein Platz frei und ich setzte mich mit meinem perfekt gewürzten und gegrillten Filetsteak zu ihm. Ich fragte: »Wie lange kennst du die ›Heiligen Väter‹ schon?«

»In deinem Geburtsjahr sind wir uns das erste Mal begegnet, damals war das Herr Pacelli als Pius der VII. Die Arbeit war immer schwierig.« »Glaubst du, du kannst an Franziskus Entschluss etwas ändern?« wollte ich wissen. Tadeus sagte nachdenklich: »Alles ist gut, eigentlich hat er ja Recht.« Und hing seinen Gedanken nach. Plötzlich meinte er, »Du hast es doch auch geschafft. Dein Leben war auch mit Auf's und Ab's geprägt, du hast oft im Leben drauf gezahlt, warst aber immer ehrlich und fair und die Menschen lieben dich.«

»Woher weißt du das alles?« Er sagte, »Ach Tom, der Liebe Gott weiß alles und ich frage ihn manchmal«, wir lachten laut, lange und herzlich. »Sage mal, Tadeus«, begann ich, »wie kann man Thomaschrist werden?« Er war sehr gerührt darüber und sagte: »Im Grunde deines Herzens bist du es ja schon. Es kostet keinen Mitgliedsbeitrag, keine Steuern und funktioniert trotzdem.«

»Wie?«, fragte ich. »Mein Sohn hat er dir bereits erklärt, Tom: Sende Liebe aus und du wirst Liebe empfangen. Das älteste Gesetz der Menschheit.« Wir aßen einen Augenblick stumm weiter. Ich war so gerührt und musste das erst mal verarbeiten. »Gestattest du mir noch eine Frage, Tadeus? Wie soll ich das mit der Vermarktung der Ensaïmada am besten machen?« Er lachte und sagte, »Schreibe einfach ein Buch und alle werden verstehen.« Horst setzte sich neben mich und sagte zu mir: »Danke!«

»Wofür danke?«

»Dass du mein Freund bist, danke für Claudia, danke für eine unglaubliche Zeit hier auf Malle und danke für diese Party. Ich habe zwar keine Ahnung, wann du das organisierst hast, ich hatte im Knast Telefon und du nicht, aber du bist der Held für mich!« Wir umarmten uns, stießen an, da kam Claudia und riss ihn förmlich weg: sie wollte tanzen. »Genau das meine ich, Tom, du hast ehrliches Interesse und ein großes Herz«, sagte Tadeus, der immer noch neben mir saß und das mit Horst mitbekam. Beim Tanzen fragte Horst auf einmal: »Was machen wir jetzt mit unserem Schatz?« Claudia und ich schauten uns an und sie sagte: »Wenn Horst nicht weiter mitmachen will, suchen wir allein weiter.« Wir lachten und schworen uns, den Sinn des Vierpasses noch zu lösen. Um Mitternacht erklärte ich noch, dass Antonia und Francesco Hochzeitstag haben und beide wurden mit in die tanzende Menge gezogen. Alle waren happy. Da wir ganz klar Männerüberschuss hatten, tanzte jeder mit jedem. Irgendwann flüsterte ich Antonia etwas ins Ohr. Sie schrie auf, fiel ohnmächtig, wie ein nasser Sack, um. Beate stand glücklicherweise so, dass sie sie auffangen konnte, so dass ihr nichts passierte. Ich war sofort in der Hocke, Beate auch und sie witzelte mit einem Grinsen: »Du hast eine komische Art, Frauen flach zu legen.« Obwohl Antonia so dalag, musste ich lachen. Ich klopfte ihr auf die Wangen. Ihr Ehemann war schmerzfreier und kippte ihr ein ganzes Glas Wasser ins Gesicht. Sofort war sie wieder da. »Stimmt das?« fragte sie und umarmte mich. Sie sprang auf, schnappte sich ihren Mann und sang tanzend mit ihm: »Wir sind alle Sorgen los, wir sind alle Sorgen los!« Ihr Francesco war total verwirrt, freute sich aber, dass es ihr wieder gut ging und tanzte mit. Beate hakte sich bei mir ein und Joshy klebte wie eine Klette an ihr. Er hatte schon mindestens zwei ganze Filets bekommen, weil ich ja nicht da war und Antonia ihn völlig ausgehungert vorfand. Man sah es seinem kleinen Bauch richtig an. Wir gingen Arm in Arm zu Rudolph und sie fragte: »Sag schon, was hast du Antonia gesagt?«

»Sie hatte mir ein Buch geliehen, das schon sehr alt war und bat mich, es zu verkaufen. Ich habe für das Buch einhunderttausend Euro bekommen. Das habe ich ihr gerade erzählt.«

»Wow,« staunte Beate, »wie hast du das denn geschafft?«

»Das ist eine lange Geschichte, sagte ich. Aber ich erzähle sie dir gerne. Sie ist jedoch noch lange nicht zu Ende.«

Fortsetzung folgt...

Über den Autor

Der Autor Thomas Schneider hat sein Erstlingswerk auf seiner Lieblingsinsel Mallorca geschrieben. Bei ihrem sonntäglichen Besuch auf dem Markt in Felanitx schauten sich seine Frau und er die Kirche St. Michael in Felanitx an. Hier hatte Thomas Schneider die Vision eines kompletten Romans. Viele intensive und spannende Recherchen zusammen mit seiner Frau Beate inspirierten ihn die Geschichte in dem Buch »un poquiTomas« auf zuschreiben. Einige Ergebnisse und Bilder davon sind auf der Homepage www.unpoquitomas.de und andere auf Mallorca direkt zu finden. Er war so fasziniert, dass er diese spannende Geschichte mit Fantasie zu diesem kurzweiligen Thriller verarbeitet hat.

Thomas Schneider hat sich bereits im Alter von 18 Jahren selbstständig gemacht und sich entschieden, nachdem die drei Kinder aus dem Haus waren, sein Leben nach einer Krankheit in ruhiges Fahrwasser zu steuern. Auf der Insel Mallorca fand er sein zweites Zuhause. Der Eifel, seinem Domizil, ist er trotzdem treu geblieben und nennt sie seine Heimat, obwohl er in Dortmund geboren wurde.

Mittlerweile schreibt er an seinem zweiten Buch, einer Fortsetzung von »un poquiTomas«, in der die Schatzsuche erneut aufgenommen wird und er Mallorca noch mehr Geheimnisse entlockt. ***Es bleibt spannend...***

Danksagung
Geschichten zu erzählen, erfüllte mich bislang mit Freude. Eine zu schreiben, erfüllt mich nun mit Stolz. Alle Menschen um mich herum wuchsen mit der Aufgabe und gaben ihr Bestes, um mir zu helfen. Grenzerfahrungen sind dabei nicht ausgeschlossen und lassen Neues zu. Es gibt so viele Hinweise auf der Welt, die meine Idee des Zwillingsbruders von Jesus bestätigen. Wenn Ihr etwas findet, fotografiert es und sendet es mir mit Angabe des Ortes und Eurem Namen zu. Ich teile die Informationen und Hinweise auf meiner Facebook-Seite und wir können gemeinsam mehr aufklären. Danke an alle, die bei meinen Recherchen so engagiert dabei waren und besonders meiner Frau Beate, die richtig gefordert wurde und souverän ihren Part meistert. Danke auch an meinen Lektor, Bernd Flossmann, an Amada Salva, Alexander Mack, Pedro José Llabres Ramis, Bartomeu Tous und Paul Schneider, Michael Ramjoué und Barbara Hochgürtel.

Printed in Poland
by Amazon Fulfillment
Poland Sp. z o.o., Wrocław